大河远上

唐荣尧 著

青海人民出版社
QINGHAI People's Publishing House

图书在版编目(CIP)数据

大河远上 / 唐荣尧著. — 西宁 : 青海人民出版社,
2012.5
ISBN 978-7-225-04202-2

Ⅰ. ①大… Ⅱ. ①唐… Ⅲ. ①散文集-中国-当代
Ⅳ. ①I267

中国版本图书馆CIP数据核字 (2012) 第091484号

大 河 远 上

唐荣尧 著

出 版 人 樊原成
责任编辑 李永华 王风莲
装帧设计 杨敬华
责任印制 巢世武 陆玉梅
出版发行 青海人民出版社有限责任公司
西宁市同仁路 10 号 邮编:810001 电话:(0971)6143426(总编室)
发行热线 (0971)6143516/6137731
经 销 新华书店
印 刷 兰州新华印刷厂
开 本 720mm×1010mm 1/16
印 张 23
字 数 320 千
版 次 2012 年 7 月第 1 版 2012 年 7 月第 1 次印刷
印 数 1-5 000 册
书 号 ISBN 978-7-225-04202-2
定 价 58.00 元

书眉《黄河金岸（宁夏）百米长卷图》由塞上画派艺术研究会提供

序

《中国国家地理》杂志社社长、总编辑　李栓科

中国需要一本大写的黄河之书！这是对黄河的礼敬和感恩。然而，这样的书一直在黄河和读者的等待中。

在中国人的文化记忆中，黄河始终是一个最具象征意义的文化图腾，之所以如此，一个主要的原因是她不仅见证了几千年中华文明史源远流长的发展历程，也体现着中华民族生生不息的精神特质。然而，黄河对中华民族的另一个重要贡献便是文明。按照英国剑桥大学的考古人类学教授丹尼尔在《最初的文明：关于文明起源的考古学研究》中提出的观点，文字、城市、复杂的礼仪中心是文明产生的三项要素，对中国而言，这三项要素的最先诞生之地就在黄河流域。按照日本学者贝冢茂树在《中国古代史学的发展》中提出的观点，青铜器、文字和宫殿基址是文明产生的三大要素，黄河流域为中国最先贡献出了这三大要素。而中国著名的考古学者夏鼐在《中国文明的起源》中提出，青铜器、文字和城堡是文明产生的三个标志和要素，黄河也是最先给中国贡献出了这三个文明标志。华夏文明最早在黄河流域形成，一部对黄河文明的探寻之作，何尝不是对中华文明基因探究的大作。这样的一部书，现在，呈现给了读者。

这条大河穿过高山、峡谷、高原、平原，一路向东逶迤而去；这条大河，穿

过悠悠岁月，一路朝我们走来！大河之侧，哺育了沿岸丰饶的物产，滋育出了灿烂的黄河文明，而这种文明一度是华夏文明大卷中最醒目的章节；当然，黄河也一度记录了华夏儿女遭受的苦难，承载过中华民族的骄傲和梦想。她的深沉与博大，宽广与厚重，一直伴随着一代代中国人从中感悟自然和生命的力量。以黄河为题材的文学作品，或诗歌或散文，或小说或游记，浩如烟海，难以计数，其中许多篇章千古流传、至今闪耀着夺目的光彩。唐荣尧先生笔下的这本写黄河的书，却与以往关于黄河的作品有着截然不同的色彩，其中充满的动感旋律和诗情画意以及对历史和现实的深思，在我们的眼前呈现了一个多维度、立体化的黄河，他既有抒情的描述黄河两岸如画的美景，也有田野调查后大河上下的风土民情，更有对黄河文明历史变迁、接纳游牧文化、西方近代文化进程中的思考，让我们深刻领略了黄河的雄浑与伟岸，他素描的是一幅黄河的文明大卷。更为关键的是，他常年行走山河间，头顶诸多媒体赋予的“中国第一行走记者”的桂冠，从人文地理的角度解读着黄河的一个个地理单元。在《宁夏之书》《青海之书》《内蒙古之书》后，悄然递上了这本《大河远上》。

亘古以来，水在人类发展繁衍的漫长历程中写下了不朽的史诗。有水的地方就有生命，有水流过的地方就有人类的足迹和创造的文明。

透过唐荣尧先生的《大河远上》，我们的思绪早已被带到遥远的黄河源头，让人仿佛看见，从青藏高原腹地高耸入云的冰川脚下，一串串水珠点点滴下，形成一曲曲清洌温静的涓涓细流，慢慢汇集，出高山，入峡谷，越平原，飞流奔腾，一路咆哮，如同一条纵横驰骋的蜿蜒巨龙，昂首高歌，向东而去，这一路长河之旅中，唐荣尧给读者素描出了青藏高原的格桑花、酥油花，黄土高原的油菜花、桃花、马兰花以及中原大地上的白玉兰、牡丹、菊花等构成的黄河花廊，花香背后的刀光剑影，映见一场场战事来来去去，留下两岸的古关，收藏着黄河的另一份沧桑；也给读者精心营造了一场音乐盛宴，依次布呈着高原天籁之音、河湟谷地的花儿、黄土高原的秦腔、河套平原的漫瀚调、河南的梆子、山东的快书

等民间之音；更是以大手笔描绘出了吐蕃、党项、鲜卑、女真、契丹、蒙古等游牧民族牧马黄河时缔造的政权，以及这些游牧文化的融入、推动着黄河文明的进程……唐荣尧的脚步随着黄河的每个环节而移动，他的笔触也开始移动，于是，一个个章节就像一个个导游，引领读者步入黄河的文明大书中。

黄河在国人的心目中从来都是神圣的，这种神圣不仅源于黄河的雄伟、壮观，更在于她与中华民族历史文化难以割舍的血脉亲情。百万年来，她不知疲倦地默默滋养着世世代代生活在这片土地上的人们，也用她博大的胸怀哺育了中华民族灿烂辉煌的文明。从新石器时代起，黄河流域就成了中国远古文化的发展中心，燧人氏、伏羲氏、神农氏……这些中华民族的先祖拉开了黄河文明发展的序幕，而3000多年前的商、周则开启了中国的信史时代。此后的岁月里，秦、西汉、东汉、曹魏、西晋、隋、唐、北宋等王朝的都城均建立于黄河流域，在相当长的历史时期，黄河流域都是古代中国的政治、经济和文化中心。在漫长的历史进程中，中华民族赋予了黄河丰富的精神内涵。对黄河水利的开发利用，成就了中华民族的物质文明；对黄河水患的治理管理，成就了中华民族的政治文明；黄河的壮美景观，影响了一代又一代中华儿女的人文情怀；黄河的恩惠与润泽，养育了千秋万代的炎黄子孙。唐荣尧笔下的《大河远上》更是将这些历史的精彩拢于笔端，展开便是一幅精美的历史长卷。

至于黄河大美的地理风情，更是在这本书中有着几近全美的体现。唐荣尧曾不止一次到过黄河的源头，在他的笔下，这里的黄河就像是一个初生的婴儿，清澈纯净，在寂静的高原上默默地前行，与周边的雪山、草地一起勾勒出一幅完美的画卷。他曾经横穿于宁夏、内蒙古、陕西的黄河河套平原，这里的黄河则像是一位慈祥的母亲，以博大宽广的胸怀容纳万物，滋育万物，造就了古时中国的大牧场和文明的大温床，更是造就了新时期的中国粮仓和新能源基地。当他行至壶口瀑布时，这里的黄河，一扫往日温柔的模样，滔滔河水从千米河床排山倒海似地涌来，骤然归于二三十米的“龙槽”倾注入壶口，吼着震耳欲聋的雷，带着凌

厉无比的风，如一只巨鹰展翅俯冲，如一幅巨画挂于山岩，恰似朝气蓬勃的少女，至柔至刚，他形象地说这是“跳起来的黄河”；站在大海入口处时，我能想象唐荣尧先生已经面带倦色，但他却依然饱含激情地游走在黄河湿地之间，面对一河飞舞的芦花继续描述他的“黄河花事”，他奔走在东营的新旧城之间，寻找着黄河湿地博物馆，搜集、挖掘、整理着东营油田初建的资料，8月的酷热里，整个东营市内，谁能知道这样一个人从源头走来，自费为黄河文明立传呢？甚或说，整个黄河流域，整个中国，谁能知道有这样一个集行者、记者、学者、修者“四者”于一身的人，走在为山河立传的路上，这种工作，他已经默默进行了多年，那顶“中国第一行走记者”的桂冠的后面，有着多少汗水和泪水？

他用自己漫长的足迹，追根溯源，寻古问今，向我们呈现出了万里黄河如诗如画的壮美景观，黄河流域波澜壮阔的人文历史，还有一个个生动感人的生命故事。他笔下的黄河时而涓涓细流，轻松但不失厚重，时而涛涛河水，激情却又充满深思，让我们穿越时空，感受到一个亲切而又真实的黄河。

当然，黄河本身就是一部博大精深的传奇之书，她的肢体里不仅包含了华夏大地多姿多彩的自然风貌，而且也包含了中华民族几千年来不曾中断的辉煌文明，更包含了对人与自然相互关系的生动诠释，以及对我们这个民族前途命运的思考和期盼。读懂黄河是一件非常困难的事情，这需要我们身临其境，溯流而上，去倾听黄河的诉说，触摸她跳动的心脏。但是毕竟，《大河远上》为我们提供了一条清晰的探索路线，至少让我们对黄河不再陌生。

黄河，这样一个大美的自然和历史双重叠加的画卷，如何展读给世人呢？唐荣尧先生从人文角度，用自己打造的一把文明的钥匙，随着一声我们没有听见的开锁声，随着我们没有听见的黄河文明之门的开启声，他就将我们带进了万里黄河的诗意长廊中了。

和唐荣尧先生是“熟悉的陌生者”，“熟悉”是因为他作为《中国国家地理》

长期合作的朋友，为杂志撰写了大量有影响的文章，还参加过杂志组织的“中国十大新天府”的评选活动及“宁夏专辑”的策划、组织、撰稿等工作，和编辑都成了很好的朋友，每次都是听说他常年行走山河间的沧桑和传奇。他也因此来过杂志社多次，但均因不该有的错过而未能谋面。

2010年，这个遗憾的弥补竟然是在一个我和他都出乎意料的时间和地点。那年4月26日，中国国家地理杂志社在成都图书馆举办了一次活动，他谦逊地坐在角落里听完讲座，才和我打招呼，也才知道，他曾经在青海省玉树藏族自治州囊谦县澜沧江边的一个藏族村落里援建的一所孤儿院，已经10年了。玉树地震后，很多受伤的孩子被送到成都的一些医院。他便从银川出发去成都看望那些孩子，去时恰逢在成都举办的全国图书博览会，他便一个展位一个展位地给那些住在医院里的孩子们要书。然后，带着那些书及因这些书滋生的笑容，走进医院；成都的那些天里，他还去给受伤的喇嘛、尼姑买衣服，而他在成都却连一块肉都没吃过，就在这种状况下，他却能抽出时间去听那场《中国国家地理》杂志社举办的讲座。这样的人，写出的书，有着它自身的力量。

值得说的是，唐荣尧书写的黄河，从源头到入海口，全是个人自费，书的稿酬所得，都要用于他的藏地孤儿院。此举，乃是一个黄河养育出的“孩子”对“母亲”的敬仰之举；此情，乃是人类情感里最真实的感恩之情。写到这里，我仿佛看见唐荣尧依然行走在山河间的行色，仿佛看见那一身简单的野外行装默默地陪伴着他，谁知道他还会有什么书哪天再突然问世呢，但愿这种突然来得更早些！

2012年5月初 北京

CONTENTS 目录

第一章　涛卷影像，万里流程一幅画

一、两岸花事，黄河的彩衣 …… 1

酥油花，零度以下的“迎春花” …… 2

油菜花，青藏屋檐下的“黄金外套” …… 5

桃花，盛开在兰州北岸的芬芳 …… 7

梨花盛开，黄河上游的一袭素衣 …… 8

马兰花，河套平原上的碎花小袄 …… 11

300 万亩葵花，燃烧在河套的金色激情 …… 12

牡丹，国花的盛大开放 …… 14

白玉兰，掀开郑州花事的盖头 …… 16

菊花香，开封的一幅黄金甲 …… 17

10 万亩芦花，书写黄河入海口的浪漫 …… 20

二、岩画，石头上的史诗 …… 21

靖远岩画群，“石头上的史诗扉页” …… 21

中卫岩画，“神马”足迹和岩画“维纳斯” …… 23

贺兰山岩画，走向世界的文化名片 …… 24

阴山脚下，中国岩画宝库 …… 28

具茨山，黄河岩画大书的封底 …… 30

三、万里诗意，中国大美画卷代言者 …… 31

高原谷地群，黄河装潢出的立体画框 …… 31

壶口瀑布，黄河之水跳起来 …… 33

四、万里轮回，高原到平原的湿地铺陈 …… 35

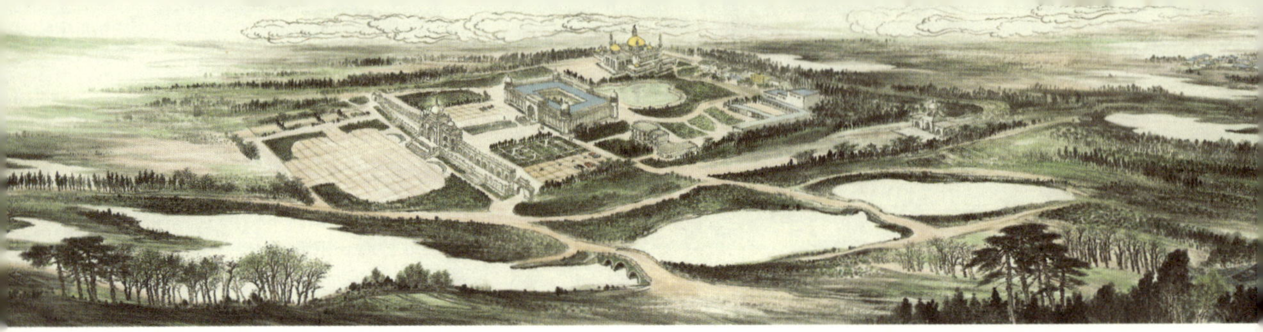

五、移动的河流，“水上长城”的形成 …………………… 41

六、沙坡头，沙水邂逅装订出的大美画册 …………………… 45

第二章　黄河子语，海、湖、渠、淖、泊、湾

一、海，大河探源的起点到戈壁上的碧波 …………………… 49

二、湖，泛起中国海拔最高浪漫爱情的涟漪 …………………… 56

三、渠，浇灌黄河流域农业文明成长的通道 …………………… 59

四、淖，河套平原上的别样之水 …………………… 67

五、泊，大风吹来英雄歌 …………………… 69

六、湾，水拐弯的地方写风情 …………………… 70

第三章　桥影卧波，晚开的文明之葩

一、桥卧青海，唐蕃古道上的彩虹 …………………… 75

二、黄河过兰州，天下黄河第一桥及其“姊妹” …………………… 79

三、千桥横水，宁夏平原的另一种黄河物语 …………………… 83

四、冰桥、浮桥，河套平原上的特殊通道 …………………… 87

五、大河南北，影响中国军事格局的桥影 …………………… 89

六、山东桥事，书写齐鲁水上风情 …………………… 92

第四章　津渡，牵领大河两岸的手

一、高原古渡，青藏高原的珠帘 …………………… 100

二、陇原之渡，西路军的血染之地 …………………… 105

三、河套渡影，康熙铁血西来和昭君柔情北上 …………… 108
四、晋陕峡谷，黄河津渡的密集地 ………………………… 112
五、大写“L”的拐弯处，古渡里的军音和诗声 ………… 115
六、大河宽渡，中原的出口 ………………………………… 122
七、齐鲁古渡，书写黄河风情的尾声 ……………………… 128

第五章　古关，黄河战事的眺望者

一、积石关、金城关，青藏屋檐下的门槛 ………………… 135
二、胜金关，朔地雄风掠过塞上的天空 …………………… 139
三、延水关、永和关，左岸击鼓，右岸升堂 ……………… 140
四、白云关，《东方红》的故乡 …………………………… 143
五、潼关，目送黄河东流去 ………………………………… 145
六、函谷关，东去的君子，西来的老子 …………………… 149
七、铁门关，山东第一座海关 ……………………………… 151
八、云梯关，黄河夺淮入海口 ……………………………… 155

第六章　大河之声，黄河的听觉盛宴

一、河源高歌，蓝天白云下的天籁 ………………………… 158
二、花儿，河湟谷地的青铜之歌 …………………………… 160
三、秦腔，黄河上吼出的风情 ……………………………… 164
四、远去的声腔：驼调、爬山曲与风搅雪 ………………… 166
五、信天游，黄河水和黄土地揉合出的一首乡音 ………… 169

六、河南梆子，中原之音 …………………………………… 172

七、黄河号子，征服水的声音 ……………………………… 174

八、鼓声鼓韵，黄河发出的震撼之声 ……………………… 179

九、唢呐、泥哨、大秧歌，民间狂欢的催化剂 …………… 183

第七章　山逦水窄，河出大峡

一、龙羊峡，大河之峡的开卷作 ………………………… 188

二、李家峡到积石峡，黄河上最美的峡谷群 …………… 191

三、刘家峡，高峡出平湖 …………………………………… 195

四、车木峡，亚洲第一扬程的基点 ……………………… 197

五、黑山峡，中国的“悬峡” ……………………………… 200

六、青铜峡，宁夏平原的隐形翅膀 ……………………… 203

七、晋蒙陕大峡谷，12 世纪的“四国演义” …………… 206

八、三门峡，领跑黄河水库建设 ………………………… 210

第八章　窟居水边，岸边的塔影经声

一、洞窟西来，丝路、黄河、长城的三维坐标 ………… 215

二、炳灵寺石窟，十万大佛沉思之地 …………………… 220

三、平原佛迹，水边的 108 塔和流沙下的石空佛窟 ……… 223

四、寺影佛音，河套的心灵栖息地 ……………………… 225

五、普救寺，蔓延出《西厢记》里的浪漫 ……………… 229

六、因水而动，西沃石窟大挪移 ………………………… 230

七、龙门石窟，佛迹和诗音、书法的艺术宝库 ………… 232
八、巩县石窟，黄河窟群的收笔之作 ………… 236
九、白马寺，大河腹地的第一缕佛音 ………… 237

第九章　文明的请柬，饮马黄河的“陌生人”

一、青藏来风，吐蕃骑影 ………… 240
二、圣典西来，白驼载来撒马尔罕的金桃 ………… 244
三、积石山下，保安刀的锋光和土乡最长的狂欢 ………… 248
四、清真大美，沿河遍布的回商 ………… 253
五、阴山的缺口，匈奴的悲歌与哀叹 ………… 256
七、突厥与回鹘，被黄河挡住脚步的部族 ………… 260

第十章　湮灭的王朝，涛声里的文明之光

一、契丹，大辽铁骑兵临开封 ………… 266
二、女真，从长白山“飞”到黄河岸边的“海东青” ………… 269
三、鲜卑，佛音沿着大河飘动 ………… 273
四、西夏，贺兰山下的大白高国 ………… 282
五、蒙元，飞过黄河上空的草原之鹰 ………… 286

第十一章　硬度与高度，中华文明的摇篮

一、水、土、火的妙构，4000 年前的“乐舞”和面条 ………… 295
二、水洞沟，两个外国人拉启的中国现代考古大幕 ………… 299

三、鄂尔多斯，匈奴金冠映照下的青铜世界 …………… 304
四、奔走的文字，隐居的诗意 ………………………… 306
五、中国之铁，黄河的硬度 …………………………… 316
六、仰韶，史前文化的标地 …………………………… 318

第十二章 绝版黄河，褪色的文明

一、皮筏，“吹牛皮”吹出来的黄河绝景 ……………… 323
二、庙会与集镇，流动的民间狂欢盛宴 ……………… 327
三、年画，门板上褪色的记忆 ………………………… 332
四、河灯渐弱，飘在大河之侧的彩色习俗 …………… 334
五、水车，绝版的风景 ………………………………… 339
六、积聚能量，工业文明催生的共和国长子 ………… 341

后 记

圣水难书，万里黄河足下诗 …………………………… 347

第一章
涛卷影像，万里流程一幅画

一、两岸花事，黄河的彩衣

黄河在不同的地貌阶段养育出了不同作物，而且成就着它在中国经济版图中的地位，比如，其流经的青藏高原是中国重要的畜牧业基地、宁夏平原是中国的粮仓之一、阴山之侧的河套平原是中国最大的葵花基地、黄河“几”字形内的鄂尔多斯高原是中国新兴的能源重地、齐鲁平原末尾段是中国的石油基地之一，等等。黄河沿途不少地方更是中国的花卉基地：梨花、油菜花、桃花、马兰花、葵花、牡丹、菊花等花种，在不同地段亮出不同的花色和花香，美化着黄河两岸大片的土地，同样也美化着黄河人的精神世界。

青藏高原上，黄河河谷深掩着的一个个藏传佛教寺院里，精美绝伦的酥油花给寒冷季节的黄河上游装扮了一个缤纷而神秘的世界；流出青藏高原，油菜花开始给沿河两岸的黄土地披上壮美的金黄花衣；黄河穿城而过的惟一城市——兰州的北岸，安宁区的几十里桃花怒放在春天之初，给这段黄河之侧披上的则是一件粉红的外衣；从青海省贵德县到黄河进入“宁夏第一村”——南长滩之间1000多公里的滨河村庄里，春天的腹地，一朵朵硕大而洁白的梨花盛开，使这一段的黄河犹如披着婚纱的新娘；河套平原和宁夏平原相接的滨河草原上，马兰花使这一段的黄河像一个穿着碎花小袄的村姑显得质朴可爱；夏秋季节，阴山脚下300多公里的黄河北岸，迎着太阳盛开的向日葵，则是整个河套平原献给大地的“黄金”厚礼；洛阳的牡丹花事更是让黄河在一种贵气中显得优雅而富贵，而开封城每年九月的菊花盛会便是这个城市身着的一副黄金铠甲；黄河三角洲地带，金秋时节的一地芦花飞舞，更是黄河万里花事中的一场素白谢幕。万里黄河万里花，两岸花事，便是黄河在不同地段、不同季节身披的不同色彩和韵味的花衣。

酥油花，零度以下的“迎春花”

青藏高原给人的印象总是远离花香的，其实，雪域高原上盛开的格桑花，千百年来总是将一地花香与芬芳赠予高原大地，格桑花成了高原上最朴素的衣装。

酥油花开

黄河在高原上流过的地区，隆冬季节，还有一种凝聚着高原僧众智慧与虔心的特殊之花——酥油花。

公元1409年正月，从青海前往拉萨学习的高僧宗喀巴学佛成功，为了表达崇仰释迦牟尼佛的心愿，宗喀巴大师消除宗教门派之见，计划于正月十五这一天，团结上万僧侣在大昭寺举行盛大的祈愿大法会。法会举办之前，宗喀巴做了一个梦，梦中见到了佛祖向信徒普洒花雨，便萌生了这样的想法：除了向释迦牟尼佛像敬贡莲花护额和绣制的佩肩外，还要在六供之内献上鲜花。然而，隆冬时的青藏高原天寒地冻，何来鲜花可敬献？宗喀巴便想出了用洁净的酥油制作一束鲜艳的花朵供在佛前的办法。正月十五那天，前来祈福的僧侣、信徒们在大昭寺的佛像前看到了一束祈愿报春的酥油花，栩栩如生的花型花色，受到各地僧侣的喜爱，并很快在广大藏区传播开来。

当酥油花和青海黄南地区黄河流域的热贡艺术相遇时，便盛开出一朵神奇的文明之葩，这就是黄河流域藏传佛教寺院里的酥油花。经过绵绵岁月的积淀，酥油花成了万里黄河花事中最令人惊奇的一段。

栩栩如生的酥油花，盛开在黄河流经青藏高原两侧的藏传佛教寺院内

19世纪40年代，酥油花开始引起国内外艺术界的注意，著名画家张大千到青海时，就沉醉于酥油花的艺术芬芳中，他发现了来自黄河谷地的夏吾才让等四名少年僧侣的奇异禀赋，便带他们去敦煌千佛洞学习和临摹。夏吾才让等人跟随大师从敦煌回来后，将神奇的敦煌艺术结合藏地艺术，创作出了更为传奇的酥油花，丰富了酥油花的创作内容。

夏吾才让等人回归的黄南寺院仅仅是青藏高原上酥油花艺术灿烂绽放的一处地方，掩隐在黄河两岸绿树丛中的众多藏传佛教寺院里，同样掩隐着一座座专做酥油花的“花院”，隐居着一个个做酥油花艺技高明的主管艺僧——“掌尺”。和藏传佛教艺术一样，酥油花从诞生之日起，主要服务于宗教，因此充满了神秘气氛。数百年中，酥油花的制作早已有了专门人才和专门机构。而且其制作逐渐成为外人罕知的“独门秘笈”，一直由师徒间口手相传，各自形成了独立的流派，这也是青藏高原上黄河两岸不同派别的酥油花制作工艺及不同艺术特色的酥油花涌现的原因。不少寺院里就有上下两个“花院”，从入冬开始制作时，上下“花院”的艺僧们各自就开始在秘密状态下进行创作。“掌尺”和几名得力助手，先定好题材，几个人便面壁设计腹稿，精心构思结构布局，然后由擅长人物、动物、花卉的艺僧各自带领徒弟沐浴发愿，带着一颗虔诚的心，在一种神秘的氛围中进行创作诸如阿切拉海（传统藏戏）的故事，或者《佛祖释迦牟尼本生》《唐僧取经》《开山修路》等民间故事中的人物或场景。

缤纷的飞雪飞舞在高原上，远处的黄河已经入眼。站在寺院门口，我看见那些对佛礼敬且热爱酥油花的牧民群众，不远千里地来到寺院，他们的一个主要目的是带来称为“加莫勒”的新鲜白酥油，自愿奉献到寺院的“花院”。走进密室，映入眼帘的是这样一幕：制作酥油花的艺僧将研细的矿物颜料和白酥油团揉成各种颜色的彩色油料，然后按需要用手指一点一片地仔细敷到制好的形胎上去。“花院”的艺僧向我介绍，为了不使彩油因手温而融化，艺僧们要不时地在低温的工舍中，把手伸进盛有冰块的水盆中，以降低手温，然后用近乎麻木的手去塑造，如果没有一颗绝对虔诚的心，这种严寒天气和环境下的制作，一般人是承受不了的。我无法去现场观看制作的场景，只能在听完艺僧的讲述后，想象那些艺僧在需要换色除油腻时，用豆面粉搓擦净手，像制作绢花一样，他们做鲜活的花朵、叶片时，用深浅不同的油彩料；纤薄的花瓣更是需要一瓣一片地粘结而成，这就是那些用酥油制作的花看上去和真的一模一样的原因。因此，人们把所有用酥油塑造的屋宇、人像和禽鸟、野兽等都称为酥油花了。

酥油花的最后一个环节是由“掌尺”指挥，依据总体设计把塑就的众多人物、鸟兽、楼阁等一一上盘，勾联出一幅幅具有三维空间感的立体画卷。同时为了便于观赏者欣赏，还要把酥油花放在黑色底盘上，置成一定的斜度，造成从下向上仰视的效果，令酥油花在万盏灯火的映衬下，产生一种凌空飘逸的神秘感。

经过整个冬天的紧张制作，酥油花主佛像塑就之时，艺僧们首先燃灯献供，每日顶灯膜拜，待到吉时良辰由主持举行开光仪式。之后，由“掌尺”诵经点睛上佛光，在正月灯会上，上下“花院”制作的酥油花才能公开展示，且要经受寺主、活佛及广大来宾的评定。那时，大型花架两侧用堆绣佛像图案组成屏帷，每面屏帷分为四五层，每层排列七八尊佛像案轴。后面设音乐演奏台，天棚下挂着二三十副玻璃做的宫灯，四周层层叠叠点燃的是千百盏酥油灯，点燃的更是一盏盏高原上虔敬的牧民和灵动的艺僧们的信仰之灯，灯色之下，岂不是酥油花香在黄河上游最灿烂的绽放与吹送？

油菜花，青藏屋檐下的“黄金外套”

黄河冲出积石峡，那种满眼的绿便立时消失，逐渐浑黄的河水告诉我：黄土高原到了，意味着相伴黄河的高原绿色和酥油花香就此转身而逝了。盛开在那一片绿油油的高原大地上的格桑花，盛开在安多藏地冬日绛红色的人文氛围中的酥油花将隐在身后了。

如果是在一个和油菜花相遇的季节，来到积石峡以东的黄河，两岸的峡谷间，满眼是一片令人窒息的金黄之色，像一个高明的油画大师重重地抹给大地的画色。我曾经在夏季穿越呼伦贝尔草原时，看见那一片黄绿搭配得极其绝妙的大地画卷，油菜花以一片金黄镶嵌在绿得令人窒息的大兴安岭西侧、额尔古纳河的右岸，那片巨大的金黄以巨大的绿色做底色，绘就了油菜花的大手笔；我也曾经在春天的南方婺源看到绿山之下清水之畔的油菜花，在青山绿水的映照下，一片金黄的铺陈，像一个个侧卧大地之床上的江南女子，展示着曼妙的身材和通体逼人的气质；即便是在更为偏远的新疆伊宁，辽阔的昭苏草原上夏天也会有大面积的油菜花，盛开在远处天山未曾融化的雪峰遥视下，为遥远的亚洲腹地写下一本金黄色做封面的大书；即便是在青海深处的青海湖，那一泓幽蓝的水域附近，中国海拔最高的上万亩油菜花和青海湖的碧蓝，在蓝天白云下显得非常和谐；即便是在青海最大的油菜花基地——懒洋洋地躺在祁连山西侧腹地的门源回族自治县，那抹巨大的金黄和祁连山西侧的碧绿相处得极其和睦。

和上面的这些油菜花基地相比，黄河出青海的这一段枯黄的地

黄河岸边的油菜花地

貌上，油菜花的金黄显得低调而尊贵，高高地端卧在夏日黄土的枯黄里，成为万里黄河的花衣中最奢侈的一件。

在中国，只要有耕种的土地，就能看见这种金黄的风景，没有一种作物能像油菜一样，在整个中国从海南岛到呼伦贝尔的各个纬度，从抚远到帕米尔高原的各个经度，在海拔 4700 米以下的各个地貌单元上出现。从 1 月到 8 月，油菜花像个在全国巡演的大师，在不同纬度，依次亮相于各地。这个巡演的大师在中国的出场时间是这样的，1 月、2 月，油菜花在北回归线附近开放；3 月，盛开在四川盆地和南岭与武夷山以北地区；进入 4 月，江浙一带的沿海地区逐渐成了油菜花的天下；7 月，就是黄河上游的积石山一带的油菜花装扮这片干渴土地的时候了。

大绿的画布上，金黄的油菜花在祖国大地上缓缓出场，得体而养眼。黄河流出青藏高原的刹那，这片很容易被人忽略的金黄花色涂抹在黄河之侧。它的使命不是让人观赏的，它是万里黄河花事中非常实用的花——油菜花是用来结籽榨油的。在这片黄河开始变黄且两岸因干渴而枯黄的山峦相间地带，一片带有些许壮烈与大美的浓黄铺开，在贫瘠、偏僻的土壤盛开着生命的真谛，那种烈士般吐露生命之音的努力，使整个山坡陡然间增加了生命的质感——它的使命不仅仅是装扮风景，也不仅仅是大自然简单遗留的一份礼物，或是简单的满足农人们炒菜时抹在锅底的油料，它是一份养分——黄土的、黄河的以及这里的民众的，就此而言，黄河此段的油菜花事，像个烈士站在一群臣服者之前，一种桀骜和洁净，一件质地贵气的黄金外套，只有这片地方才配得上穿它。

对黄河上游的油菜花而言，适宜季节是 7 月，这个领唱黄河花事中独特一段的地方是积石山和黄河相逢的地方。农人们在春天干涸的土地上洒下种子，落雨花开，装扮山河，丰富餐桌，滋养并告慰民众，这就是居于黄河高处的油菜花的过程和宿命。7 月的山坡，油菜以自己的命题和笔法，写满了黄土高原和青藏高原焊接处的生机。

那些在高原风吹送下的油菜花，如出落得亭亭玉立的女儿，纤细的腰肢、细细的花香奏响的韵律，暗暗溢淌在黄河之侧。

桃花，盛开在兰州北岸的芬芳

黄河流经兰州境内，北岸的安宁堡一带盛产桃树，桃红季节，十里花香中便溢出黄河边的一份缠绵与诗意；纷绽的花瓣里，芬芳写满整个兰州城。

《西京杂记》中有这样的记载：“汉武帝初修上林苑，群臣各献鲜果，有细核桃、紫纹桃、金城桃。”金城桃就产自兰州北岸的安宁堡。明清时，兰州的焦桃更是被列为贡品。而“兰州的桃花比桃子值钱”的说法，则来源于这里的桃花会带给当地名气和经济效益。绵延 15 公里的万亩桃园里，近 200 个品种、30 多万株桃树逐渐推出黄河岸边的一季花事，自然也使兰州安宁堡跻身全国著名的桃乡及全国十大赏桃地之一。

黄河岸边观赏桃花的历史在兰州已经上百年了，明清两代，每逢暮春时节，草长莺飞、桃花吐艳的黄河北岸，成了吸引达官贵人、文人墨客前去踏青赏花的绝佳之地，于是就有了“桃花树树十里红，花下游人同千里”、“处处桃树红霞飞，片片桃花吐芳菲”的壮观景象。此后，安宁桃园便成了兰州市民春游赏花之地。桃花年年绽红意，才子岁岁吟诗情，逐渐增多的游人使得观赏桃花逐年成了兰州市的一件盛事。

1984 年，兰州市政府和安宁区政府联合举办了第一届安宁桃花会，那场盛会上，著名歌唱家蒋大为一曲《在那桃花盛开的地方》和姜昆等一批著名演员把桃花会推向高潮，使桃花会盛况空前。此后，每年一度的安宁桃花就成了兰州市民众游春踏青的重要组成部分之一，而且逐渐吸引了诸多的海内外游客，成为用桃花语言与社会和谐交流，与市民友好亲近的平台。

当安宁桃花会举办到第六届时，正是我读大学的第一个春天，母校是兰州高校中距离桃花盛事最近的。我创办并担任社长的诗社社员们，更是将每年春天去桃花会当成诗社的“必修课”，桃花会成了青春诗意放飞的地方，也见证了我们的青春岁月。那时，利用地利之便邀请其他高校的诗社同仁一起踏青赋诗，成为甘肃高校文学社团的一段佳话。离开母校整整 20 年了，还能记得当时是乘坐 47 路公交车，到达元台子，然后步行穿越在一座座桃园中，桃花挤满了枝桠，粉嘟嘟的甚是可爱和艳丽，桃花树下，有关青春的话题开始弥漫，醉卧花丛、指点江山的青春豪气便书写在一首首院校诗歌里。

在仁寿山登高望远，桃花一株一株连成一片，将东起刘家堡，西至沙井驿 30 里的滨河地带妆扮成了一片粉红世界，仁寿山自然也就成了黄河上游真正的桃花源。目前，已经举办过二十几届的安宁桃花会，完全是一张以桃花为主题浪漫而富有诗意的名片。和舟山桃花岛、成都龙泉驿、庐山桃花园、湖南桃花江、湖南桃花源等地一样，成为中国最佳赏桃胜地，也是黄河流域花事胜景中的独特一处。

梨花盛开，黄河上游的一袭素衣

和油菜花遍布全国不同，梨花在黄河流域的亮相，仅仅集中在从青海省贵德县到进入宁夏回族自治区中卫市时的南长滩这 1000 多公里的行程中。春天的黄河两岸，这段行程中的许多滨河村庄，一株株百年老树被一簇簇硕大而洁白的花朵覆盖，整个村庄便浪漫在一片花香中；秋天，一株株老树上挂满了金黄的果

梨花枝头自带诗

实，整个村庄便幸福在一股诱人的香气中。这就是黄河花事中的梨花。

梨花村落默默地、时时地展现着自己在一年四季里的不同景致。春天时分，一个个村庄里梨花绽放黄河岸边，那朵朵端庄、素朴如黄河女子的梨花构成的是一个千里银色长廊；一树树梨花盛开时，成了青海、甘肃、宁夏三省联袂打造浪漫花事。2006年的梨花节时，世界著名的钢琴王子理查德·克莱德曼应邀，在青海省贵德县城郊的一树梨花最浓香处弹琴，1000多架钢琴同时弹奏，那阵势何曾是一季花事所能承载的？现代音乐艺术伴随着古老的黄河水流动，天籁之音便彷佛穿过贵德谷地，飘散在整个青海大地上。

我从小就沉浸在这种花香中，我的故乡、甘肃省靖远县滨河村庄发裕堡至今仍有几百株百年老梨树，年年春季，准时将一树树盛开的梨花呈献给黄河边的小村落，梨树的村庄便沉浸在一片洁白的花事中。

贵德县标志性建筑——玉皇阁旁盛开的梨花

从黄河北岸的甘肃省景泰县五佛乡渡船前往被春天花事染白、秋天果实熏香的发裕堡，船行黄河，从吱吱呀呀的划桨声到柴油机声，从古老的羊皮筏子到现代的机动渡船，一筏飞渡，一船飞渡，往来间驮负着千百年来乡民们走向外界的梦想，也构架着这里和外界的联系。千百年来，浑黄的水面上，一次次的渡船、一船船的摆渡，多少黄河上的故事风情随着一个个漩涡东流而去，留下的是有些像沈从文笔下湘西般黄河小村版的风情，那袅袅的炊烟升起、飘散，那悠悠的民歌小调响起、散失，烟影歌声里，收录的便是小村千年的风雨沧桑。

梨花深处，是村民们寄予花事中多少关于收成的愿景；一树花事退场后，梨花盛开在黄河的记忆深处，梨树开始它真正的使命。几乎没有农人去关心花事过后的成长，就像乡里的孩子，在田间地头成长。暮秋时分，成熟的香水梨带来的是树树金黄，枝枝脆香，顺手一摘，随手一捏，梨自然会分成两瓣，包含着的香气扑鼻而来，梨花最后的归宿——“香水梨”的名字因此而来。

香水梨的存放和其他水果也不一样，是专门用黄河两岸群山里产的芨芨草，编成盛放香水梨的背篼，高一米左右，外面是直径在三厘米左右的方形透气格子，里面再用麦草等铺垫，通过渡船运往黄河两岸的其他乡村，换取村落里没有的生活生产资料。

村民们留给自己吃的香水梨，存放方式也很独特。用树枝、麦草在屋顶搭成个简易小棚，堆放着挑选出的好梨。到了冬天，梨因为天气变冷而被冻成了黑色，也不像秋天那样散发出香气，梨色和香气开始“冬眠”。倘若家里来了客人，主人便顺着搭在房屋前的梯子，到屋顶的棚子里取些沉睡的冻梨，那是主人招呼客人的上佳礼物了，梨被放进凉水里，慢慢地，冰碴子消融了，升华的却是主客之间的一份情谊。冬天的梨，在黄河沿岸也因此有了另一个名字——软儿梨。

尤其是隆冬季节，乡下人有个头疼感冒的，几个香水梨下去，真的就有那么一份神奇的功效；男人喝酒后，冰凉凉的几个梨下去，自然也就醒了几份。冬日的村落，没有梨花怒放时的喧嚣，没有秋天收获时的喜悦，却更能展示乡村的原貌，一切在一种常态中陪伴着岁月行进和流逝。

这就是黄河岸边的梨花村落，黄河流经青藏高原和黄土高原地段时赐予大地的一份礼物，静悄悄地依偎在一河的水声旁，供人们品尝。

从发裕堡顺河而下，沿途的金坪、大庙等甘肃境内的村落里，都有一树树梨花在春天亮出白色的素洁。黄河流出甘肃，进入宁夏境内的第一个村子南长滩，这里的几百株梨树便是黄河沿岸中梨花盛事的最后一站。从青海省的贵德县至此的1000多公里的流程里，一树树梨花下的青春情愫、一季季雪花后的酒歌民谣、一缕缕炊烟里的村情民事、一船船载驮的繁忙及其后的落寞，山河相隔出距离和神秘，让走进者足以展读一个个梨花村落的神韵。

马兰花，河套平原上的碎花小袄

2008年1月10日，宁夏回族自治区的区花诞生，通过填写的选票、网络投票和短信投票等形式，在九种候选花卉中，马兰花得票最高，占投票总数的70%左右。2008年秋天，在宁夏回族自治区成立50周年的庆典活动中，那英以一首《马兰花》再次让人们知道了这种在黄河和宁夏相遇时盛开的花："马兰花马兰花，风吹雨打都不怕，勤劳的人在说话，请你现在就开花，马兰花开开满天涯，一起迎来祥和在我的家。"盛开在黄河流经宁夏平原的马兰花，送给了宁夏这样一份厚礼。

提起马兰花，国人并不陌生。1956年6月，根据同名童话故事改编的中国童话剧《马兰花开》正式问世，这是新中国儿童艺术剧院的建院剧目，当年一上演便十分轰动，周恩来总理对该戏提出"大兰是可能教育好的，不要让她和老猫一起死掉"的建议更使它成了家喻户晓的剧目。从首演至今，连演不衰，成为中国儿童剧史上的第一里程碑，当年获得全国话剧汇演演出一等奖，1954～1979年全国少年儿童文艺创作评奖剧本一等奖。

宁夏平原北端的马兰花

1960年，海燕电影制片厂摄制的《马兰花开》获百花奖最佳美工奖。2009年，称为"中国动画梦工厂"的上海美术电影制片厂拍摄的影院动画片《马兰花》，被称为一朵在中国原创动画片中引以自豪的"世纪之花"。

马兰花的花语是"爱的使者"，叫马莲花，学名马兰，每年四五月间开放。因为它根系发达，抗逆性强，不仅抗旱、抗寒、抗盐碱、耐践踏，而且具有极强的抗病虫害能力，非常适用于水土保持和盐碱地的绿化改造。黄河流经宁夏平原和鄂尔多斯台地相交地段时，10万亩半干旱的草地上，就生长着让荒漠呈现活力、增添景致的马兰花。每逢春天，路边、田头绽出青翠欲滴的马兰花，紫色、淡蓝色的美丽花朵，茂密而尖狭的叶子，在大河和荒漠间显出生机，一丛丛一丛丛，就像是给这片大地披上的一件碎花小袄。千万株马兰花迎风开放时，风中起伏的身影和整齐的动作，如同一场规模宏大的穿着蓝色衣装的团体操表演。一簇簇、一片片的马兰花带给茫茫沙漠一片绿意和诗意，自然也如她的花语“爱的使者”一样，成为这片荒漠上爱的使者。甚至，这种蓝色的小花，那么不起眼地从黄河边蔓延而出，盛开在贺兰山、六盘山、西海固地区，这或许也是它能成为宁夏回族自治区区花的原因吧。她和红色的枸杞、黄色的甘草一同成为宁夏的“三色宝草”。

和黄河沿途的花事相比，马兰花显得很落寞，一直在干旱、半干旱的土地上绽放着自己的风骨，展露着自己的风姿。没人浇灌，没人抚育，顽强地扎根于贫瘠的沙漠荒滩。2000年，原陶乐县举办“陶乐马兰花生态观光旅游节”，从此，这个复苏马兰花记忆的盛会就一直坚持了下来，马兰花成了万里黄河花事中的“蓝色妖姬”。

300万亩葵花，燃烧在河套的金色激情

黄河大桥边的向日葵

向日葵是一种耐盐碱、喜光、抗旱的作物，在国际上只有阿根廷、俄罗斯、乌克兰、中国等少数国家和地区生产，而中国只有内蒙古、新疆和东北部分地区适宜种植。如今，阴山之下、河套平原之北的巴彦淖尔已经成了中国最大的向日葵种植基地，占中国葵花籽总产量的一半，一片金黄花事过后，迎着太阳怒放的花香渐淡，经过初秋阳光的滋润，

一粒粒走向丰收农民家中的葵花籽的总量达5亿公斤。

河套平原上的葵花

行走于夏秋季节的河套平原，黄河西侧、北侧的巴彦淖尔市境内磴口县到乌拉特前旗的300多公里沿黄地带，300万亩怒放在河滨的向日葵连成一片大地的金黄衣装，以一片巨大的金黄呈现在黄河之滨。在整个黄河流域的花事中，这种独特的花海除了适合观赏外，她的种子更具经济价值，其果实并不是人们常见且喜爱的葵瓜子，而是可榨出低胆固醇的高级食用葵花油的油葵。

其实，巴彦淖尔应该将这种带来经济利益和观赏价值的花定为他们的市花，这一点，该向俄罗斯学习：俄罗斯的国花就是向日葵。同时，美国的堪萨斯州因盛产向日葵而有Sunflower-State（向日葵州）的别称，在注重打造城市品牌的当下中国，这一点也值得巴彦淖尔市深思。近两年，中国各种“花节”遍开，“中国河套葵花节”亦无一例外，金黄花事的巅峰处，是黄河流经河套时向国内外客商打开的一幅了解向日葵的长卷。长卷的腹地，是巴彦淖尔市五原县。在五原县城，全国最大的葵花主题广场和“葵花神韵”雕塑，昭示着巴彦淖尔市全方位打造向日葵花事核心地的抱负，就连政府前的广场也以“葵花广场”命名。

丰收的赞歌献给辛劳的农民，也献给伟大的黄河

金黄的花海点缀在黄河边，不仅仅是一片风景，花事过后，丰收出场，河套的向日葵更重要的贡献是以其经济价值丰富着河套人乃至其他一些地区人们的餐桌，这里的向日葵油因为塞上充足的阳光、黄河水的滋润而备受欢迎。而且，它因盛产而降低了中国食用油原料的国际依存度。一批批被向日葵香吸引的本土企业和外地葵花油生产企业，为中国油脂市场的安全稳定和巴彦淖尔市农业经济的快速发

展创造着有利条件，一起为河套的向日葵花事营造着更有气质的风景。

牡丹，国花的盛大开放

2008年北京奥运会期间，很多细心的运动员、裁判员和观众，在31个奥运比赛场馆、机场、运动员下榻的宾馆以及重要的礼仪场所，惊奇地发现这些最显眼、最重要、最能体现其高贵性的地方，摆满了鲜艳的牡丹花。运动员、裁判员在完成一项项精美的体育赛事的同时，也闻见了一股股牡丹花香，很少有人知道，这些“国花”就来自河南洛阳神州牡丹园——2008北京奥运花卉配送中心盆花生产基地。

荷泽牡丹园

“洛阳地脉花最宜，牡丹尤为天下奇。”在欧阳修《洛阳牡丹图》中的名句引领下，我站在洛阳牡丹的浓郁花香中遥想，欧阳修强调的“地脉”不仅是说洛阳土地肥沃，而且也指这里气候温和、雨量适中，非常合适牡丹的栽植，更重要的是洛阳城里的历代园艺大师们，潜心于牡丹的繁育和创新，使这座古城开满了年年不绝的色、型皆佳的珍品，为这座古城赢得了“洛阳牡丹甲天下”的桂冠。

欧阳修所说的“地脉”，在2004年4月得到了科学的论证：河南省地质调查院和洛阳市地矿局发现，洛阳一带土壤的各种微量元素，特别是锰、铜、锌、钼元素明显高出其他地区，其中锰的有效态含量是其他地区平均含量的20多倍。这些微量元素能有效促进植物细胞生长，促进叶绿素、糖类、酶类的合成及花蕾的形成。洛阳的土和黄河的水，共同滋养了一片富贵的国花之乡。

如今，洛阳共有960个牡丹品种，占全国牡丹品种总量的67.25%，这座黄河边的名城已经成为中国牡丹资源的重要分布地和最早的栽培地，也是中国乃至世界牡丹的栽培中心之一。创建于 1987 年的洛阳国家牡丹园，是中国目前惟一的以国家名义命名的花卉专类园，园内的“凤丹牡丹林”，是全国乃至全世界现存的数量最大的“千年牡丹群”。

洛阳，中国国花园

在中国的众多牡丹产地中，洛阳牡丹率先申请注册“地理标志”，产品畅销全国各地和日本、美国、荷兰、新西兰等 20 多个国家和地区，年产值达 10 亿元。牡丹不仅成了洛阳的经济名片，随着洛阳邮政局开发的“千枚牡丹”个性化邮票等文化系列产品，洛阳牡丹花会入选国家级非物质文化遗产名录，牡丹更成了这座古都的文化名片。

每年清明和谷雨前后，洛阳牡丹开，满城花事浓，来自各地的赏花者出现在洛阳牡丹园、西苑公园牡丹园、王城公园牡丹园、洛阳国际牡丹园、神州牡丹园、洛阳国花园、先农牡丹园、白云山高山牡丹园、鸡冠洞高山牡丹园、小浪底牡丹园、龙门西山牡丹园等牡丹观赏点，浸醉在那一片年年如约而至的花气之中。这种本土的人文环境和外界的给力，使洛阳市人大常委会于 1982 年 9 月 21 日通过决议，命名牡丹花为洛阳市“市花”。从 1983 年起，每年 4 月 15~25 日举办洛阳牡丹花会，洛阳便以花为媒，向外推介着一个花城的美丽与芬芳。

徜徉于洛阳期间，我特意留心牡丹给这座城市披上“国花”盛装的历史。公元 604 年，隋炀帝杨广继位，这位偏爱牡丹的帝王，于洛阳开辟西苑，派人将各地收集到的牡丹种植在西苑中，助推了洛阳牡丹大面积栽植。唐朝，西苑的牡丹影响力并没因洛阳的帝都不再而减弱，喜好牡丹的杨贵妃看过这里的牡丹后，下令在宫廷的沉香亭前和骊山行宫里也栽植牡丹。武则天对牡丹的喜好更是超过前人，这种偏爱给后人留下了“贬牡丹到洛阳”的传说。到宋代，北宋文学大家欧阳修更是以一本《洛阳牡丹记》，书写了中国第一部牡丹专著。

虽然洛阳牡丹占据着魁首，但牡丹在万里黄河两侧的很多地方都有栽植。黄河在山东境内的菏泽地区，同样养育出了一片牡丹之乡，这里的牡丹，清道光年间，就曾作为贡品运送进京，逐渐发展为我国最大的观赏牡丹输出基地。据不完全统计，北京仅解放后就引植菏泽牡丹多达 12 万株，200 多个品种。点缀于故宫、北海、天坛、颐和园、中山公园、景山公园等重点风景游览区。其他地区和国家也均大批引种菏泽牡丹。

曹州牡丹园

1999 年 4 月 30 日，昆明世界园艺博览会上的 119 枚牡丹单项奖中，菏泽牡丹一举囊括了 81 枚金奖。2001 年 9~10 月，在全国第五届花卉博览会上，菏泽牡丹以其华贵、典雅的风彩，囊括了专项奖中的全部金奖，获奖总数占牡丹专项奖总数的 85%。2002 年 2 月初，菏泽牡丹再次称雄首届全国牡丹花展，共荣获 128 枚奖牌中的 86 枚，其中分别夺得 13 枚金牌中的 8 枚，38 枚银牌中的 22 枚，77 枚桐牌中的 56 枚。

白玉兰，掀开郑州花事的盖头

郑州不缺花，但郑州似乎一直无缘万里黄河的盛大花事，然而到了 2011 年 3 月下旬，这种局面得到了改善。3 月 23 日，郑州黄河湿地保护区黄河滩地的百亩玉兰花迎春怒放，映衬着蓝天白云，花香飘满原野，使郑州以白玉兰为主角的盛大花事跻身黄河花事的视觉大宴中。

谈及中国城市和白玉兰的关系时，很多人会想起这是上海市、东莞市和连云港市的市花。如今，郑州市民也呼吁，将白玉兰评定为郑州的市花。

盛开的白玉兰

一般人提及黄河和郑州的关系，容易想起花园口事件，自然会联想到黄河带给郑州的灾难。如今，花园口也成了白玉兰盛开的胜地，外地游客来此观看白玉兰者逐年增加。

玉兰花又名木兰、白玉兰、玉兰等，尽管在中国有 2500 年左右的栽培历史，且为庭园中名贵的观赏树。黄河之滨偶尔有栽植，但一直没能大规模地栽植。近两年来，郑州黄河湿地保护区大力引进玉兰花进行栽植，并且培养出很多品种。玉兰花代表着报恩，郑州黄河湿地保护区在黄河滩地上栽植出这些报恩花，盛开时的万亩芬芳，自然也昭示人们对母亲河的感恩，那些前往观赏的人们在导游的讲解下，自然对哺育黄河流域文明的黄河心生感恩之意。玉兰花的花期不长，就在 3 月下旬的十几天时间里，前往郑州黄河湿地保护区的人们，看到了清寒未尽的河滨大地上，一片即将盎然的绿意中，一朵朵白色花朵绽放在黄河岸边，随着那芳郁的香气令人感受到一股难以言喻的气质，委实清新可人。那些白玉兰更是株禾高大，开花位置较高，迎风摇曳在黄河边的清风中，彷佛亭亭玉立于黄河岸边的一个个仙子。

菊花香，开封的一副黄金甲

年年遗留下来的菊花盛事，就像一句圣洁的遗言，被这个城市深深地牢记并秉承了下来，年年如期召开的菊花盛会，就像一场场精神的大雪，年年飘向这个城市的每个角落，滋润着这个城市的精神生活。那时，万枝菊根的顶端，一支支菊花飞翔着诗意和浪漫，供这个城市的市民以及远道而来的游客用喜悦的心情和轻松的目光洗浴这枝枝菊花。这场场花事是这个城市多年刻制的精美印章，当两者相遇在秋天时，开封就在绽放的菊花中敞开了自己热情的怀抱，沉醉在菊花带

开封菊花展

来的幸福中。

当第一株菊花开放在开封时，一缕淡淡花香并不知道，随后而来的更多菊花盛开时，会使这里逐渐成为中国赏菊的圣地。随着中国北宋的国都落居这里，引领当时世界风气之先的开封，让那些来自祖国各个角落的举子、商人、官员们，在秋天自然也就闻到了一城菊花香，更是那些北方草原、戈壁和大漠中生活的回鹘、党项、契丹、女真人们极力企盼的，更何况那些沿丝绸之路翻越帕米尔高原的穆斯林和远渡重洋从海上来的东南亚各国的使者、商人们。

女真和蒙古人入驻开封，虽然没有再大规模地发展开封菊事，但这个城市养菊、赏菊的风尚悄然间秉承了下来。明清时代，开封城里养菊之风领唱着中国菊事。明代诗人李梦阳在开封城的一城菊花香里写下了“万里游燕客，十年归此台。只今秋色里，忍为菊花来”的诗句。乾隆皇帝南下到开封时，专程到开封禹王台赏菊，那个秋日艳阳的下午，沉醉于菊香的乾隆也留下了“枫叶梧青落，霜花菊白堆”的诗句，禹王台至今还留有乾隆皇帝的咏菊诗碑。

侍弄菊花的农民

纷飞的菊香在开封弥漫了千年，自然也就养成了这个城市的市民对待菊花的精神取向。他们传承着以养菊、赏菊为乐事的习俗。养菊从数量上、品种上、栽培技术和绑扎艺术水平上都代表着中国的最高水平。每年金秋十月，花香吸引着人们倾城而动，赏菊吟诗，万人观花的盛大场面也吸引着外地人前往。1983年，开封市人大常委会决定，每年10月举办一届开封菊花花会，同时定菊花为开封市市花。1994年，开封市第十二届菊花花会更名为“中国开封菊花花会”，菊花盛会成为一国之花事。

政府行为对菊花盛事的规模提升，效果很快得到显现，每到秋季，开封便是菊花的世界，花香沁人心脾。我是在中国开封第二十四届菊花会期间来到这个城市观花的，那时，这个城市留给我的是一场秋天巨大的浪漫。

中国开封第二十六届菊花花会

在主会场开封龙亭，传统风格和现代技艺珠联璧合的菊花，摆放在从午门至大殿的御道两旁，造型各异的数万盆菊花，将古朴威严的龙亭大殿衬托得生机盎然，在菊花淡淡的清香中，白菊似雪，黄菊如金；潘杨两湖的堤岸旁，更是开满了闲雅洒脱、多姿华丽的悬崖菊，株株枝条悬垂而下，朵朵小花密似繁星，一面湖水半城花香的盛况使人觉得此景只合开封有，使人觉得开封无愧于中国菊城的美誉。

50余米的“菊龙”之长为全国之最；高达6.6米的塔菊亭亭玉立于全国最高菊的席位；花茎有4.2米、花朵数量达6000多个的大立菊是全国最大的菊花；如掌中之物的案头菊，其小巧玲珑为全国之最；嫁接而成的悬崖菊，以其拖垂4米有余之“巧”为全国之最；利用花期控制技术，开封菊花可以在春天与百花同放，更是中国之绝。

如果说养菊、赏菊是开封人精神世界的一个写照，那么菊花自身性格刚强、耐寒傲霜、气质高洁的精神品质则慢慢走进这个城市的品质养成中。这座古城虽历经了多次的黄河掩埋、战火灾荒，但这里的人民一直生生不息，自强自立，重建家园，这不正是菊花独有的品质吗？同时，菊花的美艳，也正如开封人曾经在北宋时期创造的如《清明上河图》中展示的市井生活，从而有了开封人是中国最早的市民的说法。因此，菊花不仅装扮了开封的秋天而且赢得了中国菊城的美誉，更为这个城市带来了一份难得的精神遗产和精神品质。

10万亩芦花，书写黄河入海口的浪漫

黄河带着一路花事，来到入海口，10万亩芦花将盛大的洁白谱写在这里，以此来谢幕这场盛大的花事大剧。

其实，沿黄很多湿地在金秋时节，都有“芦花飞雪”的壮观，但我选取了山东省利津县刁口乡国家级自然保护区内的飞雁滩，黄河在即将完成万里画卷的收笔之作时，在入海口的黄河三角洲国家级自然保护区形成了我国暖温带最完整、最广阔、最年轻的湿地生态系统。金秋季节，这里的10万亩芦花形成了“芦花飞雪”的壮观景象，成为万里黄河花事中的压轴之作。

这里具有丰富而独特的旅游资源，形成了融广袤、古朴、新奇、野趣于一体的芦花景观、湿地景观和海滩景观，芦花飞扬时，黄河上空形成的自然飞雪夹在碧海蓝天间。芦花飞过，境内的草场、灌木林及大面积的湿地系统仍保留着原生湿地生态系统，由10万亩芦苇荡，20万亩柽柳林，21万亩近海滩涂构成了黄河花事谢幕时的大手笔。尤其是浅海滩涂成为东亚内陆和环太平洋鸟类迁徙的主要停歇地和越冬的栖息、繁殖地，鹤类、天鹅类、鸥类、鹬类有130余种，构成了10万亩芦花飞扬时的另一种动态景观。因此，在黄河之滨，“藏地深处的酥油花、安宁堡的百里桃花、发裕堡的千年梨花、河套平原的万亩马兰花、阴山和黄河怀抱中的300万亩葵花、洛阳甲天下的牡丹、开封满城的菊

山东利津“芦花飞雪”

花、黄河入海口的10万亩芦花”构成了万里黄河的盛大花事，同时也创作了万里黄河上的万里画卷。

二、岩画，石头上的史诗

从坦桑尼亚的拉托利地层发现的早期人类化石算起，人类已经繁衍了377万年。300多万年来，史前人类文明发展的全部成果除了以生产工具为主的证据外，音乐、舞蹈、绘画、语言、风俗、信仰等意识形态和造型艺术方面的直接证据微乎其微。石头和远古人类的想象相遇产生了岩画，这些刻画在石头上的人类生活的痕迹，有着怎样的文明填补意义呢？而岩画一旦和黄河相遇，那些冷峻中暗暗递传着古人类文化信息的石头，就像一把热火中锻打的镔铁猛地刺进水中，随着那股“白烟”的升起，神奇和神秘便隐身了。黄河边的岩画群，对解读中国古代文明又有着怎样的意义呢？那些石头上刻着的符号和文字，到底寄托着多少人类滨水而居时的幻想呢？

黄河流经甘肃省靖远县的吴家窑，宁夏中卫市的大麦地、香山，内蒙古和宁夏的界山贺兰山，内蒙古乌海市的卓资山，巴彦淖尔市的狼山、阴山，河南新郑县的具茨山等临水而立的山地时，山坡的石头上刻着不同历史时期的人类文明痕迹，这些刻在石头上的画面，就是一朵朵盛开在黄河边的“人类童年的记忆之花”、是一条“石头上的史诗长廊”。

靖远岩画群，“石头上的史诗扉页”

古人类在石头上刻下想法或者生活场景，这种做法始于什么时候，目前还没人能说得清楚。但可以肯定的是，顺着黄河穿越在这些远古人类留下来的、横穿

吴家川岩画

于史前人类到游牧部族政权逐渐旁落的时间长廊里，无疑是在拜读古人的思维和黄河相遇时的一篇千古大文章。

在黄河源头，我仔细地触摸过刻在河源之石上的玛尼石，在九曲黄河第一弯的玛曲县乡下，我曾发现过刻在石崖上的画面。顺河而下，我到了甘肃省靖远县的吴家川，如果说黄河岩画是一幅美丽的画卷，青藏高原上刻在石头上的经文、图案以及崖画是零散的前言，靖远岩画就是扉页，它包括吴家川岩画和水泉岩画。

1988 年，我在甘肃省靖远县第二中学读高中时，无意中听家在靖远县刘川乡的同学说他的老家吴家川有刻在石头上的“怪画”。一个寂寥的周末，便借上一辆自行车出靖远县城往西而去，经过 40 公里的县级公路后，踏上黄河北岸的一条崎岖小道。然后是步行翻过几座丘陵，眼前一亮！那几块巨大的红色岩石在周围的枯黄中显得非常醒目。那些刻在石头上的“怪画”成了我一直探究的谜。回到学校，通过查阅资料才了解这些“怪画”问世的根源。1976 年春天，兰州大学地理系的一些师生到这里采风，意外地发现了这几处罕见的岩画遗迹，将其命名为吴家川岩画。这是黄河流域岩画最早被发现，很快引起了文博界的极大兴趣。专家学者们亲临实地考察后，确认这批岩画与 1972 年在甘肃省嘉峪关发现的黑山岩画类型相类似，是西周至春秋时期的古先民的创作。

吴家川岩画

1983 年，《文物》杂志第三期发表了甘肃省博物馆张宝玺的文章“甘肃省靖远县吴家川发现岩画”，这是国家权威刊物第一次全面刊登黄河流域的岩画文章介绍。据村民介绍，当初兰州大学地理系的师生发现的那组岩画凿刻于两米余高的破裂巨石裂缝断面之上，图画面积较小，图形单一，个体为人骑马形象。当我为本书的写作再次来到这里时，已经不见当年发现的那些岩画了，2003 年，兰州到银川的高速公路修建时，因处在路基南侧，取土垫路，被深埋地下，遗迹已无处可寻。

我这次仅能看到的是地基北处的岩画遗存，位居甘肃稀土公司生产区附近、国道 109 线以北 1.5 公里处的陈家沟内，当地人叫做谷子地沟，周围遍布裸露的红砂石岩丘，岩画刻于一座巨大的粗质山丘上部的红砂岩断面之上，岩画个体数量多而且形态各异，有大角羊、鹿、马、狗等动物形象，亦有头戴饰物的人体画像，骑马奔驰，呈狩猎之状。秦以前，这里为古代中国北方少数民族戎人、羌人所占据，吴家川岩画就是那个时期游牧生活的真实写照。

中卫岩画，“神马”足迹和岩画“维纳斯”

中卫是宁夏最西边的一个市，香山就位于黄河南岸的中卫境内，1974 年，从中央民族大学历史系毕业的周兴华被分配到家乡中卫工作。一天，他去香山的路上，看见一位老乡赶着一群牲口走过。便随口问老乡去干什么？老乡回答：“到石马沟饮水去!”老乡得知他没有去过石马沟，便告诉他：“石马沟里有一大块青石板，又光又平。太阳爬上山顶时，一群‘神马’的影子就落在青石板上，活灵活现。太阳一过中午，‘神马’就不见了。”

神奇的传闻，使周兴华蓦地想到他在大学读书时接触过的岩画，他沿着牧羊人指引的方向，进入石马沟找寻那块神奇的大青石板。当他气喘吁吁地赶到那块石头前时，阳光刚好斜射到石面上，几辐“神人”骑“神马”的图像清清楚楚。“岩画!”他那一声惊喜的呼喊声，拉开了对黄河之滨的中卫南岸香山地区存有大量岩画的考察。

石马沟、石羊沟、南井沟、红石水、韩锁井等黄河边的山沟里，随着周兴华在这里的足迹一次次探进，越来越多的岩画被发现。

黄河南岸如此，和香山一河之隔的黄河北岸有岩画么？带着这种疑问，周兴华开始走进冈峦起伏、沟壑穿流的中卫北山，在当地叫照壁山的山丛中，他终于在大麦地、黄石坡、石房圈、新井沟、大通沟一带发现了2000多幅岩画。整个北山的岩画个体图像近万，这里成了距离黄河最近数量最大的岩画宝库。至此，香山和北山构成了上万个单体岩画，整幅画面达3000多个。有太阳、月亮、星辰等天体图像；有山石、树木、花草、建筑等地物图像；有羊、马、鹿、虎、豹、牛、狼、狗、狐狸、熊、骆驼、野猪、鸵鸟、雕、鹰、雀、鸡、水鸭、蛇等动物图像。还有一些手印、足印、蹄印、符号。尤其是北山的一幅石雕女性裸像石刻，体态丰腴，乳房硕大饱满，腹部隆起，臀部丰满，手臂纤细，双腿并立。被周兴华赞誉为神秘的“维纳斯岩画”，与奥地利维伦多府出土的石雕女性裸像堪称为孪生姊妹。

1991年，国际岩画委员会年会暨宁夏国际岩画研讨会在银川召开，会议期间，10多个国家的100多名中外岩画专家来到大麦地岩画点观看后，称赞中卫北山简直就是一座露天的岩画博物馆。

贺兰山岩画，走向世界的文化名片

5000年前，这里是古先民狩猎之地；500年前，这里是贺兰山岩画的最后一个创作主体——蒙古人撤退后留下的一片飞地，明朝军队在此设置要塞抗击蒙古部落中瓦剌人和鞑靼人的侵扰；50年前，这里是贺兰县金山人民公社的地界，遍地的岩画被老乡们

贺兰山岩画

认为是“凶画”而避之不及。10年前，我开始一次次沉迷于这些刻在石头上的“古老艺术”中。

李祥石目前系北方民族大学岩画研究中心研究员，对他的采访，缓缓地推启了一扇我了解贺兰山岩画的大门。1969年春天，身为下乡干部的李祥石，前往贺兰县进行“社会主义教育和集体主义教育”，在一个略显无聊的下午走进贺兰山下的贺兰口，他看见山谷里遍布当地人所称的“石头画”，后来，一有空闲就漫步于这些“画面”中。1978年，他无意中在《科学知识》上看到“中国岩画学之父”之称的岩画学者盖山林介绍阴山岩画的文章，他才联想起贺兰山里的那些“石头画”就是岩画。从此，他经常去贺兰山进行岩画的探寻、拍照、研究、整理等工作，在《文物》上刊发了“宁夏贺兰山贺兰口岩画调查报告”，并给宁夏文化部门的领导写信。至此，贺兰山岩画才从当地百姓眼中的“不吉祥的画”、“鬼画”、“凶画”等偏见中走出，步入科学研究者的视线。

贺兰山岩画

李祥石将自己的贺兰山岩画发现见诸媒体后，引起宁夏文物考古者的重视。1984年，宁夏开展文物普查工作，发现贺兰山有16个岩画分布点，上千幅岩画。1987~1991年，贺兰山岩画考察小组的岩画普查工作打开了一个贺兰山的岩画世界：岩画超过1万幅，组合画面在3000幅以上。整个贺兰山，完全就是一个岩画的王国。“中国岩画学之父”盖山林，中国岩画学研究泰斗陈兆复等人也从此开始关注贺兰山岩画。

17亿年前就形成的震旦纪花岗岩和第三纪砂岩，提供了刻制岩画的条件，生活在贺兰山的古人类和诸多少数游牧部族的创作构成了岩画创作的主体，年均421.9毫米且集中在夏天的贺兰山区年降水量，不仅使贺兰山成为中国降水日数较少山区之一，从而为那些“贺兰纹身”添加了寿数，以致今天的人们依然能清晰地看到许多画面内容。如今，经过文物工作者的普查，那些晾晒在贺兰山内一条条山沟、一块块岩石上的岩画累计达到数万幅，使整个贺兰山成为一条纹身的山脉。

1987年夏天，寂寥的贺兰山红果子沟里，北方民族大学岩画研究专家束锡红陪同国家地震局地壳应力所的谢新生、肖振敏等人在运用丽石黄衣测年法对岩画的年龄进行测定。他们发现贺兰山的岩画早期在10865~13241年，中期在5947~6253年，中后期的在2771~5422年，晚期的则不足1000年。这个脉络告诉我们，贺兰山岩画反映不同历史时期人们对自然和神灵的崇拜，构成的不仅是一条史前人类开拓的艺术长廊，更是宁夏古代史的一幅画卷。

贺兰山岩画，穿越了这样一条时光长廊：原始狩猎时期、和西方莫斯卡文化一致的新石器时期、北方游牧部族时期、和中原青铜文化大体一致的匈奴化时期、隋唐期间的吐蕃化时期、公元11~13世纪雄踞贺兰山周围地区的党项羌时

贺兰山岩画

贺兰山岩画——太阳神岩画

期、明朝军队追击下仓皇逃出贺兰山腹地的蒙元残余时期，等等。无言而生动的岩画，构成了一条完整的、不断流淌的少数民族部族的史话长廊。从整个贺兰山岩画中出现的蒙古文字来看，元代是贺兰山岩画划句号的地方。

群鹿图

商周以来，贺兰山地区一直有北方游牧部族生活，秦汉以前有鬼方、羌、猃狁、匈奴等，秦汉时有匈奴、鲜卑、乌桓等，南北朝时有高车、柔然、突厥、回纥；隋唐时有突厥、回鹘、吐蕃等，宋元时有党项、蒙古等，他们在不同历史时期通过岩画将其智慧充分发挥并构成了丰富的岩画世界。30 多个岩画点、万幅以上的岩画作品，成了后人从另一扇窗口解读其创作主体文明印迹的博物馆，更是一个个少数民族在审美记忆、记录生活、原始崇拜等方面的文明记忆。

从水洞沟岩画中的太阳崇拜等表现原始先民的神秘自然崇拜到贺兰山腹地的代表生殖崇拜的女阴岩画作品，从动物及人的苟合所表现出的繁殖崇拜，到对部族女首领的手印崇拜，从远古时期对自然、动物、太阳神的崇拜，从春秋时期对大型动物崇拜到游牧部族时期对羊的依赖，从进入封建社会后对虎、马等动物的崇拜到中世纪时狩猎场景的刻画，贺兰山岩画更是一部浓缩了的人类的崇拜史。

贺兰山岩画不仅见证了生活在这里的少数部族的原始崇拜、生活场景，更是见证了贺兰山地区的人地关系演变。从贺兰山地区的岩画中鱼、螺等水生动物图形到双峰驼、羊、犬、老虎等威猛动物画像的出现，证实贺兰山走过了一个从水产丰足到牛羊遍地再到降水稀少乃至干旱屡降的环境恶化路径。贺兰山的岩画展示的更是一幅贺兰山地区人地关系变迁图和晴雨表：从水草丰足、气候宜人、动物群集的史前时期动植物理想

贺兰山岩画

著名画家壶僧应邀创作的贺兰山岩画图

生存的天堂到人和动植物和谐相处、人类狩猎、征伐，最后到植被稀少、降雨不足、森林锐减、沙化严重的境地。

采访中央民族大学岩画研究中心陈兆复先生，使我看到了贺兰山岩画走向世界的“路线图”。1985年7月，时任联合国教科文组织顾问、国际岩画委员会主席阿蒂纳出版了他的《世界岩画研究概况》一书，书中写到岩画的“主要地区”有140多个，亚洲的24个国家、31个地区中，中国的岩画没有丝毫踪迹。显然，世界岩画研究的大集会中，中国只赶了个晚集。

1986年4月，阿蒂纳收到了一封“忿忿不平的来自中国的信”，发信人是中央民族大学教授、博士生导师陈兆复，信中告诉阿蒂纳：中国的岩画地点有100多个，贺兰山的岩画是其中的一个代表。国际岩画委员会派人到贺兰山考察后，被这个神奇而博大的岩画世界吸引，决定在这里召开1991年的国际岩画年会。随后，三届国际岩画研究会连续都在贺兰山下的银川召开。岩画，成了一张走向世界的文化名片。

2010年6月25日，作者和“中国岩画学之父”盖山林合影

阴山脚下，中国岩画宝库

阴山岩画的惊艳问世依赖于盖山林，盖山林也因发现阴山岩画及其后的成就而成为“中国岩画学之父”。

岩画应和了考古界的那句名言：“惟

一能确定的就是不确定!”从乌海市境内的卓资山到巴彦淖尔市境内的狼山、阴山、乌拉特山几百公里的岩画带，是中国境内岩画分布最集中、范围最广的地区，集体书写了一部“无言的史书”。

阴山岩画

岩画的创作上限一直是悬浮在研究者上空的谜团，是全世界岩画研究中的头号难题，至今仍是岩画留给研究者最大的一个密码，有着岩画研究中的“哥德巴赫猜想”之称。在黄河流经内蒙古地区，岩画分布很广，从岩画反映的内容及创作手法来看，许多专家更倾向于这里是中国北方草原上创作最早的地区。

对于岩画的创作年代上限，专家们依然在争论着，岩画上空的这个谜团依然烟云缭绕。

贺兰山、阴山、狼山的岩画中，出现的第二个密码就是车的形象。美国匹兹堡大学的华裔历史学家许倬云在他的《万古江河》中曾提出：公元前2000年，西亚、南亚、东欧、北非的族群移动十分频繁，这些族群的移动都伴随着战车的传播，而战车正是在这种背景下传入中国的。没有正式的文献资料为他的这种提法作为例证，岩画或许能给出答案：沿着一条自欧洲到亚洲的岩画之路，我们会发现这也是一条战车蔓延之路，而车辆的形状进入中国后就出现在了天山、祁连山、阴山、贺兰山这条线上。黄河成了这种蔓延之路的终点。殷商时期，北方的战车在数量和性能上就卓越于中原地区，姜子牙帮助周文王伐纣时，派遣大将南宫适“求车八百乘于戎”，这些来自北方戎人的战车在摧毁殷商政权的战争中发挥了重要作用。而黄河岩画在甘肃、宁夏、内蒙古分布地区，恰好就是戎人生活的地区，这些岩画上的车辆形状，明确显示这里当时已经拥有了成熟的造车技能。这些岩画，也是整个中国岩画分布图中最靠近中原王朝的地区。中国岩画学界内公认的最具美感与创造性的岩画杰作——“五虎图”就在阴山内，这使阴山岩画有了中国岩画区内不可取代的席位。

具茨山，黄河岩画大书的封底

龙！刻在石头上的龙！

当我在黄河边的新郑县境内发现龙形岩画时，心里自然一惊。

这处岩画距离新郑具茨山风后岭的轩辕庙约 2 公里，处在一条小山路中间，刻在一块浅颜色的石头上。龙身大约有 1.2 米长，龙身宽度最宽处 5 厘米，龙首处是一圆坑，有拳头大小，整个龙首呈圆滑的三角状，前部尖，后边宽。龙首的右侧有一条小“沟”，向右下方延伸，越来越细，好像龙须一般。龙身共有 8 道弯，其中在几个弯度的地方有一些浅坑，好像龙的爪子一样。整幅图案的左下角，是单独的一小片岩画。这幅岩画是两行对应的小坑，每行 6 个，旁边还有一大点的坑，像是由 3 个小坑组成。传统史学认为，龙文化是源自中国黄河流域的中国文化，但一直没有确切的起始年代及其象征性展示物，这幅岩画的出现，令学者们大为震惊。

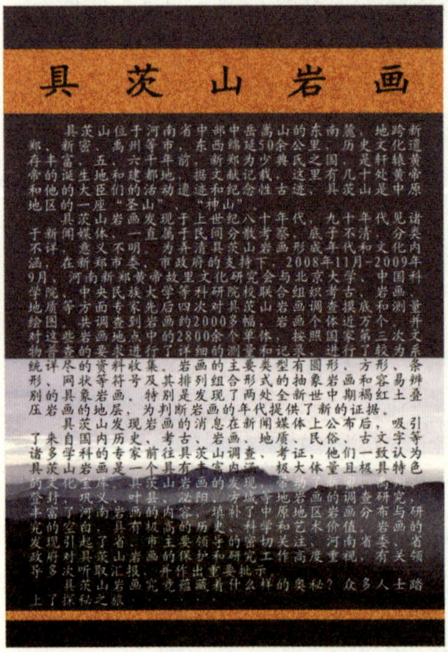

具茨山岩画

具茨山位于河南省中部中岳嵩山的东南麓，地跨新郑、新密、禹州等市，东西绵延50余公里，历史文化遗存丰富。五、六千年前，新郑为少典氏之国，是轩辕黄帝的诞生地和建都地。据文献记载，这里有几十处黄帝和他的大臣们的活动遗迹和纪念性古迹，具茨山是中原地区的一座“圣山”、“神山”。

具茨山岩画发现于上世纪八十年代，九十年代见诸于新闻媒体，一直属于民间分散考察，底子不清，分类不详，意义不明。为弄清具茨山岩画形成年代和文化内涵，在新郑市委、市政府的支持下，2008年11月-2009年9月，河南新郑黄帝故里文化研究会与北京大学、中国科学院、中央民族大学等科研院校联合组织考古、岩画、地质等方面专家先后四次对具茨山岩画调查摸底和测量绘图，共调查到岩画约2000多幅，岩画个体近万个，并对这些岩画地点中的2800余个单体，按照国家第三次文物普查的要求进行了详细的测量和记录，进行了较为系统详尽的资料收集。岩画的主要类型有圆形、方形、条形、网状等符号及其排列组合形式的抽象岩画和容易辨别的具象岩画。特别是发现了两处全新世中期褐红土叠压岩画的地层，为判断岩画的年代提供了新的证据。

具茨山发现岩画的消息在新闻媒体上公布后，吸引了来自国内历史、考古、岩画、地质、民俗、古文字等诸多学科的专家前往具茨山调查、考证，他们一致认为具茨山岩画是一个具有丰富内涵、极大体量且极具特色的文化宝库。具茨山岩画的发现，[illegible]登封、巩义、叶县、汝阳、方城等地岩画的调查研究，丰富了河南岩画的内容，填补了中原地区岩画分布与研究的空白，具有极高的历史、科学和艺术价值。岩画的发现引起了省、市主要领导的密切关注，河南省委、省政府对具茨山岩画的保护和研究工作高度重视，有关领导多次听取汇报，并作出重要批示。

具茨山岩画究竟蕴藏着什么样的奥秘？众多人士踏上了探秘之旅……

具茨山岩画宣传册

在中国，以龙为形的艺术品最早出现在内蒙古赤峰市境内，那是一个玉猪龙。据专家考察，距今已经有 4000 多年的历史，而黄河流域关于龙文化的实物却一直迟迟没有出场，新郑市的这幅岩画填补了这个空白。同时，中国一直倡导龙文化，然而遍布黄河流域的岩画，在上中游地区一直是个空白，联系整个黄河流域的岩画长廊，龙的形象至此才出现，不难看出这是黄河岩画中创作年代较为晚些的作品，也从一个侧面证实了岩画这一刻在石头上的史诗，在黄河流域基本上是沿着黄河走向传播的。

在这幅岩画的附近，当地学者还发现了其他一些岩画，与此前在具茨山上发现的岩画类似。而且属于同一时期。本土学者们或许是“出于对家乡的热爱”，将这些岩画和传说中的黄帝联系在了一起。认为黄帝统一天下后，为安抚归附的大河上下的广大部落，力排本族众议，毅然改变了部落原有的熊图腾，而开始在岩画上刻上了龙。由于这幅“龙”岩画，距具茨山风后岭的轩辕庙仅仅只有2公里左右，专家们更是由此推测：此岩画真与黄帝相关！

万里黄河两岸的群山中，遍布着古人类记录其物质生活、图腾崇拜、精神寄托的岩画作品，宛如黄河之侧的美丽纹身，别致但隐于山中，如果说青藏高原上的岩画是龙头，那么，吴家川、水泉、景泰等甘肃境内的黄河之侧岩画点则成了龙颈，最精彩的部分则在贺兰山和阴山一段，具茨山岩画则是龙尾部分，虽然数量不多，却扮演了一部黄河岩画大书的封底角色。

三、万里诗意，中国大美画卷代言者

高原谷地群，黄河装潢出的立体画框

从青藏高原到入海口，黄河历经地区本身就是一幅幅色彩迥异的画卷：河源地区的碧绿高原、青海境内水流边的红色丹霞地貌、褐黄一片的甘宁黄土高原和晋陕大峡谷、夏绿秋黄冬白的河套平原、四季色彩鲜明的中原地带等，万里黄河是一幅色彩缤纷的中国大美画卷代言者。

山脉和河流的相遇，造就了谷地这种地貌，黄河在青海东部的众多山脉间的

穿行，形成了一条长800多里的黄河谷地，如果说这些谷地群是一颗颗珍珠，河水便是将这些明珠串联起来的银丝，依次形成了贵德谷地、尖扎谷地、循化谷地和官亭谷地。和中国的著名谷地比起来，这些谷地显得小而没名气，它们在大山峡谷的拥簇中，带着几分与世隔绝的韵味，犹如养在深闺中的绝色女子。山河交错的地貌增添了她们的美姿，黄河水的浸润带来优良的气候，加上开发历史悠久，使得这四个丰饶的谷地成为青藏高原上的天堂。

孟达天池

尖扎谷地是黄河高原谷地中海拔最高的一个，整个谷地在黄河和丹霞山峰相间的巨大色彩包围中。时至今日，去往尖扎的大路只有一条，这条大路在山中蜿蜒向前，彷佛要将走进者带到一个梦幻般的丹山碧水中。蓝天、白云、红山、金黄的庄稼构成了一幅立体的油画。连绵的丹霞地貌跨越了青海省境内靠近黄河的尖扎县、化隆县、循化县以及甘肃的积石山县，构成了中国西北地区最大的丹霞地貌，丹霞成了这幅巨大油画之卷上最精美的色调。

贵德谷地是多级阶梯地貌，复杂的地质和气候条件，造就了这里梦幻般的地貌景观：丹霞地貌与风蚀地貌合体，而清澈如玉的温泉则从红色的悬壁中喷流而出。在恐龙生活的温暖潮湿的侏罗纪，这里的大部分土地逐渐发育成红色，上亿年的岁月沧桑，红色的底层被埋在了地下。风像剥蛋壳一样，剥离了盆地上面的地层，而流水长久的侵蚀冲刷，最终让大量的红色山峰重见天日，阿什贡峡也因这种地貌变成了“红色峡谷”，数十里奇形怪状的火红山峰重重叠叠在湛蓝的天空下。在一些迎风的岩壁上，还可以清晰地见到一些圆润的小洞穴、凹坑，这就是高原上的风裹着沙粒或尘粒，不断撞击磨蚀裸露的岩石表面，形成一个个风蚀龛，小的直径不到几厘米，大的却可以达到两米左右。

在几个谷地的穿越过程中，我最为青睐被誉为“青藏高原上的西双版纳”的

航拍黄河

循化谷地。2010年秋天，当我穿越在由黄河之黄、丹霞之红、白骆驼驮来的穆斯林风情、碧绿的山峦构成的循化谷地时，才真正领略黄河在这个谷地内的五彩之旅：中国最大的滨河丹霞地貌之壮观、高居云端的孟达天池之宁静、黄河穿越青海最后路段的积石峡之急湍、黄河在两个双人床那么大的隧洞中收束而出的神奇，黄河从清澈到浑浊，半河红色、半河清澈的色分两河的景致，以及黄河在一种舒缓状态下彻底变成"黄河"的壮美。

官厅谷地是其中最为平淡的一处，但黄河在这里扮演了两种角色，一是向青藏高原做着难舍的、最终的分别，二是向黄土高原做着投身其中的准备，黄河在这里已经真正因一河黄色而名副其实了，两岸的土地在不同季节里呈现给黄河不同的色彩和美丽，那是因为黄河是以母亲般的胸怀和甘甜的乳汁哺育着两岸大地上的生命！

青海境内的红色丹霞地貌

四个谷地中，整个丹霞地貌像黄河的伴侣，伴随着黄河一路向东而行，岩体表面丹红如霞，和清澈的黄河形成了鲜明的对比。沿途的奇峰、群山、洞穴、峭壁随山形变化而出，山体如柱如塔、似壁似堡、似人如兽，形态各异。河面舒缓地段，红色丹霞倒影水中，使人很容易产生人游行于阳朔山水中的错觉。

壶口瀑布，黄河之水跳起来

黄河水之奇，不仅有高原上的连环谷地，也有"跳起来的"瀑布之态。

1997年6月1日，这一天是众多国人带着孩子欢度儿童节的日子，然而，这一天，凤凰卫视主办并出资《飞越黄河》活动，由亚洲飞人柯受良驾车成功地完成历史性的一跃。那一刹那，飞人驾车的雄姿因为凤凰卫视连同中央电视台为中国各地及亚洲 30 个国家的直播而被定格在数亿人的记忆里，黄河因此也为中国电视业献上了一份厚重记忆：这是中国首次在野外完成如此大规模的现场电视直播。壶口，也因此借助电视传媒的力量走进更多人的视野。

黄河一路而来，有时舒缓如轻音乐，有时又急促得像一首迪斯科，到了壶口，立时变得立体起来、跳了起来。好像一个不知所措的孩子，挟带着巨浪滚滚而下，在壶口峡谷间又如万马奔腾，吼声动地。加上河水下跳时产生的水蒸汽不断升腾，给瀑布蒙上了一层半透明的轻纱，如烟，如雾，空中似乎飘着濛濛细雨，给壶口的黄河营造出了一个神话世界，形成了黄河上著名的“水底冒烟”景观。

柯受良驾车飞越黄河瀑布纪念封

奔腾的河水在这里倾泻而下，激起一团团的黄雾飘向空中，幻化为一层仙衣罩在壶口峡谷间，和远处的两岸青山如黛形成鲜明对比，构成了一幅鲜活的、立体的黄河图景；耳听得脚下的大地在振动，黄河的轰鸣更像是一首气势磅礴的交响曲，两岸青山、白云、绿树都在这种气势里噤声无语，默默观赏这幅大自然的杰作。

看到这幅黄河水跳起来的画面，自然就容易想起“飞流直下三千尺”诗句，能理解“黄河之水天上来”的诗意，能意会“风在吼，马在啸，黄河在咆哮”的意境，更能理解，为什么这壶口瀑布已不是一个单纯的让人欣赏的风景，而是作为一种黄河精神乃至民族精神的象征，就连中华人民共和国的纸币上，也印上了这段美妙的景致，成为黄河的另一种骄傲。

壶口壮景

四、万里轮回，高原到平原的湿地铺陈

按照普通人的理解，湿地几乎是沼泽的同义词。而国际湿地组织关于湿地的定义中，还包括河流、湖泊、河（海）岸、稻田等。黄河万里蜿蜒中和两岸的土地相遇，留下了湿地这样一种地貌形态，这种地貌一直伴随着黄河从上游到入海口，是黄河真正的伙伴。湿地因其独特的功能赢得了“地球之肾”的称誉，是水陆相互作用形成的特殊生态系统，与森林、海洋并列为全球三大生态系统。黄河流域的湿地除了兼具这些功能外，还是各种鸟类迁徙或定居时的天堂，更因为其美丽的景致而成为黄河万里一幅画中绿意最浓重的一个个截面。

整个黄河流域的湿地中，几乎每片湿地上，都有南来北往的候鸟的身影，那翩翩之姿使我彷佛观看雅克·贝汉的成名作《鸟与梦飞行》，我看到的是一个鸟类关于承诺的故事——对湿地归来的承诺。候鸟们历经危机重重的万里旅程，从一个湿地到另一个湿地，完成着它们作为湿地主角的使命，体现着“落霞与孤鹜齐飞”的诗意。这种诗意的最佳体现处，则是黄河在青藏高原留下的一片片湿地。

青海省玛多县花石峡以西的黄河源头区，就是一片未经污染的大湿地，在其西面的雅拉达择山和南面的巴颜喀拉山之间，自西向东分布着三个小盆地，河源湿地就分布在带状盆地内。最西边的约古宗列盆地，海拔 4500 米上下，东西长 20 多公里，南北宽 16 公里，盆地内散布着众多水泊。水泊之间是水草丰美的沼泽化草甸，这是黄河第一个湿地，星宿海是约古宗列盆地下游的另一个盆地，也是一片东西长 20 多公里，南北宽 10 公里的沼泽滩地；由星宿海向东，到达扎陵湖和鄂陵湖就形成了河源的第三片湿地。

黄河流出鄂陵湖之后，向东偏南流经阿尼玛卿山与巴颜喀拉山之间，抵达岷山后再折向西北，使其往返于诺尔盖地区，形成著名的黄河第一曲和中国面积最大、分布集中的泥炭沼泽区——面积 29.81 万公顷的诺尔盖湿地，也是黄河出河

诺尔盖湿地

源湿地后第二个湿地集中分布区。这里不仅是我国生物多样性关键地区和世界高山带物种最丰富的地区之一，而且还是黄河的重要水源涵养区。

站在那片软软的绿色之地上，能感受到这里被誉为“中国最美的地方”的上榜理由。2005年10月23日，“中国最美的地方排行榜”在京发布。此次活动由《中国国家地理》杂志社主办、全国34家媒体协办，其中的“专家学会组”奖项则别具一格，分成了山、湖泊、森林、草原、沙漠、雅丹地貌、海岛、海岸、瀑布、冰川、峡谷、城区、乡村古镇、旅游洞穴、沼泽湿地等15个类型，诺尔盖湿地代表中国湿地获得“最美的地方”的桂冠。

对黄河而言，诺尔盖湿地的“最美”还体现在这里对黄河的补给作用，黄河流经这里后流量增加30%，这里无疑是黄河的一个大水塔。走马黄河，其生态文化考察是我的一门重要功课，湿地命运自然就成了我关注的一个焦点。和黄河湿地面临的整体命运一样，诺尔盖湿地同样在20世纪60年代末期到70年代初期开展的湿地开沟排水行动中，遭到面积逐年减少的厄运：1933~1965年，8万多公顷的水沼泽变成干沼泽；到2000年，17个面积在100亩以上的湖泊有6个完全干枯，其余11个存在不同程度的萎缩；2165公顷的湖泊面积，15年间仅剩1323.03公顷；300多个湖泊干涸了200多个，湿地面积萎缩超过60%。

黄河离开诺尔盖大草原后，经过甘肃南部的玛曲草原，又折身西回，进入青海境内，在青海省贵德县形成了黄河上游第一个国家湿地公园，也是青海省第一个国家湿地公园。黄河流经贵德78.8公里，在两岸形成了灌丛湿地、森林湿地、湖泊湿地、平原湿地等众多湿地，湿地资源十分丰富。

我穿越拉西瓦电站到阿什贡峡口长43公里的峡谷时，也是一次在黄河青海

兰州黄河铁桥旁的黄河母亲雕像

段最后一片湿地的穿越，在黄河流经这段路途中，两岸共有湿地5548公顷，对缓解这一带干旱荒漠地区的环境恶化、保护和繁衍珍稀野生动植物起到重要作用。

黄河进入甘肃境内，上世纪60年代前后因修建刘家峡、盐锅峡、八盘峡三座大中型水电站而形成的人工湿地，经过近50年的自然发育，已经具备了自然湿地的属性，被誉为黄河的“三峡”湿地。

1995年，经甘肃省政府同意，省林业厅批准成立三峡湿地为省级湿地自然保护区，主要保护对象是珍稀水禽及其栖息停歇地，同时保护湿地生态系统的完整性。“三峡”湿地的主要范围是黄河从炳灵寺峡口流入永靖县的107公里路段，由三个总面积为15300公顷的人工水库两岸湿地构成，属于我国西北干旱湿地类型，具有保持水源、控制土壤侵蚀、美化环境、调节气候等巨大的生态功能，对调节局部气候及其维护生态环境、保护农业稳产高产具有不可低估的作用，维系着内陆干旱生态系统的良性循环。

“三峡”湿地，符合确定国家重要湿地六项标准中的四项，一是符合湿地面积大于10000公顷的单块湿地或多块湿地复合体，并具有重要生态学或水文学作用的湿地系统标准。在控制水量、洪水控制、控制侵蚀、地下水排泄和补给、防止暴雨洪涝、稳定小气候等方面起着重要作用。二是符合中国特有植物或动物种群分布的湿地，生长的香蒲草以及巴米山干燥油松林类型是中国西北地区特有的植物种群。三是符合两万只以上水鸟度过其生活史重要阶段的湿地，或者一种或一亚种水鸟总数的1%终生或生活史的某一阶段栖息的湿地。黄河三峡湿地越冬停歇的各类迁徙水禽每年在两万只以上，有少数水鸟长年生活在这块湿地。四是符合具有显著的历史或文化意义的湿地。刘家峡、盐锅峡、八盘峡三座大中型水电站在上世纪五六十年代修建时，技术水平在我国乃至亚洲水电开发中创造多项第一。

航拍宁夏平原

航拍银川平原万亩农田

黄河流出甘肃进入宁夏后，在宁夏、内蒙古和陕西北部濒临黄河地区，构成了河套平原湿地。青铜峡鸟岛湿地、银川鸣翠湖湿地、银川阅海湿地、石嘴山沙湖湿地、星海湖湿地、河套平原湿地等构成了黄河上游距离城市最近的大片湿地，为青铜峡、银川、石嘴山、乌海、临河、包头等城市提供着片片近郊湿地和诗意。

真正的湿地不仅表现在生态意义上，还应是一片适宜人和动物居住的“诗地”。在宁夏平原的湿地上，我透过亿年时光，看到灵武恐龙一度成为这方丰美水草之地的主人；透过万年时光，看见古人类在水洞沟一带生活时留下人与自然和谐的痕迹；透过千年时光，看见秦汉时期自内地而来的民众在黄河岸边卸下鞍鞯、放下武器，黄河水顺着他们开凿的渠道缓缓流进一片片荒漠，一方方绿洲随之出现，湿地面积随着人类的开发在这里逐步扩大：秦渠、汉渠、唐徕渠之水灌溉出的绿洲，浇灌着这里的诗意，宁夏平原以“塞上江南”的名称出现在唐代诗人的笔下，也出现在了一片诗意弥漫的湿地里。

流经河套平原的黄河

宁夏平原上，从中卫到石嘴山的滨河大道，将片片湿地串联起来，其中，在沙湖景区内建成的宁夏湿地博物馆，是黄河流域最集中展示湿地文化的场馆。

河套平原的湿地分布在西起巴颜高勒，东到乌拉特前旗西山咀的地界范围内，面积约 1 万平方公里。出后套平原后，黄河继续留给这里丰足的湿地资源：西起乌拉山东麓，东至呼和浩特以东的土默特平原上，河网渠系纵横，湖沼密布构成了这里的湿地。

黄河流出晋陕大峡谷后，在禹门口至潼关之间南北长 132

公里、东西宽 3~18 公里的地界内，共有湿地 255 平方公里。湿地类型主要表现为盐碱滩地、水洼地、沼泽地、湿草地和林地湿地，属于国家一级保护和国家二级保护的 50 余种鸟类在这里栖息。

20 世纪 60 年代后期，国家修建黄河枢纽工程——三门峡大坝，坝内高抬的水位促成了包括陕西韩城、合阳、大荔、潼关、华阴，山西河津、临猗、芮城以及河南的三门峡市共 250 平方公里的湿地，构成了黄河中游最大的湿地。

黄河自三门峡灵宝进入河南，从濮阳市台前县出境，在河南境内行程 711 公里，可以说是湿地伴随着这 711 公里的黄河中原之旅。造就了大量典型的河流湿地，这些湿地构成了河南国家级黄河湿地自然保护区、豫北黄河故道湿地国家级鸟类自然保护区和濮阳县黄河湿地省级自然保护区等湿地保护区，其中国家级黄河湿地自然保护区是在三门峡、吉利、孟津、开封柳园口等四个省级自然保护区和黄河林场、孟州林场等的基础上建立起来的。

三门峡市下辖的灵宝市豫灵镇的杨家村，是河南黄河湿地最西起点。在其西潼关附近，则是黄河进入河南之处。从这里下行约 30 公里，就是鼎湖湾湿地，这块以万亩芦苇荡闻名的河南黄河湿地，是黄河进入河南之后，湿地生态最为完备的一块。

行至孟津，我不仅为这里是黄河中下游的分界线所吸引，更为这里是中国第一个黄河湿地自然保护区而吸引，一个三代人守护黄河湿地的故事向我缓缓走来。

2006 年 12 月 3 日，中国第一个黄河湿地自然保护区孟津管理局正式挂牌。2010 年 11 月 24 日晚，孟津老人马书钊祖孙三代人守护黄河湿地的故事，在央视一套《身边的感动》栏目中播出，他还被推荐为 2010 感动中国候选人，引起社会广泛关注。

黄河中下游分界线——孟津

自河南省孟津县白鹤镇至山东省垦利县入海口，有 120 多个自然滩地，构成黄河下游河道湿地。这些湿地是洪水泥沙的副产品，是河道行洪的一部分，随河道变迁，而变迁具有不稳定性、原生性、生态环境的脆弱性、水生植物贫乏等特性，有相当一部分为季节性湿地，其水分主要由洪水和地下水补给。主要作用表现为蓄水滞洪、净化水体和调节气候，对下游防洪安全起着重要作用。

黄河入海口

万里黄河的湿地大戏最后谢幕部分则是河口三角洲湿地，主要分布在东营市辖东营、河口两区和广饶、利津、垦利三县，总面积约为230平方公里。这是黄河送给渤海湾的礼物，这片新生的三角洲湿地是环西太平洋鸟类迁徙的中转站，是中国暖温带最年轻、最广阔、保护最完整的湿地。其湿地类型主要有灌丛疏林湿地、草甸湿地、沼泽湿地、河流湿地和滨海湿地五大类。黄河三角洲地区已经成为以保护新生湿地生态系统和珍稀、濒危鸟类的国家级自然保护区，这里已发现将近300种鸟类栖息，被国际湿地组织官员戏称为“鸟类的国际机场”。

黄河三角洲国家地质公园雕塑

这块湿地在《中国国家地理》“选美中国”活动中被评选为“中国最美的六大湿地”的第四名。入海口湿地生态园、黄河大堤河滨公园、垦

山东黄河入海口

黄河入海处的海水和河水交融壮景

区文化纪念馆、入海口农业观光园、红光渔港海滨休闲、黄河口农家风情游、黄河口湿地观鸟乐园等湿地造就的景点，构成了黄河入海口处的湿地之景。湿地生态文化和黄河口文化、石油工业文化、古齐文化和现代城市文化等多种类型的旅游资源集于一地。黄河口湿地生态旅游区已形成沼泽地生态区、海滩湿地观光区、槐林生态接待区、芦苇湿地观鸟区、新国土观光区等集自然与人文景观于一体的五大功能区积聚这里，构成了湿地旅游的新亮点。每年的 11 月，当地还在黄河口举办黄河口观鸟节。

五、移动的河流，“水上长城”的形成

黄河是有个性的，当遇到强降雨抬升水位后，便按照自己的个性开启自己心的方向，在平原或谷地就容易改道。

屹立在山西省永济市蒲州城西的黄河岸边的《登鹳雀楼》诗碑，上面那“白日依山尽，黄河入海流，欲穷千里目，更上一层楼”的诗句为大多数国人所熟知，当年，著名的诗人王之涣站在蒲州城西黄河岸边的鹳雀楼上，写下这首诗时，他没想到自己所在的鹳雀楼，其命运就是黄河变迁的一个真实写照。

从秦汉到唐朝，黄河永济段处于一个相对安流时期，河床下切，河谷很深，黄河基本上在河谷中安稳流淌。蒲州城西的黄河岸边有一个长约五里，宽约三里的高阜，与黄河、蒲州城相映衬，十分有气势。因而，在公元 557~581 年，北周大将军宇文看护镇守蒲州，发现黄河岸边的高崖是个建造楼亭的好地方，便采运木料，招用工匠，在高崖上建起一座以木质结构为主的三层楼阁，这就是著名的鹳雀楼。古楼依河而立，倒影黄河，十分壮观，吸引许多文人墨客登楼，并留下壮丽诗篇。

进入宋代之后，黄河流域植被破坏严重，泥沙增多，河床不断淤积抬高。经

过几次大沙大水的洪峰通过之后，原来的河谷基本淤平，河水再不受河谷约束，就在20多里的黄河滩上左右摆动，不断地塌岸，不断地泛滥，鹳雀楼也被塌进了黄河。人们无可奈何，只好把鹳雀楼的一些残存木料转运到蒲州城的城墙上，在城墙的西南角上造起一个小楼，后人称为“代鹳雀楼”，以此为念。

山西永济鹳雀楼

中华人民共和国成立之后，治理黄河的事业有了很大发展。经过30多年奋斗，终于在20世纪80年代建成小樊、舜帝、城西、韩阳、韩家庄五大河堤工程。控制了黄河流势，黄河肆意泛滥的现象一去不复返。从1989年开始，经过七八年努力，永济市有关方面在原鹳雀楼遗址，即蒲州城西黄河大堤第八号塬堤东侧400米的地方，重建鹳雀楼。有人因此说：“来到永济，知道鹳雀楼的命运，就知道黄河变迁，知道黄河变迁，也就知道了鹳雀楼的兴衰。”

公元前602年，黄河发生了有记载的第一次大改道，这是黄河入海河道南移的开始。此前，黄河入海口在今天津地区，此后黄河入海口彻底离开了天津地区；随着黄河入海口的南移和黄河中下游地区人类活动的加剧，黄河边开始出现堤坝，每次黄河暴涨便带来堤坝的升高，黄河在一些地方就逐步变为“地上河”。每次大的决堤后，不仅带来黄河的改道，也出现了新的堤坝修建。

公元前109年的夏天，汉武帝的身影出现在了前往黄河下游巡视的路上，这次出巡被随行的司马迁记录了下来。在这之前，黄河在下游瓠子——今河南濮阳西南一带决口，造成的水灾令汉武帝震惊，他命大臣汲黯和郑当时主持堵口，但因水势凶猛，堵口失败而复决。汉武帝决定亲临瓠子组织第二次堵口，站在波涛汹涌的黄河边，汉武帝创作了著名的《瓠子歌》。司马迁在《史记》中叙述瓠子堵复后的情形：“自是之后，用事者争言水利。”也留下了汉武帝面对黄河决口时的心境——“瓠子决兮将奈何？浩浩旰旰兮闾殚为河”。汉武帝的这次“亲征”，拉开了中国封建社会全国性治理黄河的序幕。

公元 11 年夏天，上游的暴雨再次令中下游的黄河水位猛增，黄河大堤一处处决口，使失去控制的黄河犹如一匹脱缰的野马，直冲今天的山东利津县而去，这是历史上黄河第一次来到现行河道附近入海，大量淤泥来到这里，黄河三角洲开始形成。

公元 1048 年 6 月，上游地区的暴雨造成黄河水位上升，冲决澶州的商胡埽，向北经聊城西至今河北青县境与卫河相合，然后入海，这就是被宋朝人称作的“黄河北流”。12 年后，黄河在商胡埽下游决口，分流经今朝城、馆陶、乐陵、无棣入海。

公元 1128 年冬，强大的女真骑兵南下，直逼宋朝都城开封府，宋朝的东京留守杜充下令兵士在今河南滑县南沙店集南三里许以西决开黄河大堤，黄河溃水并没有彻底阻挡女真铁骑的南下，反而向东流经豫、鲁之间，在今山东巨野、嘉祥一带注入泗水，然后自泗水入淮河，拉开了黄河水夺淮入海的序幕。

很多人看到《清明上河图》中展示的繁华开封，就被黄河第六次发大水时埋在了地下，九米黄土之下埋着一座古城的繁盛，也记录着桀骜的黄河和人类对峙的“胜利”。漫长的历史中，被黄河淹没的人群和城市已无法考证出具体数字，但每掩埋一次后便在旧址上新建一次的筑城史，造就了开封“城摞城”的奇观，像标本一样，记载着灾难和抗争，沧桑和湮灭的黄河文明。

黄河夺淮入海后，在其后 700 多年的时间里，挟带一万多亿吨泥沙的黄水，将苏北淮阴以下入海河道夷为平地，逼淮水从洪泽湖南决入江，淮河流域的无数支流和湖泊被淤浅或被荒废，使鲁南的沂水、沭水、泗河不能入淮，整个淮河水系遭到彻底破坏。后来，黄河改道北流后，巨量泥沙淤积在河道，留下了从兰考经徐州、淮阴到云梯关入海口的一条高出地面十余米的黄河故道，将原本统一的淮河水系划为淮河水系和沂沭泗水系。黄河夺淮造成的淮河环境的变迁，成了世

修筑黄河大堤

界河道史上罕见的变化最激烈的河道之一。

公元1166年5月，黄河大堤的阳武段决口，由郓城东流，汇入梁山泊，形成了《水浒传》中描写的梁山好汉汇聚的地方。

公元1194年，黄河在今河南原阳县光禄村决口，这是黄河第四次大挪移。河道南移，河水十之二三由北清河（今黄河）入海，十之七八由南清河（泗水）入淮。南派水势大于北派水势，这是黄河流淌于山东丘陵以南的开始。直到后来北流断绝，黄河从此告别北方故道和渤海出口而东南流入泗、淮长达600多年。

明万历年初，著名治水专家潘季驯领命治理黄河，把金、元以来黄河东出徐州由泗夺淮的主流固定下来，使黄河下游决口河道摆动范围从太行山以东，泰山丘陵区以北而转变为摆动于伏牛山、大别山以东，泰山丘陵区以南。

公元1495年，明政府为了保持京杭大运河漕运的畅通，派副都御史刘大夏筑塞黄陵冈、荆隆等口七处，并于北岸筑长堤，一条长360多里的黄河大堤出现了，这是国家第一次动用财力修筑连片的黄河大堤。

内蒙古五原县境内的黄河大堤

历史上，黄河决口1590次，改道26次。黄河大堤就是在这场水的移动和人类的较量中的智慧结晶。

在黄河水日益减少的今天，水上长城已经失去了其原始意义，不少地方将其列为旅游景观，2010年的全国“两会”上，全国政协委员、河南省政协副主席张亚忠提交了一份名为《关于开展黄河大堤申报世界遗产研究的建议》，建议申报黄河大堤为世界遗产。

六、沙坡头，沙水邂逅装订出的大美画册

黄河流域涌现的众多人类奇迹中，除了万里大堤外还有利用沙和水的互相进逼完成的工程。

20世纪50年代，随着西北地区大批的战略资源被勘查，这些资源对新中国的建设的作用也日益突显，修建西北地区的铁路成了中国的一项战略任务。国家计划修建从包头到兰州的铁路，这条伴随着黄河的铁路沿途要穿过库布齐沙漠、乌兰布和沙漠、腾格里沙漠边缘，尤其是腾格里沙漠南缘地区的地质条件被国外专家称为“铁路修筑的死亡之地”，其中的沙坡头地段，高大的流动沙丘不仅不适宜修建铁路，就是建成了也会面临被流沙随时淹没的危险。

首届泺口黄河国际沙雕艺术节中的《黄河儿女》

1955年冬天的一个下午，设在沈阳的中国科学院林业土壤研究所里，朱济凡所长正在会议室召集小型会议，会上宣布了一个由国家计委委托，中国科学院、铁道部和林业部三单位联合下发的文件：要求中国科学院林业土壤研究所承担包兰铁路宁夏境内迎水桥到孟家湾一段铁路两侧的流沙治理研究任务，在1958年通车前提出治

理方案。一场中国科学家和沙漠的科学较量在宁夏境内的腾格里沙漠开始了。

1956年春节刚过，中国科学院林业土壤研究所抽调的科研队伍，由李鸣冈教授带队，乘坐火车前往兰州，然后转乘汽车前往当时属甘肃省的中卫县。到中卫县城后，他们又雇上骆驼，驮着干粮和仪器，向黄河和腾格里沙漠最近距离接触处走去。那是一个干燥的下午，他们顺着高大的沙层而下，走进黄河边一个叫童家园子的村落。在这个只有20多户人家的小村子，他们住了下来，开始了艰难的勘察工作。

著名的植物学家刘慎谔教授就是那年带着年幼的女儿刘瑛卿走进童家园子的。如今80多岁的刘瑛卿居住在青岛，她接受我的采访时，向我回忆当年的情景：1957年秋天，科技人员和工人在童家园子北边的沙地里，采用传统的“平铺式沙障”防风拒沙。这种平铺沙障只能在平缓的沙坡上进行。因此，辛辛苦苦铺好的沙障，一夜之间就被沙子埋没了。更麻烦的是压草，刚刚压上去的湿沙，眨眼就干了，沙子大多会顺着孔隙钻到麦草底下。遇上大风，麦草便被刮得四处乱飞。如果沙障的四周封不严实，只要有一两处被风撕开了口子，整片沙障就会被流沙毁掉。工休的时候，一些不安分的年轻人用麦草在沙丘上扎着玩。有的扎“天”字，有的扎“地”字，有的扎的是自己单位的名字。一夜大风过后，不少平铺式沙障被风沙掩埋了，但奇怪的是，那些扎在沙子里的麦草字却完好无损！在大家大为惊讶的同时也受到了启示，便把起伏较大的沙丘当墙面在上面扎起了格子。麦草薄了，挡不住风沙，他们就把麦草拧成麻花的样子一把一把地栽。麦草厚了，锹扎不下去，他们就挖出条小沟去栽麦草。经过反反复复的摸索后，一条扎在沙坡上的麦草方格治理沙子的方法逐渐形成，他们把这种方式称为“麦草方格”，童家园子以北的这片地区因此命名为“沙坡头”。

麦草方格治沙

这种先进的治沙方法，引起了著名的地理学家、气象学家、中国科学院副院长

冬日黄河

竺可桢的重视，他多次前往黄河边的沙坡头检查治沙工作，不仅给予其很高的评价，还写出了那篇被收入中学语文课本并影响了几代人的《向沙漠进军》的文章。

1958 年 8 月 1 日，横贯中国西北的交通大动脉——包兰铁路正式通车，这也是一条名副其实的沿黄铁路。当时，世界各地的治沙者仍在苦苦摸索固定大面积流动沙丘的技术手段，中国人在黄河和腾格里沙漠相遇的地方，成功地用“麦草方格”稳住了危害铁路的风沙，还使一些外地植物被移栽到那一个个方格中，最终在沙漠中营造了防风固沙林带，巨网般地固定了滚滚黄沙，构成一个稳固的绿色防护体系，使包兰铁路上的列车伴随黄河流水而行的旅途，经过沙漠时得以畅通无阻。而今，保护区内的植物种类达 890 多种，野生脊椎动物 146 种，无脊椎动物 400 多种。

1977 年 8 月，全球沙漠化会议在肯尼亚首都内罗毕召开，这次会议的主题是共同商讨治理沙漠的全球战略。中国代表走上讲坛，向世界各国介绍了黄河边诞生的“麦草方格”固沙法，引起国际环保界的关注，被誉为世界上首例治沙工程，它不仅是世界上第一条通过大沙漠的铁路治沙样板，也成功地开创了世界上第一个年 200 毫米降水量流沙治理的试验区。它的意义已大大超过了保护铁路本

沙坡头

身，在人类与黄河和沙漠的抗争中开始发挥良好的科技示范作用，在治沙、环保、农业、水利、交通等领域产生了积极的影响。1982年，美国《国家地理杂志》刊登了“麦草方格”的技术，使世界上更多的国家和地区了解了这个创举和奇迹。

内罗毕会议10年后，沙坡头成功地建立起了绵延50多公里的绿色治沙工程，沙、树、水构成的三原色立体画册，被成功地装订出来并亮相于黄河和大漠交汇的坐标上。以其堪称灿烂的绿色文明，屹立在当今世界治沙、生态和环保三大科学高地上。

1986年3月，香港特殊旅游展销会上，中卫县人民政府代表宁夏首次向境外推出了具有沙漠生态特色和黄河文化结合的特殊旅游项目，这是中国境内第一个将沙漠与黄河交织地带的自然地貌与人文资源作为旅游资源向海内外推介的地方，这个推介很快引起海内外旅游界的关注。沙坡头旅游区的创建，拉开了中国沙漠和黄河有机结合形成旅游资源的序幕。

第二章
黄河子语，海、湖、渠、淖、泊、湾

黄河犹如一颗大树，黄河边的星宿海、乌梁素海、扎陵湖、鄂陵湖、秦渠、汉渠、唐徕渠、大清渠、长济渠、民复渠、红碱淖、梁山泊等黄河的子语，便是这棵大树上蔓延出的枝杈，一起构成这棵大树的丰美和完整。

星宿海

一、海，大河探源的起点到戈壁上的碧波

星宿海，河源地区的一处美丽的湖泊，让每个看过《天龙八部》且来到此地的人，很容易将两者联系在一起，其实两者根本不搭界。星宿海在中国历史尤其是水利史上有着重要的地位，最主要的原因是古代历朝对黄河源头的考察，到这里似乎就划上了句号。这个位于黄河源头地区，东与扎陵湖相邻、西与黄河源流玛曲相接的地方，是历史上探寻黄河源的一个重要地点。

星宿海在藏语中被称为“错岔”，意思是“花海子”，是一个狭长的盆地，东西长 30 多公里，南北宽 10 多公里。黄河之水行进至此，因地势平缓，河面骤然展宽，流速也变缓，四处流淌的河水，使这里形成大片沼泽和众多的湖泊，大的有几百平方米，小的仅几平方米，登高远眺，这些湖泊在阳光的照耀下，熠熠生辉，宛如夜空中闪烁的星星，星宿海之名由此而来。

夏天，当我站在黄河边的这个第一个“海”边时，脚下碧绿的滩地上，盛开

唐太宗李世民

着紫色的高山紫苑、黄色的垂头菊、粉色的马先蒿，以及点地梅、报春花、紫云英等构成的一片彩色地毯，野牦牛、藏羚羊则成了这个花毯上的主人，它们自由地游荡于其间；同时，每条汇聚向星宿海的溪流里，则有斑头雁、黄鸭等水禽拨水嬉戏，无鳞湟鱼则成群游弋，天空偶尔飞过的丹顶鹤、大雁及许多我叫不上名字的飞禽，成了夏天星宿海天幕上动人的风景，构成了一幅天空、地面、水面三位一体的立体画框。

元世祖忽必烈

我所阅览到的文献中，最早关于星宿海的记录始于唐贞观年间，那时，在军事使命驱使下，唐王朝的大将李靖、侯君集及李道宗等带领从内地出发的唐朝将士“次星宿川，达柏海，望积石山（阿尼玛卿），览观河源。”这次军事行动无意中导致了大河寻源的开端，留下了内地人士进入最接近黄河源的最早记录。公元 821 年，唐朝政府派遣刘元鼎出使吐蕃时，也曾考察过黄河源，但没有留下多少详细的记录，最远也只是到星宿海一带。

乾隆皇帝

公元 1280 年，元世祖忽必烈做出开发黄河的决定，派遣都实为招讨使奉命勘查河源，这是中国历代政府中首次派人专门实地考察黄河河源，他的足迹开始伸向星宿海之西的区域，历时 4 个月后，都实返回大都后，向忽必烈递交了他的考察报告，并绘制出了黄河源图及沿途的山川城镇图，在报告中，他汇报了自己的成果：河源在“甘尕思西部”（指星宿海西部），其描述报告中说星宿海以西地区“有泉百余泓，或泉或潦，水沮洳散涣七八里，且泥淖溺，不胜入迹，弗可逼视，履高山下瞰，灿若星列”，他还认定星宿海是黄河之源头。和都实同朝为臣的翰林学士潘昂霄在阅读到都实的河源报告副本后，据此撰写了《河源志》，认为众多如星星般的水流积聚到甘尕思，就是被当地藏族人称为“火敦脑儿”的地方，他指出：“火敦译名星宿也，群流奔凑，近五七里，汇二巨泽译名阿剌脑儿”，这是中国古代文献中第一次记载了黄河源从星宿海汇进了两湖。

星宿海就这样一直扮演着古人视野中的黄河源头的角色，直到乾隆皇帝派遣阿弥达考察河源后，才将星宿海的“河源角色”改写。公元 1782 年，阿弥达奉命带人在星宿海东边遥祭阿尼玛卿雪山后，难得的好天气使他沿着黄河逆行而上，在蓝天白云和青草构成的高原空间里，他结束了国人关于黄河源头的一个长久的看法，当他的足迹抵达海拔 4830 米的缓坡草甸上时，他听到藏族向导解释：这个叫卡日曲的地方，在藏语中意为红铜色的河；他看到远处的坡地上，泉水潺潺涌出，沿滩地汇成宽不过两米的小溪，由西南向东北流去，沿途又接纳众多的泉水，汇成一条水清见底的较大溪流，溪流两岸鲜花盛开，远处的牦牛悠闲地承袭着它们的祖先千百年来生活于斯的生活。阿弥达比较自己沿途逆水而来考察后的水势，认定阿勒坦郭勒河（今卡日曲）为黄河上源，他便在卡日曲虚构了一个叫“噶达素齐老”的地方为黄河源头，这个虚构的河源之地直到 1978 年才被科学考察否定。

1952 年 8 月 2 日，新成立的共和国委派黄河水利委员会组织了第一个勘探队走进黄河源区，60 多名队员们在项立志、董在华的带领下扮起了黄河源现代考察的第一个吃螃蟹者的角色，但这次工作的使命并不是探源，而是和历代探访黄河源头一样，是为黄河下游堤防工程的全面建设和策划实施南水北调工程，担负着规划工程线路的实质性查勘的任务。

阿弥达当年看到的那股从卡日曲流出的河水穿过 100 余公里的峡谷，在巴颜喀拉山与约古宗列曲汇合。项立志带领队员们就从约古宗列曲出发，逆河而行勘测了河源地区和通天河支流色吾曲入口处，通过走访当地藏族群众，界定北纬 35°00′28″和东经 95°54′44″的坐标点为黄河源头，也就是海拔 4500 米的雅拉达泽山下一处草地上，三眼泉水流进三条小溪处，这是中国第一次依靠现代科技手段确定黄河源头，由于这个结果和前人的调查不符合，改写了长期在国人心中形成的河源概念，因此在学术界引起争论，但这个观点很快流传并一度被写进教科书，1985年，黄河水利委员会确认约古宗列曲（玛曲）为黄河正源，并在一处叫曲果的地方树立了黄河源标志。

1959年的一天，在紫金山天文台工作的谈英武接到一纸调令，他奉命走进黄河水利委员会并担任黄河水利委员会勘察设计一队第一大组副组长。这一年夏天，25岁的谈英武带着40多人从郑州出发前往四川、甘肃、青海三省交界处，他们的任务是勘测南水北调西线引水线路。1960年8月，黄河水利委员会勘察设计一队队长陈圣学来到勘测组，他想让组长屠铭华和谈英武带人到黄河源勘察鄂陵湖和扎陵湖，如有可能便到黄河源。就这样，谈英武带了4名测量员和一个炊事员，在成都军区某部派的一位副排长和4名战士的保护下，乘坐一辆嘎斯车从四川省石渠县出发，经过玉树前往玛多县。

每人一件皮大衣，一条狗皮褥子，两三袋大米及两顶帐篷的装备，谈英武和他的同事们三天后就出现在了玛多县，他们雇佣了12匹马、5头牦牛和两名藏族向导，于1960年8月20日上午离开玛多县城，经过两天的跋涉后抵达两湖地区，接着是在近乎无人的地区穿行，直到进入曲麻莱县的麻多乡——当时黄河源头惟一的“生产队”，在那里住宿一夜后，接着继续他们的河源之行，最后抵达雅拉达泽山下那块幽静的盆地，谈英武等人认定他们已经到了约古宗列曲。

约古宗列，藏语意为“炒青稞的锅”。当地人认为其所在的那个南北宽约60公里，东西长约40公里的椭圆形的盆地像一个锅，“锅”内有湖泊100多个，分布在雅拉达泽山下。

1978年6月，黄河水利委员会再次派出南水北调西线考察队，其主要任务是考察从通天河穿越巴颜喀拉山引水到黄河的可能性，对黄河源头的确认也是他们的另一份“作业”。时隔近30年后，当年参与考察的中国科学院地理科学与资源研究所的尤联元研究员在接受《中国国家地理》杂志的采访时如是而言：“这次考察对黄河源头的确认是一个关键的任务，我们当时也想把黄河源头弄清楚，到底哪条是黄河正源，是到了该弄清楚的时候了。”尤联元随考察队到鄂陵湖、扎陵湖后，做出了前人没做过的事情：第一次测量出了两湖深度。在玛曲曲果，他们看到26年前项立志等人立下的汉藏两种文字刻写的“黄河源”木碑。

考察队结束了河源的考察后，在青海省玉树藏族自治州州府所在地结古镇进行了两次讨论，讨论会上形成了两个河源论：一方认为河源应在卡日曲，另一方主张河源应定在约古宗列曲。1978年8月，这支考察队返回西宁，召开了两湖名称位置和黄河源问题科学讨论会，讨论的结果是确定了鄂陵湖和扎陵湖的具体位置，但河源的确定因说法不一、争论不止而被搁浅。

当尤联元跟随的考察队在河源进行考察时，由青海省政府出面联系青海省军区、青海省测绘局、青海省民族学院等单位，邀请国家测绘总局、中科院地理所、解放军总参测绘局、新华社等单位，组成了一支庞大的考察队，这次考察后，青海省政府对外发布确定卡日曲为黄河源头。1979年5月的《人民画报》上，刊登的文章提出卡日曲为黄河正源，这篇文章被著名的地质学家杨联康看到后，他决定对黄河进行徒步考察以民间考察的方式确定河源。1981年7月19日，杨联康抵达黄河源地区，他提出卡日曲支流拉郎情曲应为黄河源头，此举拉开了中国民间考察河源的序幕，1982年11月，青海人民出版社出版了《黄河源头考察文集》，3个月后，新华社以该书为资料来源，对外发布黄河源在卡日曲的消息，这是中国第一次经过权威媒体发布黄河源头的确认地点，也引发了1983年的《光明日报》和《人民黄河》杂志为两大阵营的河源之争的高潮，出现了黄河源有多源说、卡日曲说和约古宗列曲等三种声音。

1985年7月，黄河水利委员会再次派出南水北调勘察队，这次考察成果结合了历史传统和各家意见并尊重当地藏民的习俗，上报水利水电部，确认卡日曲为约古宗列曲（玛曲）支流，玛曲为黄河正源。并于7月4日在约古宗列曲盆地西南隅的玛曲曲果竖立了河源标志，上面是当时78岁的原黄河水利委员会主任王

扎陵湖的黄河源碑

扎陵湖边的黄河牛头纪念碑

化云先生题写的“黄河源”三个字。1999年，国家水利部和青海省人民政府在北纬35°01′15″和东经95°59′24″处的玛曲曲果共同竖立了黄河源头碑。

国际上最常用的河源确定标准是“河源唯远”。2004年，刘少创先生按照“河源唯远”的原则，确定北纬34°29′37″和东经96°20′23″交界的那扎陇查河为河源区，这是继杨联康之后又一个个人发布源头区者。2008年，香港探险家黄效文在那扎陇查河上北纬34°29′31″和东经96°20′24″交界处，测定并宣布为河源区。黄河源头之争，似乎还没到划句号的时候。

黄河告别星宿海后，流至甘肃南部距碌曲县49公里处，在海拔3480米的草原上形成了一片叫尕海的水域，“海”水面积为1000公顷，平均水深1.5米，是甘南草原的第一大淡水湖，同时也是青藏高原东部的一块重要湿地。1982年被评为省级候鸟自然保护区，1998年，尕海被批准为国家级自然保护区，“海”边水草丰茂，鲜花遍地，生态环境优良，许多南迁北返的珍稀鸟类在这里歇脚和繁殖，黑颈鹤、灰鹤、天鹅等珍禽遍布湖边草滩。在甘南草原上，黄河边还出现一片因为花色繁盛的湿地而得名的“花海”，使之成为黄河一景。

黄河流至阴山脚下，一片叫乌梁素海的“海”又出现了。沿狼山南侧的乌加河流域，因地壳隆起，黄河受阻急转南流，冲出一个较大的洼地。由于风沙东侵和狼山南侧的洪积扇不断扩展，致使河床抬高，乌加河被泥沙阻断，河水溢流到洼地形成了一片戈壁中的水域，而黄河主流被迫改由南侧东流。乌加河和长济渠、民复渠等灌溉的尾水补给，年年补充着这里的水源，在阴山脚下的乌拉特前旗境内形成了一片巨大水域。20世纪三四十年代，黄河河水两次大规模涌入这片

乌梁素海

洼地，使水面逐年扩大。在250~300平方公里之间徘徊。

因为这片水域旁边生长着很多的红柳，周围的蒙古族人称其为“乌力亚素”，意为“红柳湖”，这是全球范围内同纬度荒漠半荒漠干旱地区中面积最大的湿地草原型湖泊，是中国第八大淡水湖之一。

曾经两次去乌梁素海，最近的一次是2011年8月，应巴彦淖尔盟旅游局邀请为当地旅游写一本书而去。站在那片浩淼的水域前，抬头是碧蓝的天空和水鸟翱翔的身影，平视是辽阔的水面或栖息水面上的鸟类的闲谈，往下看则是一个是鱼的乐园，湖中湖边，近年来逐渐生出一丛丛芦苇，不仅构成了干黄的戈壁和单调的水色之间的一片碧绿，而且使乌梁素海成为内蒙古重要的芦苇产地。有的地方几乎只见芦苇不见湖水，芦苇深处，微风过后，发出“沙沙”声响，使乌梁素海充满了热闹，秋天时分，芦苇的香味弥漫在整个水面间，让乌梁素海有了一种香甜的味道。

除了芦苇给乌梁素海增添乐趣和动感外，还有200种鸟类和20多种鱼类在这里繁衍生息，构成了这里丰富的内容。乌梁素海也是我国著名的“天鹅之乡”。野生疣鼻天鹅目前在我国仅有1000多只，而在乌梁素海就有600多只。每年3月末，这些疣鼻天鹅就会准时由南方迁徙到这里。4月底，它们开始在芦苇丛中筑巢，接着就繁殖后代。

内蒙古乌梁素海

乌梁素海的动植物资源及对周围局部地区的生态影响，加上这里位于阴山脚下的战略位置，自古就是戍边将士首先选择的屯兵要地。隋代设置的大同城、唐代设置的天德军城就在湖区范围内。1940年3月22日，在五原战役中，日本陆军中将水川伊夫兵败后从五原城内逃出，被傅作义部游击部队击毙在乌梁素海一个夹心滩上，这是抗战期间被击毙的日军最高级别将领之一。

二、湖，泛起中国海拔最高浪漫爱情的涟漪

我是在探寻中国最高处的浪漫爱情的指引下前往鄂陵湖和扎陵湖的。历史记录中的两湖地区最美丽的开端显然是文成公主入藏时，在这里和英俊的吐蕃国王相会。

两湖的人文历史中最灿烂的章节，是它们成了迎接文成公主的地方。这里是唐蕃古道上最精彩的一个点，年轻的吐蕃国王站在湖水之侧，迎娶来自大唐的公主，新娘带给他的不仅是此后贯穿一生的幸福和甜蜜，更是公元 7 世纪中国境内两大王朝——大唐王朝和吐蕃王朝的幸福和甜蜜，为中国历史留下了浓墨重彩的一笔。唐蕃古道上的这片湖面，见证了海拔 4200 米的地方，波光粼粼的湖水边，产生的中国海拔最高的爱情，那场爱情处于当时中国疆域内两个强悍的王朝的国都——吐蕃王朝的拉萨和大唐帝国的长安之间，高原之风吹过，不仅在鄂陵湖和扎陵湖的湖面上泛起涟漪甚至波浪，更掀起了中国历史走在公元 7 世纪时期的涟漪，一双大唐的绣鞋和一双雪域藏靴相遇，一列大唐的车队和吐蕃的马队相遇，一个叫文成的公主和一个叫松赞的国王相遇……

那时，湖水边的一点红唇轻轻启动，命运牵领出最高处的爱情祭坛，传递着唐朝政府的意愿，点燃吐蕃王朝的和平之盏，消弭战争与误解的灯光，闪耀在一片巨大的云雾之中，笑容、爱情、皮袍、丝绸、茶叶、松绿石、唐卡在这里交融，融合成了一个辽阔的世界，中国最高处的浪漫之旅中，他们在湖水边合栽下了雪域的恩泽之株，闪耀着银质的光芒。从此，安详的经幡飘荡在鄂陵湖、扎陵湖辉煌的神祇之下，风中的颂词一直书写到现在。

当我站在 618 平方公里的灵波玉液酿成的清澈世界前，站在海拔 4200 多米的湖面旁，云、水、天、草、地的契合，组构出了一个“人间天上”的画境。这时的两湖地区，简直就是一个鸟儿的天堂：每年 4~5 月，湖面刚刚解冻，湖滨绿

甘肃南部，黄河边的花湖

草萌发时，斑头雁、黑颈鹤、棕头鸥、赤麻鸭、鸬鹚、玉带海鸥等十几种候鸟从我国南方和东南亚热带地区，远度重洋关山，万里迢迢到这里产卵、育雏，在蓝天、白天、彩霞、翅翼、云景、湖波的背景下构成了一个自由的鸟类天堂。

鄂陵湖藏语意为“蓝色长湖”，湖边居住的藏民在解放后有了一个新的管辖机构、黄河源头干流流经的第一个纯牧业乡——扎陵湖乡。在乡政府大门前，我手里的海拔表显示出这里的海拔在4500米以上，我走访的上了年纪的牧民，回忆起这里的草场变化时无不叹惜。从小到老一直在扎陵湖边上放牧的老牧民扎西，望着碧波粼粼的湖面深情地对我说：15年前，这里的牧草长得足够一尺来高，湖周围的牧户有四五十户。现在，牧草又少又低，牛羊根本就吃不饱，原来的牧户们多数都走了，只有他和其他5户牧民还在支撑着。

国家邮政局发行的鄂陵湖邮票

在扎陵湖乡，我还遇见一个和内地行政单元不一样的组织——牧业社，社里的牧民大多有几百头牛羊和近200亩草场，在以前，这是一个足以让社里的牧民生活富足而悠闲的资源。然而，由于草场的沙化，还有大批内地游客开着车前往湖区来参观，在这片海拔4500米以上的地区，一辆大排量的越野车碾过，车辙和废气足以让本已脆弱的高原生态遭到重创，车辙过后，被压伤的青草需要一到两年的恢复，但那些脆弱的生命还没来得及恢复，另一辆车便会随着另一批游客碾过，久而久之，昔日草场丰美的鄂陵湖和扎陵湖区，已经变了样。

望着我常年背着的行囊，望着身边那些呼啸而来匆匆拍个“到此一游”照片的游客，望着迁徙而去或驻地留守的牧民忧伤而无奈的身影，我在此呼吁：看过这本书的读者，请您别再开着大排量的越野车进入黄河源地区！

黄河进入中国的第二阶梯地段后，在贺兰山东麓宁夏平罗县境内的一片荒凉沙滩上，黄河和黄沙的浪漫邂逅竟然造就出了一幅以沙水为主色调的大美画卷，

国家5A级景区——沙湖

这就是蜚声国内外的国家5A级景区——沙湖。

这是一片被沙漠包围的盐碱滩，处在贺兰山东麓的洪积扇地形上，东部就是蜿蜒而过的黄河。

1960年，随着建设祖国大西北的高潮掀起，这里建起了宁夏农垦西大滩建设兵团，这是一个由师、团、连队为基本构架的半军事化组织。粮食短缺的年代，每天的劳动消耗着这些建设者的体力，后来，他们发现种植水稻排出的水形成的浅水湖下竟然有鱼，捕鱼抗饥成了他们的一项重要工作。为了饲养更多的鱼，这些军垦人将银川市中山公园、永宁县鹤泉湖等地的芦苇根挖上，运到这里，哪里高就栽在哪里，原来主要是给鱼做饲料，没想到竟是无心插柳柳成荫。芦苇根随着湖水漂移，几年后就在整个湖面上形成了一簇簇的芦苇。到了夏天，这里就成了世外桃源，一丛丛、一簇簇嫩绿的芦苇在轻风吹拂下，成了一块起伏跌宕的绿色毯子，掠过这块大绿毯的是大雁、水鸟，构成了有沙、有水、有草、有鸟的立体的风景图。

1989年8月22日，时任宁夏回族自治区政府主席的白立忱来这里视察，发

著名画家壶僧创作的《渔歌惊起沙洲鹭》

现这里的湖光沙色后提出：“这么好的地方，能不能办旅游?”很快，一个以“沙湖”为名字的旅游景区建设在这里开始了。经过短短 5 年的发展，这个利用沙和湖的资源发展起来的独特的旅游景点，逐渐揭开了她亮丽的面纱。

1991 年 9 月 19 日下午，江泽民总书记来到这里感叹地说：“真是好地方，不来是要后悔的!”视察结束后，江泽民当场题写了“沙湖”两个字，揭开了黄河边旅游“湖”的新纪元，也为沙湖湿地和沙地文化注入了丰富的时代意蕴和文化内涵。

如今的沙湖，夏秋季节，芦苇摇曳，蒲草茂盛，水波潋滟，粼粼闪烁。湖中一丛丛芦苇与湖水相拥，沙丘与湖水相环；湖水映衬着束束芦苇，映衬着起伏的沙丘……远山近景皆和谐有序地把最美的一面展示给游人。湖水、绿草、沙丘相融，将南北方的景致有机地衔接在一起，体现出了又一种不可复制的垄断性旅游资源，融合了江南的清秀与塞外的雄浑。

在宁夏平原上，黄河还造就了鸣翠湖、鹤泉湖等七十二连湖的景象。

三、渠，浇灌黄河流域农业文明成长的通道

黄河流经的许多谷地，两岸人民利用地势高差在上游开凿渠口，开挖水渠，使黄河水以自然流淌的姿态完成渠水浇灌农作物、经济作物的使命，这种古老的渠系铺呈在万里黄河之侧，从青海省贵德县、甘肃省兰州、白银等地区开始，一道道水渠像一道道输血管道出现在了黄河两岸。

渠，这种浇灌良田的形式出现在黄河的最上游是青海省贵德县。公元 1742 年，鉴于《西宁府新志》中记载的贵德县“所治地亩，向无渠道，皆决口漫浇”的状况，西宁道佥事杨应琚，知府申梦玺、贵德所千总李滋宏集体商量，大家带头共同拿出俸禄的一部分，创筑贵德县滨河地带的渠系；到乾隆年间，贵德县境

花园口引黄闸

宁夏平原上最有名的唐徕渠

内已经形成了周屯渠、四十八户渠、河东渠、刘屯渠等四大渠系40个支渠；到1943年时，已经开渠13条。或许与传统文化中对掌管水利的“水龙王”有关，在贵德县的渠系采访中，我意外地听到一个词汇“龙倌”，这是自清朝乾隆年间后，当地人取代渠道管理者“渠长“的一个称呼。“龙倌”由民间推选，每条大渠设一名“龙倌”，他们从诞生之日起，往往干到不能再为群众服务为止，下面再设群众推举产生的“渠头”。“龙倌”和“渠头”制度一直沿袭到解放后，后来水利主任取代了“龙倌”。

大规模浇灌数万亩良田及滋润出农耕文明的大篇章，则是从宁夏平原开始的，宁夏平原上大大小小的水渠总长连起来超过了从银川到北京的距离。这些渠系的名字中，给人印象最深的是以朝代命名的，如秦渠、汉渠、唐徕渠、大清渠等，这些渠系就像一部摊开的黄河渠系史籍，这部水渠史的开端，无疑是“宁夏水利，始于秦代”的秦渠。

公元前221年，嬴政统一了中原大地及四周的地区，公元前215年，嬴政派蒙恬率领30万大军，经过秦直道进入河套地区。为了形成固定的防御体系，将河套地区固定在秦帝国的版图内，蒙恬下令在河套黄河沿岸地区开始筑城屯驻，拉开了黄河流域第一次移民开发的序幕。大幕拉启后，是移民对黄河的水利开发，而这种开发的一个重要举措就是利用黄河水开凿水渠，进行农田垦殖。在较早的文献中，找不到秦王朝下令在河套平原兴建水利的记载。不过秦人曾在此凿渠的传说，却广为流传。宁夏平原黄河以东的秦渠，相传就是因为凿于秦而得名。

秋日，河套平原上的古渠

汉武帝时全国开发水利之风大盛，在宁夏至内蒙古五原这一段“引河及川谷以溉田”，当时的引黄灌溉给中国水利史提供浓墨一笔，出现了“激河”工程这样的水利史上的创举，即以石头在河中渠口处修筑引水长堤，抬高水位，引水入渠这个创

河套平原上的古渠

举，后来被推广到黄河上的众多水渠。

河套平原上的水利建设到唐朝时，达到了一个新的高潮，这个高潮是伴随着整个中华民族的命运一起发生的。唐朝时的河套平原，是唐帝国的边防重地，驻军数量前所未有。吐蕃等少数民族占领这里时，一度填塞汉渠、御史渠、尚书渠等渠系，破坏唐军屯田。“安史之乱”时，作为河套平原核心地段的宁夏平原，一度成为整个唐王朝的临时政治中心，唐肃宗便在宁夏平原上的灵州即位，名臣郭子仪以这里为大本营开始兴唐大业。从政治、军事的需要出发，唐朝需要大量的粮食，从各地调集又不现实，便在这里修建了许多水利设施。见于史籍记载的有光禄渠、御史渠、薄骨律渠、特进渠、尚书渠、汉渠、胡渠、百家渠、七级渠等。众多的渠道中，以御史渠的溉田面积为最大，这条渠就是平定“安史之乱”的唐朝著名战将郭子仪主持开凿的。公元 820 年，李听担任灵州大都督府长史时，下令对平原上的各大渠系进行不同程度的拓宽和维修。其中的御史渠至今仍流淌在宁夏平原上，因为它从唐朝时就有，便被记载为唐徕渠。因是宁夏平原上最著名的一条古渠，蜿蜒穿过银川城，不仅成为宁夏平原上的农业命脉，而且成了当地的一道城市景观。

公元 11 ~ 12 世纪时期，西夏王朝将国都定在了宁夏平原的腹地兴庆府（今宁夏银川市）。西夏王朝的主体民族党项羌进入宁夏平原后，基本完成了从游牧状态向农牧综合经济形态的转变，新兴王朝对粮食需求量增大，加剧了西夏对宁夏平原上的水利建设的重视。西夏开国皇帝元昊就曾下令修建长达 300 里的昊王渠，这是黄河流域第一条也是惟一一条以开国皇帝的名字命名的古渠，至今仍流淌在宁夏平原上。

便利而发达的水利水系，使宁夏平原的粮食生产也达到了新的高度，西夏所需的粮食基本得到了自足。《西夏书》记载，西夏时期有 68 条大小渠道，灌溉着 9 万顷良田。西夏的国家大法《天盛年政新定律令》就载有西夏国的灌溉制度，并严格规定了使用水利设施和使用水的方法，这是中国第一个将水利工程维

唐徕渠

唐徕渠进水口处

护和灌溉管理写入国家大法的少数民族建立的王朝。

西夏王朝被蒙古铁骑消灭后，宁夏平原上的农田水利遭到严重的破坏。

蒙元政权建立后，随着帝国疆界的不断扩大，粮食问题成了影响帝国根基是否稳固的因素。忽必烈以及一些有志之士看到了西夏时期的粮食基地宁夏平原的重要性。

公元 1262 年，著名的水利专家、天文学家郭守敬向忽必烈上书，其中的一个重要内容就是陈述水利方面的 6 件大事，这次陈述坚定了忽必烈对宁夏平原水利修复的决心。两年后，忽必烈派擅长水利的中书左丞张文谦主持西北工作，郭守敬随行。郭守敬和著名的党项水利专家唆脱颜一同巡视河渠，郭守敬在整修废弛的西夏河渠过程中，创造性地运用了闸堰等水利工程设施，很快使那些淤积的渠系重新流淌着来自黄河的河水。

黄河在河套平原段的平缓及水量丰沛，使郭守敬看到了这里发展水利运输的便利条件，他上书忽必烈，建议黄河通漕运，这个建议很快被忽必烈采纳，下令开通河套平原上的漕运。从宁夏平原的上游地段中卫到内蒙古东胜，沿河设立驿站 10 个，66 艘驿船来往于河面上。

河套平原经过西夏亡国后 60 年难得的休养生息时期，遍布平原上的渠系开始在元帝国的经济舞台上展现自己的作用，成为元朝的一个粮食基地。

明朝政府同样利用军屯、民屯和商屯几种形式，充分利用黄河水利的便利条件，在河套平原上发展屯田生产，这里也因此在明成祖时期赢得了“天下屯田积谷，宁夏最多”的盛名，河套平原已经依靠黄河渠系灌溉形成中国北方的一个粮仓。清朝，遍布整个河套平原上的大小渠系形成了一个复杂而科学的灌溉水系网。随处可见“汉唐渠水流燏燏，冬则涸兮夏则溢”的景象。一个系统、完整且一直发挥着作用的中国古渠博物馆的雏形已基本具备。

发达的水系，在滋润平原上的农业生产时，也滋生出不少湖泊，为200多年后处于平原核心地段的城市银川赢得“塞上湖城”奠定了基础。康熙皇帝的随从高士奇在《扈从记程》中这样描写：“黄河在城东南四十里，绕城为汉延渠，西南为唐徕渠。又南有新渠、红花渠、秦渠、汉伯渠，俱分河水，灌天数万顷，故有‘塞北江南’之号。其水溢而为湖，城北曰金波、曰三塔、曰月湖……”

河套平原上独具特色的渠系工程，是世界上别的地区的水利设施无法比拟的。这些干渠首尾相接，长度超过3000公里，远远超过大运河。如果加上支渠、斗渠、毛渠，渠系长度则有数万公里。1905年6月，世界上第一个系统考察长城的美国人盖洛，专门考察了青铜峡的渠口工程，在他的判断中“这是仅次于成都平原的研究中国灌溉系统的最佳范例。”

20世纪30年代，范长江到宁夏平原，考证这些渠系的历史后认为“远自秦汉唐各代皆有开凿，故最早者，已有二千余年。”他不由为此感叹，平原上的先民在2000多年前就掌握如此微妙的水利工程，从它的构造原理来看，的确是合乎科学的。2000年未曾间断开凿与完善的古渠水系，已融入河套平原，不仅作为一种实用工具默默地与平原上的人们为伴，而且作为一种独特的人文风景，镶嵌在黄河千年的历史长河中，哺育、丰富了黄河水利开发的文化长廊。

黄河流经内蒙古巴彦淖尔地区时，形成了八百里后套平原。

2012年4月初，中央电视台一套节目热播的电视剧《我叫王土地》，让观众看到了河套平原上一位开渠惠民者的传奇人生。清朝同治年间，从外地逃荒至河套的山西人王同春，看到当地为了筑坝挡水以保护农田的方式费工巨大但收效甚微，向当地政府提出“仿效大禹导河之法，依照李冰开渠之规”的建议，希望政

汉延渠和唐徕渠渠首的镇渠牛

电视剧《我叫王土地》剧照

府组织力量在河套地区修建“通济渠”，这个建议很快得到地方政府的批准，王同春被当地民众推荐为“渠头”。开渠之前，王同春的足迹开始遍及那些废弃的旧渠遗址，白天，他察看许多秦汉废渠，晚上，在田野上扎营住宿，一盏油灯下，研究“高不病旱，低不怕涝，耕者皆获其利”的开渠方案。

不久，开渠所需的银两筹措完毕，从河套地区征调的民工也陆续到位，阴山脚下的这片沃野开始迎来增力的历史机遇。20 年间，王同春伴着河套地区的黄河渠系开凿，从一个血气方刚的青年步入沉稳刚健的中年，数万名河套民众投身其中的巨大劳动形成了治理黄河的结晶：总长 115 公里的“义和渠”。随后，王同春又负责修建了河套地区的另外四大灌渠。公元 1644~1911 年间，在后套地区形成的著名八大渠中有五个就是他负责开发的，浇灌出了河套地区百万亩良田。

这位民间水利专家凭着自己的努力和实力赢得了“河套水利之父”的桂冠。他开凿渠系得到朝廷或地方政府的赏银，大半被用于渠系的完善和修理中。光绪十七年至光绪十八年，京北大旱，他捐粮 1 万多石；光绪二十七年，他又捐粮 6 000 多石，经他救济的百姓有 5 万多人。他的富不仅表现在自身拥有或支配的财富上，更表现在他给整个后套地区创造的财富上，如今，百万河套人依然在享受着这些财富。

然而，当我追寻黄河的足迹出现在河套的 8 条大渠边时，我没有看到任何纪念这位民间水利家的石碑或者其他建筑。不仅晚清政府和民国政府对他没有褒奖之词，甚至连学者也少有正面评价，我只是看到著名历史学家顾颉刚曾誉其为“有开渠的天才”的片言，只在五原县博物馆内看到一个主题馆内陈列他用过的开渠器具。晚年的王同春境遇更是凄凉，清政府垦务局没收了他拥有产权的河渠、土地；西方传教士来到后套地区，极力扩占土地并与他屡次发生冲突，在与洋教堂的官司中，当地政府惧怕洋人而一味偏袒，更使他损失不少。民国初年，

开封柳园口引渠工程施工

他寄希望于民国政府，与曾来河套地区考察的农商部总长张謇合办了“西通垦牧公司”，因官吏腐败，局势混乱，兵匪横行，公司办了6年，不但垦务失败，连畜牧业也失败了。

王同春的身影远去了，但开凿渠系带来的巨大收益让河套人尝到了甜头。解放后，新中国开始组织力量开凿新的后套之渠，百万河套人民硬是靠锹挖肩挑从黄河上开出了一条引水量500立方米/秒，全长400华里的大干渠，创造了将河套灌区升级为亚洲最大的一个制灌区的神话。2011年9月初、10月初、12月中旬，我三次前往后套地区寻访这渠系时，带着我几乎走完了这些渠系的临河市旅游局干部张永平告诉我，当地人几乎都昵称干渠为“二黄河”，意思是引黄总干渠规模、影响是仅次于黄河。

影响最深的是2011年秋后的河套之旅，阳光散淡而宁静，细细而均匀地撒在整个平原的每个角落，“二黄河”更是惬意地享受阳光下的恬静，沿着“二黄河”行走，两边多是茂盛的芦草和一些不知名的野草，密密匝匝地铺陈在水渠和渠堤林带间。更远处，则是河湾。一丛丛的芦苇，黄色的芦干和银色的芦花，在蓝天白云下大晴大亮的后套旷野里，以一片金色和银色相间的海洋，守护着、陪伴着“二黄河”。站在已经废弃的“二黄河”退水渠边，一处处渠、坝等水利工程遗迹，无言地讲述着黄河水沉淀在这里的历史。

二黄河

黄河进入中原地区后，再次以渠系来浇灌中原农耕文明之葩。整个河南境内，黄河古渠最著名的当属古时称为汴渠的通济渠，它以650公里的长度，自河南荥阳的板渚出黄河，至江苏盱眙入淮河，连接了黄河和淮河之间的三省十八县（市），也以公元605年开掘的古老历史而成为隋唐大运河的首期工程，贯通了西安到扬州的商贸和文化之旅，成为中华帝国最鼎盛时期的交通大动脉，持续通航720年。

在河南省东北部黄河下游左岸，为“中国优秀旅游城”濮阳市一直补充着水源的濮阳渠，始建于1976年，竣工于1978年，其中的渠村分洪闸是当黄河花园口出现22000立方米/秒以上特大洪水时，向北金堤滞洪区分滞洪水的大型水利工程，为国家级一级建筑物，有“亚洲第一分洪闸”之称。

1951年，中央人民政府为了“变害河为利河”，探索黄河中下游引水灌溉之路，开发利用黄河水沙资源，决定在黄河中下游北岸，今河南省武陟县嘉应观乡秦厂大坝上建闸引水，建设新中国第一个大型引黄灌区工程。该工程1951年3月开工建设，1952年3月第一期工程建成，同年4月举行开闸放水典礼。在那个特殊年代，这条渠被命名为人民胜利渠，揭开了开发利用黄河中下游水资源的序幕。

南起黄河、北至卫河的人民胜利渠，是新中国建立后在黄河中下游兴建的第一条造福人民的水渠。灌溉着武陟、修武、新乡、获嘉、原阳、延津及卫辉市、新乡市郊区等8个县（市）148.84万亩耕地，并承担新乡市城市用水的任务。

和河套平原上的那些浇灌农田的渠系不同，人民胜利渠从1952年开灌至今，向农业及生态环境供水340多亿立方米，为新乡市城市供水10多亿立方米。1973~1986年，向天津市送水11亿立方米，缓解了天津市用水困难的问题。向补源区送水60多亿立方米，解决了卫辉市、淇县、浚县、滑县60万亩土地的抗旱用水，尤其是使延津、滑县的地下水位回升起到了极大作用。在水资源紧缺的今天，人民胜利渠已经是豫北地区经济发展的命脉。

人民胜利渠

黄河进入山东境内，不仅有渠系浇灌良田，还有一条特殊的渠——山东省境内大运河一部分的永济渠，这是继隋炀帝开通济渠、邗沟之后，开凿的又一重要运河。永济渠是隋朝调运河北地区（指当时黄河以北、太行山以东的河北道）粮食的主要渠道，也是对北方用兵时，输送人员与战备物资的运输线。

站在永济渠边，我看到的是一条因水量日小而逐渐显得清瘦无比的小渠。逆时光之河上溯，它最辉煌的开端是公元608年的春天，那年正月，隋炀帝“诏发河北诸郡男女百余万开永济渠，引沁水，南达于河，北通涿郡（今北京城区西南隅）。”上百万民众劳作的身影出现在黄河北侧，引沁河经今武陟县折东再转东南注入黄河，这条黄河北岸的古渠行程1000多里，从开工到建成仅用了不到一年的时间。从散失在沿岸各地的史料来看，当时的永济渠宽度虽然不及通济渠，但运输能力很强，可航行庞大的龙舟。永济渠的人文历史的最高潮是公元611年，隋炀帝发兵高丽时，除亲自乘龙舟通过永济渠外，还曾“发淮以南民夫及船运黎阳及洛口诸仓米至涿郡，舳舻相次千余里，载兵甲及攻取之具，往还在道常数十万人”。这种辉煌持续了不到10年，由于沁水多沙易淤积，而清水流量又有限，导致永济渠南段的漕运价值受到影响。唐朝政府便放弃了永济渠的南段，改借丹水、清水、淇水济漕，永济渠的起点也由此被定位在今卫辉市一带。

胜景虽然不再，但北宋时永济渠两岸民众依然尊称其为御河。元代开京杭运河，御河（永济渠）的德州至天津段，成为京杭大运河中南运河的一段。御河在明代时主要水源依靠百泉，其流经的地方又多在春秋时的卫国，所以改称卫河。

如今，随着时代的发展，古老渠系上“百舸争流，千帆竞渡”的情景早已不再，当年，隋炀帝发兵高丽前经由这条著名的渠系时的风采已被历史大潮湮没无痕。

四、淖，河套平原上的别样之水

黄河流经河套平原，留下了一种叫淖的水域，内蒙古的巴彦淖尔盟就是因为黄河在阴山之下，长期移动河道而留下了很多水域，“巴彦淖尔”在蒙古语中意为“富饶的湖泊”。

巴彦淖尔境内，乌兰布和沙湖中的纳林湖，阴山之侧的乌梁素海临河郊区的

乌梁素海

巴彦淖尔市市府所在地临河区北郊的镜湖

镜湖，五原县内的塔尔湖兰等大小不同的水域，构成了巴彦淖尔的“大淖之地”。

远处的黄河，近处的红碱地和黄沙，碧绿的水面及湛蓝的天空，水面上不时飘过的白云，候鸟划过水面留下美丽的身影和鸣叫声，水边西侧不到5公里地方就是草原牧场，牛羊在上面悠闲地吃草，这就是黄河造就的另一片美丽的水域——红碱淖。

“淖”是蒙古族语，是水泊、湖泊的意思。黄河和黄土高原相遇，造就了“红碱淖”这样一个水域的别称。红碱淖以67平方公里的水域面积，出现在陕西省北部毛乌素沙漠内，连接着陕西省神木县尔林兔镇与内蒙古鄂尔多斯市新街镇刀劳窑村，一淖清水连接着陕西和内蒙古两省区，淖面水光粼粼、烟波浩淼，水草丰盛，融草原风光与江南泽国景象于一体，是旅游度假的理想水上乐园。

严格来讲，红碱淖是一个巨大沙漠盆湖，当地人称之为“海子”，水深15米，蓄水8亿立方米，不仅是陕西省最大的内陆湖泊，也是中国最大的沙漠淡水湖。

红碱淖

红碱淖的名称来自当地一个美丽的传说。据说王昭君当年远嫁匈奴，走到这片沙漠地带时，下马回望故乡，想到从此乡关万里，再也无法回到家乡，而此去前景一片渺茫，凛冽的朔风更是吹来一片思乡之情，不由得清泪暗流，驻足于尔林兔七天七夜，不停流淌思乡之泪，上天为此深受感动，派七个仙女下凡安慰她，仙女们各持一条彩带，从七个不同的方向走向王昭君，身后是七条季节河同时流入昭君垂泪处，便形成了被当地人称为“昭君泪”的红碱淖。

和黄河边的其他水体不同，红碱淖的湖水含盐度为3.5%，盛产16种淡水鱼类，上世纪70年代，红碱淖鱼

红碱淖上的遗鸥

类产量最高，每年可产鱼 30 多万公斤。但是，90 年代末以来，湖水深度大约以每年 10 ~ 15 厘米下降，红碱淖“缩水”非常明显，每年水位大约下降 20 ~ 30 厘米，有时候可能达到 40 厘米。湖水 PH 值也逐年升高，水质不断恶化，湖内鱼类资源面临枯竭。

红碱淖还为 30 余种野生禽类提供了理想的栖息地，主要有国家一级保护鸟类遗鸥，国家二类保护动物白天鹅以及鸬鹚、鱼鹰、野鸭、鸳鸯等，每年 4 ~ 9 月，万余只世界濒危珍禽、国家一级保护动物遗鸥来此繁衍生息，其数量约占全球遗鸥总数的 90%，红碱淖因此而成为世界最大的遗鸥繁殖与栖息地。

五、泊，大风吹来英雄歌

从五代到北宋末，黄河在下游地区曾经有三次大的决口，摆脱束缚的滚滚河水向低洼处泻去，行至山东境内的梁山脚下，被挡住脚步的河水四处满溢，注入古巨野泽后，大量河水不仅抬升了水面，还增扩了原来的水域，形成了一望无际的大水泊，使黄河之侧有了一个新的水域——“八百里梁山泊”，这就是古典名著《水浒传》中所描绘的“港汊纵横数千条、四方周围八百里”的梁山泊。

水泊梁山

北宋时期起义的山东好汉积聚在这片水围山麓的地方，凭水泊天险在梁山筑营扎寨，亮出“啸聚山林、抗暴安良、杀富济贫、替天行道”的旗号，在大宋的历史屏幕上演出了一幕幕惊天动地的侠义故事，一部《水浒传》便是演绎这场举义的盛大载体，梁山泊借助这本书而闻名。

拍戏搭建的梁山寨

取材于水浒故事的武大郎烧饼
（作者2010年摄于开封夜市）

和山东境内的很多山相比，梁山可谓没什么特色，而它一旦和黄河牵手，便造就了那一场农民起义。清代曹玉珂在《过梁山记》中称梁山“险不在山而在水也。”道出了黄河对梁山泊的贡献。山水相依，使梁山成为藏龙卧虎、绿林好汉出没之地。仅宋代，在梁山泊栖身居守过的义军不下十余支，此后，在这里凭险而守的影响较大的义军还有明代的李青山、清代的周魁轩，乃至民国时期的冯天臣等农民起义，都曾在梁山设营扎寨，称雄一时。一场场起义聚首和一场场官府围攻之间，留下“泪浸水泊骨撒岗”的结局。

六、湾，水拐弯的地方写风情

黄河流过玛曲时的婀娜身姿

“天下黄河九十九道弯”的说法里，不难看出“湾”不仅是伴随大美黄河万里远途的又一忠实伙伴，更是一处处黄河转身时留下的倩影。

天下黄河第一弯无疑是黄河和甘南草原相遇时造就的玛曲——433公里的黄河大拐弯。

海拔在3000~4800米之间的玛曲，藏语意为“孔雀河”，即黄河之意，因河水清翠如孔雀羽毛而得其名，是全国惟一以中华民族的母亲河——黄河来命名的县。据水利部门测算，黄河从青海省久治县流入玛曲时的流量占黄河源区总径流量的58.7%，占黄河流域总径流量的1/6。黄河第一弯贡献出的不仅是美丽的景色和丰足的草场，更是一块真正的“黄河之肾”。

聆听着喜多郎的那首天籁之音《玛曲》。我第一次踏足这里是2003年9月，

玛曲县境内的“天下黄河第一弯”标志

在玛多县文化局副局长、藏族著名诗人索昂南杰的陪同下，考察了这一带黄河，详细情况在我的《王朝湮灭——为西夏帝国叫魂》一书里有表述。那时，当我站在建成于1979年、黄河上游第一座黄河大桥——玛曲黄河大桥上时，不仅是一片碧绿入眼，也有河床下渐渐露出的黄沙。那里的河曲马、欧拉羊脚下的土地渐渐无法承受生态环境之累。索昂南杰沉重地告诉我，黄河第一弯呈现出水越来越少，沙越来越多的现象。他从上世纪80年代就见证了这第一弯内的景象：黄河的27条主要支流中，已有11条常年干涸，另有不少河流成了季节河，大部分山谷的小溪绝流，数百个湖泊水位明显下降，地表径流量和土壤含水量锐减。

离开青藏高原，黄河进入黄河高原地阶上，老龙湾是一个知名度并不高但很有代表性的地方。

黄河在龙湾形成的巨大拐弯，如今是著名石林风景区

碛口附近的黄河湾

碛口附近的石林

在一个旅游时代，提及老龙湾，没多少人知道，但提及它怀抱中的景泰石林却是很有知名度。这是黄河进入甘肃靖远县和景泰县之间进行大拐弯的地方，一个巨大的弧线划过后，河的东岸是靖远县石门乡坝滩村的大片枣林，河西岸是坐落在黄河与大片石林间的龙湾村。上世纪 90 年代中期，我在景泰工作期间，奉命和我的同事一起来到这里，深入到黄河西岸的一片石林中，摸清每个石林的特征并负责为其取名。那时，我的足迹踏遍了黄河在此形成的巨大湾内的滨河、石林、沙漠、戈壁、绿洲、农庄等，后来，这里被媒体宣传成了一处和云南石林遥相呼应的北方石林景观，来到这里的人反而忽略了黄河在此因弯而美的身姿。再后来，随着电视连续剧《天下粮仓》《西部热土》《汗血宝马》《惊天传奇》《大敦煌》等在这里拍摄，黄河石林的名气越来越大。2004 年 1 月，这里被国土资源部批准为国家地质公园。

黄河最大的弯无疑是在河套平原上形成了一个巨大的“几”字形，这个弯整个行程近 2000 公里。其中，最有趣味的一个湾是她和长城四度握手的地方——老牛湾。从自然地理的角度来看，老牛湾的形成历史足以上 200 万年，但从人文角度来看，老牛湾是公元 1467 年明朝政府修建的一座屯兵城堡。

黄河大拐弯(杨宏峰摄影)

当地的民谣这样唱道：“九曲黄河十八弯，神牛开河到偏关，明灯一亮受惊吓，转身犁出个老牛湾。”这里所说的“明灯”就是当地的明灯山，来到明灯山下，抬头望去，我被这里的险峻所震惊，黄河就是被这座山活生生地逼着转了个近乎 90 度的大弯，会聚了大河、大漠、大山和长城

黄河出黑山峡形成的大转弯(杨宏峰摄影)

的复合景致。

站在这里，遥想当年守边的将士，在“夏守边，冬守河”的规律中，不同季节守护在不同地点，边指居于山顶的长城，河则指黄河。这种候鸟般的守护有着它的道理：老牛湾紧邻黄河的山崖上，有一座至今仍保存完好的砖砌空心瞭望敌情楼——望河楼。沿黄河两岸，有很多望河楼，但大多是文人墨客登高抒怀的好去处，比如我曾在甘肃省景泰县五佛寺的望河楼上，就曾看到过我的一位黄埔军校毕业的姨爷题写的对联：

望河楼上望河流　河流千古　河楼千古
千佛洞里千佛像　佛洞万年　佛像万年

但老牛湾的望河楼却是守边将士们瞭望敌情的制高点，一旦对岸有敌情，这里的将士便会在第一时间发出警报，这就使得此处望河楼区别于万里黄河中其他地方的望河楼。

不仅黄河在老牛湾也顺从地转弯而行，就连长城至此也因地势险要而无法跨越黄河，只能顺着黄河东岸南下，经万家寨、关河口至河曲县，然后才越过黄河进入陕西省府谷县境内逶迤西去。

乾坤湾

黄河滩地

老牛湾堡因老牛湾而得名，顺着那惟一的堡门，走进这个明代修建的古老堡子，这是出于防守而修建的长城防线的基层军事机构，当年的金戈铁马顿时从历史深处呼啸而来，让我感受黄河承载的万年兵事如此沉重。昔日的战火已经随黄河的涛声而去，只有素面朝天的古堡依然保存着岁月的痕迹，记述着黄河拐弯处的历史风云。

从旅游角度看，位于中国最美的十大峡谷之一的晋陕大峡谷之间的乾坤湾，是黄河流域众多“湾”中的一道奇特风景。没有抵达这里前，仅从“乾坤湾”这个名字就不难想象出黄河在此的弯度之大及其形巧夺天工。

黄河乾坤湾，最具观赏最为完美的一道莫过于山西省永和县阁底乡境内的这一段，当我站在这里时，被这里既雄奇又柔美，既飘逸又和谐的“乾坤复合”之美而吸引。大河至此，犹如一个京剧名角挥舞水袖，自然间就形成了一道弯弯的优美，也如同一个曼妙身材的女杂技演员在不经意间的几个弯腰动作，就亮出了一幅旷世绝伦的的“S”形。

何况，这一个巨大的湾内，河抱着山、山依着河，河里有山、山中有河，山河相连、水山相映，河与水缠绵成一种胶着之态，复合中国道教中的阴阳之合、乾坤之应。“阳”即河对岸被水环抱320度的那座山；“阴”即黄河之水，恰如道家所说的阳鱼尾为阴鱼首，阳鱼首为阴鱼尾，正应了阴阳合抱、互为转换、相依相存的辩证哲学思想。一处自然之笔，竟然暗含如此高深的哲学和道学之理，还有哪处大江大河有此绝妙或神来之笔?

第三章
桥影卧波，晚开的文明之葩

桥梁是河流上空的彩霞，从玛多黄河沿上的第一座桥到入海处垦利县境内的黄河桥，黄河上分布着数百座桥梁，以木桥、水泥桥、铁桥、浮桥、吊桥、索桥等形式横卧在河面上，它们形体优美而富含黄河儿女的创造智慧，许多桥梁还带有很浓郁的人文色彩。比如青海省循化撒拉族自治县境内的伊玛目黄河大桥，就是国内惟一以伊斯兰教语义命名的大桥；比如甘肃靖远和景泰交界处的芦阳索桥是黄河上最古老的索桥；比如内蒙古河套平原上的浮桥是黄河纬度最高处的桥梁，这些桥梁，有以地名命名的，也有以人名命名的，有公路大桥、铁路大桥，也有公路铁路两用桥，等等。

一、桥卧青海，唐蕃古道上的彩虹

沿着 317 国道从西宁前往玉树乃至进藏，途中经过玛多县。县城高居海拔 4600 米的云端，赢得了“黄河第一城”的赞誉。

黄河出源头后不久，就像一把闪着光的弯刀，划开一片巨大的绿色，将一河水色铺在碧绿的大毯子上；更像一个刚刚学会走路的孩子，慢慢地、贴着地面缓缓而行，保持着一种慢状态，享受着成长的快乐和妙趣。由于没有人类活动造成的影响，黄河在这里更是呈现出一种巨大的自由和原生态，舒缓着自己的个性，自然地流进一片片草地，又从一处处湖泊中流出。进出之间，在玛多县境内形成了大大小小 4007 个湖泊，构成了名副其实的千湖之县。地势平缓也使这里成为青藏高原上的民众穿越黄河时最好的渡口，尤其是唐蕃古道形成后，这里更是黄河第一渡。《新唐书·吐蕃传》中对此记述：“河之上流，水益狭，春可涉，秋夏乃乘舟。”

传统的皮筏子成了跨越青藏高原上的河源地区的“通行证”，那些飞弋在河面上的筏影如今已经完全消失了，我只能在辗转找来的民国时期的黑白照片上，领读那时在黄河上闪现的这道风景，想象文成公主、班禅大师和僧人，以及政府官员、军队、商旅，在这里登筏渡河的情形。

作者在黄河第一弯玛曲境内的玛曲黄河桥上

文成公主入藏时，玛多境内的黄河横亘在眼前，她就在这里遇见专门从拉萨来迎亲的赞普松赞干布。他们在那一叶渡筏上穿越黄河的阻隔，其实也是冲破了一道横在唐和吐蕃之间厚实的门帘，然后双双踏上继续往高原深处而去的浪漫之旅。公主进藏的远途，在此完成了黄河最后一渡，听凭高原的罡风吹碎了一个少女的爱情梦境，刺穿梦境的最后刹那，是公主怎样的一场无奈抑或惊喜？人们为了纪念这个具有重要意义的事件，便在此修建了嘛呢堆，搭起了经幡和祭台，祈求平安、福康，那时的公主战战兢兢地坐上皮筏渡河时，内心是怎样的惶恐？赞普王搀扶着公主上筏，眼见公主的紧张神色，他们的内心里涌起了共同的愿望：如果有座桥多好！

此前此后，不少身负连接内地和藏地和平友好使命的使者，在这里留下了短暂而匆忙的身影；商旅、军人、淘金客、游人等，乘坐皮筏或木船，将自己的面孔定格在一个个历史片段中，成了青藏高原上江河中的一道奇特的风景，他们面对河水及很危险的皮筏或木船，内心或许都在想，如果有座桥横在这里多好！

1937 年初，主政青海的马步芳为加强对玉树藏区的统治，便于实现自己的商队通过西藏到中印边境进行走私贸易，以“西藏方面在康藏交界大举拔兵，边境多事”为由，通过国民党政府蒙藏委员会向蒋介石建议修筑西宁至玉树结古镇的公路，这就是214国道西宁到玉树路段的公路雏形，玛多黄河开始做起了桥梁飞跃其上的梦。同年3月，国民青海省政府向国民党政府提出修建计划，取得了全国经济委员会拨给的补助费10万元，蒋介石电令马步芳：“事关国防，赶筑竣工。”于是，马步芳于1937年下半年强征民工开始修筑西宁到大河坝的便道。

1943年6月14日，国民党政府交通部公路总局和青海省政府联合组成了青藏公路工程处，时任青海省建设厅厅长马麒兼任处长，选定了由西宁到大河坝、黄河沿到结古镇的路线。1944年9月底才勉强修通了这条简易公路。10月26日，青海省政府在西宁举行了通车仪式，古老的唐蕃古道上，第一辆汽车出现在青海高原上，汽车行驶了5天才到今天玛多县境内的黄河沿。黄河已经封冻，原来准备载车过河的渡船无法运行，汽车只好在冰上试行，结果被陷进冰水里达10天之久。到了11月10日，才用牛队和民工拽出黄河，接着又行驶了两天才到结古镇，成为中国现代公路交通上一段奇特之事。

被称为“黄河第一桥”的玛曲黄河桥

1966年，新中国终于在玛曲县城边建起了黄河上游第一座钢筋混凝土大桥——黄河沿公路大桥。它把两岸的山川草原连在一起，把古老的唐蕃古道和近代的康青公路以及当代的214国道串联了起来。

如今，横卧在黄河水面上的玛曲黄河大桥以黄河第一桥著称，钢筋水泥的桥梁沟通着黄河南北的交通，桥上的马达声替代了昔日水面上放筏者的紧张喘息声。

公元88年，张掖太守邓训受汉章帝之命出使河湟，接任护羌校尉，对高原上的古羌人部落实行怀柔之策，羌人部落中的一位首领迷唐带领的族落不愿臣服汉朝，退居到今贵德黄河南岸，引发邓训发6000汉军进击迷唐，却被滔滔黄河隔住了脚步。汉军看见羌人个个怀抱着羊皮袋自如来往于黄河两岸，便“缝革为船，置于箅上，以渡河”（《后汉书·邓训传》），这种被称为“革船箅”的渡河工具就是后来纵横于黄河上的皮筏。公元93年，护羌校尉贯友制作大船，在贵德县境内的贺尔加河注入黄河处渡河进击羌人，由此就形成了贺尔加渡口。当时，汉军在这里还修建了黄河在青藏高原上的第一座简易浮桥，其功能也仅仅是为了这次军事行动。公元1105年，人们又在古什群峡口造起了一座黄河桥，称为“大通桥”。1934年，青海省政府决定，在修建贵德黄河浮桥的同时，在古什群峡口建造了一座长48米的原始木结构握桥。后被水毁，几年后重建。解放前夕，原青海的封建统治者马步芳逃离时握桥被烧毁。

贵德黄河大桥

1934年，青海省政府决定在贺尔加渡口修建黄河浮桥，当年9月建成，因是贵德县和共和县两县合建，因此取名为“和德桥”。人们习惯上还是称之为贵德浮桥，这标志着黄河在这段行程中，千年间靠木船和羊皮筏子的摆渡形式结束了。1962年冬天，贵德境内的黄河结冰，浮桥被冰冻于黄河上，当地人形象地给浮桥取了个名字“站冰桥”。1978年5月，位于浮桥下游100米处的贵德黄河大桥建成，浮桥完成了它的历史使命。

在贵德县河阴镇城北村村北1里处的黄河边，当地群众于1986年10月开始修建一座吊桥，这是青海境内黄河上跨度最大的铁索吊桥，行人、牲畜、手扶拖拉机和小汽车同行于吊桥之上。

循化县是黄河在青海省最后的一个流经县，据《沙州记》《水经注》记载，公元414年，吐谷浑在今循化城西15公里处积石卜峡口水面上，曾经修建一座“河历”桥，是中国历史上黄河上游建造的第一座实体木桥，距今已有1500年的历史了。现在从西宁前往循化县城，必须通过伊玛目黄河大桥，这是黄河上惟一一座带有伊斯兰教意味的大桥。

青海省循化县境内的伊玛目黄河大桥

青海境内，除了玛曲黄河大桥和贵德黄河大桥外，还有雅娘黄河公路大桥、吉迈黄河公路大桥、达日黄河公路二号大桥、齐哈玛钢索人行吊桥、拉加寺黄河公路大桥、卡力岗黄河公路大桥、尕玛羊曲黄河公路大桥、拉西瓦黄河大桥、尼那水电站钢索吊桥、湟贵公路太平大桥、李家峡水电站黄河公路大桥、康隆黄河公路大桥、尖扎黄河公路大桥、隆务黄河公路大桥、公伯峡黄河公路大桥等。

李家峡黄河公路大桥

二、黄河过兰州，天下黄河第一桥及其“姊妹”

黄河流进甘肃境内，铁桥、吊桥、索桥、公路桥、铁路桥等各种形制的桥，使得这里成了黄河桥的一个巨大展览馆。这里有黄河上最古老的索桥——靖远县境内的古索桥，也有永靖县境内炳灵寺附近的飞桥——一座伸臂木梁桥；有在金城古渡旧址上修建的、历经515年（公元1384~1909年）的镇远浮桥，也有唐代在靖远境内架设的乌兰木桥，有宋朝和西夏交战时在兰州金城关附近架设的浮桥，也有“天下黄河第一桥”之称的兰州黄河铁桥，有新中国成立后在黄河上建造的第一座大铁桥——兰州市西固区河上镇的兰新铁路黄河大桥，也有黄河上游第一座铁路公路两用桥——靖远黄河大桥，等等。悉数起来，大大小小近50座，最具代表性的还是“天下黄河第一桥”。

兰州黄河铁桥出现之前，连接兰州城南北的是镇远浮桥。曾任晚清朝刑部主事的吴可读为兰州镇远桥撰写过这样一幅对联——

天险化康衢 直为海市楼中现不住法

河壖开画本 安得云梯关外作如是关

19世纪60年代到90年代，清政府中一些带有进步思想的当权派开始得到重用，他们开始面向西方寻求先进的技术，实行“自强”、“求富”的运动，这就是晚清政坛上的“洋务运动”，左宗棠是洋务派中的中坚力量。

1866年，左宗棠出任陕甘总督，开始将其人生轨迹延伸进此前他很陌生的西北地区。1872年，左宗棠带着远征新疆、平定阿古柏政权分裂新疆的使命来到了兰州，这个落后的西北内陆城市激发了他继续在这里推行洋务运动的雄心，当他在今兰州市畅家巷南端的地方丢下第一锹奠基土后，这里便开始了兰州制造局的建设。不久，兰州制造局就制造出了达到世界先进水准的后膛七响快枪、螺丝大炮、车轮来复后膛炮等武器，这些武器及其他军用品需要渡过黄河经过河西走廊运往新疆。望着大批新制的先进武器无法从兰州运出，望着滔滔黄河水横亘在大清西北疆域安全前，左宗棠上书清政府，请求修建一座能运输大批军需的现代桥梁。兰州黄河上，等待着第一个现代意义上的桥梁出现！

1866年的兰州城里，洋务运动成了一股吹在这个城市里最鲜活的风，左宗棠无疑是这股风的主要制造者，鉴于中国当时的技术条件，鉴于当时德国先进的造桥技术，他秘密派人和德国商人福克接触，协商在兰州境内黄河段修桥的事宜。然而，福克列出的预算款项是60万两白银，这个天文数字他显然是无力承担的，左宗棠的“兰州黄河桥梦”，被黄河水带走了，留给他的是巨大的遗憾。

1935 年在白塔山上拍摄的黄河铁桥和西关

修建黄河大桥时的情景

1905 年的夏天，德国巨商泰莱洋行的经理喀佑斯从天津前往兰州旅行。得知这一消息，正在兰州举办甘肃洋务局的兰州道举铁岑、彭英甲立即面见喀佑斯，展开关于修建黄河桥的协商，双方经过谈判后，在兰州修建一座造价 16.5 万两白银的铁桥，然而，这个建议却遭到了甘肃按察使白遇道等人的阻挠，致使这项工程直到 1906 年 1 月才启动。

站在黄河南岸拍摄到的黄河铁桥

如今，作为兰州标志性建筑的兰州黄河铁桥静静地卧在黄河上，尽情地舒展着自己百年间的身姿，这个身姿的最初设计者是泰莱洋行当时委托的一家美国桥梁公司，按照这家公司的设计，其保固期是 80 年，100 多年过去了，她依然以“天下黄河第一桥”的实力和魅力端坐在黄河之上。她的建造也成了黄河桥梁史上的佳话：当时，修桥所需的钢材构件、水泥及所需的机具设备，均从德国购置，这些设备于公元 1907 年 5 月全部海运到天津。

1908 年的黄河铁桥

1907 年的春天，天津港突然出现了很多带着甘肃口音的人，他们是甘肃洋务局组织的运输人员，负责将建桥设备经京奉铁路运到丰台火车站，再由丰台经京汉铁路运往河南新乡火车站。离开新乡后，这些设备开始由马车装载运往兰州。

这些来自海外的特殊货物，从天津启程后开始整整 10 个月、辗转上千公里的旅途，浩浩荡荡地穿行在华北、华中、西北大地，实为当时中国造桥史和交通运输史上的绝妙一笔。1908 年 4 月 10 日上午，鞭炮声响彻北塔山下的黄河两岸，甘肃布政使、甘肃洋务局、德国泰莱商行的有关人员积聚在黄河边，两岸挤满了兰州城的政府官员、名流及看热闹的民众，黄河上第一座铁桥于这天开工。经过

雁滩黄河大桥

一年零四个月的紧张施工，1909年8月8日这一天，耗去白银30多万两的黄河第一座铁桥竣工，开始了一桥飞连南北的使命。各种物资通过这里运往新疆，不仅实现了左宗棠收复新疆时的梦想，更是实现了兰州成为大西北交通枢纽城市的梦想，黄河铁桥当之无愧地成为大西北现代水上交通运输的先驱。

1942年，这座黄河铁桥被更名为“中山桥”，桥南的街道也因此得名“中山路”。

1949年8月，逃跑的国民党军队为了阻止解放军进驻兰州，炸毁了铁桥，导致其无法通行。这是黄河铁桥自诞生起遭受的第一次也是惟一一次严重创伤，经过兰州军管会交通处组织的8天9夜抢救，9月3日，英雄的桥梁上通过了解放军的部队和车辆，抢修期间，时任中国人民解放军第一野战军司令员彭德怀两次亲临现场视察慰问，桥梁修好后，彭德怀特意在兰州澄清阁设宴招待和表彰了抢修铁桥的领导和工程技术人员。

银滩黄河大桥北起兰州市安宁区迎门滩，南至该市七里河区马滩，是黄河中上游第一座单塔双索面斜拉桥。也是甘肃省修建的第一座大跨度斜拉桥，是兰州市向现代化迈进的标志性建筑

2006年6月10日，这座桥梁跻身第六批全国重点文物保护单位。在时下的旅游时代，黄河铁桥更是连接黄河南岸的兰州主城区和黄河北岸的一些重要景点的纽带。

小西湖黄河大桥位于兰州市七里河区，是兰州市投资最多规模最大科技含量较高的一座互通式立交桥

除了黄河铁桥外，兰州市管辖的黄河区域内，从上游到下游，依次还有修建于1971年的西沙黄河大桥；2001年8月18日正式通车的兰州银滩黄河大桥，这是黄河上游的第一座大型现代化斜拉式大桥；1958年11月竣工通车的，继中山桥之后，兰州城区的第二座黄河大桥——七里河黄河大桥；2003年8月建成通车的兰州第一座大型跨河互通式立交桥——小西湖黄河大桥；1979年投入使用的城关黄河大桥，是当时

兰州城市建设的优秀代表作之一；2003 年底建成通车的兰州雁滩黄河大桥，享有兰州黄河“第一彩虹桥”的美誉，是目前仍是国内同类型跨度最大的连续钢管混凝土刚架系杆拱桥。此外，还有在建的元通黄河大桥、金雁大桥、深安大桥等。

三、千桥横水，宁夏平原的另一种黄河物语

在“天下黄河富宁夏”的谚语里不难看出，宁夏平原承领着黄河带来的福祉，而横跨在河流上的桥梁则是两岸人互相来往中传递、共享这种福祉的纽带，桥梁架起黄河两岸的宁夏人文化、经济往来。

将桥作为黄河在宁夏平原上的物语来读，缘于黄河桥在宁夏平原上密度大而成了“黄河桥乡”。因水而生的桥梁成了连接黄河两岸的纽带，形制不同的桥梁成了平原上划过水面的一道道景致，上面走动着车流与人流，下面流动着黄河流经宁夏平原时的风情和历史。

银川市内的大桥

隔河而望，两岸的居民自然需要了解对岸并和对岸的人交往、交流，满足这种最原始而朴素愿望的，自然是桥；进入战争年代，征服者的眼光跨越那一波水面，指挥千军万马完成征服或占有，而满足这些愿望的，自然也是桥。

桥，就是完成这种跨越的建筑与风景。

我从 1926 年出版的《朔方道志》中查阅到，宁夏平原上仅跨越干渠的桥梁就有 120 座；从《宁夏交通史》中了解到，1936 年时，宁夏平原上跨干渠的桥梁为 407 座，整个灌区的桥梁不下千座。如今，我们无法统计出宁夏平原上桥梁的确切数字，但那些横卧在平原水系上的桥梁，确确实实因为形制不同为平原上生

永宁县境内的一桥两水色

活的人们提供便利的同时，还提供了一个塞上江南的桥景。

宁夏平原上的桥，就如藏在山河深处的宁夏平原一样，恬静而低调，无法和北京天安门外的金水桥比尊贵、和赵州桥比历史、和武汉长江大桥比气派、和泉州安平桥比长度、和颐和园的十七孔桥比秀美、和西湖断桥比浪漫、和扬州的廿四桥比诗意；更是无法拿到国际视野中，和美国的布鲁克林大桥比凄迷色彩、和意大利的叹息桥比浪漫、和悉尼的海港大桥比韵味、和法国米约高架大桥比高度、和加拿大的联邦大桥比长度、和西班牙的罗马水道桥比传奇色彩。她们静静在流动的平原历史中，默默地承载着战事、农事、情事、秘事，一切显得那么土、那么祥静。

宁夏平原上的普通石桥

宁夏平原上最简易的独木桥

蜿蜒流经宁夏平原的蜘蛛渠、七星渠、唐徕渠、汉延渠、通惠渠，将自己魅力的波影留在了平原上的城乡之间，而横跨于这些渠系上的桥梁，如珍珠般散落在平原的城市乡村里，仅以银川城为例，就有八里桥、青山桥、民乐桥、掌政桥、红花桥、五渡桥、南门桥、三一支沟桥、西门桥、保伏桥等，每个桥背后都有着自己的渊源和历史，每个桥承载的不仅是上面的车流与人流，更有其历史内涵，它们的命运不仅是承载渠系两边的连接和通达，更是一个中国北方湖城的另一种角色。

宁夏平原的乡村不仅存留大量体现乡村情韵的石桥、水泥桥，也留下了气势宏伟的大型桥梁。青铜峡水利枢纽工程下游 1.3 公里处，就有一座锈迹斑斑的铁桥，这是出现在宁夏平原上的第一座桥梁，从 1959 年 7 月 1 日建成后的半个多世纪后，已经成了一处宁夏具有代表性的近现代工业遗产，夹在距离上游 1.3 公里的青铜峡大坝和下游两公里处的陈袁滩公路大桥之间，这座显得多少有些沧桑的桥梁更是显露出一丝陈

位于沙坡头景区西边的黄河大桥，这应该是黄河进入宁夏平原的第一座黄河大桥

旧，这种陈旧背后，是一段怎样的历史背景呢？

1958 年 11 月 23 日，黄河流经青铜峡境内陈袁滩附近的岸边，天气已经转冷，这是当地人开始“冬养”的季节，然而在冰冷的河滩上，却出现了一个个当地人没见过的帐篷，闪现着一个个操着外地口音的身影。这些人就是承造宁夏平原上第一座铁桥的兰州铁路局桥梁工程队的职工，70 名技工和近 200 名民工利用冬季黄河封河期间，开始在冰上架梁，他们大胆地使用木桩桥墩来支持重达 150 吨左右的大型钢梁，铁桥钢梁是在铁道部及兰州、西安铁路局的援助下，从渭南、临潼、峡东等地运到施工工地，形成了中国现代桥梁建造史上的一个特例。

青铜峡黄河大铁桥通车

1959 年 7 月 1 日下午 1 点，随着时任宁夏自治区副主席吴生秀的剪彩，一列从河西段跨过唐徕渠铁桥的火车，在欢呼声中徐徐驶过这座长达 292 米的黄河铁桥，奔向青铜峡河东工地。当时的青铜峡铁桥是一座综合利用的桥，桥面可走火车、汽车、架子车和行人，桥长 292.3 米，桥身有七孔折穿式花梁和折装式桥梁等组成，桥墩采用木桩及铁丝笼片石结构。

二战前后，欧洲桥梁设计理论及钢梁材料经盟军之手传入中国。50 年代期间，中国建造的部分桥梁利用了这些钢梁材料。站在桥端仔细端详，会发现桥两端边跨部分钢桁架是由位于美国宾夕法尼亚州的伯利恒卡耐基钢铁公司制造。如今，铁桥多处生锈钢梁上仍镀有英文及生产年份标记。桥两端边跨钢梁上标注有：“BETHLEHEM USA”（美国宾夕法尼亚州伯利恒）、“CARNEGIE”（美国卡耐基钢铁公司）、“ALGOMA CANADA”（加拿大阿尔哥玛）。中跨五组半穿式钢梁标注有：“CAPGO FLEET ENGLAND ”（英国伦敦费利特）、“DORMAN LONG & C.L.MBRO”（英国多门朗公司）、“SKINNINGROVE”（英国北约克郡海滨小村），以及标注 1944~1947 年不同制造年份的铭牌。这五组中跨采用英国制造的 ESTB 军用钢梁（半穿式），这些钢梁所用的是英国东北部北约克郡的铁矿厂原料，二战前后由位于伦敦费利特的英国多门朗公司制造。每组长 35 米，自重 110 吨，仅钢梁的安装就使用了 35000 个铆钉。因此，青铜峡铁桥更是一支桥梁构件的“多国联军”。

黄河上的青铜峡铁桥

叶盛黄河大桥

2011 年 10 月 30 日，我来到这里时，看到桥墩有不同程度的沉陷下移，桥面出现不同程度的裂缝，钢架结构腐蚀情况严重，已不适合车辆通行，骑着摩托车或自行车的当地人，依然通过这座铁桥穿行于河东、河西间，缓缓的河水通过筏型桥基时激起的激流，彷佛卷走了这里昔日的繁忙。而这座桥却承载了几十年间积淀的无形的文化信息，桥头立着青铜峡市的文物保护碑，这是宁夏第一处被正式纳入文物保护管理体系的近现代工业遗产。

沿黄河而下，距离青铜峡黄河铁桥下游大约 3 公里的陈袁滩镇唐滩三队，1995 年 9 月出现了一座全长 1576.3 米的特大桥梁，这座桥不仅是宁夏第一座特大桥梁，而且是宁夏平原上众多桥梁中第一座获得“中国建筑工程鲁班奖”的桥梁。

离开陈袁滩黄河大桥沿着黄河而下，进入位于青铜峡市叶盛镇东 3 公里处，便能看见宁夏历史上的第一座黄河公路大桥——叶盛黄河大桥。

除了铁桥、钢筋混泥土桥、水泥桥甚至小木桥外，青铜峡和吴忠市利通区之间的河道上，还有一座全长 340 米、宽 4 米的浮桥，这座在兰州军区工程兵科研所帮助下完成的浮桥，极大地丰富了宁夏平原的桥梁形制内容。在青铜峡小坝镇西南 15.5 公里的国道 109 线上，1988 年 10 月 15 日建成了宁夏第一座上下互通式的公路立交桥——青铜峡公路立交桥。随着经济的发展，传统的桥梁已经不适合宁夏平原上的经济需求，2002年11月2日竣工的青铜峡陈袁滩黄河高速公路大桥，以1255.4米长、34.5米宽的规模成为目前黄河中上游最大的公路桥梁，这是宁夏平原上修建的第七座黄河公路大桥，使宁夏平原上自北向南全长253公里的石中高速公里全线贯通，对宁夏桥梁史的贡献还在于这座大桥在施工过程中第一次引进当今世界一流水平的旋挖钻进行钻孔，第一次利用了大跨度、自动化程度高的现代架桥机。

吴忠市境内的黄河浮桥

四、冰桥、浮桥，河套平原上的特殊通道

黄河出银川后，开始“几”字形的河套之旅，这趟弯曲的北上之旅造就了黄河一直在河套平原上舒缓而行，也使得黄河大桥在这里陡然间失去了那种高俯流水的气势，桥似乎极力想靠近河水，想和那缓缓而流的河水日夜私语，这在乌海黄河公路大桥、三道坎黄河铁路大桥、乌达黄河公路大桥、三盛公黄河铁路一号大桥和二号大桥、磴口黄河公路大桥、包头黄河铁路公路大桥、蒲滩拐（海生不浪）黄河公路大桥、呼准线黄河铁路大桥、喇嘛湾黄河公路大桥等桥梁的形制中都得到了体现。而当黄河流到内蒙古和山西交界的晋陕大峡谷时，河上的桥影变成了另一种景致，万家寨黄河公路大桥、龙口黄河公路大桥、府保黄河公路大桥、府保黄河公路二号大桥、神朔铁路黄河大桥、神兴黄河公路大桥等桥梁，在晋陕大峡谷中留下了桥与水的一个个故事。

冬日，黄河冰冻后形成冰桥

准格尔黄河铁路大桥，是我国单孔跨度最大的黄河铁路大桥

黄河流过内蒙古，在千里大河套上宛如一个蜿蜒间顺着贺兰山和阴山的漫步者，这种漫步中，一抬头就会发现那时的匈奴人、突厥人乃至后来的契丹人、女真人、党项人、蒙古人，挥着战刀，骑着快马，呼啸声中冲出这两条山，饮马黄河的雄姿令汉家朝廷每每心惊，这就上演了千年间的中原王朝和这些游牧部族的征战，一曲曲战歌背后，是黄河一次次承领的生灵涂炭。而那些游牧者的出征步伐，往往被滔滔河水阻挡，夏秋季节，他们在贺兰山之东、阴山之南黄河之北秣兵厉马，冬春季节，北方的严寒使得黄河结冰，他们便以冰为桥，踩在那巨大而洁白的"桥"面上。马过黄河，出现了中原王朝的兵士和这些游牧者之间在河套地区千年间的冲突和厮杀；退守之间，黄河往往成了双方互为天堑的依靠，千里黄河冰面上，闪动着一个个雄心勃勃、以图成功的强者的面容。双方以黄河为界常常展开拉锯战，要么是霍去病、卫青带领的汉朝军士将战刀刺向阴山深处的匈奴内脏；要么是匈奴人长期占领河套地区并使之成为巨大的军马场；要么是唐太宗亲率大军在灵州会盟河套内外的各个游牧部落首领；要么是唐肃宗在安史之乱中仓皇逃到黄河之侧的灵州，向河套内外的强大游牧部族求援救唐；要么是党项羌为主体的西夏王朝雄踞河套数百年；要么是蒙元铁骑从这里为跳板南下占据中原，这些战事都是在一个没有大型桥梁的时代完成的。

河套平原上的黄河浮桥

河套一带的黄河水流缓慢且因没有河床而在春天冰层融化时到处四溢，加上架桥的地质条件限制，浮桥便成了河套上最经济的桥制。契丹人攻打西夏时，就在黄河流经内蒙古之境搭建浮桥以渡兵马，自此后，浮桥这种形制的桥便出现在了河套地区。如今，依然保存完好的阿拉善左旗巴彦高仁苏木（苏木相当于内地乡镇）境内的浮桥成了黄河在内蒙古境内留下的独特桥景。

洛阳黄河大桥

在河套平原东部的晋陕大峡谷中，连接陕西和山西的桥梁也很多，佳临黄河公路大桥、吴堡（军渡）黄河公路大桥、延水关黄河公路大桥、壶口黄河公路大桥、乡韩黄河公路大桥、禹门口（龙门）黄河公路大桥、龙门黄河铁路大桥、南同蒲黄河铁路桥、风陵渡黄河公路大桥等，架设在大峡谷之中。

五、大河南北，影响中国军事格局的桥影

黄河离开晋陕大峡谷后，便进入河南境内，两岸民众的交往要比黄河流经其他地区更为广泛，使得黄河在河南境内的桥梁数量、形制更为丰富，从三门峡黄河公路大桥开始，有名的桥梁有三门峡坝下公路桥、南村黄河公路大桥、小浪底工程专用公路桥、焦枝铁路黄河大桥、焦枝铁路复线黄河大桥、洛阳黄河公路大桥、焦作黄河公路大桥等，仅郑州市境内就有郑州黄河铁路大桥、107 国道郑州黄河公路大桥、京珠高速公路郑州黄河特大桥等桥梁横跨在黄河上，不仅是连接郑州通往外地的一个通道，也成了黄河至此出现的一道风景。流出郑州后，黄河依然在河南境内留下了阿深高速公路大桥、开封黄河特大桥、106 国道开封黄河公路大桥等著名桥梁。

河南境内，黄河上的第一座正式桥梁在哪里？当我来到由比利时工程公司承包修建的郑州黄河铁路桥前时，才找到了答案。1906 年 1 月 16 日，朝廷特派太子少保、前工部左侍郎盛宣怀以及一品顶戴署理商部左丞唐绍仪前往郑州，和当地大员、百姓一道举行这座黄河上现代桥梁鼻祖的竣工典礼。

郑州黄河大铁桥在抗日战争中，以牺牲自己而亮相于国人的视线中。1938 年 2 月 13 日，郑州城被一片寒冷笼罩，更为日本军队即将逼近这座城市的恐怖氛围所笼罩。那天，国民党新八师师部上尉熊先煜奉命抵达黄河南岸的车站，24 岁的他和新八师的全体将士们一道，从郑州城来到这里布防。他们得到一道密令：如

马头关黄河大桥横跨黄河大峡谷，西接陕西延长县，东连山西大宁县，是连接陕北和晋西，沟通西北与华北的重要通道，是现今黄河第一高桥。马头关黄河大桥，最高的桥墩69米。由延长、大宁两县联合建设

果日本军队逼近黄河北岸，就炸毁黄河大铁桥，使其机械化部队不能长驱直入。

那天晚上，熊先煜带领两个卫兵，拿着手电筒走上铁桥，寒风中，随处是从黄河北岸逃亡南岸的百姓。早于他到来的工兵已经完成了火药运输调集工作，古老的黄河大铁桥随时面临着被炸毁的命运。第二天，日军的轰炸机就开始飞临黄河大铁桥上空，在郑州上空盘旋一番后，旋即返回，在飞离黄河大铁桥几分钟后就扔下三颗炸弹，大铁桥幸免于炸。

郑州黄河铁路桥

15日午后，日军飞机再次来到黄河大铁桥上空，投弹炸伤桥梁的第82孔，使南撤的列车受阻于桥上。日军的这次轰炸更让国民党决策层下定了要轰炸这座桥的决心，新八师师长蒋在珍如此叹息："以我穿草鞋持步枪之兵卒，迎战日寇之坦克装甲，岂能战而胜之？"负责指挥工兵实施炸毁任务的熊先煜在日记中这样写道："黄河大铁桥计长一百孔，每空约四十公尺，为世界伟大工程之一。方今倭寇侵略，在'焦土抗战'下，决定予以破坏，殊觉可惜！伟大的黄河铁桥，功在人民与国家，今天为了战略关系，不得不忍痛破坏，我还来担负监督工兵连执行爆破任务，这是谁也想不到的事啊！惋惜之余，惟祝愿抗战胜利，短期内能把新的黄河大铁桥重新建造起来。"

17号凌晨5点刚过，最后一趟列车缓缓驶过，彷佛为这座具有特殊意义的桥梁书写葬礼前的悼词，火车驶过铁轨时发出的沉重之声，掩盖了黄河的流水声，那趟由闷罐车、平板车、客车组成的混列，成了这座桥梁的告别礼。众多军人看着雪亮的车灯划破黄河上的夜色，听着列车经过铁桥时的沉重喘息，这是铁桥留

拖拉机载着麦草过黄河大桥

给黄河带血的最后一幕！5点1刻，熊先煜举起信号枪，向天空发出三发白色信号弹，顿时，震天的爆炸声响起，黄河铁桥笼罩在滚滚浓烟和频频闪烁的火光中，这是黄河万里征程乃至万年历史中，最为惨痛的一幕！

然而，铁桥以其过硬的修建技术仅仅在第一次爆炸中伤了3孔，其余97孔仅被伤了层“皮肉”，一个个巨大的桥墩依然骄傲地矗立在黄河上。国难当头，这种骄傲迎来了17~19日三天间无数次的爆破，那时的黄河呜咽着“收容”了这样一幕：桥床倒在水面上，桥墩歪斜在水面上，昔日巍峨耸立的水上铁龙，已经被肢解损毁成一幅没有生气的骨架。

郑州黄河公路铁路两用桥，是石武铁路客运专线和新107国道辅道跨越黄河的特大型公路铁路两用桥，是铁道部和河南省共同出资建设的重点工程项目

匆匆赶来的日军也看到这样一幅画面，因为铁桥被毁，日军的机械化装备无法渡河，与国军形成隔河对峙的情形。郑州乃至中原免于陷入战火之中。但这种对峙并没有持续多久，日军后来从下游偷渡黄河，攻陷开封后便对郑州构成威胁，国民党高层下令炸开黄河花园口大坝，实施水淹日军的计划，导致千万黎民受苦，黄河再度成为一条灾难之河。关于黄河花园口人为决堤，历史到现在还没有一个定案，国人大多认为是国民党高层抵抗不力，下令决堤，导致黎民百姓受苦。我就此事曾经求教于一位台湾历史学者，他就严肃地指出，花园口决口，从抗日大局来看，有力地阻止了日军装甲部队的西进，倘若当时日军顺利过河，以当时中国军队的整体实力很难阻止日军机械化部队的长驱直入，日军会沿着黄河西进攻取西安，那时，整个中国就完全门户大开，国土就面临整体沦陷之危，花园口决堤后，遍地泥泞和汤汤河水成了横在日军机械化部前的有力屏障。

如今，外地前往郑州游玩的人更多的看到的郑州标志性桥梁则是郑州黄河大桥，这座桥梁位于原黄河铁桥的下游500米处，是京广线上的复线铁路桥，72个桥墩从水里凸显而出，71孔构成全长2889.8米的大河长桥之景，委实是黄河桥影中最美丽的一道。该桥于1958年5月动工修建，1960年4月建成通车。

在郑州附近，还有位于郑州市北郊15公里的花园口与北岸原阳县刘庵村之间的郑州黄河公路大桥。大桥全长5549.86米，宽18.5米，中间 9 米为快车道，两边各有1米宽的人行道和3.5米宽的慢车道。该桥于1986年9月建成通车。邓小平为大桥题写了桥名。

开封黄河大桥

黄河出郑州不久就来到了开封，开封黄河公路大桥就位于河南省开封市以东约20公里处，全长4445.09米，宽18.5米，大桥南北引道总长10.2公里，全桥有108孔。该桥于1989年12月建成通车。国家主席杨尚昆为大桥题写了桥名。

六、山东桥事，书写齐鲁水上风情

黄河进入山东境内时，地势更加低平，河床越发宽广，使山东境内的黄河桥也随之显出一种高大、开阔的气势，代表作有东阿浮桥、东明黄河大桥、济南黄河铁路新桥、济南黄河公路大桥、济南洛口黄河铁路大桥、泺口黄河特大桥、东营黄河大桥等。

地处平原地区黄河左岸的河南省濮阳及右岸山东聊城一带，随着近年来城市

黄河浮桥

开发建设步伐的不断加快，对山石、河砂等建筑材料的需求量很大。聊城黄河对岸的东平县东平湖西岸的几个乡镇，具有相当丰富的山石资源。对山石资源的开采，使得聊城黄河辖段和东平所辖河段内，改过去用渡船运输车辆为架设浮桥运输，横越于黄河上的一座座浮桥为齐鲁大地上的大河之桥添加了新的形制。这就是1997年 月建成的聊城黄河“东大浮桥”。我行至东阿县大桥乡鱼窝村时，眼前顿时出现了这座东至平阴县刁山坡镇大孙庄村的浮桥，整个浮桥以长300米、宽9米、共有24对双车道的规模浮在黄河上，40吨的承载能力撑起了这座浮桥在整个齐鲁大地甚或黄河众多桥梁中的席位。

济南黄河段的浮桥

随着经济的发展，浮桥建设在聊城河道逐渐增多。截至目前，在聊城境内建设的黄河浮桥有燕李浮桥、鱼姜浮桥、鱼龙浮桥、位山浮桥、位山东桥等10座，这是黄河流域浮桥最集中的地区，完全是一座黄河浮桥展览馆。

济南黄河公路大桥作为济南市曾经的十大建筑景观之一，不仅沟通了济南黄河两岸的交通，还连接着黄河两岸居民们的无数记忆。济南黄河公路大桥两边的人习惯以黄河为界，如今，不少济南人仍称黄河南岸和北岸分别为“河南”、“河北”。

按照济南人的这种说法，济南市天桥区大桥镇的冯塘村就位于“河北”，和很多黄河岸边的村庄一样，这个位于黄河北岸大堤下的村子，黄河公路大桥没修时，过河到对面去是村民们的一件麻烦事儿。那时的人们，想到河对面的话，只能乘坐那艘风雨里飘摇的小木船摆渡，因为安全原因，上个世纪50年代，这些小渡船就被明令禁止了。村民就得沿着黄河大堤一直向西，乘坐泺口渡口上的两艘渡船。村里的老人们回忆道，那时，来往于黄河上的渡船是木船，用柴油机来带动，一股浓黑的烟雾中，马达声压过了河流声，好不容易排上队的人带着些许

济南黄河铁桥

满足，看着那些仍在渡口旁苦苦等候过河的人，自己排队等候的苦楚便消失在水面上了。因渡船有限，排队过河等上两三天是常有的事情。

1982年7月，架起在这一段水面上的黄河公路大桥，结束了大桥镇一带村民的绕道、苦等、担心的渡河命运。不仅大桥镇一带的人们激动了，就连整个济南都跟着激动起来了。这座总长2023.44米的公路大桥，是当时亚洲跨度最大的桥梁。相对于传统的石拱桥，作为斜拉桥的黄河公路大桥像一只欲展翅飞翔的大鸟，五孔连续的预应力混凝土双塔双索面斜拉桥，在当时世界十大预应力混凝土斜拉桥中排第八位。

黄河公路大桥就此成了济南的标志性建筑，也成为进出济南的重要交通枢纽，更是成为山东境内的一座标志性大桥。1989年7月，济南团市委、市建委、

山东建邦大桥，被誉为“黄河上最美的桥”

山东省济南市第五座跨黄河大桥，黄河首座三塔斜拉桥——济南建邦黄河大桥在济南西外环黄河浮桥北侧

济南日报社、市广播电视局等单位联合在全市市民中开展了投票评选“1978～1988泉城十大景观（建筑）”的活动，黄河公路大桥被评为“1978～1988泉城十大景观”之一。

济南和黄河相遇，还造就了位于津浦铁路复线上的济南黄河铁路大桥。是新中国成立后在黄河上建设的第十三座铁路桥，于1981年6月建成使用。

济南黄河铁桥

济南黄河大桥下游11公里处，古时的泺水在这里注入济水，便有了济南附近著名的泺口渡，如今，架设在河面的浮桥依然承载着南来北往的车辆和人流。2011年8月2日，我来到浮桥下游不到5公里的地方，看到一座百年大桥和济南黄河大桥遥遥相望，铁桥依然发挥着作用，站在空旷的河滩上，这座铁桥的百年历史逐渐显现在我的眼前。

1898年9月，英、德等强国的资本集团在伦敦举行了一场会议，会后形成了背着中国政府擅自承办天津至镇江的“津镇铁路”的决定。并于1899年5月强迫清政府和德英两国签订贷款协议，这就是后来的津浦铁路修建缘由。

1908年1月13日，清政府正式签署了《天津浦口铁路借款合同》，先后向英、德两国借款980万英镑，年息5厘，借期50年，用来修筑津浦铁路。这条铁路的南段由山东韩庄至浦口，由英国人负责工程管理，德国方面则负责修建天津至山东韩庄的北段。

津浦铁路北段的主要障碍是黄河，自1901年起，承建大桥的德国孟阿恩桥梁公司就在济南附近黄河上、下游90公里的范围内为大桥选址，经过3年的勘查、测绘，最后确定黄河流至济南泺口镇为理想的建桥地址，并提出了河段工程说明及建造图式。

1908年10月15日，孟阿恩桥梁公司与津浦铁路北段总局在泺口镇举行了开

东营胜利黄河大桥

在东明县境内有亚洲第一铁路长桥的长东黄河铁路大桥飞架黄河天险，连接鲁豫两省

工典礼。就在大桥即将开工之际，时任山东省道员丁达意考虑到建桥既要对济南的繁荣有利，又不能因桥墩阻水而易引起河防险患，便向孟阿恩桥梁公司提出铁路桥须重新设计，设计内容要考虑加大桥孔跨度、减少桥墩。然而，这一建议没有得到德国工程师的采纳。

1908年12月30日，清政府邮传部派中国著名的铁路工程专家、京张铁路局会办兼总工程师詹天佑等来济南协调。詹天佑等经过实地勘察后，提出了两方都能接受的“减少桥墩、扩大桥孔、加固堤身”的方案。1909年下半年，泺口黄河铁路大桥的设计方案终于确定：这就是后来人们看到的11座桥墩12孔、长1255.20米，宽9.4米的泺口黄河铁路桥。桥梁下留有充分的通航空间，桥上则铺设单线线路，留有铺设双线的余地；如果说兰州黄河铁桥是西方技术和原材料的结合产物，那么，它下游千里之外的泺口黄河铁路桥则已经融合了中国工程师的

济阳黄河大桥，国内第一座四塔单索面斜拉大桥

智慧。两者分居黄河上下游，如同黄河大桥这部大书的前言和后记，让人们通过对这两部分的展读，就阅读到了黄河大桥之书的精彩部分。

1909年7月，泺口黄河铁路大桥正式开工。1912年11月16日，总造价为1166万德国马克，折合当时白银454.56万两的泺口黄河铁路大桥竣工，并举行落成典礼。12天后，津浦铁路北段总局总工程师德浦弥勒对大桥进行验收，经对轨道及桥梁各部位检测，均符合设计标准；11月19日，由桥梁公司正式交付津浦铁路北段总局管理。至此，泺口黄河铁路大桥正式投入使用，也标志着津浦铁路全线贯通，结束了以黄河为界分南北两段通车的局面，使得南下北上的人员、物资得以畅通无阻地横渡黄河。

东西方工程师共同投入的智慧、当时最为先进的气压沉箱等技术，使泺口黄河铁路大桥建成伊始就成了旧中国最具现代化的建筑物之一。大桥第10孔跨度为164.7米，是全国孔径最大的铁路桥梁，在当时世界桥梁中极为少见的。

然而，这座带给山东极大便利的跨越黄河的大桥，因为地理位置重要，在国势孱弱的时代里，自然也就承担着兵火之灾带来的人为破坏。

1928年5月，国民革命军北伐攻打奉系军阀张作霖，逼近济南时，据守山东的直鲁联军总司令张宗昌溃逃前命人在大桥8号墩台安放炸药，8号墩顶部被炸去约3.8米，大桥中断通车8个月之久。直到1929年9月才勉强修复。

1930年端午节前后，中原大战爆发。蒋介石与冯玉祥、阎锡山的联军曾隔河炮战，一发发炮弹无情地落在这座桥上，击伤钢梁多处。1931年，由津浦铁路管理局耗资2.67万元大修加固，才保证顺利通车。

1937年11月，日军沿津浦铁路南犯。国民党山东省政府主席兼第三集团军总司令、第五战区副司令长官韩复榘撤往黄河以南时，命令铁路工程队将大桥炸毁，这座桥梁承接了和花园口黄河大桥一样的命运，以牺牲自己来换得日军南下时间的推后，为国民抗战赢得了时间，这次，泺口大桥的整个钢梁杆件被炸伤87处之多。

泺口黄河大桥

济南郊区的泺口浮桥

1938年1月，日本黄河桥工程事务所对大桥进行施工维修，因悬臂梁损坏严重，更换为日本汽车制造株式会社制造的新梁，用时半年、耗费376万元、用钢材4000余吨才初步修复。

1949年2月，面对解放军的强大军事进攻，国民党方面出于军事需要，派出飞机炸伤了大桥的三孔钢梁部分焊件，炸伤悬臂梁，解放大军抵达这里时，当时由于技术有限，只采取了最为原始的电焊进行修补。

桥上火车轰鸣，桥下帆船、小汽轮穿行于怒涛滚滚中，泺口黄河铁路大桥就这样保持着几十年间的景象，承领着一次次战火的损毁，又一次次将顽强书写在滚滚大河之上，成为黄河上名副其实身领战火之灾最多的英雄桥。

解放后，鉴于泺口黄河铁路大桥战略位置的重要性，政府一直派部队长年守卫，客车过桥要关窗，行人通过桥下不得停留。后来的几十年间，由于黄河水含沙量大，河床淤高快，特别是进入上世纪90年代，泺口黄河铁路大桥桥址河床平均淤高2.3米，其间河堤连续加高了三次。因防汛安全需要，国务院和铁道部规定，从1991年4月21日起，大桥停止客货列车通过，全桥封闭，所有客货列车改经位于齐河县的曹家圈大桥横渡黄河，饱经沧桑的泺口黄河铁路大桥暂时得到了休息，因此它的使命暂告一段落。

1992年，国家决定修建邯郸至济南的铁路，有关专家认为，泺口黄河铁路大桥仍有使用价值，从1998年开始对泺口黄河铁路大桥进行修复改造，2000年5月31日恢复通车。2006年，京沪铁路进行电气化改造，这座百年老桥再次焕发生机，日通行列车28对。

2011年8月1日下午，我在黄河大桥之下，看到大桥上列车奔驰，百年老桥焕发着勃勃生机。桥下是已建成的黄河百里风景区的一部分，沿岸是茂盛的林木、悠闲的垂钓者和欢乐的游人，在大桥的注目下，不少人将欢快的记忆定格在了这里。

山东平阴禹门黄河大桥

山东境内，除了上述这些具有深厚历史背景的黄河大桥外，位于山东省梁山县和河南省台前县交界处的孙口黄河特大桥，是黄河上最长的双线铁路桥梁，位于山东省荷泽市西北的东明黄河公路大桥是山东省境内最长的一座公路大桥，被誉为“齐鲁第一桥”。位于山东省北环海公路上的垦利和利津两县交界处的我国第一座钢斜拉桥——山东东营黄河桥。

我国第一座钢斜拉桥——山东东营黄河桥

第四章
津渡，牵领大河两岸的手

黄河像一把刀子，将流经地区划出了个明显的界限，黄河两岸的民众因此而产生出隔河相望的距离。“隔山不算远，隔水望穿眼”，人类在这一道大水之前，激发出了基于交流和沟通心愿下的智慧，沿黄河遍布的一个个津渡就是这种智慧的产物。

古代，黄河上桥梁较少，津渡成了连接黄河两岸的主要渠道。黄河之渡，古称为“津”、“渡”，近代以来多称“渡口”、“摆口”，在经济与军事上都有重要的意义。从前有“官渡”与“民渡”之分，建国后则分为国营渡口与民间渡口两类。

一、高原古渡，青藏高原的珠帘

大河之源上，那些涓涓细流不会成为高原上的牦牛、马匹或牧人的障碍，轻轻一跨或者趟水而过，黄河之水便在这些高原主人的脚下。横穿于青藏高原上的唐蕃古道和黄河相遇时，黄河上的第一津渡——扎陵湖渡口出现了，它位于果洛藏族自治州玛多县西部。公元 641 年，文成公主远嫁西藏。唐太宗派江夏王李道宗护送，他们从长安西行，来到黄河源头的鄂陵湖、扎陵湖（柏海），与松赞干布在此相会，那轻轻一跨越，不仅完成了对黄河两岸的跨越，更是他们走向一片陌生境遇的使命的开端，黄河第一渡口的历史厚重感也因此而来。1970 年，扎陵

扎陵湖渡，是黄河源头的第一个渡口。河运任务比较繁忙，是两岸人畜往来的惟一水道

庄学本拍摄的黄河渡船

湖黄河木桥建成，使往来客商车辆，畅通无阻，古老的渡口逐渐失去了曾经的繁华和匆忙。

继扎陵湖渡口之下，黄河上源的第二个渡口就是黄河沿渡口。位于青海省果洛藏族自治州玛多县政府所在地黄河沿镇南郊几公里处。它是自唐代开始，从内地通往西藏的重要驿站和古渡口，来自康巴藏区腹地的高僧热巴从这里越过黄河走进西夏王朝的都城兴庆府，开始了藏传佛教在中国内地的第一次传播；班禅大师从这里跨过黄河进入内地，也从这里跨过黄河返回藏地，一出一进之间，留下一个爱国活佛的人间佳话。1966 年，渡口边建造了黄河源头第一座钢筋混凝土桥——黄河沿公路大桥，把两岸的山川草原连接在一起，黄河沿渡口成了相守大桥的一段历史记忆。

黄河离开玛曲后进入果洛州的玛沁县，坐落在黄河峡谷的拉加寺（全称拉加

拉加寺

拉加寺附近的黄河渡口是一个古老渡口,历史上是青海果洛地区牧民到贵德、湟中、西宁等贸易集散地的必经之路,也是黄河两岸牧业区和农产区贸易来往的重要商道,故此地有"拉加从兰木"(即"拉加商道")之称。1986年,一座钢筋混凝土结构的拉加寺黄河公路大桥在这里建成通车,极大地方便了两岸贸易交流

扎喜江乃林),是公元1769年由拉江巴格西鄂赛尔主持修建的。拉加寺渡口是果洛地区的牧民到贵德、湟中、西宁等贸易集散地的必经之路,是那里的畜产品和内地的工、商、农产品的运输要道,更是青海南部地区各地的贸易集散地交易点,加之黄河两岸有许多牧业区和农产区及古文化遗址,牧民称此地为"拉加从兰木"即拉加商道)。

黄河进入青海境内的龙羊峡后,一直处于一种逼仄的境地中,使劲挣脱着两边的山峦,形成了黄河水在龙羊峡至积石峡这一流程中的"窄流"。一出积石峡,黄河就如同逃脱牢笼约束的猛兽,猛地放开了手脚,舒展开自己的筋骨,犹如一曲乐章突然从急促、紧凑中转为舒缓、慢板,这样的河流状态,自然就合适两岸民众在各自所在的岸边,建起渡口,古老的皮筏、木船乃至机械时代产生的机动船,在岁月流逝中穿梭于河流之上,这种穿梭的背影和船上人、畜的背影,也就构成了黄河在青藏高原上的渡口景象。

尕马羊曲渡口地处九曲黄河第二弯,位于青海省兴海县与贵南县交界处的黄河上,西岸为兴海羊曲地方,东岸为贵南县境。尕马羊曲渡口是自古贯通兴海与贵南,乃至海南州及青海各地的黄河关津渡口。公元710年,金城公主嫁往吐蕃,吐蕃方面曾在尕马羊曲一带建造了一座木桥专供公主经过,名为"洪济桥"。民国时期,这个古渡口成为青海省都兰县茶卡盐池通往四川盐道的咽喉。

20世纪60年代初,尕马羊曲渡口以扯船摆渡,放渡人畜,每次还能渡载重卡车一辆,十几分钟的时间即可渡过。1982年,尕马羊曲黄河桥建成,将青藏、青康、宁果等公路有机地连接起来,成为海南州地区南北及青南交通的咽喉。结束了千百年间黄河九曲之内靠皮筏、木船渡河的落后局面，渡口也逐渐衰落了。

黄河流经贵南县的主要渡口有拉干峡、拉乙亥和查纳三个。

拉干峡渡口位于海南州贵南县茫拉多拉干村附近的黄河拉干峡。1956年由青海省林业局伐木队在拉干峡建造了以四根双并连钢丝铁索桥。1981年秋，黄河发特大洪水，底部铁索桥板等被冲毁，但顶部的铁索犹存。

拉乙亥渡口地处青海省海南州贵南县的拉乙亥乡，考古资料显示，这里早在六七千年前就有人类居住。因此，古渡口的形成相比别处更有种神秘感，此渡口为贵南、同德两县人们到海南州府所在地恰卜恰的必经通道。

查纳渡口位于海南藏族自治州贵南县沙沟乡查纳村，在历史上是一个古渡口，解放前只以皮筏放渡。解放后，海南州与共和县商业部门在查纳渡口处设木船摆渡，除放渡人畜外，还可载汽车。20世纪60年代初，由当地政府和群众开始修建查纳黄河悬索桥，之后，渡口的使命随之结束。

黄河流经贵德县，两岸民众开辟了大大小小的许多渡口，其中贺尔加渡口和滴水崖渡口是贵德黄河上两个最大、最早的渡口。贺尔加渡口位于贵德县河西乡贺尔加村南。1934年，在贺尔加渡口处修建了浮桥，这处渡口遂废。

黄河流经尖扎县的主要渡口有三个，位于尖扎县的李家峡渡口是最大一个古渡口；康家寨渡口位于黄南藏族自治州尖扎县康家乡北侧，清朝乾隆时期为官办渡口，以船摆渡。马克塘渡口位于尖扎县人民政府所在地马克塘北侧。解放前，黄河两岸人民皆走康家寨渡口，20世纪80年代初建造马克塘黄河桥，渡口逐渐萧条乃至废除。

循化撒拉族自治县在青海省东部，围绕循化县城所在地积石镇有大大小小渡口五六个。主要有古什群峡渡口、伊麻目渡口及吊桥、盐泉渡口等，使通往县城的陆路水路四通八达，非常方便。

黄河上的羊皮筏子

大河家古渡口就像一根焊条，将青藏高原和黄土高原紧紧地焊接在了一块。如果说黄河在青海境内的古渡像一本画册，那么，大河家就像这本画册的后记，精彩而短暂：这是一处临河的古镇，张承志先生的一篇同名散文更使这里具有了人文色彩。

那是一块稍稍平缓的坡地，百十户人家紧紧地聚在一起，一条街穿过古镇通到黄河边。河东是甘肃临夏回族自治州，河西则是青海境内。渡口看起来很小，但其有着很大的历史外延，它是青藏高原屋檐下的一处台阶，从这里拾级而上的汉地商人、穆斯林商人，带着商品和经商的理念，进入到青藏高原，带来经济的繁荣；从这里摆渡黄河后进入黄土高原的藏族人、撒拉人，裹着高原之风，将高原物产送进内地。大河家，又何尝不是一把内地商人在经商途中进入藏地高原的钥匙呢？

大河家风光

古老的渡口随着大桥的新建而失去了原始的功能，人们开始通过那座新建的大桥往来于中国西部的两大地理板块——黄土高原和青藏高原之间，穿越于两大文化板块之间。我曾数次通过玛多黄河大桥、玛曲黄河古渡来往于青藏高原上，更是通过大河家的古老之渡完成从黄土高原到青藏高原之旅。最近一次是2010年秋天的大河之旅，站在河上新建的那座桥上，我突然发现了一个奇怪的现象：从青海境内丹霞地貌的山中流淌而来的水，一股一股地带着红色，流到大河家附近的黄河水面上，构成了半河清澈半河褐红的景象，而流到这座桥前，竟然完全变成了黄色。这一路而来，黄河从清澈、浑浊到半河清半河红，再到一河浑黄，我完全目睹了黄河的变色术，这种变化里透着沿河地貌的变化和生态变化。

大河家不仅是连接甘青之间、藏汉之间、回汉之间、撒拉和回之间、保安和撒拉之间的渡口，更是青藏高原和黄土高原上的纽带，以前，陕、甘、青、藏的行旅客商，都要搭乘牵缆木船过河。如今，车辆仅仅用几分钟就能跨越黄河。

官亭黄河渡口位于青海省民和县官亭与甘肃省临夏县大河家之间的黄河上，这个渡口是自古以来从甘肃南部进入青海地区的主要通道。人们用牛羊皮囊、牛羊皮大筏、大木筏渡河，到了近代也有用木船渡河。

民和地区的牛羊皮筏确实比上游的尖扎、贵德等地方的皮筏大好几倍。这里的牛皮筏，小型的用30~32个牛皮袋，连结扎绑成筏，大型的由4个小牛皮筏合并组成，长30米、宽近10米。每个小型牛皮筏可载运粮油9000余公斤，运羊毛4000公斤左右。也有水手专门用一只大牛皮袋摆渡单人，据1934年的统计资料显示，全县当时有大皮筏560个、小皮筏500个。1988年，在官亭渡口处修建了官亭黄河公路桥之后，渡口上的那些皮筏才慢慢淡出历史视野。

黄河高原上的渡口，对内地人而言就像一道门帘，轻轻掀起后，就能洞见青藏高原神秘而真实的面孔；也像一道门槛，经过长途跋涉来到这滔滔河水前，轻轻跨越后，就能走进那片迷人的土地，走进那片深厚的历史之域。对高原而言，那遍布在黄河上的古渡，能让人们看见一个陌生的生活领域和文化领域，往来于古渡的商旅、僧人、军士、官员，形成了青藏高原和内地的文化沟通、经贸往来、政治影响，缩小着两者之间的差距，这种缩小的过程，就是中国文化中中原内地文化和青藏高原文化交流、融合的过程。

二、陇原之渡，西路军的血染之地

黄河在甘肃境内形成了很多渡口，早在汉代时就在今兰州城附近出现了钟家河、新城、八盘、小寺沟等渡口；进入白银市境内，黄河同样留下了诸如条城

冬日的黄河渡口

矗立在景泰县五佛乡黄河边的
西路军纪念碑

渡、四龙渡、乌兰渡、糜滩渡、水泉渡、石门渡、五佛渡、金坪渡等很多渡口，其中五佛渡口因为位于黄河、长城、丝绸之路交汇处而闻名，西路军从这里渡过黄河，开始了艰苦卓绝的战斗，留下了工农红军战争史上最为惨烈的一页。

1935 年 10 月，红军结束长征到达陕北吴旗镇，引发了国民党政府对红军新的战略调整，开始对红军新的落脚点部署围剿，主政宁夏的军阀马鸿逵再次扮演杀手角色。

1936 年 6 月 29 日，彭德怀收到了一份署有“绝对秘密”的电报，这是毛泽东发给他的《关于打通苏联及其道路时机问题》的指示：红军要争取国际援助，就得接近前苏联，而宁夏及包头西一带最佳。为此，中央希望在 7 月下旬由十五军团负责抢夺渡船，渡河夺取宁夏。1936 年 10 月下旬，红四方面军第三十军、九军、五军、三十一军、四军，以及红四方面军总部直属部队（其中非战斗部队占将近一半），开始在甘肃省靖远县临近黄河一带，进行作战准备。

10 月 24 日，红军第三十军军长程世才，政治委员李先念，第八十八师师长熊厚发等，带领 263 团团级干部及侦察人员经过详细侦察后，决定从靖远县城西边的虎豹口强行渡河。熊厚发派出一小支部队，在虎豹口上游不远的陆家咀渡口敲打面柜，发出类似造船的声音，以此来吸引黄河对面敌人的注意力，夜幕渐浓时，红军将预先准备好的装有草人的船推向河中，那些穿着红军军装的草人，站在船上，手持木枪、腰插手电或手提灯笼，

靖远县境内的黄河渡口

距离五佛古渡下游不到5公里的发裕堡渡口

五佛古渡

船头上挂着的灯笼在夜幕下则显得更加醒目，木船顺着黄河而下，吸引对面防守的国民党部队一边扫射，一边顺河而下进行追逐，造成虎豹口渡口防守空虚，红军263团乘机强行突破虎豹口防线，第一次将红军的征伐足迹送到了黄河北岸。

10月25日16时，中央军委收到了朱德、张国焘和彭德怀联名发来的密电："我们的意见：……必要时可从五佛寺渡河。"连接景泰县和靖远县的五佛古渡，走进了中共最高决策层的视线中。26日，朱德、张国焘致电中央军委："我30军于昨晚在靖远上游之15里的虎豹口渡河成功。河左岸碉堡已被我占领，263团今早4时已渡毕，265团跟渡，9时5团可渡完。"

红军占领五佛寺渡口、北进控制一条山地带后，引起控制青海、甘肃的军阀马步青、马步芳"二马"三万部队加十万民团敌人的凶猛攻势。经过四天激战，红军毙敌千人，马家军的攻势也被迫停止。然而，共产国际告知中央军委，从宁夏运送物资已不可能，问可否派部队从新疆方向接运物资，11月6日，红四方面军制定了向祁连山下的河西地区推进的战役计划，军指挥部下令放弃五佛渡河点。8日，张闻天、毛泽东致电朱德、张国焘、徐向前等，中央军委遂对过河部队三个军共21800多人命名为西路军，任命陈昌浩为西路军军政委主席兼政委，徐向前为副主席兼总指挥，执行占领河西、打通新疆的西进任务。陈昌浩、徐向前、曾传六、李特、李卓然五人为常委，杨克明、王树声、李先念等为委员，统一管理军事、政治、党务。从此，西路军开始了孤军作战的艰难历程，虎豹口、陆家咀、索桥古渡、五佛寺等输送红军的古渡就这样留在了中国现代军事史上。

三、河套渡影，康熙铁血西来和昭君柔情北上

黄河流出黑山峡，便来到了宁夏平原，由于两岸农业发达、人口稠密，民间往来频繁，政府便在人口稠密的交通要道上设置官渡，一些人口较多的村庄之间也出现了民间渡口。

唐代之前，生活在贺兰山两侧的游牧部族在马上纵横，黄河成了横亘在他们南下进入黄土高原的天然屏障，不善于利用水上交通的游牧者，往往是黄河结冰后才跨马黄河。北宋时期，崛起于黄土高原的党项羌在宁夏平原建立了大白高国——西夏王朝，逐渐利用起黄河水运。西夏王朝在宁夏平原上就设置了三个著名的渡口：都城兴庆府（今银川市）东郊的顺化渡，灵州附近的吕渡，今中卫市滨河的郭家渡。

康熙皇帝像

明清时期，宁夏平原上比较重要的官办渡口达 16 处，规模最大的是西夏时期的顺化渡，也就是当地人所说的横城渡。

横城，这个字眼背后就透露出了一种神秘，“横”是相对黄河的走向横空而现；“城”是这个渡口有着一个军事小城，两者连在一起，就构成了横城的气势和影响。在距离渡口不远的地方，古长城就像一条巨龙蜿蜒东去，而横城恰似龙头，伸进黄河，构成了中华两大文明握手的奇迹。

黄土夯成的土堡、一河浑黄之水，和东边距离古堡不远的沙漠之黄一起构成了三种黄色映衬下的风景。

横城作为渡口的正式记载，是西夏时期。西夏还未立国时，率领党项羌人占领灵州的党项羌首领李德明，对 500 里范围内的道路桥梁修治整饬，其中就包括整修了横城古渡，并通过这里连接灵州和贺兰山下的怀远镇。后来，李德明决定将怀远镇修建为都城，横城古渡就成了党项人运输建城物资的重要渡口，横城古

渡开始发挥出其在西夏王朝运输业中的作用。《银川市志》中这样记载：“西夏时期，称顺化渡口，是西夏国都兴庆府通往辽、宋的门户。”

康熙在横城古渡渡河留诗

西夏立国后，横城古渡成了其国都联系黄河东部地区最主要的渡口，同时也成了更加便捷地和辽都上京临潢府（今辽宁巴林左旗南）以及宋朝都城开封府之间的联系通道，西夏每年派往辽国使者，从这里渡河后经过 12 个驿站便抵达辽都，横城成了西夏国都的东出口。

蒙古铁骑屠城兴庆府后，横城古渡一度沦落，到元朝建立后，这里又逐渐恢复其作用，横城成了元朝在宁夏水上驿站的重要组成部分，被称为中兴水站。

横城渡在明代时期更加繁盛，为保护这个渡口畅通无阻，镇守宁夏的军人修筑了高 5.5 丈的戍台，上面建亭 3 楹，四面建成厢房。台外有一道城墙，周长 90 余丈，高 2.4 丈。城墙四面各有重门。管理渡口的官员和保卫渡口的士兵，都住在宁河台上，小小的宁河台远远看去像横在河边的小城，横城因此而名。就有了《中路宁河台记》中所说的地理要势：“横城之津危，则灵州之道梗。灵州之道梗，则内郡之输挽不得方轨而北上，而宁夏急矣！”

清朝时，黄河水运能力提升，从中卫的新墩渡口开始，水上航运一直沿黄河铺开，一直延伸到内蒙古的包头、托克托等地，横城古渡成了宁夏的重要口岸，集散货物很多，以皮毛、米粮和绒毡为主。

公元 1673 年 12 月，引清朝军队入关并帮助推翻明朝政权的明末辽东总兵吴三桂发动兵变，康熙皇帝倚重的陕西提督王辅臣也于 1674 年响应吴三桂叛乱，清朝在西北的统治岌岌可危。朝廷认为宁夏已经落入叛军手中，准备发兵征讨宁夏。

黄河边的高帮船

横城古渡

康熙皇帝派时任担任天津总兵、出生于横城古渡西岸掌政镇的赵良栋和西宁总兵王进宝、甘肃提督张勇等三个西北将领出征陕甘宁青，平定叛乱。三个西北汉子回到家乡，很快平定了战乱，免去了陕甘宁青再次遭受战乱。后来，赵良栋这位清代军界中地位最高的宁夏军人，因为功绩卓著遭受到了当朝权臣明珠的嫉妒与报复，便告病回到横城古渡西岸的家乡安度晚年，闲余之时，常漫步至河边向东远眺京城，目光回落处便是对岸的横城古渡。赵良栋病逝后被康熙皇帝赞为“清代第一良将”，并允准将其归葬于掌政桥。

赵良栋平定西北战乱 4 年后，西北地区的卫拉特蒙古准噶尔部首领噶尔丹统一了卫拉特诸部。噶尔丹政权开始成为大清帝国的西北边患。公元 1679 年，44 岁的康熙皇帝给朝廷留下“朕意将所领兵竟赴宁夏”的决心，决定第三次亲征噶尔丹。

横城古渡，开始迎来康熙皇帝的足迹。

公元 1679 年农历二月初六，登位 36 年的康熙皇帝踩着北方大地的严寒，带着稳固西北边防的重任，从北京出发，经大同，渡黄河，过榆林、定边，进入宁夏东部的盐池县。农历二十四日，康熙皇帝来到黄河边的横城古渡，和历代帝王祭奠黄河之神一样，他派遣大臣在这里祭奠河神。

那天的横城是其历史记忆中最辉煌的，眼望着银川城即可进入，康熙皇帝还是决定在这个黄河名渡上住宿一夜。他这样记载：“二十四日到横城，黄河边上驻跸。二十五日，过河，驻跸河边上。二十六日到宁夏。”也就是说，他在横城古渡的东西两岸，分别住了一夜，对于康熙这样一个日理万机的皇帝来说，能挽留他逗留两个晚上的横城，有着怎样的魅力？渡河时，一河宽渡让康熙诗兴大

黄河边的小渡口

发，赋诗一首。

公元1697年农历三月二十六日，经过50天的长途跋涉，康熙皇帝踏进了银川城，这是中国历史上最后一个走进银川的封建帝王。康熙皇帝到银川后，立即派自己的长子和大臣前去横城古渡不远处的掌政桥，代他祭奠赵良栋，同时，对宁夏历次阵亡的官员赐祭一次。

康熙皇帝在宁夏住了19天，主要的事情是检阅绿营军队、布置军需运输，当他选择水路离开银川时，横城古渡再次迎来康熙离去时的脚步。那天，横城古渡上飘着康熙的101艘随驾船，其中楼船有 3 艘，供官员和侍卫坐的有96艘，能够载马匹的大船2艘。康熙皇帝从这里登船北去，给横城古渡留下了一段人文佳话。

在包头市郊区包钢黄河水源地附近，当地人将这里的一个古渡称为昭君渡，这就是北魏时期的金津渡。

公元前33年的一天，一支快骑队伍从今内蒙古包头市西南边的孟家湾村出发，渡过黄河后经过鄂尔多斯高原、甘肃子午岭到陕西咸阳。这支队伍最前面的，是他们的首领——生活在蒙古高原、鄂尔多斯高原一带的匈奴人领袖呼韩邪单于，只见他头上戴着鹰形金冠，随着快马的急驶，代表权利和尊严的金冠一颤一颤地闪耀在阳光下。当时，匈奴内部的分裂和汉朝军队的强盛，使呼韩邪单于选择了归顺汉朝，并成为第一个到中原来朝见的匈奴单于，汉宣帝亲自到长安郊外去迎接他并举行了盛大的宴会。呼韩邪单于在长安住了一个多月，提出希望能娶美貌的汉室公主为妻的请求。

汉元帝不想将公主许配给匈奴，但出于战略考虑，决定挑个宫女给他，并吩咐人到后宫去传话："有愿意到匈奴去的，皇上就把她当公主看待。"后宫有个叫王嫱的宫女，号昭君，不仅长得美丽还很有见识。提出自愿到匈奴去和亲。元帝遂择日让呼韩邪单于和王昭君在长安成亲。呼韩邪单于和王昭君完婚后，便原路返回。

当王昭君跨过黄河后，站在那片陌生的土地上，看着滔滔黄河水，便带着王安石在《明妃曲》中写的那样“含情欲说独无处，传语琵琶心自知。”“汉宫侍女暗垂泪，沙上行人却回首”的心情，回眸一看，将一片思乡之情赋予滔滔东流的黄河水，黄河就此留下了源头的文成公主在玛多渡口的思乡悲情和王昭君在河套金津古渡上化解兵戈的柔情，两位战争中出场并化解兵事的女子，留给黄河如此柔情的一段，王昭君渡过黄河后，不仅将和平带进匈奴掌控的蒙古草原，而且将中原的文化传给匈奴。从此，匈奴和汉朝和睦相处，60多年没有发生战争。古老的金津渡口，被当地百姓称为“昭君渡”。

四、晋陕峡谷，黄河津渡的密集地

黄河在河套平原上完成“几”字的左边和上边的书写后，剩下的后边一撇，就由晋陕峡谷来完成。从内蒙古自治区的托克托县流出后，黄河开始在左手陕西、右手山西的状态中一路南下，两岸民众的往来、历代政权出晋入陕的军事扩张、商旅们在不同时期活跃于晋陕两地等因素，在这条峡谷间布满了津渡，民渡与军渡交错，商渡与农渡参杂，形成了黄河津渡的一个密集带。

如果把晋陕大峡谷比作一座自然景色和人文资源丰沛的宝库，那么，位于陕、晋、蒙三省区交界处的碛口古渡，就是这个宝库的北大门。

碛，在当地人的说法里是指黄河上因地形的起伏而形成的一段一段的激流浅滩。黄河的河水在这浅滩上浪花飞溅发出巨大的声响，激起雪喷般的浪花，成为一道景观。

“物阜民丰小都会，河声岳色大文章”说的便是碛口古渡。

碛口周围村落的石板路

晋蒙陕峡谷中靠近山西一边的沿黄公路

黄河流到碛口段时，峡谷里的那种促狭和逼仄已经不再，它“轻舒一口气”后便开始在这里恢复平原上的平缓状态，这就为其形成秦晋大峡谷沿岸700公里的第一渡奠定了基础，使这里自古就是通商贸易的天然港口和黄金水道。古渡和对面的陕西吴堡渡口千年长相守，犹如一对千年相望但又恩爱互补的伴侣，隔岸传递着情爱；也如一对互相依托、生死搭档的好朋友，互相交换着各自的物产；更如两个互相呼应的知音，聆听着对方的秦音和晋音，交流着枕河而眠、隔河而望的情感。黄河的浪涛把两地隔开，保持着情感中最美的距离，又将两地以水为媒地捆缚在一起，联系在一起，那划过河面的一艘艘渡船，经由古老的木船到现代机动船的演绎，叙说着黄河在这里的节奏和历史。尤其是自清代乾隆时代后，这里就一直扮演着黄河流域著名商贸重镇的角色。

著名油画家付世文先生应本书作者之邀，创作的油画作品——《碛口》

京包线没有修好之前，这里每天有大量的木船、皮筏往返于其中，大批的粮油，皮毛，药材自陕、甘、宁、绥、蒙等地运来，而从太原、临汾等地驮来的棉布、丝绸、茶叶、陶瓷在这里被转销往西北地区，商贸的兴起繁荣衍生出大批依靠碛口而兴盛的村落，沿着黄河洒落着西湾村、李家山、高家坪等以姓氏开头的村庄，从中不难看出这里在传统农耕社会时期就形成了以宗族为纽带的社会组织，这种组织自然也就变成了村落形成的基本原因。

著名油画家付世文先生应本书作者之邀，创作的油画作品

万里黄河一幅画，千年世事半局棋，黄河流经碛口自然就形成了这一幅画中的一节精彩。在碛口放船而下，水流景变，沿岸的天然雕塑更像一幅幅岩画，但不同于黄河上游地区的贺兰山、香山、照壁山和内蒙古境内阴山的人工创造的岩

山西吕梁山中，黄河边上的碛口古镇

山西省临县黄河边的碛口供电所

画，这些画面完全出自自然之笔，是黄河水千百年来冲刷、风蚀形成的一幅幅妙趣横生的总面积约 1 万平方米的天然画卷。和岩画、壁画等黄河边的人工之作相比，这里更是大自然留给黄河的一段本色画廊。那些依水临立的风化石，有的像动物、有的像建筑物、有的像抽象派的绘画作品，犹如大自然以岩石为画布、波涛为画笔绘制出的一幅幅巨幅图案，山水打造出的粗狂和豪放之气，充满在大自然的杰作中。

漫步碛口一带的乡村，矗立在黄河边上的明代、清代民居散发着古韵，黄河卵石铺成的街面将那些古老的砖瓦构筑成的房舍划成一个个小单元。不少房屋已斑驳失修，虽不致残破，但却风骨奇峻。一个个民居构筑成一条条街道，这些街道交织在黄河边，俯视着水边一度兴盛的商埠。这才是碛口在万里黄河中最具特色的地方。随着步伐的逐渐迈进，一条条青石，一排排大瓮，一个个油篓子，一座座饮马槽，无不充分让我感受到历史的辉煌与商业的繁荣。

正如当地民谚所说：黄河滚滚波浪翻，牛皮筏子当轮船；九曲黄河十八弯，宁夏起身到潼关，万里风光谁第一？还数碛口金银山。

黄河出碛口不远，在山西柳林县和陕西吴堡县城所在地宋家川相连的地方，形成了宋军渡，这个名字的来历也很奇特：在陕西这边叫宋渡，山西这边叫军渡，民国时期才合称为宋军渡，这是晋陕峡谷中段历史悠久、意义重大的渡口。公元 978 年，太宗赵光义远征太原时，大军曾自此东渡黄河。公元 1518 年，明

吴堡的筏工

黄河船夫

武宗巡幸延安、绥德后，从这里东渡返归。古老的宋军渡历来是华北与西北的交通咽喉，抗日战争时期有陕甘宁边区东大门“巨锁”之称。1969年，这里建成黄河公路桥，古老的渡口随之进入了历史的深处。

黄河出壶口龙壕峡谷后，再次呈现出一种脱离束缚的状态，河岸豁然由50米一下展宽为240米，流速明显缓和下来，并且出现了“河中山分两股流”的情形：矗立在黄河中间的孟门山，从空中看就像一座门，从底下往上看就像一座山，而从侧面看则像一叶舟，将黄河水分为两股，黄河流过孟门后又汇为一体，河流在山西境内的渡口叫孟门津，当地的俗语里也叫圪针滩渡口，古老的渡口连接着山西的圪针滩和对面的陕西宜川。

五、大写“L”的拐弯处，古渡里的军音和诗声

早在秦汉时期，黄河流经陕西韩城境内时，就形成了古老的夏阳渡，这里成就了一代军事家韩信木罂渡河袭魏的传奇故事，也曾拉开朱德元帅率领八路军千帆竞发、东渡抗日的序幕。

当我走进韩城寻找夏阳渡时，所问的对象大多会反问：“你说的是芝川渡吧！”后来才知道，当地人说的芝川古渡就是秦汉时期的夏阳渡。在韩城时就拜读过《渭南史话》，在其中寻找到了关于夏阳渡的这样一点零星记载：“今合阳夏阳村西山坡有韩信屯兵的齐王坪和韩信城遗址。”这个记载使我走马黄河的脚步离开合阳县城，向东而行到黄河边的夏阳，也将我的思绪引向了2300多年前，那时，韩城一带被称为少梁，秦惠文王于公元前327年将这里更名为夏阳。

公元前205年的一场战争，使得夏阳渡走进了史册。秦朝灭亡后，刘邦项羽开始楚汉之争，将都城设在今山西省临汾的魏王豹，先跟着汉王刘邦打楚王项

羽，汉王失败后，魏王就投向楚王，并将黄河封锁，不许汉王的兵士渡黄河。刘邦派人相劝，魏王对来使说，刘邦这个人流氓习气太重，不懂得尊重人，不值得帮助和信任。来使将这番话回复刘邦后，激愤至极的刘邦便派大将韩信去攻击魏王豹。

当时，从陕西关中前往山西都是从临晋关渡黄河。魏王豹于是将魏国精锐部队都布置在蒲坂，防止汉王部队从临晋关渡河。公元前205年八月，韩信带领大军抵达黄河边的临晋关，看见河对岸魏兵甚多，防守严密，便采取智渡黄河的办法：

韩信向来不愿意打低技术含量的仗。到了临晋关后，他不想直接渡河攻击。一面在临晋关下的黄河岸边摆开阵势，大张旗鼓的造船集中船只，一面暗地里派人到山里砍伐木杠，并四下采购大号瓦罂（现在叫瓦瓮）。木杠瓦罂备齐后，便用四根木杠如方格状夹住瓦罂底部，用绳子绑紧后便成了很好的浮河工具，这就是后世流传的木罂。

韩信将木罂藏在夏阳渡东面的山上。一切停当后的一个黄昏，韩信率领大队人马向上游夏阳渡急行军而去，留下大将灌婴带领少数兵马摇旗呐喊，故意做出要渡河的声势。韩信的主力部队到了夏阳后，让兵士把木罂放入黄河，兵士坐在木罂上四平八稳，悄悄的就划过黄河去了。渡河成功后，韩信的军队很快沿黄河南下和魏军交锋，灌婴带领的部队这时也开始渡河强攻临晋关对面的蒲坂。双方交手后，韩信并没按常理实行两面夹击、消灭魏国精锐的办法。而是带兵扑向魏国第二大城安邑。安邑守军在毫无准备的情况下，只能接受被汉军一击即溃的命运。汉军占领了安邑，又直接杀往平阳。魏王豹赶紧让蒲坂魏军回救，自己领军前来阻截，兵败被俘，平阳被占。而回救的蒲坂魏兵，一看魏王豹被俘，都城失守，一个个目瞪口呆，也就投降了汉军。至此，魏国之地完全被汉王所占。

夏阳渡，也因此走进司马迁的《史记》中。明万历年间刘应卜在他的一首咏淮阴渡（又名夏阳渡）的诗里，留下了对这场战事的评价："木罂飞渡笑艨艟，相拒蒲津让首功，坛上英雄随水去，涛声犹似战河中。”木罂渡河的战术，成了万里黄河上千年兵事中的经典战例。

夏阳古渡在抗日战争期间，再次发挥了作用，成为中国军事史上再次被关注的一个地方。1937 年 8 月 22 日至 25 日，中共中央在陕北洛川冯家村召开了政治局扩大会议，会议的最后一天，中共中央军事委员会发布命令：红军改编为国民革命军第八路军，朱德任总指挥、彭德怀为副总指挥。并决定由朱德总指挥率领八路军三个师，选择从夏阳古渡横渡黄河、东进杀敌。

八路军东渡黄河出师抗日纪念碑

1937 年 8 月 31 日至 10 月 7 日，刚刚改编的八路军总部及下辖的 115、120、129 三个师和独立旅在朱德总指挥的率领下，分两批从夏阳古渡挥戈东进，开赴华北抗日前线。古老的渡口见证了彭德怀、任弼时、贺龙、刘伯承、邓小平等一代将帅在这里渡河东进的壮举，谱写了一曲抗战的民族之歌。那几天，韩城县政府调集民用船只百余只，船工近千人，运送雄师过黄河，这次渡河，揭开了八路军八年敌后抗战的序幕。

油画《八路军东渡黄河出师抗日》

如今，在芝川（夏阳）渡口旁的凤凰台上，还高耸着一座八路军东渡黄河出师抗日纪念碑，像三柄锋利的宝剑直插云霄，它象征着八路军三支英雄劲旅——115 师、120 师、129 师。

黄河在山西河津县与陕西韩城市之间，形成了晋陕大峡谷南端最著名的渡

国画《龙门渡夕照》

口——龙门渡。隋末，李渊举兵从龙门西渡夺取关中，奠定了唐朝定都长安的基础。明末，李自成率义军由此东渡，为日后进军北京城提供了通道。1990年，这里建成了侯（马）西（安）铁路桥和公路桥，古老的龙门渡逐渐丧失了其在历史上军事渡口的作用。

黄河流至山西永济县和陕西合阳县之间，这里北临龙门峡隘，南界潼关险道，重要的地理位置造就了蒲津渡。秦始皇统一六国后，为了向东北方向扩张，下令大军跨越黄河向山西境内进发，几十万秦军在这里渡河。公元前218年，秦始皇决定第三次出巡，他带人离开都城来到这里，站在黄河边，图谋将整个北中国的疆域纳入大秦帝国的版图，出巡结束后，他再次从这里渡河回到咸阳。

蒲津渡上的铁牛与铁柱

以后，东魏北齐高欢、西魏丞相宇文泰和隋文帝都在这儿建造过浮桥。唐玄宗于公元722年前往北都太原巡视，从这里渡河北上，完成了大唐帝国的帝王首次对山西中北部的视察，和秦始皇一样，他返回时依然选择在这里渡河返回长安。10年后，唐玄宗再次从这里渡河，沿着上次的巡视之路抵达太原，也再次将足迹留在了津浦渡。

1989年8月，有关部门在蒲津渡遗址上勘查发掘，发现黄河古道东岸有四尊铁牛、四个铁人、两座铁山、三个铁墩、六根铁柱。还发现一座四米见方的砖屋遗址，门坎向东，这就是当时管理渡口之所在。这些高1.5米，长3.3米，两眼圆睁，呈负重状的铁牛全部头西尾东，面河横向两排。牛尾后均有一根长2.33米的横铁轴，用于拴连桥索。牛侧均有一铁铸高鼻深目胡人作牵引状，现已露出地面部分高1.5米，肩宽0.6米。据测算，铁牛各重30吨左右，下有底盘和铁柱，各重约 40 吨，两排之间有铁山。这些铁牛是干什么的呢？怎么会出现在黄河边上？它们和这个古老的津渡有什么关系呢？

唐朝开国之初，蒲津渡便成为连接长安和三晋大地的枢纽。公元 718 年，蒲州被置为中都，与西京长安、东都洛阳齐名。公元 724 年，为了加强对北方地区的统治，唐玄宗任命兵部尚书张说亲自过问津浦渡的扩建一事，张说采纳工匠们所提的改传统木桩为铁牛的建议，这个耗费巨大财力的建议上报后，得到唐玄宗的批准，便下令对蒲津桥进行了大规模的改建。在今永济市城西 15 公里，蒲州城西的黄河古道两岸，各铸造四尊铁牛，这就是黄河上著名的“镇河铁牛”。

蒲津渡遗址

宋代，蒲津渡仍是黄河的重要渡口之一。金元之际，浮桥始毁于战火，只剩下两岸的铁牛。后来因三门峡水库蓄洪而使河床淤积，河水西移，铁牛被埋入河滩。直到 1988 年、1991 年对蒲津渡进行全面的调查、勘探和科学发掘，才发现唐时的蒲津渡遗址最深处距今地表 6.5 米。

黄河在这里变得温顺了起来，这种温顺是相比之前她被夹在坚硬的石头山里的“脾气”而言，这是距离山西省芮城县西南 30 公里的地方，黄河在这里形成了一渡连三省（河南、山西和陕西）的情形，同时，也是黄河上惟一一处“三水”（黄河、渭河、洛河）、“三省”（山西、陕西、河南）、“三路”（铁路、公路、水路）、“三桥”（铁路桥、公路桥、高架桥）汇聚之地，更是黄河上的惟一连接华北、西北和华中三大地理板块的津渡，自然也就成了黄河上最大的渡口——风陵渡。

常言说黄河九十九道弯，这里形成的“湾”恐怕是这九十九道弯中最大的一

风陵渡

处。相传，轩辕黄帝和蚩尤在这里大战，蚩尤使用法术使漫天大雾顿时四起，黄帝部落的将士被大雾迷得东西不辨，无法作战。这时，黄帝的手下风后及时赶来，献上他制作的指南车，给大军指明方向，摆脱困境，终于战胜蚩尤。风后在这场战争中被杀，黄帝为了纪念这位有功之臣，将他葬在了这片他曾战斗过的地方，这里因此得名“风陵”，由于三省之间的民众经由这里互相往来，逐渐形成了一个黄河岸边的商贾云集之地，后人逐渐称之为风陵渡。唐圣历元年，中央政府曾在此置关，称风陵津。明清时期在此设巡检司和船政司，管理防守和运输事宜。

走进和风陵渡紧密相连的赵村，村里干净而祥静，我在这里要寻找的是靠水吃水的“船户”——那些曾经依靠风陵渡来往摆渡的人，和我在黄河上寻找羊皮筏子、船工号子等非物质文化遗产一样，这种寻找注定显得奢侈而艰难。村民们告诉我，在上世纪三四十年代，风陵渡每天都有上百条大船停靠。最大的船立三根桅杆，装三四十吨货物。最小的当然是打渔船。1937 年，王洛宾在风陵渡口创作了《风陵渡的歌声》《洗衣歌》《血花曲》等一大批抗战歌曲，在民众中产生了很大的影响。1949 年，解放军十八兵团开赴大西北，在风陵渡组织一百艘大船的船队，日夜不停地运送大军，十多万军马辎重，一连运了一个多星期。解放后，自风陵渡逃亡关中以躲避战乱的山西人开始大批返乡，商人、农民、学生一起积聚在古老的渡口，这些带着乡愁的晋人携着家眷、行李，来到滔滔黄河边，古渡边每天都挤满了人，这批人断断续续地通过风陵渡的渡船花了两年时间才彻底从陕西进入山西。

风陵渡收费站

建国之后，渡口由国家统一经营。船户们成了“公家人”，一度成为村民们羡慕的对象，那时，来往于风陵渡两岸的 20 多条渡船，成就着风陵渡上船户们的角色。再后来，古老的渡口上出现了一条大舶船，一次可以过渡 20 多辆大卡车。这是黄河公路大桥未修通之前，黄河上出现的“车乘船”的独特景致。

如今，雄伟的铁路大桥将南同蒲路和陇海路串成一线，使横亘在黄河上的天堑变为通途。1500 米的黄河大桥飞跨南北两岸，方便着三省人民。和高居在上的潼关相比，风陵渡就像一个低调的隐士，端坐在黄河之侧，静观千万年来的风雨沧桑，见证百朝千代间的家国兴衰，无论是清风明月还是柳岸莺啼，无论是商旅带悲出行还是举人兴然高就，无论是外族入侵燃起狼烟一片，还是内战频仍时引发黎民疾苦，风陵渡就这样默默地收容着这里的一切。

黄河流至晋南地区，渡口分布更是密集，大禹渡就是其中之一，在这里逗留更是亲近黄河古渡、品读黄河古渡的绝佳地之一。

夜宿大禹渡，漫步走向附近的伐檀小庙，当地人炫耀着说，这里就是诗经《伐檀》的产生地，内心里自然就吟咏起“坎坎伐檀兮，置之河之干兮”的诗句来，也自然感叹如今的黄河已经不再如《诗经》时代“河水清且涟漪”。大禹渡同样因为传说中的大禹在这里治水而得名，一轮明月下，能看见不远的山头上矗立在星空之下的大禹庙。向西望去，30 公里之外的华山在明月下露出大致轮廓，站在大禹渡，对面就是河南三门峡地界，黄河水在这里形成了一水连三省的地理位势，这也是黄河流经万里之地，在这里出现了“鸡鸣一声听三省”的情景。

大禹渡

大禹渡位于距县城 15 公里的黄河边上，渡口的背后是一片巨大的如斧劈刀削的悬崖峭壁，站在半山腰能看见对面的河南灵宝县境内，我入住的大禹渡电灌站招待所，对外有个雅名叫“大禹别墅”。入住其中能听得见黄河的涛声，枕着一河的涛声，沉睡于此也好失眠于此也好，都不失一种情趣。和我自带帐蓬睡袋

一条滋补中华文明的重要大河，
在《诗经》的诞生中也可见一斑

穿越黄河峡谷时，夜枕水色而眠相比，夜宿半壶酒意中夜宿古渡旁亦不失为一种雅趣。月光最凉时，披衣漫步院子里，每隔四五米，便见一圆形石桌，白天客人们可在这里喝茶、打牌、小酌，昼观渡景。夜晚只剩我一个人带着八分酒意夜听涛声。夜晚的大禹渡便在我的注目里掉进一片巨大的寂静中了。

渡因河而出名，河以渡而人文，第二天早早起来，行走在弯曲的山路上，夜间的涛声带给我对黄河的想象被眼前的实景所代替，滔滔大河在逼仄的晋陕大峡谷中穿越而来，到大禹渡附近时河床骤然宽阔，黄河犹如一个经过急行军的战士，开始放松，在大禹渡便恢复了舒畅从容的状态，而且变戏法般将河的形状变成了一个硕大的“湖泊”。在阳光照射下，“湖”面上波澜不兴，犹如一面泛着金光的镜子。

在大禹渡上游两岸山形的挤压中，黄河发出的声响形成了一河紧促的涛声，能让人感受到黄河在这里脚步的急促。站在岸边，能感受到水深风急的境界，这和大河在其他开阔之地那种“静水深流”的境界自是不同。重要的是，眼前的这一河流水滋养了当年中国诗歌的源头，一首首来自黄河两岸民众从土与水间的劳作中诞生的诗歌，犹如黄河两岸涓涓之水汇聚成黄河一样，产生了中国诗歌大源的《诗经》。黄河，不愧是一条孕育中华文明的生命之河。

六、大河宽渡，中原的出口

在河南三门峡市陕县西北不远处，一个古老的渡口连接着这里和对面的山西平陆县城故址。早在汉代，黄河北边为大阳县治，因此这个渡口被称为大阳渡。因古时“大”与“太”同义，这里逐渐被称为太阳渡。公元 637 年，唐朝政府下令在此搭建浮桥，以备唐太宗巡视时渡河之用。公元 1843 年，黄河发大洪水，渡口及附近设施被严重冲毁，便留下了“道光二十三，黄河涨上天；冲走太阳渡，捎带万锦滩”的民谣。太阳渡消失后，人们在附近又建成了一个新的渡口——茅津渡。

1960年2月28日的《中国青年报》上，刊登了一篇名为“为了六十一个阶级弟兄”的文章，讲述了发生在山西省平陆县数万名民工支援三门峡建设工程时因食物中毒而引发黄河边的大营救，这场营救就和茅津渡有关。不久，这篇文章被选入中学语文教材，使无数中学生了解了这件与黄河有关的事情。

电影《为了六十一个阶级弟兄》宣传画

茅津渡，让更多的人知晓。这个古老的渡口在《水经注》中被记述为茅亭渡：“陕城北对茅城，故名茅亭，茅戎邑也，津亦取名焉。”这个连接晋豫两省的渡口，更是晋盐进入中原的重要通道，晋南地区盛产的解池盐，一部分就是经茅津运销河南等地。

茅津渡往东不远，在今河南新安县西沃村与济源县北长泉村之间就是著名的西沃渡口。公元前279年，先秦政权成了入主中原的最强力量。秦昭王向当时的其他诸侯国发出英雄帖，邀请这些诸侯国王前往秦地会盟。赵惠文王就是在这种情况下，从西沃渡口渡河，赴渑池与秦昭王会盟。公元1644年，明末农民起义军将领高迎祥、李自成率农民起义军，也是从西沃渡河进入豫西，直逼洛阳。

孟津古渡在黄河上的名气源自孟津县是黄河中游与上游的分界点，自古有“孟津古渡多”的说法。黄河流经孟津的河岸线全长不过50公里，3000年来这里曾设置过孟津、富平津、冶坂津、委粟津、平阴津、硖石津、小平津等7个渡口。中国历史上有不少政治、军事重大事件，都与这7个渡口有关。其中的孟津、富平津、小平津、平阴津更是大名鼎鼎。

当我的足迹出现在孟津县会盟镇扣马村南邙山之下的时候，我知道自己来到

著名画家壶僧应邀为本书创作的《古渡晨曲》

了《尚书·解孔氏》中记载的孟津了。《论衡》中记载的“武王伐纣，八百诸侯盟此，故谓盟津”。说的是武王伐纣之役未打响之前，在这里会诸侯共谈灭殷大计，响应号召前来的有庸、蜀、羌、髳、微、卢、彭、濮等八个伯爵诸侯，“八侯联军”在黄河边的这个古渡会盟举誓后，千军万马渡黄河。为后来的史家演绎“八百诸侯会孟津”的典故提供了原始素材。

那时的孟津，何其威武，万军待发之时，孤竹国君的两个儿子伯夷和叔齐赶赴黄河边叩马而谏，指斥武王会盟伐纣是“不忠、不义、不孝”的举止，滔滔黄河边，武王一脸不悦地端坐马上，冷然地听着两个年轻人激愤的言辞，并不为其言所动，依然下令军士们先后登上 47 只巨型木船，用三昼夜时间抢渡孟津。“八侯联军”横跨黄河天险，进行了著名的牧野之战，终于打败了纣王。这一历史事件为孟津留下了“盟津”的别名，黄河边因此也有了“同盟山”、“会盟台”等文化遗迹。黄昏时分，斜阳细细地洒在黄河水面上，望着古渡口，那一刻的宁静使我很难将这里和当年曾经三昼夜不息地摆渡军士的壮观场面联系在一起。

孟津县的黄河分界塔

离开扣马村，在会盟镇小寨村略偏西北寻访到了富平津。黄河水依旧不急不缓地流淌，岸边已经没有任何津渡的痕迹，这种情形在会盟镇老花园村稍偏西北的小平津遗址上，同样出现过。但这里曾经承载的历史文化，悄然间走进历史典籍中，成为国人了解黄河文化的另一扇窗口：公元 184 年，张角带领起义的黄巾军曾在此处拥众 36 万，形成了颠覆汉朝的一股很大的势力，头顶黄色头巾的义军在黄河边静等摆渡时，黄河的河水边一片黄色的头巾，该是怎样影响历史的一幅黄色呵！黄巾军早已消失在历史深处，渡口也早已消失在了黄河的涛声之外。

黄巾军起义

在白鹤乡白鹤村西北的平阴津，一片破败的遗址前，我已经无法联系起公元前 207 年刘邦曾在此征战的事迹。采访当地的百姓，总是很淡然地看待古渡的消失，在百姓的眼里，江山兴废与其何干？曾经的社稷安危更是权谋者思考的问题，至于黄河边因此而发生的战事，对他们而言更多的是星夜深处、油灯之下老人讲述给孩子们的故事。

清代，平阴津被称为白鹤渡口，而对岸孟县的白坡村人则称之为北白坡渡口，将河这边称为南白坡渡口。清代，平阴津被列为黄河重要的官渡，每年支出白银 300 余两用于渡口管理，常设船工五六十人，船分巡船与渡船两种，乾隆年间还曾设高档的座船。当地年迈的村民告诉我，到民国年间，这里仍有官船 6 艘。20 世纪 20 年代，中原地区军阀混战，官船全部被毁，曾经辉煌的平阴津从此改为民用渡口，渡船最多时两岸共有 50 只。抗日战争和解放战争时期，这个渡口再次成为军渡，设有晋冀鲁豫军区的兵站。1948 年秋天，邓小平参加西柏坡会议后，就经由这个渡口返回中原解放区，在这里作短暂停留期间，还曾指示制造了当时黄河上最大的一艘渡船。

离白鹤渡口不远的古冶坂津的遗址附近，一个古老的渡口因在铁谢村边而得名，称为铁谢渡口，原本是一个再平常不过的民间渡口，在抗日战争期间，因为特殊的军事地位而繁华了 10 年。那时，村中驻扎着国民党军队的一个师部，有十几家银行，大街小巷尽是商店，且有好几处戏园。入夜灯火通明，通宵达旦，这段富庶的日子也使得村子有了“金铁谢”的说法，号为“四省交通要道”。抗日战争后，铁谢恢复为一个普通渡口。如今，黄河公路大桥从村东头飞过千年天堑，渡口的昔日风采顿然消失。

巩县境内有代表性的渡口是温县渡口，因明代军屯马家营而得名“马营口”，是巩县北出的主要通道。李自成的农民军和太平天国的军队，都曾由此渡河北上。上世纪五六十年代，巩县至渡口一直有班车往返，货运车辆数目更多。河南的煤炭和山货由此北上，河北的粮食由此南下。如今，渡口还在维持着，成为旅游区的一个组成部分，一部分渡船也已改为游船。

杜甫

黄河流经河南荥阳境内，出现了汜水口、牛口峪、孤柏嘴、池水镇等大渡口，也有任店、石漕沟官峪、刘沟等小渡口；在今孟州市境内则有白坡、化工、开仪、曹坡等渡口。武王伐纣时，兵卒45000人，战车300乘，就从汜水口渡河直逼商朝都城朝歌，大败商军于牧野。汜水渡口南面是虎牢关，公元前206年，楚汉之争，曾在这里相持；三国时，吕布在这里大战刘备、关羽和张飞；公元619年，李世民与窦建德大战于汜水渡之东；公元1128年，金兵南侵，兵临汜水渡口，民族英雄岳飞与金兵大战于汜水关；公元1853年，太平军将领林凤祥、李开芳率兵两万北伐，兵抵汜水，曾与清兵大战虎牢关。

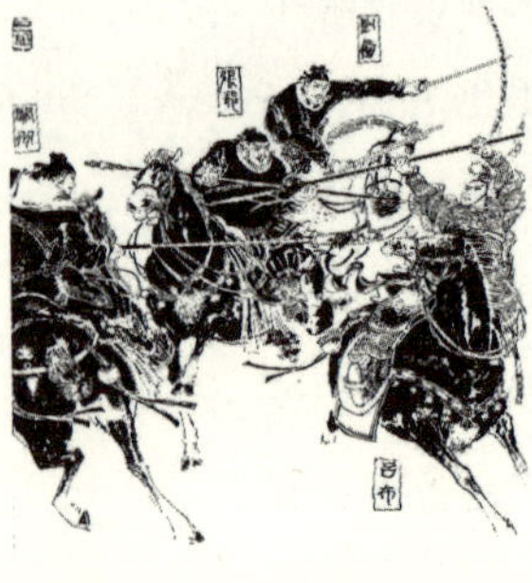
三英战吕布

汜水渡口在过去既是连通南北的渡口，也是黄河上下航运的重要码头。清朝末年，民国初期，汜水渡口的商业运输比较兴旺，常常几十艘船只鱼贯而至，陕甘等地的药材、棉花由这里转汜水车站外运。自陇海铁路向西延伸后，渡口商业运输地位日益降低，仅为民间使用。

位于河南荥阳县城北20公里牛口峪的牛口峪渡口，隔河为武陟县境。古名板渚津，近代称仓头口、牛树沟渡口。古鸿沟、汴渠、通济渠的引水口即在峪口附近。秦汉时，这里是漕运的枢纽。公元730年，唐朝政府为便于漕运管理，把汜水、武陟、荥阳三县的一部分置河阴县。唐太宗时，江淮都转运使刘宴，在扬州造直通三门峡的运粮船2000只，规定“每船载千斛，十船为纲，每纲三百人，篙工五十，从扬州遣将送至河阴”。这个渡口再次在漕运中发挥出显著作用。

浩浩荡荡的黄河在中原大地上缓缓流淌至郑州时，同样有不少渡口出现，最著名的莫过于位于河南郑州市北郊的花园口渡口，这里因明朝嘉靖年间的吏部尚书许赞修建过一座花园，奇花异草招引南来北往行人观赏，因此得名花园口，自明朝以来是这一带比较固定的渡口。从清代到民国时期，黄河三次在花园口上下决口泛滥，渡口同样在每次泛滥中被废弃。

花园口

1938年6月的花园口决口泛滥，成为黄河历史上最大的一次，花园口因此闻名国内外。1986年建成郑州黄河公路桥，这个古老的渡口就完全失去了作用。

古老的开封城在宋代是中国的政治文化中心，这里因南来北往的渡河者而形成众多渡口，柳园口渡口是其中之一。公元1187年，黄河由延津分支南流封丘、开封、陈留一带后，这里便形成了规模较大的渡口，同时也是黄河下游平原地区历时较久的黄河渡口。公元1750年，乾隆皇帝南巡经由柳园口渡河，为求河神保佑，写下了著名的《驾过柳园口渡祭文》，后又作诗《渡黄河》一首。

开封柳园口黄河大堤

柳园口渡口经过从宋朝到清代的几百年常盛不衰。1958年10月河南省境内黄河上第一艘机帆船“红旗”号在这个渡口投入使用；1981年10月，这里投入使

孙口村渡口的红军渡

用了黄河上第一艘钢质双体渡轮“柳园”号，一次能载渡汽车 12 辆、货物 60 吨、乘客 120 人。1989 年开封黄河公路桥在柳园口下游建成，船渡被取代。

位于河南台前县城南 6 公里处的孙口村渡口，不再是单一的河南津渡，而是隔河和山东梁山县蔡楼相望，是沟通豫、鲁两省的重要纽带。

在紧靠渡口的临黄大堤上，耸立着一通高 3 米、宽 1 米的石碑，坐北朝南，正面阴刻“中国人民解放军晋冀鲁豫野战军孙口渡河处”。讲述着这里的一段红色历史。1946 年下半年，为了确保大军能胜利渡河，冀鲁豫军区成立了黄河司令部，司令部就驻在孙口。1947 年 6 月 30 日，刘伯承、邓小平同志率领中国人民解放军晋冀鲁豫野战军 12 万人，在孙口上下三百里黄河水面上，采取强渡和偷渡相结合，一举突破黄河天险，千里挺进大别山。刘邓大军主力在此渡河时，朱德总司令曾到孙口，并给黄河司令部的水手们讲了话，作渡河动员报告。刘邓大军就从孙口渡过了黄河，从此揭开了中国解放战争战略进攻的序幕。为了纪念这一伟大的历史壮举，以后人们都亲切地称孙口渡口为“将军渡”。

七、齐鲁古渡，书写黄河风情的尾声

黄河由河南兰考进入山东，众多的山东沿黄渡口列队而陈，蔡楼渡口、张秋渡、齐河渡、泺口渡、清河镇渡口、道旭渡口、东关渡等渡口，成了万里黄河入海前的一道道风景。

黄河在山东的第一道渡口应该是和河南共享的孙口渡，渡口对面是山东省梁山县境内的蔡楼，因此，这个渡口在山东被称为蔡楼渡口。1947 年，解放战争进入战略反攻阶段，解放军冀鲁豫野战军十万余众，在刘邓的率领下，在台前的孙口渡等地强渡黄河，蔡楼渡就是登陆山东后的第一渡。1981 年，台前县政府在孙口渡口树立纪念碑。

阳谷县城东南20公里处的张秋镇，现在已经是一个僻静的镇子，百年之前却是黄河与运河交汇处的一个重要码头。元、明、清三代都以京杭大运河为南粮北调的通道，历代沿河的居民看着一队一队的运粮槽船从自己家门前通过，就将这一条京杭大运河叫做“运粮河”。张秋镇在黄河的北岸，与南岸的东平县小安山镇为“对口”。从南方过来的船，从这里过了黄河，多在张秋休整几天，因此使张秋的地位大大提高。当年的船工们有句口谚：南有苏杭，北有临（清）张（秋）。张秋自古虽是个镇子，但比普通的县城和州城更热闹一些。张秋镇的人自豪地承袭这样的歌谣：“张秋城，两半个，中间夹着运粮河。一座城分成两半，大运河从中间穿过。”当年这一座城分三个县管辖。运河以东属东阿县，运河以西，以东西大街为界，南属寿张，北属阳谷，俗称为“三界首”。三县、二府都有官员常驻城中，各有衙门，总号为“五衙门”。这些衙门都是为就地取粮与取盐所设。当地人说，在运河繁盛的日子里，城中有72条街、82条胡同、2座庙。我在一本旧的《阳谷县志》里查阅到这样记述张秋镇的文字：“河上官商船只云集，樯桅如林；市肆楼房栉比，百货云屯，肩摩毂击，俗有小苏州之称。”值得一提的是，张秋镇北，有一个景阳村，村口有一处小小的土岗，相传即为《水浒传》中武松打虎的地方。

孙口村渡口刘邓大军强渡黄河纪念碑

黄河在聊城境内沿河有众多的渡口，透过那些日渐发黄的史料，我依次找到了今属阳谷县境内的仓亭津、茌平县西南的磝津、城南的四口津、今观城的观津、观城东南的高陵津等古老津渡。到1965年10月，聊城境内在黄河、金堤河、卫河三河系中设置的民间渡口就达52处，其中交通渡口占69%，备有渡船

151只，共有渡工542人。1985年，聊城境内除黄河沿岸的陶城铺、位山、范坡、王洼、夏码头、东圈、夏沟等渡口外，其余河流上的交通渡口相继停渡。

看过清代著名小说家刘鹗的《老残游记》的读者，在第十二回中阅读到“寒风冻塞黄河水”的种种情景，其实描写的就是当年初冬齐河渡口的生动场面。齐河渡口在和济南隔河而望的齐河县旧城南门，紧傍着黄河大堤，从前曾是通向鲁西北的咽喉要道。上世纪70年代，齐河县城迁到了京沪线上的晏城镇，黄河边上的老城虽然尚在，但渡口却已废弃不用了。

齐河县和济南市北郊之间的黄河渡口叫泺口，因这里是古代泺水注入济水的地方，故有“泺口”之称。2011年8月，我探寻黄河的足迹逐渐接近尾声时，来到这里，领略了这个古渡的沧桑。

1855年黄河改道之前，这里是泺水汇入大清河的地方，当时大清河就有直抵大海的航道，泺口是一个很繁荣的水码头。1855年黄河夺大清河入海，泺口就变成了山东境内黄河上最大的一个渡口，同时也成为上下航运最重要的码头。19世纪黄河大堤修成之后，济南一段的河道一直比较稳定，黄河水运因此有了保障。1918年的水运记录显示，当时来往于郑州与泺口之间的船只有2000只左右。1934年，经常到泺口的船只增加到3000只，货运40万吨，成为历史上的鼎盛期。

上世纪初的泺口码头

早年泺口渡口上的摆渡，全是摇橹的木帆船，过河花费的时间更多。由于黄河水流量大，水流急，渡船划向对岸，每每要被河水冲下两三里才达彼岸，这时船工须下船改作纤夫再将木船拉回渡口。后来木船摆渡换成机械轮渡，南北渡口基本可直线过河，但一年四季气候的影响扔给过河带来麻烦。河水结冰的寒冬季节，轮渡只好停摆；夏秋之际，河水暴涨带来较大洪水或大洪水，摆渡常常会被禁止；立春前后，上游解冻流下的冰凌在未解冻的下游河段遇阻结成冰坝，致使水位抬高，形成凌汛，对过河又是一个很大的威胁。

1959 年毛泽东在济南泺口视察黄河

1959 年毛泽东再次考察济南泺口

直到 30 年前，泺口码头的情景仍是在济南过黄河的人们所无法忘记的。在东进西出的进出口之间的坝壁上，有一幢青石结构的瞭望室，瞭望室居高临下，有专人观察码头上人马车辆上下轮渡的场景，并用高音喇叭指挥人流秩序。凡从北岸驶来的轮渡待船上的人马车辆下完，纷纷走向西出口时，才准许去北岸的人与车上船。如此错时而渡，使得去河北的汽车往往从渡口一直排到泺口村街里。进码头后，汽车司机先在进口处买上轮渡票，然后将汽车缓缓小心地开到轮渡船上，除几十名过河群众外，一艘轮渡顶多载五六辆汽车，这就是黄河众多渡口上的“车坐船”的情景。

1959 年 9 月 20 日，一代伟人毛泽东的身影出现了在泺口渡边，站在这片浩荡的水域边，毛泽东提出了自己的一个宏大梦想：“我设想骑毛驴从黄河入海口一直走到黄河发源地。”在这之前的 4 月，中共八届七中全会在上海召开，毛泽东在会上就曾提出：“我可以从黄河口子沿河而上，搞一班人，地质学家、文学家、物理学家。只准骑马，不能坐车，一直往昆仑山上去，然后到猪八戒去过的那个通天河。翻过长江上游，再沿长江而下，从金沙江一直到崇明岛。我有个志愿，很想学明朝的徐霞客。”

泺口是毛泽东想骑马看黄河的梦想起飞之地，尽管这个梦想没能实现，但不难看出一代伟人对黄河的情感。1982年，黄河大桥建成，泺口渡口渐渐衰落，连接黄河两岸的一条浮桥仍是重要的通道。”

清河镇渡口在惠民县境内，曾是鲁西北的重要通道，渡口兴旺时，渡口旁的镇子上有很多作坊，清河镇年画在黄河口一带和河北部分地方广泛流行。渡口从繁华步向衰落时，曾有浮桥供行人通过。

随着探寻黄河的足迹接近入海处，我来到滨州黄河大桥南端西侧的道旭渡口。关于这个渡口的名称来历，我在这里听到了这样的一个故事：相传明代初年，韩姓人家在此立村，因村东有一条官道，立村的人便以“道西”为村名。清咸丰五年，黄河夺占了流经蒲台县城以北的大清河河床之后，几十年间曾几次溢出大清河河床向南涌来，虽几经筑堤堵截，也难使其驯服重归。清政府无奈只得花费重金在道西村附近重新修筑一道黄河大堤。至1899年黄河大堤筑成，这段黄河河道遂固定于此。随即，道西也被辟为黄河渡口，并被标上国家地图。当时清政府聘请的测绘师是一位日本人，这位日本测绘师听当地人带口音的称呼后，依韵将这个地名标注成了“道旭”，由此以讹传讹，最后当地人也不得不改口称这里为“道旭”了。如今，向当地人问起渡口的很多事，一些老人还习惯称呼为道旭渡口。

1899~1938年春，道旭一直是黄河下游最重要的渡口之一。抗日战争爆发后，1938年，国民党军队为阻挡日军进攻在河南花园口炸开黄河大堤，导致黄河漫溢改道，山东河段断流，道旭渡口一度被废。日本侵略军占据道旭后，曾经在旧河道上搭起一座木板“永黄桥”，并在此安设了据点。

1947年，道旭渡口重新建立，并有了大型摆渡船只，成为第三次国内革命战争时期连接黄河下游南北交通和运送人员物资的重要通道。国民党军队重点进攻山东时，华东鲁南、鲁中解放区的大批干部、家属得以从这里安全北撤，联合国善后救济总署拨给解放区的大批物资也是通过这里安全北运。在人民军队转入反攻之后，道旭渡口作为一处重要的交通要道，为支援人民军队在前方作战，更为夺取革命战争的胜利作出了卓越贡献。

1952年，惠民专区（今滨州市）迁至与道旭渡口相对的北镇，道旭渡口更是成了黄河下游南北交通要道，每天都有大批车辆从这里渡河。1955年10月，在道旭渡口斜对岸的黄河北镇港开航了往返于北镇和济南洛口之间的黄河上第一艘客轮“鲁生”号，可载货物45吨，有客位142个；加上当时木帆船合作社的七八十条帆船也不断地在附近河面来来往往，道旭一带出现了空前繁荣兴旺的景象。1972年，为了适应发展的需要，由国家投资在道旭渡口东侧兴建了当时黄河上最长的一座公路桥——北镇黄河大桥，道旭港口失去了往日的重要作用，但作为一处古渡，成了人们游览黄河的一个景点。

昔日道旭渡口，因北镇黄河大桥的兴建而衰落

黄河的众多渡口上，有不同的建筑物或雕塑，比如兰州黄河大桥旁著名雕塑家何鄂女士的黄河母亲雕塑、银川黄河大桥旁的骏马雕塑、蒲津渡旁的镇河牛等，滨州黄河大桥北端的“道旭”渡口边的塑像却是唐赛儿跃马挥剑的情景，构成了“道旭”渡口独特的景致，见证着这个古老的渡口如何成为今天滨州市的历史支点。

利津县是黄河万里征程的最后一个县份，县城紧傍黄河，县城的东关设有渡口——东关渡口。东关渡口在历史上曾两度成为黄河上最后一个渡口。隋唐时，黄河渡口在县城之东，名“东津渡”。连着东岸的水利镇和西岸的东津居民点，公元1193年1月，水利镇与东津两地合并置县，称“利津县”。

道旭渡口边的唐赛儿塑像

清代，利津县水阜盐场号为山东八大盐场之冠，食盐从这里运销鲁西、豫东、皖北、苏北的66个州县，大清河成了盐运、漕运的重要通道。东津渡外连诸海，内通大运河，来往船只首尾相接，渡口建有石砌的泊岸，码头总长1.5公里，可同时停泊几百只船。1855年，黄河在河南决口，改道经山东，夺大清河入海，利津东关渡口再度成为黄河最后一个大渡口。民国初期，从这里顺河出海，可直达天津、大连、营口、龙口、烟台、威海等沿海港口；逆水上行可抵沿黄河各大渡口码头。济南的货物，朝发泺口，暮至利津城。当地的大豆等农产品，由此装船，或运内地，或运沿海，十分方便，因此利津当时号称“小济南”。建国以后，东关渡口一直兼为码头，大型摆渡船能渡马车与汽车过河，可以停靠船只的石砌护岸长达2796米；傍河修建了船厂、船坞与码头货场，货物吞吐量最高的年份为10万吨。但是，自从附近修起了黄河公路大桥，东关渡口失去了往日的重要性；加之后来黄河不时断流，如今渡口几近荒废。

利津东关渡口

沿着黄河一路走来，我从玛多县的高原渡口到利津县的东关渡口，所见渡口达几百个，它们依次列队于大河之上，成为丰富黄河文化的一个主要元素，也使黄河变得活起来、动起来，渡口两岸民众的来往，自然也就构成一幅幅流动的景致。回望这些渡口，摆渡着藏族、撒拉族、东乡族、保安族、回族、汉族、蒙古族等沿河两岸居住及商贸的人们。渡口，何尝不是黄河母亲播种民族团结与经济繁荣的文明之花的那双手呢？

第五章 古关，黄河战事的眺望者

黄河流经地区不仅留下了和平年代供两岸人民耕种的大片肥沃土地，也因战争留下了大量军事关隘。说起古代的关口，人们对居庸关、雁门关、嘉峪关、剑门关等关隘十分熟悉，其实，在黄河两岸，因为山河相依造就的险要地势，形成了黄河岸边的诸多雄关。

在黄河沿岸，从上而下遍布着大大小小数百座关口，著名的有积石关、金城关、胜金关、延水关、永和关、偏关、白云关、潼关、函谷关、铁门关、云梯关等，这些关口平添了一部黄河战史的铁血之躯和铮鸣之音。

一、积石关、金城关，青藏屋檐下的门槛

黄河流经青藏高原和黄土高原握手的地方，是藏汉文化的交汇地区，内地和藏地之间的交融、征伐而造就了一些关隘出现，仅甘肃南部的临夏回族自治州境内，明代就有二十四关，其中最著名的关隘是甘肃省南部积石山保安族东乡族撒拉族自治县境内的积石关，也是明代河州二十四关的第一雄关。

积石山

黄河从积石峡流出后，和雄伟的积石山相遇时，历代中原王朝与羌、鲜卑、吐谷浑、吐蕃、西夏等部族在这里对峙，便有了

积石关

积石关的一次次军事冲突。为了寻找这个古关的具体所在，我来到了坐落在积石山保安族东乡族撒拉族自治县——中国目前县级行政单位中名字最长的县，走进大河家乡关门村西的黄河之滨。

站在这个看起来很普通的村落里，西望积石峡山逼水窄，黄河像个冲刺终点的运动员，从巍峨的积石山间快速奔流而来，出现了《大河赋》中“览百川之弘壮，莫高美于黄河；潜昆仑之峻极，山积石之嵯峨”的赞语所描绘的情景。“双峡中分天际开，黄河拥雪排空来；奔流直下五千丈，怒涛中古轰春雪”的古诗里，不难看出口这里是黄河对青藏雪域的最后一望，之后便开始了在黄土高原上的漫游；“地险天成第一关，岿然积石出群山”的诗句自然将其恭写为黄河第一关，指的自然是这个古关雄踞万里黄河上众多雄关的最上端。

李靖进攻吐蕃时，积石关是必经之路

当中原王朝的军事力量抵达这里时，历史的时针指向汉宣帝执政的第二年，这个历史上并不有名的皇帝，却做出了一件永远被黄河铭刻的大事：他下诏汉军在今大河家乡关门村西设置河关县，这是中原王朝在黄河最上游正式设置行政机构的开始，积石关逐渐成了中原王朝对峙青藏高原上的那些游牧部族政权的前沿地带，而对那些时刻准备着从青藏高原上冲杀而来的游牧铁骑来说，积石关就是汉人政权设置在巨大的青藏屋檐下的一座堡垒，双方都想渡河而去，占据对方，对峙就此持续千年！

从汉宣帝执政开始，中原王朝坚守积石关的神话持续457年后，终于被吐谷浑王朝的军队打破，积石关从中原王朝的手中一度丢失。隋朝建立后，隋炀帝发动对青藏高原的亲征，这位中原皇权中第一位远征青藏高原的君王，下令在这里设置临津关，命大将刘权镇守。

唐代，一代战将李靖远伐吐蕃，经过这座著名的关口并在这里设置临时指挥部，指挥唐军渡河远征青海境内，随后，将这里设置为积石军，使其行政机构加上了极强的军事色彩；到了宋朝，这里成了宋、女真、吐蕃、西夏争夺的一片“热地”；明朝初期，这里正式改为积石关，在《循化志》中，我查阅到这样的记载：积石关“尤为入腹地之门户，原设木栅，或在山巅，或凭谷口”。明代大才子解晋的《七绝》就曾写道：“积石唐家节度城，吐蕃羌帽帐纵横；而今河水清无底，时有游人月下行。”

中华民国初年，守卫积石关的全部官兵裁撤。积石关作为一处雄关的历史角色完成了。

积石关留给后人的多是战事纷争的印象，其实，黄河的关、渡合一角色，使这里自古也是连接黄土高原和青藏高原的一条纽带，无论是边将戍卒，还是商贾行人，通过这里完成各自的使命。古老的丝绸之路和唐蕃古道都在这里留下了边缘性的印记，那些西域、吐蕃的使者和商人，经过这里穿梭于不同的文化板块和地理板块之间，丰富了黄河上游的经济和文化。明代诗人风泉的这首诗就是一个写照：“节驻河州更指西，野花秋草入轮蹄；风来水处凉先至，雨到山时烟欲迷。百折险处飞雁走，几回曲绕涨波泥；邮亭刚得信餐沐，门外征夫又鼓鼙。”

如果说积石关是青藏高原和黄土高原之间的一道屏障，那么位于今兰州城的金城关就是中原王朝依靠黄河对峙青藏高原上的游牧政权的第一道关口。唐代著名边塞诗人高适前往河西走廊，路过兰州的金城关时，写下了《金城北楼》的名诗句：“北楼西望满晴空，积水连山胜画中。湍上急深流若箭，城头残月势如弓。垂竿已羡磻溪老，体道犹思塞上翁。为问边庭更何事，至今羌笛怨无穷。”

金城关

金城关上的驼影

金代甘肃著名词人邓千江来到这里时，被这里险要的地势和人文历史所折服，欣然提笔写下了著名的诗篇《望海潮》：

云雷天堑，金汤地险，名藩自古皋兰。营屯绣错，山形米聚，襟喉百二秦关。鏖战血犹殷。见阵云冷落，时有雕盘。静塞楼头，晓月依旧玉弓弯。

看看定远西还。有元戎阃令，上将斋坛。瓯脱昼空，兜鍪夕解，甘泉又报平安。吹笛虎牙闲。且宴陪珠履，歌按云鬟。招取英灵，毅魄长绕贺兰山。

500多年后，清朝乾隆年间曾任陕甘、两广、云贵总督，东阁大学士杨应琚来到这里，仿照邓千江的《望海潮》撰写了他的《望海潮》：

百二秦关，三河五郡，金城历代岩疆。一时都会，往来冠盖，游览此地为常。五代散花场。剩危楼杰阁，金碧雕戕。长岭犹龙，黄河如带抱城厢。

斜阳极目苍茫。有飞泉五道，千树青阳。南阡西陌，桃红李白，春来士女如狂。一径马蹄忙。曾记当元夕，来宿山房。城市万家烟火，独对月光凉。

清代著名学者张澍更是以“倚岩百尺峙雄关，西域咽喉在此间”将金城关的地位推向高峰。

二、胜金关，朔地雄风掠过塞上的天空

如今，任何一个从中原地区乘火车前往宁夏银川、中卫的游客，跨过黄河后便来到中卫的镇罗。铁路南面是滔滔的黄河，北面则是连绵起伏的山峦和沙丘，当火车穿越铁路在宁夏平原的惟一一处隧道——镇罗隧道时，就能看见洞口的崖壁上镌刻着“胜金关”三个大字，这里就是明代设在北部边防九镇之一的宁夏镇最西边的一道险关要隘了。

黄河进入宁夏平原后，形成了一片巨大的开阔地，这种开阔也带来军事防御上的劣势。胜金关处于贺兰山南端末梢和黄河相遇的地方，山河相遇的地理，使这里成了一处易守难攻的要塞之处，占据这里便能西进河西走廊，东控整个河套平原，在这个“山河之间，仅留一线之路”的地方设置关隘，自古以来都是历代军事家们所看重的。胜金关的角色由此而生。

在包兰铁路边的胜金关隧道附近停车，向西望去，胜金关收费站远远地注视着这片昔日的战地。登上隧道上方的小山，胜金关端坐山顶，远远望去，西边的大麦地、东边的贺兰山，都有着无数游牧部族留下的岩画，其中不少就反映着这种征战生活。公元 1227 年的春天，成吉思汗带领蒙古铁骑攻占宁夏平原西部，企图通过这里攻占西夏国都兴庆府，遭到了西夏将士的奋死抵抗，带着眼看着西夏都城无法攻破的遗憾，成吉思汗留下“攻破胜金关很难！”的慨叹，南下直奔六盘山去避暑，也注定了命丧六盘山的宿命。胜金关，打破成吉思汗战无不胜的神话，也成了成吉思汗临终前的一块心伤之地。

明朝初期，胜金关一带是北方蒙古游骑入侵宁夏的咽喉之地。为了对付蒙古游骑的威胁，明政府在北中国设置了延边九镇，修筑了从贺兰山“河西墙”经中宁、石空、镇罗、中卫，一直连接到甘肃靖远县的长城，蜿蜒 240 多公里。公元 1493 年，戍边的西路中卫参将韩玉在这道天然屏障上正式修筑“胜金关”，1613

年再次重建，由于这里襟山带河，雄关的出现便好似为长城加上了一把锁，扼守着中卫至银川的咽喉，成为宁夏境内与北长城“打硙口”、“镇远关”、贺兰山“三关口”齐名的宁夏“城防四隘”之一，便有了“朔方潼关”的赞誉。

胜金关也是清代平定新疆、青海的军运枢纽。清初平定青海罗布藏丹津和天山北麓厄鲁特部之乱；乾隆年间平定准噶尔等反清武装集团。在历次战役中，胜金关始终是清军重要的进军路线和军械粮草运输线上的枢纽。

公元1718年，皇太子民镇（即后来的雍正皇帝），曾亲率大军由北京出发，分三路进兵青海。翌年农历二月十九日，大军到达今中宁县枣园堡，随后由胜金关出发往西而去，在这里留下一代帝王年少时军旅远征的匆匆身影。

如今，当地部门对“胜金关”进行了大规模的重修，山头上垒起了宽2米、高4.5米的城墙，山顶还立有烽火台，并保留着昔日驻关守军的营盘遗址，多少恢复了它昔日险关要隘的气势。更为惊奇的是，包兰铁路和公路通过山下隧道穿“关”而过，形成了黄河沿岸关隘中惟一一处一关通两路的景致。

三、延水关、永和关，左岸击鼓，右岸升堂

在陕北有着“文出两川，武出三边”的说法，延川就是两川之一。

延水关

陕北的说书人有这样一句俗语：“天下黄河九十九道弯，最美就在咱延川”。奔腾的黄河穿行于晋陕大峡谷之间，舞出一道美丽的弧线，黄河流经延川县境内仅有68公里，却是弯道最多最大最有气势最赋有诗意的一段，黄河在这里书写出四个壮丽的大“S”。这四个大弯道从北向南排列依次是：郭家窑湾、苏亚湾（也叫凤凰湾）、乾坤湾、清水

延水关

湾；黄河也在此留下了延水关和清水关两个古关。

延水关和延水渡是相生相伴的，延水渡起步于魏晋时期，渡口走过了民间渡口到军渡、官渡的历史过程，延水关在宋、元、明称为永宁关，明清两代，“延关飞渡”是延川八景之一。清代，始称延水关。1936 年 2 月 20 日，红军某部由此渡河东征。1947 年 3 月 17 日，王震率领西北野战军第二纵队由此西渡，回陕抗击进犯延安的国民党军胡宗南部。

古关守望着对岸的山西，以前南来北往的不仅仅是老乡，还有往返的商旅和寒窗苦读以后打算到京城搏得仕途的知识分子。黄河边早已废弃的青石码头，曾经目送过他们的诸多梦想。

旧时，依山筑城、隔河为界的永和关和延水关，关口因相距太近而出现“延水击鼓，永和升堂”的衙门趣事，一河之隔却无法隔绝双方因靠得太近而倍显亲密的关系，双方的公事难免互相干扰，难断对错，最后只得上奏朝廷，朝廷最后裁定：两县各退 70 里筑新城，就是现在的永和县与延水关县。古老的延水关渡口今属于陕西延川县城东延水关镇，和对面山西永和县的永和关互相遥望、互相防御，就像边境线上的两个各自忠于职守的守边战士，一站就是几千年，默默地注视着对方，有时心存敬意，有时心生抵御，互相能望得见对方，甚至还能听得见对方辖区内的鸡犬之声。和平年代，鸡犬之声互闻里走来两岸的乡亲，走亲戚、拉家常、谈农事，其乐融融，各自所属的省份甚至更远地方的商旅也从这里走进对方关隘所在的地区，使这里成为沟通秦晋的重要水上交通枢纽，也是这一带群众对外通商的“口岸”。一船船人来人往中，促进着两岸经济的繁荣和黄河至此的繁华。而一旦战事起来，狼烟弥漫在一河水面上，并迅速向两岸地区蔓延，两个雄关立时恢复了关隘的角色，各自守卫着所属地区的安宁和权益。

永和关

永和关村曾是永和旧县城的遗址，城墙、烽火台、原始文化古窑洞群等遗址保存完好，从建筑角度看，山坡上散落的古窑洞群是黄河岸边的一种独特景致，这里的窑洞大多数都在百年以上。窑洞群所在地就是永和关村，村口有棵四人合抱的大槐树，村民们自豪地夸赞说这是百年老树，那些透着浓厚山西口音的老乡们，全都姓白，据他们讲述，其先民是从山西洪洞县来此地落户的，算来已经有400多年的历史了。山坡上的古窑洞有百余孔，宗族祠堂、观音庙、龙王庙、戏台等散落在民居窑洞周边，显示着这里曾经的繁华。

黄河大桥还没建成前，村里每年靠摆渡就有20万左右的收入，大桥建成后，村民们失去了基本的生活来源，年轻人都搬迁到县城或更远的地方，村里只剩下一些不愿离开故土的老人们守护着。

两关之间的古老渡口至今还保存着相当原始的渡河木船，那一艘艘古船飘出的就是古关千年的沧桑往事，摇出的是连接两岸千年不断的情份。离开雄关往下不远，就有大船码头，乡民们大多已经改在这里渡河，而汽车则走上游的黄河大桥，一两分钟就出了省。桥梁和大船的活跃越发衬托出古关的落寞和凄凉。两个古关之间的小木船，更多成为旅游时代里游客们寻找刺激的道具，那种体验刺激的过程中，胆大一点的游客会坐到船椽上和船家拉拉家常，在迎面而来的黄河风中，凭吊古人渡船时的心情。渡船离岸不久，看着两岸诱人的枣树林远去的同时，对面的风景逼近眼帘，放开嗓子喊上几声，听着两岸群山里的回音，或许是都市生活的人们紧张心情的一种放松。

古老的关口在其防御功能退却后，逐渐淡化在人们的视野中，小城继续恢复安宁的状态，这也应该是其本来的状态，人们安详地生活在这山这水互相挤着的逼仄地带，人们挤在这片狭小的空间里，只能团结才能获得更好的生活。因此，造就了偏僻而不枯燥、贫困但不庸俗的的乡下生活。

四、白云关，《东方红》的故乡

黄河在晋陕大峡谷穿行几百公里，险要处自然形成了偏关、白云关、延水关、永和关等一系列关隘，其中最为险要的是白云关。

《东方红》宣传画

黄河途径晋陕大峡谷中的佳县时，给历史留下了一个美丽的名字——葭州。葭州城就建在葭芦山巅的平地上，城垣形如一个全蝎，爬在山顶，易守难攻的白云关成就了历史上的“铁葭州”。白云关镶嵌在历史长河的一系列战事中，逐渐走进白云观袅袅的香火里，发生在黄河边的一曲曲“战争与和平”，也随着这袅袅香火而步入历史的记忆深处。

2005年5月，我因为寻找西夏王朝的东界而前往位于黄河西岸陕西佳县境内的白云关。在白云关上，俯瞰着滔滔黄河水从脚下流过，流水带走了多少兵戈的拼打和战马的嘶鸣，浪花无法给出答案。透过不远处的白云观里的香火之气，彷佛指引着雄关背后更为传奇的章节，国人熟知的《东方红》的诞生就是这些传奇中最吸引人的片段。

铁打的葭州城

古老的雄关藏在山河深处，在山下的一位道友家的窑洞里住了两天，我才上山去拜访了知识渊博的张明贵道长，他是白云关旁的道教名山——白云山道观的道长，他告诉我：“这里在行政规划上属于葭州，现在的县城所在地叫佳芦寨，历史上一直有‘铁打的葭州’之说，易守难攻。宋朝和西夏交战时期，这里当时由两个将军徐徽宫、孙昂守卫，西夏军队打破了‘铁打的葭州’的神话，一举攻下这里，两位将军

2005年5月，作者在黄河边的白云关采访佳县白云观道长

在守卫战中战死了。人们都说国士无双，忠诚不二，这两位将军就是两个国士和忠臣，当地人为了纪念他们，建了一个‘二忠祠’，大门上有一副对联就是纪念他们的：国士无双双国士，忠臣不二二忠臣。到了元代，蒙古人一直攻打不下此关，只好从黄河对面的山西借道而行。抗战时期，日本军队当年占领黄河对面的山西临县后，一直想占领这里，但就是攻不下来。

道长的讲述，文献资料做着怎样的注解呢？佳县史志办的苗发远先生给我找来一本《佳县县志》稿本，里面讲述了这样一段历史："公元 984 年二月，宋朝的都巡检使曹光实与夏州尹宪密议后联合打败党项羌首领李继迁，烧毁账幕，李继迁逃走，他的妻子及母亲均被宋军俘虏。公元 985 年二月，李继迁聚众复起，党项人因为李氏世代盘踞，影响较深，所以相继归附，势力渐强。李继迁同其弟李继冲用诈降之计，在葭芦川柳树会，诱杀曹光实，占据葭州。公元 1089 年，这里正式被西夏王朝管辖。

黄河边的陕西佳县，是西夏疆域东界

《佳县县志》中的“葭芦川”，就是白云关。公元1099年，原来是一个军事要塞的葭芦寨被西夏王朝升格为晋宁军，并领辖着黄河对面的今山西临县。公元1184年，晋宁军改为葭州。依靠白云关的天险地势，西夏对这一带有效管辖的时限一直到西夏末期，公元1288年八月，成吉思汗的得力战将木华黎出征陕西时，也无法从正面攻下这里，只好“假道西夏”，自东胜过黄河南下。

黄河在晋陕峡谷中的穿行，日夜奔腾的湍流卷走了白云关收藏着的诸多杀伐和争虏。1942年的冬天，县城近郊佳芦镇张家庄的农民李有源挑着担子去县城，看见一轮红日从东方升起，照在他身上很暖和。爱唱“信天游”的李有源，喜欢即兴填词，他立刻联想到，正在陕北统领陕北军民谋略抗日大局的毛泽东，就像这冬天里给人温暖的红太阳。于是，他套用《骑白马》的调儿，填上新词。就这样，一首唱红全中国的信天游《东方红》诞生了。

五、潼关，目送黄河东流去

黄河走完晋陕大峡谷的最后一段后，是在潼关的目送下向东而行的，开始向中原地区缓缓流去。潼关，成了黄河在黄土高原和中原大地之间划出的第一个巨大的分隔符。古潼关居中华十大名关第二位，是名副其实的黄河第一雄关。老潼关在潼关县城的东北方，靠着黄河，隔河便与山西风陵渡相望。

潼关是黄河上真正的战事之关，曹操在这里留下绕树逃命的狼狈，哥舒翰在这里留下抗击安禄山兵乱的英勇，黄巢在这里留下攻克长安前的梦想，李自成在这里留下“六战潼关”的佳话，康熙皇帝在这里留下了御笔真迹。

潼关的历史就是一部中国战事史的缩写。翻阅历史书籍，会发现这里发生的著名战役就有40余次，这些战争不仅给黄河在这里的人文历史添加了一份金戈铁马的内涵，更是令山河变色，政权更迭。巍巍雄关不仅俯瞰着黄河之水，更是

曹操与马超战于潼关

因为地处秦、晋、豫三省交会处而牵动着中原和西部、塞外的神经。

公元 211 年七月，曹操带兵西征，在潼关遇上了马超带领的兵士的顽强抵抗，连续一个月的攻关，潼关依然在马超的手中，无奈之下，曹操只好带着遗憾和不甘渡过黄河，占据了黄河对面的山西济县，在那里经过短暂的休整后，接着带兵攻打潼关。马超这次亲自出关迎战，两军在黄河边展开厮杀，曹操被马超追杀得无处逃身，不仅割了自己的胡须、丢弃了自己的袍子，径直往河边跑去，无处可逃时，便绕着黄河边的一棵大树转圈，心急的马超挺枪便刺，由于自己用力过猛加上曹操转得太快，枪尖刺入树身，曹操被赶来的大将许褚救走。这就是后来诸葛亮讥笑曹操“割须弃袍，殆死潼关”的来历。

后来，曹操采取从蒲坂渡过黄河的策略，占据了合阳，然后乘船逆渭水而上迷惑马超，致使马超带兵出潼关前往渭南挑战曹操，曹操一方面闭门不予应战，一方面使用离间计，导致马超最后战败而出走凉州。当曹操在这里和马超决战后，于公元 196 年下令在这里设置潼关，潼关开始上演黄河流域著名关隘重地的角色。

此后，从唐代天宝年间的安禄山、哥舒翰之战，导致安史之乱到黄巢、张承范之战，双方均在这里交战；到元代时，这里成了“天下第二雄关”，地理上的险要，使这里有了明末李自成潼关六战，招致朱明王朝衰竭死亡，近代秦陇复汉军的潼关之争以及潼关八年抗战等。

公元 1329 年，关中大旱，潼关迎来了一位特殊的客人，他就是曾任监察御史的张养浩，因批评时政为权贵所忌，被罢官。关中大旱之际，他应召出任陕西行台中丞，忙于赈灾事宜，积劳成疾，任职仅四个月，死于任所。著名的《山坡羊·潼关怀古》就是他赴陕西途中所作。那天，诗人站在潼关要塞的山道上，远望华山群峰，脚下是黄河急流，河水在峡谷中奔腾着，一部千年潼关战事史涌现在他的内心。黄河的涛声里，诗人的眼光从潼关起飞，向西远望三百里之外的长安城，一眼苍茫中，他彷佛看见从秦汉到隋唐，多少帝王将相、英雄豪杰在那里上演的一部部龙争虎斗之戏，到头来踪影全消，只剩下黄土一片。他就此留下那首留在中国文学史里的杰作——《山坡羊·潼关怀古》。国人对潼关的了解大多是通过这首入选初中语文教材的诗词。

张养浩像

峰峦如聚，波涛如怒，山河表里潼关路。望西都，意踟蹰。伤心秦汉经行处，宫阙万间都做了土。兴，百姓苦；亡，百姓苦。

其实，在张养浩之前，唐代大诗人杜甫就有“艰难奋长戟，千古用一夫”的诗句书写潼关。唐代诗人崔灏题潼关城楼诗中，用“山势雄一辅，关门扼九州”来形容其险要。很多吟咏潼关的诗句，同样为这座雄关添加着文化色彩。

现代史上的潼关因为抗日战争而再次吸引国人眼光。1937 年，日寇进犯华北，北平、天津等地先后沦陷，继而太原失守，敌人南犯至风陵渡，与潼关隔河相望。潼关成了当时中国的焦点，守住潼关，就会守住陕西、守住西北。那时的潼关，成了日本人觊觎中原乃至西北的一个跳板。在西安，汉奸以火把和篝火为信号，指引日机狂轰目标，导致多次重大伤亡。在潼关，汉奸用镜子反射阳光给

潼关古城

日机指示目标，导致多处军事设施被摧毁；在延安，由于汉奸做内应，发生了日机准确轰炸共产党中央机关驻地的惨剧……

时年 28 岁的年轻作家杨朔在 1938 年的一场烟笼雾罩中，从汉口取道潼关，准备前往延安，就此产生的《潼关之夜》，令更多国人了解那时的潼关和那时的国情。1937 年 11 月 7 日，即太原失守的前一天，潼关遭到日寇的第一次轰炸，从此，潼关就陷入了日寇长达 7 年之久的轰炸当中。从 1937 年 11 月 7 日第一次被轰炸，到 1945 年 8 月 15 日日寇投降，潼关顶住了日寇一次又一次的轰炸，成了日寇无法逾越的雄关！日寇到底朝潼关打了多少炮弹？据文献记载，潼关当时有敲钟报警者，1938 年钟被炸坏后，敌人每打一发炮弹或扔一颗炸弹，打钟人就朝盆里扔一粒豆子，抗战胜利后，一数豆子，竟然有 14800 多粒！

潼关军民为抗战所付出的，正如于右任先生近百年前写的“河声岳色无惊句，写出秦人血战功”那样，潼关坚守战中，老潼关的城墙被拆了一部分来做城防。1958 年，因为修三门峡水库，潼关的城砖被拆卸一空。目前，千古雄关只剩下一幅空壳，只能从断垣残壁处，想象当时堡垒之雄姿。潼关的古城被毁，却没有换来三门峡预期的水位线。千年雄关，空留千年遗憾，目送着黄河水远走中原。

六、函谷关，东去的君子，西来的老子

黄河过潼关后不久，就进入到河南境内，居于黄河南岸的是河南省的灵宝市，北岸则是山西省的芮城、平陆。灵宝是驰名全国的“黄金之城”，是中国重要的黄金生产基地。因此，灵宝人常常自豪地说：“河南十个千万富翁中，有一个一定是在灵宝。”而让灵宝人在人文黄河方面自豪的则是函谷关！

沿着全长 7.5 公里的函关古道走进函谷关，这条古道是古代洛阳到长安的必经之路。一缕缕历史云烟从山谷中缓缓飘浮，“紫气东来”、“鸡鸣狗盗”、“公孙白马”等历史典故中隐身的人文故事就在这里诞生，使这里弥漫着神奇的色彩。最为著名的传奇故事莫过于老子在这里骑青牛、著述五千言《道德经》，而使这里成为千百年来众多海内外道教人士朝圣祭祖的圣地。

函谷关

函谷关，因始建于西周时期而成为中国历史上建制最早的雄关要塞之一。无论是周人西出关中，还是秦人东略中原，这里自是必争之地，有着“一泥丸而东封函谷”的战略地位，便有了“铁函关、土潼关，一马平川取长安”的说法。

公元前 240 年，楚、赵、魏、燕、韩五国“联军”合纵攻秦。秦军依据函谷关天险，开关迎敌，使五国军队在“流血漂橹”中大败而归，明代诗人郑岳在其《咏函谷关》中这样评价这段历史——“雄关重索三秦地，隘道曾摧六国师”。公元前 206 年，项羽和刘邦约定，先入关者为王。刘邦选择秦国兵力较弱的线路进攻，从陕西的商洛经武关提前进入关中。而项羽自恃兵力强大，一路走大道，等他攻打到函谷关时，听说刘邦已入关中，项羽为此大怒，命大将黥布强行攻关，

函谷关

并把关楼烧毁，古老的函谷关关楼就这样消失在了一场战火中，秦汉时代的第一雄关就这样暂时冷却了它的历史温度。

安史之乱时，函谷关再次扮演决定大唐帝国命运的关口，唐军主帅哥舒翰被迫放弃长安城的守城计划，与叛军会战于函谷关地区，惨遭失败。抗战时期，侵华日军在函谷关遇到了国民党军队胡宗南部的有力抗击，被歼灭2000余人，遭受重创。

黄河流经地区不仅留下了和平年代供两岸人民耕种的大片肥沃土地，也在战争硝烟弥漫前后留下了大量军事关隘，这些关口平添了一部黄河战史的质地和铮鸣之音。然而，有的关隘却在战音之外，增添的是另一种厚重，函谷关就因老子在这里骑牛而过留下一部影响国人千年之久的《道德经》。

老子铜雕像

在函谷关右侧，就是被称作“道家之源”的太初宫，这是为纪念老子当年在此著写五千言《道德经》而修建的。那是一个清凉的早晨，善观天象、精通易经的函谷关关令尹喜像往常那样早起后便登上关楼，突然，他发现东方有一团紫气升起，按照国人的理解，这预示着有圣人要从函谷关经过。尹喜便沐浴更衣，静静等候。不久，果然看见一位皓首长髯的老者，骑着青牛，从东方徐徐而来。尹喜盛情款待这位老者时，才知晓老者是周朝的柱下史李耳（又名老聃），因为看到周室衰微，朝政废弛，李耳便决定经函谷关到西域隐居。尹喜恳请他别再西行，并允诺在函谷关右侧为其建一所安静的庭院，供其著书立说。李耳很高兴地接受了尹喜的挽留，在那所简易而僻静的庭院里，著就了彪炳后世的五千言《道德经》。“紫气东来”的成语就源于此。

灵宝的秦函谷关往东150公里之外，今河南新安县城东500米的地方，还有一处汉代函谷关。汉武帝时，为了加强对洛阳的保卫力度，在此修建了汉函谷关。1923年，清末著名学者康有为来到这里，为其历史风云而感动，欣然题写了“汉函谷关”的关门匾额。如今，其东门上“四面青山三面水，一层紫气万层烟”的楹联，清楚地描摹出了这里所处的绝美景致；西门上“佑彼周室，宏我汉京”的对联则讲述了它的历史角色；南门上“紫气犹存贤令尹，青牛重度古函谷”将秦函谷关的那段历史在这里讲述。

函谷关大道院

三国时期，曹操西征，命大将许褚沿黄河修建运粮道路，在今灵宝市东北20公里处修建了守卫函谷古道的关隘，这就是魏函谷关，又名金陡关、大崤关。新中国成立后，由于修建三门峡水电站，这处雄关慢慢地沉入黄河水中。

七、铁门关，山东第一座海关

铁门关——名字中透露着铮铮之气的关口，犹如一个山东硬汉，从山东东营市利津县城北35公里处的前关村缓缓出场，这是山东第一座海关。

走进利津县，在一本《利津县志·光绪卷》中，我拜读到有关铁门关的记述：“铁门关在县北七十里丰国镇（现汀河村），金置，明设千户所，以资防御，有土城遗址。”而在一本《中国古今大辞典》中则发现这样的记述：“铁门关在山东利津县北……形势雄伟。”这就说明，这座雄伟古关出现的上限年代能推到金朝。那时，女真铁骑逼近黄河北岸，大宋的都城开封陷落于女真人之手，随即，女真

铁门关

军队沿黄河向东推进，利津县成了抵挡女真人的一道防线，铁门关在这种背景下而生。关于这道防线上发生了怎样的争战，当地的史料和民间口传都很少，这就是女真人在跨越黄河南下时在一道道关隘前发生的激烈战事中，唯独少了在铁门关的章节，历史就这样残酷地将铁门关冷落在黄河之侧。这也使得铁门关在黄河沿岸的关口中，显得那么寂然和冷清。

在山东人的眼里，黄河如果取道北上（北流天津、无棣一带入海）就是“朝天子”，如果南流入淮就是“下江南”，在漫长的历史长河中，黄河时而“朝天子”时而“下江南”。从自然地理的角度来看，黄河对铁门关的冷落早在1000多年前就开始了，那时，黄河在今山东东营市地面上刚刚完成黄河三角洲的雏形，便折头向北“朝天子”，在千年时光里再没光顾这片新淤地。

按照《利津县志·光绪卷》的记述指引，我离开县城向东北方向而行，经过王庄、盐窝、陈庄等村镇后抵达汀河村，那座土城遗址（始建于公元1193年）萧然坐落在人们的视线之外，整个土城的周围有2.5公里，4座城门分布在东南西北四个方位，布满大铁钉的门扇如铜浇铁铸一般，令人望而生畏，当地村民告诉我，一个说法是因为城门如铁而有了“铁门关”的称谓；一个说法是这里地理形势重要且土城建筑坚固，因此名曰“铁门关”。

女真人占据这里后，充分利用铁门关的地理，牢牢地守卫在这里，使这里成为南下继续攻宋的一个重要据点。元统一后，这里同样是蒙元政权西向中原、南望江南的军事要地；元明之交，一场为争夺控制黄河三角洲丰富盐产和海运咽喉的激战在铁门关上演，激战过后，一片萧条笼罩在这个古关上空。明初，不得不进行大规模的黄河口移民，力图使这里再次焕发生机。明成化年间，来利津任训导的四川人章忠在诗中这样描述铁门关附近的东津渡口：

津河环带碧流长，舟子清晨渡口忙。

飘渺云边人竞济，汪洋浪里棹轻扬。

铁门关旅游区

寻常荡漾沉波月，来往栖迟向晓霜。

幸际政平方系缆，行人犹似唤渔郎。

船来客往造就了铁门关的繁华，这种繁华生活必然对来往这里的人们的精神生活提出新的要求，昔日铮铮硬气的铁门关开始融入文化生活的气息。明代中期，有一位生活在铁门关、名叫朱庄的商人提议在铁门关建一座戏台，并率先捐银元一箱，这个举动得到了大家的响应，铁门关一带的商号、船商、渔家也纷纷响应。一年后，铁门关双层戏楼在龙王庙对面竣工，关帝庙和土地庙分列两旁，“三庙一戏楼”组成了一个宽绰的院落。戏楼高 13 米多，南北长 20 余米，东西宽 9 米多，一场场精彩的演出丰富着人们的精神生活，也丰富着铁门关的人文历史。铁门关戏楼以其宏伟壮观名噪一时，方圆近千里的戏班子都纷纷前来铁门关演出，鼎盛时每年演出不下 200 天。一段“铁门关戏楼一船装”的美丽传说，更为铁门关增添了人文色彩……

清朝，铁门关成了重要的关防之地，山东省第一座海关的角色，使铁门关的辉煌达到顶峰。

《武定府志》里的这幅对联也是对铁门关地理形势的精辟概括：

铁门关

蛎浦朝宗　济水达于千里

铁门锁浪　沧海长于百川

铁门关再次借大清河之水脉出现了都会般的繁华。南来北往的商船载满了异国他乡的奇珍异品，白花花的海盐逆河而上，顺海而出，海运、巡检等各式衙门在河岸矗立，士农工商、达官贵人各色人等云集；茶肆酒馆、店铺商号参差并列于两条大街。

公元1723~1735年，雍正皇帝下令，在大清河口附近设仁、义、礼、智、信五大盐坨，产量居山东省十大盐场之首，运盐之船来往于大清河上，铁门关开始扮演山东盐业集散码头的角色，出现了《四库全书》中记载的“潮退水深丈余，洋船千石者亦可乘潮来往，容百余艘避飓风，直沽海船多来贩粮，贸易之要地也”的评价。

公元1855年夏历六月十九日，黄河在河南铜瓦厢三堡决口，失去控制的河水穿运河夺大清河道自利津入海。这一年，和张铨并称利津四大贤的李佐贤辞官归里，他在那年夏天的一场滂沱大雨过后，前往东津渡看大清河水涨。他眼中的黄河再次夺清入海的景况是这样的：

银潢倒泻九天上，水深门处屋如舫。
沄河顿作钱塘潮，奇观斗觉心怀放。
涛头遥望奔一线，迅驰风霆疾掣电。
人立苍茫银海眩，力撼城郭摇石堰。
——《雨后观河涨歌》

从那天起，清悠舒缓的大清河就变成“盘涡湍急万马旋，浪花喷涌飞弩箭”的黄河了。黄河为害使这位学者决定走出书斋，放弃古钱币、金石等学术研究，义无反顾地协助县令治理黄河数年。

黄河淤积了这片土地，黄河北上改道离弃了这片土地，黄河夺大清河入海又再次呵护这片土地，黄河在这片土地上的万年分合、千年拥弃体现了沧海桑田的真谛。诚如张铨在1870年再次来到铁门关看到昔日千帆竞发、商贾云集的繁华景象渐行渐远时，书写了“年来海若欲东迁，东去潮声向日边。葭浦芦湾三万顷，果然沧海变桑田”的慨叹。黄沙、枯树、残月，断垣、颓壁、荒城，成了铁门关伤情而无奈的记忆。

公元 1889 年，在大清河消失后的第 33 个年头，黄河终将铁门关深深掩埋。矗立在黄河之侧 700 年的风雨雄关，昔日的辉煌与大气，化作一段人文黄河的美丽传奇，被人们口口相传……

八、云梯关，黄河夺淮入海口

黄河在下游地区极不安分，常常因为在中原地区决口便毫无顾忌地夺大清河河道自利津入海，历史文献中有确切记载的就有 10 次。黄河不仅夺大清河入海，历史上还一度夺淮河入海，位于今江苏响水县黄圩乡云梯村就曾经扮演了黄河夺淮入海口，而且，黄河携带的绝大部分泥沙在这里淤积，如《阜宁县志》记载："淤沙渐涨，有土套十余，形若云梯，故以名云梯关。"

云梯关在明代曾是苏北海防重地，明政府下令在这里筑土城 5 座，设置大河卫，驻兵防守。公元 1555 年和公元 1557 年，倭寇曾两次入侵云梯关，均被当地军民击败。至清中叶以后，由于河口迅速延伸，这里离海已有百里，故不再置军戍守，仅存"云梯关"之名了。为了存其遗迹，公元 1801 年，当地政府在这里立一块石碑，隶书阴刻"古云梯关"四字。因云梯关是河防重地，自黄河夺淮后，黄淮合流，屡有决堤泛滥之灾，朝廷的河防官吏如河道总督等，或常来云梯关勘察，或驻此督导河防工程，这里也

云梯关遗址

大禹治水图

就逐步增建许多可观的官衙殿阁。

公元 1700 年，河督张鹏翮为镇水患，奏请在云梯关敕建禹王庙，正殿供禹王像。这里也是黄河从上游开始的大禹传说以及大禹的有关文化遗迹中最末梢的一处。公元 1764 年，江督高晋增建后殿，专供禹王，乾隆皇帝在后殿建成后还专门题写了“利导东渐”的匾额。公元 1808 年，嘉庆皇帝又赐“朝宗普庆”的匾额。两代皇帝御匾，使云梯关名扬天下。

左宗棠像

公元 1884 年正月，一代名臣、两江总督左宗棠勘察淮河故道时，专程到云梯关看了禹王庙，并拨款重修。清道光初年，南河总督完颜伟在禹王庙正殿后建“平成台”，台为等边八角形，又名“八角亭”、“望海楼”。完颜伟之孙完颜麟庆复督南河时，为平成台题了一副楹联：

与水不争能　力尽八年惟注海

升堂思肯构　目穷千里更登台

不仅这些朝臣、治水大吏在云梯关留下了人文轨迹，著名思想家、文学家龚自珍也在这里留下了“云梯关外茫茫路，一夜吟魂万里愁”的诗句。

和黄河上众多关隘不同的是，云梯关还是海运门户。元代以淮河运输漕粮，常有庞大船队，由云梯关出入海口。明清之际，此处是苏、鲁、辽民间海运要道，往来商船均由此出入。清代，黄河重新回复故道后，将云梯关留在了那片逐渐没有黄河滋润的地方，古老的关隘逐渐名匿声销，其建筑逐渐破损，抗日战争时全部被毁，仅存“古云梯关”四字巨碑。

第六章
大河之声，黄河的听觉盛宴

黄河之水在养育与之有关的艺术品时，也养育了不少伴随黄河涛声的民间之音——这些来自土和水之间的、千百年来滋生于斯、繁盛于斯的各种民间之音：不仅有河源高处的藏地民歌，也有河湟谷地的花儿；不仅有黄河走过青、甘、宁、陕地界的秦腔，鼓韵，也有黄土高坡飘向河谷地段的信天游、酸曲儿；不仅有鄂尔多斯民歌、爬山调、风搅雪蔓延在河套大地上，也有用唢呐、谷哨等在民间狂欢节上吹奏出的青草般的民声；不仅有高原上牧者敬畏神灵的颂歌，也有水边飘荡的对水的驯服的号子。花儿、秦腔、信天游、河南梆子，伴随着黄河的涛声，成了一道从青藏高原到黄土高原、河套平原、中原大地，最终到入海口的听觉盛宴，这道盛宴在黄河流经的不同地段里流淌着不同的声音，完成“此曲只应黄河有”的黄河之声。

进入现当代以来，随着音乐技术的提升，歌词作者、歌唱家也相继完成了他们歌咏黄河的作品，北路梆子《黄河管子声》、京剧《九曲黄河阵》、河洛大鼓《黄河魂》、光未然 / 冼星海的《黄河大合唱》，甚至“钢琴王子”克莱德曼在青海贵德的一树梨花下领奏的千台钢琴大曲，更是为黄河的艺术视听殿堂添加了重要内容，沿着黄河而行，一路聆听水边的大美之声，何尝不是一次黄河之声的行旅？

《一路格桑花》剧照

一、河源高歌，蓝天白云下的天籁

海拔超过 4000 米时，一般人连呼吸都会感到困难，生活在这个海拔高度的人多是沉默的，语言显得多余。然而，那些高原上的牧民，在闲暇之时，在节日期间，对着蓝天白云、对着心爱的牧场或姑娘，对着一个令他（她）心动的时间或时刻，会让他（她）的心声、情绪通过放歌的形式展现出来，这就是打破河源高处寂静的一道天籁之声，这就是为岑寂的高原添加听觉之美的河源牧歌。

行走在河源地界时，那种令人窒息的死寂无时不在包围着你，让人感受无人区里可怕的沉默和孤独。然而，当在某一个出乎人意料的时刻，或许是一个开满鲜花的山坡，或许是一顶不起眼的帐篷，或许是一个看上去很普通的背水“布姆”（姑娘），或许是一片大雪纷扬的草地，一道没有任何现代乐器伴奏的清纯之声飘来，悠长而优雅。或缠绵或奔放，是那种在都市里始终听不到的声音，飘然而至时带给你的感觉不只是打破了感觉上的死寂，更有那种似乎从天上飘来的声音：这才是青藏高原的声音啊！

那声音从歌唱者的口中传出的刹那，便像一道向两端无限延伸的绳子，一端向天上的云端蜿蜒而去，一端直直扑向你的耳际。当然，这种听觉享受不是一般人享受得了的，它是奢侈的，这种奢侈不是诸如都市里歌剧院门票那样以金钱来计，而是你必须以行者的角色，带上一颗虔敬和洁净的心，走进那片离天最近的地方、离河源最近的地方、离高原牧民的心最近的地方，才能听到真正的天籁之音。

河源的牧歌犹如那里的植被和氧气，稀缺而珍贵，顺着黄河而下，河流两边的牧民逐渐多了起来，牧歌逐渐多了起来，从河源之地贯穿整个果洛藏族自治州境内，都能听得见那些淳朴、本色的高原之歌。

黄河在青海境内曲折奔流近 2000 公里，和庄严与神圣、悲壮与苦难等词汇表达黄河的内容不同，黄河流经贵德时多了一些令人惊喜的美丽、和谐与对话，

格桑花

这里因为历代王朝的重视和设置政权机构，以及大批内地移民的到来，使这里的人民在和生息的环境保持古老而密切联系的同时，创造出了深沉的混构文化，构成了一首古朴、厚重、弥漫着历史回声的文化颂歌。

黄河在贵德大部分河段和流域都是清澈的，有“天下黄河贵德清”的美名，黄河在这里显示了水与生命之间亲切和谐的关系。这片地域融山川江河的奔放、高原湖泊的舒展和天光云色的灵动为一体，质朴中透着高贵，无论观看还是聆听，都是一支优雅与宏伟相交织的大自然交响曲。2005年4月，著名的钢琴王子理查德·克莱德曼在青海贵德县郊的梨树下，弹奏起钢琴，这不是一个简单的钢琴演奏会，一树梨花香中，一树素白的黄河之侧，“钢琴王子”弹奏着钢琴曲，梨花深处，千架钢琴合奏，让现代音乐艺术伴随着古老的黄河水流动，那些天籁之音彷佛穿越贵德谷地，飘散在整个青海大地上，给黄河送去了另一道声音。

世界钢琴王子理查德·克莱德曼在黄河边演奏

许多人以为黄河上游的青藏高原只适合那种牧歌和情歌的单一传唱，而不是大型歌舞的土壤。2008年6月17日晚，黄河改写了这个观点。那天，正值世界防治荒漠化和干旱日，面对荒漠化和干旱给人类造成的水资源危机，为呼唤人与自然和谐共融的绿色环保理念，在黄河扬清波、夕阳衔远山的意境中，“青海国际水与生命音乐之旅——2008世界防治荒漠化和干旱日主题音乐会”在青海省海南藏族自治州贵德县黄河岸边举行。音乐会的演奏曲目由《水的诗篇》《大地的乳汁》《水的光彩》《水的倾诉》《水的梦幻》《生命之水》《水和生命的赞礼》7个乐章组成。整组弦乐以激昂的情绪，配合吹管及弹拨组的泉水奔流的动态，使青藏高原的黄河之声一改往日的民间意味，现代、时尚、大气的黄河之声

青海国际水与生命音乐之旅

飘荡在黄河上游。

在黄河之水的滋养下，青海省通过这样的音乐会，奏响了一曲发展理念与自然伦理深层对话的时代之音。黄河的神秘多彩，通过这次来自海内外的音乐家的贡献，让人们享受到来自地球之巅的美妙与欢乐，感悟到水与生命的交融与对话，聆听到发自于自然心灵的问候与祝福!

二、花儿，河湟谷地的青铜之歌

沿着黄河而行，沿途的寂寥是难免的，但总会有一种歌声在青海到甘肃再到宁夏这一段水声之外飘来，这就是黄河上游西北地区流传的花儿。那些散布在河湟谷地的民间花儿会，除了给我一个西部酒神醉意下的民间集体狂欢的感觉外，更多的是一个古老的民间艺术顽强生命力的感染。那些我采访过的花儿歌手的执着，那些未经任何技术化和商业化污染的泥土中生长的声音，那些去世的花儿大师留下的空白，那些在世的花儿歌手的努力，他们之间的传承，给西部大地留下了这么神奇的一页，从哪一行阅读，都能随时从心灵深处聆听到这种草和土结合出的自然的声音，像高原上阳光般明媚，像高原上的流水般清澈，更像高原上年年划过大地的罡风，硬朗、凄约、高亢、洁净、有力。

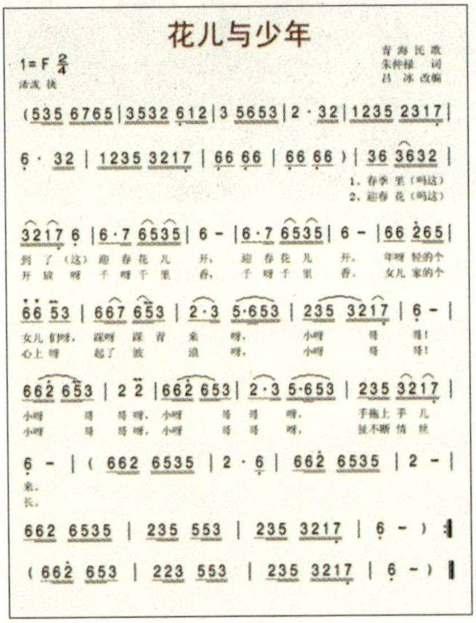

《花儿与少年》乐谱

“花儿”，民间俗称“少年”，过去人们一般在高山、原野、田间、河边劳动或民间传统集会时演唱。

它的曲调以“令”命名，在青海更是出现了一些以地名命名的作品，如《互助令》《东峡令》《湟源令》《西宁令》等；以衬词命名的如《尕呀呀令》《呛啷啷令》《依呀依令》等；以花名命名的如《白牡丹令》《黄花令》《山丹花令》等；以音乐特征命名的如《绕三绕令》《直令》等；以劳动名称命名的如《拔草令》《脚户令》等；以称呼命名的如《尕阿姐令》《三尕妹令》《尕阿哥令》等；以恋情命名的如《好花儿令》《尕连手令》等；以相貌特征命名的如《乖嘴儿令》《大眼睛令》《水红花令》等；以动植物命名的如《麻青稞令》《喜鹊儿令》《尕马令》等；以民族命名的如《土族令》《撒拉令》《东乡令》等等。这些取自青海本土丰富的人文资源和自然资源的花儿，就成了别的西北省区所无法望其项背的文化资源。

大型回族舞剧——《花儿》演出场面

无论是在河湟谷地碧绿的田野里劳作的人们，还是在甘青相连的积石山下的回族宴席曲里，无论是高高山岗上的牧群中，还是开着车行驶在茫茫雪域的路途中，带着翅膀的“花儿”总是在青海大地上飞舞，和欢乐一起歌舞。

早在20世纪30年代，甘肃人张亚雄利用在兰州担任《甘肃民国日报》编辑之便，公开征集流传于甘青宁的一种民歌，在他后来编辑出版的《花儿集》中，他第一次将这种民歌写进书中，并称之为“花儿”。“‘花儿’是流行于三陇——甘、青、宁的一种山歌，亦多有称之为‘少年’者。”

2007年12月27日，一个叫朱仲禄的老人在他西宁的家中去世，老人的去世引起了中国音乐界的高度关注，因为老人是将流传于西北的民间土音“花儿”

《花儿与少年》剧照

第一个带进中央电视台的人，并通过央视将自己的作品《花儿与少年》展现给国人，这次契机也使花儿插上了飞翔的翅膀。

我站在音乐艺术的角度看，朱仲禄的花儿，亦如梅兰芳的京剧、常香玉的豫剧、白先勇的昆曲一样。老人在世时，客厅里挂着的一幅书法作品，是对这位献身民间花儿的音乐大师的注解："阅尽歌海千顷浪，踏遍花乡万重山；土墨采尽山乡曲，野腔唱红花海天。"

青海"花儿王"朱仲禄

1956年冬天，为了迎接即将举办的全国专业音乐舞蹈汇演，朱仲禄向作曲家吕冰提供了取自甘、青民间小调的《蓝桥相会》《四季调》《五更调》的音乐、舞蹈、服饰、道具等全部素材，并以他最为熟悉的河州型花儿格式，写下了"春季里么就到了着……"的歌词，这就是后来誉满神州的花儿代表作《花儿与少年》。朱仲禄乘着"花儿"的翅膀，开始进入音乐界的视线。尤其是他和另一位青海的"花儿皇后"苏萍把那曲《花儿与少年》带到央视春节联欢晚会以后，"花儿"便张开了翅膀飞向了国内外，从那时起，"花儿"几乎成了西部民间音乐的一张文化名片。"刀刀拿来了头割下，不死时就这个唱法"的草根文化特色，历经朱仲禄、苏萍、韩占祥、马俊、张海魁、张存秀、赵吉金、马文娥等一大批"花儿"歌唱家和歌手的努力，"花儿"作为一种山野小曲，从河湟谷地腾飞，成为青海民族艺术园林乃至中国艺术殿堂中的一朵奇葩。

"花儿"在黄河岸边根深叶茂，"花儿"在黄河上游姹紫嫣红，"花儿"吸引了喜欢她的人们聚在一起舒畅心意、表达情感，随着时间的流逝，就形成了来自民间的狂欢——"花儿会"，河湟地区花儿会则是这些狂欢中最迷人的，规模盛大的聚会吸引着众多的青年男女来参加对歌擂台赛，表达敬慕、思恋、赞美之情。那些曼妙的声音带着磁性，歌声飞过的地方便似乎吸引着更多的耳朵倾听、

宁夏花儿风情剧——回乡婚礼

更多的眼睛关注、更多的歌喉介入、更多的文笔创作。

黄河上游的甘宁青地区自然就成了“花儿”怒放的家乡，九眼泉的花儿会滋润出诗情画意，孟达天池的花儿会泛起阵阵涟漪，老爷山的花儿会则成了河湟地区的民间文艺狂欢的品牌，银川举办的全国花儿邀请赛、石嘴山市举办的沙湖花儿大赛等，更使“花儿”沿着黄河盛开。

青海是“花儿”的故乡，青海东部的河湟地区，是“花儿”最为流行的区域，“花儿”到了宁夏大地上，被黄河两岸赋予了更新的形式和内容，使宁夏的“花儿”在中国众多花儿流传地区有了自己的独特声音：宁夏的“花儿”俗称干花儿、山曲子、野花儿，是广泛传唱于宁夏的一种代表性民歌形式。它一方面汲取了河湟谷地和洮河地区的“花儿”营养，另一方面也继承了六盘山地区古代山歌（徒歌、相和歌、立唱歌）的某些特征。复合性、多元性文化使这里的山歌更多地呈现出过渡文化和边缘文化的特征，广泛传唱的回族山花儿就是其中最有代表性的一种，有着广泛的群众基础和丰富的民俗文化内涵。

一道产于民间的原汁原味的声音，一个被西北地区民间音乐人争相开发的项目，一个旅游时代助阵经济的工程，一个都市音乐低迷时视听上的新亮点，这就是“花儿”在黄河岸边的蓝天下亮出声响后的多重角色。

在中国很多地方，许多民歌的传播范围往往只局限于某一个具有相同特征的小地区，比如“信天游”只流传于陕北，“爬山调”只流传于内蒙的一些地方，其他如白族的“三月街”、瑶族的“耍歌堂”、壮族的“歌墟”等都是在一个地区内流行，很少像“花儿”这样能跨越四五个省区的。如今，作为一种原生态的文艺形式，根植于西北民间的“花儿”有着自己的广阔的土壤和顽强的生命力，在地域分布上，“花儿”突破了在一个地区的传唱，既流行于黄土高原也悠扬在青藏高原，甚至传唱于天山南北，地域上要比其他种类的民歌广远得多。更是集中在从青海到甘肃、宁夏一带的黄河流域，成为黄河上游的一支人文之音。

三、秦腔，黄河上吼出的风情

黄河水滋润了丰足的物产，更是养育了不少艺术之葩，秦腔就是黄河上游最靓丽的一朵艺术之花。在西宁经兰州到包头、晋陕大峡谷西岸的陕北地区一带，由于长期受秦文化的影响，黄河两岸的汉族更多倾向于清唱或欣赏秦腔。著名作家贾平凹的《秦腔》向更多的读者推介了秦腔这一黄河上游地区的古老剧种。

在秦文化的影响地区，人们更多地将秦腔称为“乱弹”，最早产生于唐朝，不仅是陕西最流行的戏曲剧种，也是全国最古老的剧种之一。随着秦文化向黄河流域的渗进，秦腔开始走进黄河流域，成为黄河上游地区“大河之声”中的主要声音。

《听秦腔》(布面油画) 作者：王骞

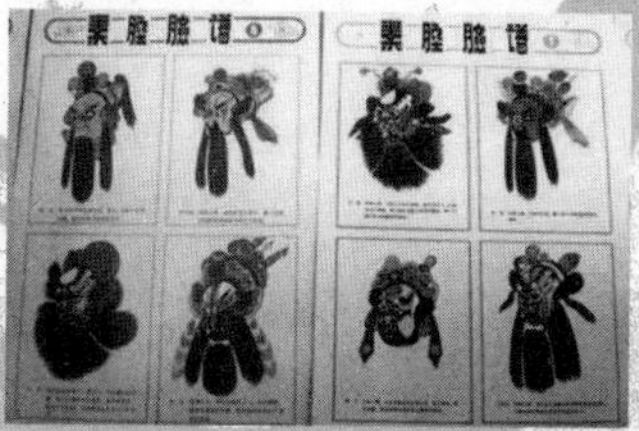

秦腔脸谱

秦腔博物馆

依水而生、依水而盛的秦腔，在黄土高原和黄河相遇的区域兴盛，是黄土地和黄河水相遇时产生的艺术，这就决定了它不是厅堂里的艺术，它适合在田间劳作时放嗓高歌，也适合在集会节庆时观赏。无论是在夜色阑珊中做主角放喉高唱，还是在白天日头的照耀下做听众欣赏，它那高亢的曲调远远地回荡在黄河涛声之侧，成为黄河的另一种声音。在那种声音里，想象秦时明月汉时关隘，想象东流河水西去客商，想象西周礼乐盛唐繁华，全在一声秦腔中凝固成草根艺术；想象正义化身的包拯一铡清天下，想象仁义化身的周仁舍妻救嫂，想象满门忠烈的杨家将一曲忠唱写在大宋王朝的天幕下，想象一曲情爱悲歌穿越细雨西湖中……那时，黄河边的秦腔就能将你的血幻化为一腔亢奋，一声正义。秦腔传递出的大义、大爱、大忠、大仁前，你会觉得华夏文明的精华就浓缩在那一部部的秦腔里，你就不会讥笑田野里高歌《下河东》的农民在那一刹那间觉得自己就是那赵匡胤，也不会讥笑月夜深处炕头做女红的西部女儿通过哼上几句秦腔想象自己就是那幸福的公主，更不会讥笑一个落魄者通过秦腔来想象自己美好的未来。

秦腔海报

秦腔《杜甫》海报

如今，无论是黄河边上兰州的老人公园，还是青海西宁的茶座里，无论是宁夏平原沿黄村庄的小道街巷里，还是银川城西塔的秦腔剧团或宁园、红花渠旁的小戏院里，几乎随时都能看到一群痴迷的秦腔票友，会吹拉弹奏的，各自带了胡琴锣鼓之类的乐器；会唱的，带了一副好嗓子和满腔热情。那些字在沿黄不同地段里有着不同的发音，不仔细听是找不出其差错的，但那味可是沿黄基本相同的秦味。

秦腔扮相

我小时候就生活在黄河边，一直是听着秦腔长大，故乡的秦腔和沿黄一带的秦腔一样，乡民们干活累了，在田间地头吼上几句没人笑话；生活烦闷了，在自家院子里吼上几句秦腔也没人笑话。和昆曲、京剧等适合室内观赏的艺术不同，秦腔就适合在室外搭台演唱，尤其是黄河两岸的集会、庙会中，爱好秦腔的乡民们船渡过河赶到或临时搭起来、或固定的戏院。骄阳下也好，夜色中也好，高亢的曲调远远地回荡，唱者胸臆才会开阔，观众的遐思才会飞得更远。无论是田间地头飘来的秦之声，还是庙会、节日间戏台上展开的剧情，秦腔才真正让听懂者感悟秦之韵和秦之魂。

四、远去的声腔：驼调、爬山曲与风搅雪

在西宁至包头之间，古时的运输工具除了黄河上漂流的皮筏和木船之外，还有沿河岸而行的骆驼，赶骆驼进行长途运输的人，被称为驼客，驼客的足迹后来还延伸至更大范围内，黄河两岸自然就飘起了他们长途跋涉时的心声，这种心声以民歌的形式表现出来。这就是以一种口头民间文学形式，旋律以陕北信天游为主，期间夹杂内蒙古西部地区爬山调的驼调。内容以叙述沿途艰难、抒发离乡情感为主，形式上有独唱也有合唱。

爬山调歌王辛礼生

驼客所行经路段，既有沙漠戈壁，也有平原绿洲，夏走三伏，冬越三九，骆驼扮演着旱船角色，串联起黄河上游地区的经济商贸往来。沿途因此而出现像驿站形式的站口，这些站口供驼客们休息、装卸货物，当他们带着疲倦抵达站口，将货物清点完毕，给骆驼备好食料后，躺在异地他乡的大炕或自带的帐篷里时，夜色逐渐浓厚，听着骆驼吃料的声音，想着异乡的亲人，心事与情绪只有通过驼调抒发出来。要么是抒发思乡之情，要么是感怀沿途生活艰辛。

驼调的每句长短并不固定，唱调有的悲约激愤，有的惆怅低沉，有的活泼乐观，有的辛酸郁闷，那些在路途中唱的驼调悠长，多是驼客们的清唱，而在住宿地时唱的驼调则有同伴拿出随身带的乐器，所以驼客临出门时就约好，谁带板胡，谁带唢呐，谁带碰铃（也叫甩子），常常几个人凑一起，在休息间歇就能搞出一台驼调演出来，引得住宿的客人们也常常围起来观看、聆听。“卸下个驮子铺下个绳，拉骆驼的好比夜游神”；“骆驼拉了几十年，挣下一脚踢不到的几个钱”；“长脖子骆驼细毛绳绳拉，也不知我家妹子想没想咱”，等等。这些歌词里透出的是一种底层的民间文化，一种行走异乡时的心声。

解放后，随着驼队的消失，黄河边的这些驼调也慢慢消失了，开始走进老驼客的记忆中，随着这些驼客的纷纷辞世，他们传承的驼调也就消失了。

2007 年 6 月，第二批国家级非物质文化遗产名录新入选项目公示名单里，出现了内蒙古巴彦淖尔市乌拉特前旗申报的“爬山调”，这种被当地人称为爬山曲的民间小调，被确定为传统音乐保护项目，这是巴彦淖尔市申报第二批国家级非物质文化遗产名录项目中惟一入选的项目。

爬山调歌王张二银虎

爬山调，是随着当年的“走西口”流入河套地区的一种民间艺术，经过河套人民在劳动生活中集体创作，而成为这一带民众的的口头文学。河套爬山曲充满浓郁的地方口语特色，最初以清唱为主，不受时间、地点的限制，后来逐渐增加了四胡、笛子、扬琴、梆子、快板儿等乐器伴奏，成为黄河在这里的一场听觉之宴。

2011 年国庆节期间，我再次到巴彦淖尔市图书馆，查阅研究巴颜淖尔一带爬山调的书，里面都提到了一个叫王珂的老人。问起当地人对这位老人的印象，大多会哼出这样的小调：“天一半，地一半，后大套出了一个王老汉。王老汉，有才干，每年雪中来送炭。一路采风，一路歌，歌声还给咱庄稼汉。”不难看出，这位老人将民间的爬山曲整理后，还给了这片土地上生存的人们，他和他整理的爬山曲是河套地区炎热中的一丝清凉，也是寒冬中的一丝温热。

虽然没能采访到老人，但我能透过百姓的口碑看见这样一位老人的身影：穿行在塞上炎热季节，在田间地头聆听那些混合着泥土味和汗水味的民间小曲；秋天的黄河之滨，他在一地粮食之香中穿越，记录着那些因为丰收而带着甜味的小曲；同样，他也会在春寒料峭中，将自己孤独的身影留在从磴口到乌拉特前旗的沿黄地段，搜集着这一带的爬山调；他更会在三九天的寒风中，心揣对民间艺术的敬重和热爱，和乡民们围坐在炉火边，就着一炉温热，听着那些山曲从一个个民间艺人口中飘出。回到自己仅仅 10 平方米的简陋书房里，他就开始整理，房间的墙壁上挂满了他编了号的纸片，纸片上密密麻麻写满了民间小调，炕头上到处堆放着一沓一沓的手稿、笔记。从 20 出头到 50 多岁时，他一直致力于民歌民曲的搜集和整理，足迹甚至延伸到土默川平原、鄂尔多斯高原、陕西黄土高原等地，共搜集沿黄一带的爬山曲、漫瀚调、信天游等 56000 多首。经过筛选、研究、创新后有 32000 首，整理出 14 卷出版，弥补了爬山曲大众民歌读本的空白。

二人台是首批国家级非物质文化遗产，流行于晋、冀、陕、蒙部分地区，尤其在黄河边的河套平原上，有着非常广泛的群众基础。有的旗县，业余“二人台”演出队就有上千个，从业人员近万人。他们大都有自己的主业，或种地，或经商，一旦有了演出任务，接到电话便迅速赶到演出地点，立马就能粉墨登场。冬闲和节假日、婚丧嫁娶、孩子生日、老人祝寿、新店开张、朋友聚会……到处都能看到他们的身影。这其中也成就了一些以此为业的人，他们既是演员，又是经纪人和编剧，一专多能，机动灵活，常把一些新人新事、致富信息、科技知识等搬上舞台。河套平原是晚清时期晋、陕人民走西口的目的地。这些走西口的人来到河套平原后，融合当地的文化和“二人台”创造出一个非常独特的艺术手法——“风搅雪”。

二人台演出剧照

直到今天，大河套农村牧区的汉族百姓，祖籍大都是晋北、陕北，是当年走西口的后代。他们和蒙古族早已融为一体，和睦相处，蒙汉通婚，形成了独特的移民文化景观。生于1857年的云双羊是早期二人台的集大成者，“风搅雪”就是他首先推出的。所谓“风搅雪”，主要是指同时用蒙语和汉语表演一个节目，也指用蒙古族民歌的曲调填上汉语唱词，即蒙曲汉唱，当然也有汉曲蒙唱或将二者有机地揉在一起，深受蒙汉杂居区百姓的欢迎。这从一个侧面反映了你中有我、我中有你的蒙汉民族关系，是移民文化的一个重要的表现形式。云双羊表演的二人台呱嘴《亲家翁会面》就是取材于当时的真实故事。

2005年出版的《中国二人台艺术通典》对云双羊的评价极高，十分肯定地说，“风搅雪”就是他创造的。现在的“二人台”老艺人说起师承关系，往上数几代，几乎都是云双羊。上面这段二人台呱嘴片段流传至今，尤其农村的蒙汉群众都能说几句。这种“风搅雪”的手法还反映在生活中，比如，汉族男孩儿的乳名喜欢叫个狗蛋、狗子等，有的却别出心裁，乳名就叫脑亥。还有的混血儿学名就叫张巴图。再比如，“呼拉盖”是蒙语“贼”的译音，人们用“贼呼拉”三个字骂小偷，不管蒙人还是汉人，听到这三个字无不会心地一笑。

二人台艺术一代宗师云双羊是百年前的“领衔主演”，他创造的“风搅雪”形式新颖，妙趣横生，极大地丰富了二人台的艺术感染力，也为后人留下了一笔宝贵的艺术财富，更为人文黄河中的“大河之声”添加了一道独特的声音。

五、信天游，
黄河水和黄土地揉合出的一道乡音

浑黄的河水和两岸浑黄的土地相遇，在陕北的黄河流域便有了一种叫“信天

工笔画《信天游》

游”的民间艺术在这片大地兴起，和“花儿”一样，陕北的民歌在当地也俗称“山曲”或“酸曲”，形成了黄河在陕北一带最富有特色、最具代表性的剧种。这种黄河岸边流传于民间的小调，因为杭天琪在央视青年歌手大赛中高亢一曲《黄土高坡》，而使更多的国人了解、喜欢、传唱信天游。

“你晓得天下黄河几十几道弯？几十几道弯上几十几只船？几十几只船上几十几根杆？几十几个艄公来把船来扳？”在黄河和黄土高原相遇的陕北地区，你很容易听见这样的唱词，用的调就是信天游。

当一眼望不到头的黄土地和奔流而过的黄河相遇在陕北这片土地上时，漫天漫地的黄色世界里，“东山上（那个）点灯（哎）西山上（得个）明，四十里（那个）平川了也了不见人。你在你家里得病（哎）我在我家里哭，称上的（那个）梨儿（哟）送也不上门。”黄土地上耕作的农夫、赶牲灵穿梭于这片土地的脚夫、怀春年龄里的青年男女，等等，生活在这里的民众，精神世界的需求更为强烈，要么是为了排遣心头的忧愁和寂寞，渲泻孤独，自慰消遣，要么是离开这片养活自己的土地时，在异乡回想起家人、亲朋、恋人，便见景生情，以景寄情，根植于土中的声音——信天游便成了丰富这种精神世界的一部分。便有了民间传唱的《三十里铺》《拦羊的哥哥》《赶牲灵》《送情郎》《泪蛋蛋抛在沙蒿蒿林》《走西口》等信天游的代表作品。高亢而悠长的歌声便起到了它的作用：抒发自己的感情、感触，诉说自己的爱情和对美好生活的追求向往，以释放积压在心头的郁闷和愁苦。

陕北是黄河和黄土地邂逅最为明显的地域，这片广漠无垠的黄色高原上，千沟万壑犹如大地上的浮雕，苍茫、恢宏而又深藏着凄然、悲壮；清峻、刚毅而又饱含着沉郁、顿挫，出自这片土地的民间之声自然就带了些冲破压抑的悲怆和豪放，如果说黄河的声音在青藏高原表现出一种清越之气，在河湟谷地表现出一种含蓄之美，那么，信天游则是一曲豪放之词。千百年来，它以自己的个性镶嵌在大黄河的合唱之中。不仅潜在地影响着这一段黄河人的生活习俗，塑造了性格鲜明的黄土地文化，塑造了苍凉、宏壮而沉郁的信天游风格。

刘丰创作的《信天游》

在地瘠民贫、交通不便的偏僻山沟沟里，信天游只能在漫漫的历史长河中陪伴着陕北人的生活，成了陕北劳动人民抒发感情的最好手段。自由的节奏，开阔的旋律，扣人心弦的歌词，回肠荡气的余音，这些“信天游的构成部分”都同沟川遍布的黄土地貌有很直接的关系。这种地貌决定了生活在其间的人们，习惯于站在坡上、沟底远距离地大声呼叫或交谈，为此，常常把声音拉得很长，于是便在高低长短间形成了自由疏散的韵律，这种习惯走进他们的艺术世界时，自然会对信天游产生影响：曲调悠扬高亢，粗犷奔放，韵律和协，不加修饰地透着阳刚之美。信天游的歌腔高度集中地展示了高原的自然景观、精神风貌和这里黄河人的艺术审美。

信天游的内容极其丰富，涉及到日常生活中的各个方面，尤其是对爱情和婚姻的描述。据统计，情爱方面的内容，占整个信天游内容的90%以上。

离开信天游传唱的黄河区域时，我还是忍不住地遥望着这片土地，嘴里哼起了那首国人大多熟悉的信天游《山丹丹开花红艳艳》：“山丹丹开花红艳艳，咱们中央（噢）红军到陕北……”

六、河南梆子，中原之音

电影《唐知县审诰命》海报

中原大地是华夏文明的核心地域，发生在这里的许多扣人心弦、耐人寻味的宫廷斗争、官场故事和市井趣话，被民间演绎成了三国戏、水浒戏、包公戏、杨家将戏、岳家将戏等，经过文人的渲染和改编，流传下来，自然成为豫剧取之不尽的创作源泉。

枣树在黄河流域广泛栽种，不同地区的人注重点不同，和上游地区注重果实而疏忽其枝干不同，中原大地上的人两者都看重，他们在闲暇之余，用枣木的枝干做出来的梆子，通过敲打形成的声音，加上生源于中原大地的唱腔，便打磨出了这种唱腔的乡土味儿、侉味儿和浓浓的人情味儿。由于演唱途中需要枣木梆子的伴奏，人们便将这种根植于河南的剧种称为河南梆子。河南简称豫，这种剧种自然也就被叫做豫剧。

一方水土养一方人，黄河流经不同的地方也就孕育出了不同的“黄河之声”，豫剧便是飞翔于中原大地的“黄河美声”，也是全国最大的地方戏剧种之一。

黄河两岸，一种艺术就像滩涂上的花草那样自然而然地产生，给人们一片绿色，又自然而然地衰落，给人一抹记忆，很少有人会留心它的发展轨迹。

关于豫剧的起源，目前在河南也有不同说法，1934年，学者张履谦对开封相国寺的各种娱乐形式进行了广泛调查后，完成《相国寺民众娱乐调查》一书，记述了豫剧形成的一种观点：豫剧是由唱“三截棍”演变而来的。唱三截棍，是旧社会演唱者沿街乞讨的一种艺术化的形式，演唱者腋下夹一长棍，两手拿两根短棍，以短棍作板，长棍做过场，边敲棍边演唱。也有人说，豫剧来源于河南民间一种叫“莲花落”的曲艺形式，它用竹板打节拍，每段常以“莲花落、落莲花”

一类的句子做衬腔成尾声。两种说法的背后，都有豫剧形成的一个背景：来源于民间！

“三节棍”和“莲花落”两种说法，谁是正宗的豫剧源头并不重要，诚如黄河的正源究竟是哪条支流一样，重要的是它们最为贴近中原民众的情感和命运，与这里的农民心理具有契合性。从行腔特点上分析，它们同豫剧有明显的亲缘关系。这是黄河水滋润出的一朵民间之葩，这种来自民间的花朵，由于其顽强的生命力，不仅在大河两岸生根发芽，而且还走进了清朝乾隆、嘉庆年间出现的中国戏曲史上的“花雅之争”。

豫剧《花木兰》海报

清朝中期，作为戏坛霸主的“雅部”昆曲，逐渐让位给产生于民间作为“花部”的各地方戏剧种。随着大批中原人走进京城，这些或官或商的中原人也将自己钟爱的豫剧带进京城，而且逐步影响到更大范围的人来喜欢它，使得豫剧成为“花部”中的一朵名花，一个影响深远、博大精深的民族娱乐文化正式诞生了。

清代末年，豫剧已经占据了东到商丘，南到驻马店，西到义马，北到滑县的河南省沿黄地域。豫剧成了中原民众第一文化娱乐形式，其演出队伍和演出规模成兴旺之势。当时可以说是名家辈出，在豫西有“十八家老国公”、“豫西三张”等，在开封有王海晏、王致安；豫东有陆顺、唐玉成等。20世纪中后期的电影《唐知县审诰命》《白奶奶醉酒》《花木兰》等，更是让国人了解到豫剧。

豫剧剧照

毛泽东主席接见常香玉

20世纪30年代，荥阳市的豫剧表演艺术家周海水培养了崔兰田、毛兰花、李兰菊等十八位著名演员构成的“豫剧十八兰”。1932年，9岁的常香玉拜周海水为师。1936年，周海水到开封演出，年仅13岁的常香玉因主演六部《西厢》而名满开封城。这位信奉“戏比天大”的艺术家，就此走上了一条豫剧之路，也将豫剧带进了中华艺术百花园中。

和京剧有四大名旦一样，豫剧有陈素真、常香玉、马金凤、崔兰田、阎立品五大名旦，“五朵金花”在豫剧舞台上为河南豫剧的振兴与发展贡献极大。在表现手法上，陈素真富贵高雅、细腻传神，常香玉字正腔圆、如水泻崖，马金凤嗓音甜润、婉转利落；崔兰田啼哭气绝、悲如天成；阎立品行似拂柳、开口清亮。听他们的演唱、看他们的表演简直就是享受。在开封，我就听不少老人说起，开封解放初期，常香玉在学校演出时盛况空前，操场上、房顶上挤满了观众，一场戏演完后地下挤掉的鞋子是数都数不清的。

目前，卫星电视节目对艺术的推介更是非常给力，河南电视台的《梨园春》更是成了豫剧走进千家万户的一扇窗口，让全国的豫剧迷，坐在电视前就能看到豫剧节目，领略豫剧的风采。

七、黄河号子，征服水的声音

1949年春天，千里冰封的黄河逐渐开冻，大片的冰凌急匆匆地划过河面。时任中国人民解放军第一野战军司令员彭德怀和一野一兵团司令员兼政治委员王震出现在了黄河边，他们奉党中央指示，前往河北平山县西柏坡村出席中国共产党七届二中全会。当他们登上木船后，看见艄公奋力摇橹的同时，喊起了压过河水咆哮的号子。那就是黄河号子。

霍永刚《黄河号子》专辑封面

黄河在河源地段以一种“天上之水”的形态存在，这种高处的状态加上河域之内的地理环境复杂，人们更多带着敬仰的眼光打量，当其进入下游地段，随着水流大野的状态，水边的征服者更多以一种抗衡的姿态亮相，他们在黄河沿岸生活、生产，在辛勤的劳动中相互协作、团结奋斗，逐渐形成有一定节奏、一定规律、一定起伏的声音——号子。

犹如《诗经》中的那些原始而朴素的诗歌来自民间一样，黄河号子，也是从黄河边的“嗨哟嗨哟”的劳作声中出场。《宋史·河渠志》记载：“凡用丁夫数百或千人，杂唱齐挽，积置于卑薄之处，谓之埽岸。”这种“杂唱”，就是流传至今的黄河号子。

黄河在下游地段带给两岸的人们更多危险，留给生活在这里的人们一项工作——黄河抢险。一旦黄河发生险情，抢险工地就会立刻成为繁忙的“大舞台”，这个舞台上会发出一种征服黄河的声音——黄河号子。

1999 年 6 月中旬，黄河岸边的武陟县迎来了一个特殊的拍摄组，他们主要是为了录制黄河号子，那些年迈的黄河号子传人们，为了这项抢救性工作来到黄河边，为的是真实地再现昔日的黄河号子。由于年代久远，不少老人为了回忆黄河号子词而绞尽脑汁，有的老人晚上说梦话还在背诵号词。为了彻底弄清楚这些古老的号词，摄制组的负责人、担任焦作市黄河工程局局长的李富中在几年时间里，往返于郑州、沁阳、武陟、孟州之间，走访老专家、老河工、老硪工，把搜集整理的号子词进行梳理、归纳，经过分析后，决定把这种遗产和精神财富以影视资料的形式继承下来。2003 年，《黄河号子》终于完成了拍摄，黄河河务局决定将黄河号子、土硪号子、船工号子三号合并，统称为“黄河号子”。

2007年3月5日，黄河号子入选河南省第一批省级非物质文化遗产名录。2008年6月7日，黄河号子正式列入"第二批国家级非物质文化遗产名录"。几代河工的子孙、在黄河一线干了20多年的李富中，也因此成为黄河号子非物质文化遗产传承人。

"大堤筑得高又宽，堤身硪实坚又坚。曲折连绵千余里，从海口到邙山。堤坡植的全部柳，能防风沙能抢险。堤顶又栽葛巴草，葛巴草长得赛绿毡。獾洞狐穴要消灭，全面大堤普遍钻，远看大堤似长城，控制黄水归海边。石坝皆把土坝变，长坝短坝固又坚。不但除害又兴利，定叫黄河听使唤。修闸门修提灌站，灌沙荒压盐碱。黄河两岸变良田，面貌改变全靠咱。"

从李富中新编的黄河号子号词里，不难看出"黄河号子"号词还是秉承着河工们抗衡黄河的精神和历代黄河人治黄的历史责任。

在河南省文化厅，我看到了一份"国家级非物质文化遗产名录项目申报书"，上面对"黄河号子"申报成功后的保护做了详细的部署。除了李富中等人所作的收集号子资料的工作外，还有收集、保存历史上在复堤、筑坝中使用的各类工具；有计划地培训、组织青年职工利用业余时间进行号子练习；对黄河号子进行广泛宣传，将其编排成文艺节目等内容，这无疑使"黄河之声"的合唱中又多了一种声音。

和黄河边的许多"黄河的声音"一样，"黄河号子"许多已经失传或变音了。在花园口景区，我曾经观看过一场已经涂上很多的表演色彩的"黄河号子"，当年那些黄河边嘹亮的声音，已经彻底随着河工这个古老职业的消失而被黄河的涛声卷走，只剩下旅游时代的一种"伪吼"与表演，虽然歌唱方式还是一领众和，领唱者往往就是集体劳动的指挥者。领唱部分常常是唱词的主要陈述部分，音乐形式灵活、自由，曲调和唱词常有即兴变化，旋律上扬，高亢嘹亮，有呼唤、号召的特点。但毕竟缺了那份黄河带来的本色豪放和抗衡者内心涌起的豪气。

场面相似，号子相似，但那种神韵依然不存，带着这种惆怅，我走进花园口镇的几个村里，试图能找到喊出当年那种真正来自抗衡黄河的河工之声。这个努力显然是徒劳的，老人们能记得起那种号词，但已经失去了当年的声嗓和气势，年轻人们已经将它当做去花园口景区挣钱的工具。几千年来，河工和黄河两岸的人民在与黄河带来祸患时的争斗中迸发出的呐喊，已经随着黄河水量逐渐减少而使抢险复堤场面的消失而消失。

许多人都知道著名的《黄河大合唱》，但不知道其中还有“黄河号子”。1938年11月武汉沦陷后，我国现代著名诗人光未然（即张光年）带领抗敌演剧三队，从陕西宜川县的壶口附近东渡黄河，转入吕梁山抗日根据地。横渡黄河时，他们不仅看到了黄河在这一段的险峡急流和怒涛礁石，也目睹到了黄河船夫们与狂风恶浪搏斗时发出的那种悠长高亢、深沉有力的船夫号子。次年1月，他们抵达延安后，光未然一直酝酿着《黄河》词作，并准备在除夕联欢会上朗诵这部诗篇。著名音乐家冼星海听后异常兴奋，表示要为演剧队创作《黄河大合唱》并完成这部大型声乐名作。1939年4月13日，在延安陕北公学大礼堂首演（由邬析零指挥），引起巨大反响，很快传遍整个中国。《黄河大合唱》的八个乐章中，第一章《黄河船夫曲》里就有黄河号子的声音（其余七章为《黄河颂》《黄河之水天上来》《黄水谣》《河边对口曲》《黄河怨》《保卫黄河》《怒吼吧，黄河》）。

黄河大合唱

如果说《黄河大合唱》为我国现代大型声乐创作提供了光辉的典范，那么

"黄河号子"则为这种典范拉开了序幕。

号子这种艺术形式不仅在河南大地上有着其悠久的历史，在鲁北大地上同样有着生命力。2011年7月下旬，我沿着山东省齐河县62.5公里的滨河地段探寻"黄河号子"，寂静的夏日艳阳里，一个个村庄被炎热炙烤在昏昏然中，粗狂、豪放的大河之声在这个季节彻底难现。我只能从县委宣传部的许冰给我找到的零星资料中依稀知道，这里的"黄河号子"被叫做"拉帆号"、"拉蓬号"、"拉套子"，至于为什么这些来自民间的声调都带了个"拉"字，在当地已经没人能说的清楚了，而当地人将打夯小调称为"硪号"，更是一个迷了。

一方水土养一方曲艺，鲁北黄河号子的产生土壤和河南相比，有着它的独特性：1855年，黄河铜瓦厢决口，在山东东阿县鱼山夺大清河入海。黄河南北两岸分别从河南省孟津县的牛庄和孟州的中草坡至黄河入海口修筑大堤，大堤的加宽加高和淤背加固过程中，还修筑了无数险工石坝，将桀骜不训的黄河固锁在了两堤中间。这个漫长的过程中，鲁北人在建设黄河、治理黄河中，催生了他们的黄河之声——"鲁北黄河号子"，并得以传承光大和不断完善。据当地人介绍，那时，两岸人山人海，绵延数十里。各种号子连绵起伏，震耳欲聋，响彻云霄。经常唱的有"挖棹号子"、"拉帆号子"、"打板号子"、"夯硪号子"、"推船号子"等等。打夯的八人一组，边高歌号子边重复地拽绳松绳，百多斤的碌碡夯很有节奏地起落着，加上领号人（一般是扶夯者）诙谐幽默、即兴而出的歌词，能起到提神鼓劲的作用。

古老的黄河养育了两岸的民众，古老的黄河文化滋育着两岸民众的精神世界，黄河儿女同样也对黄河文化进行着各种不同形式的维护和敬重，"黄河号子"同样面临着这种情况。山东省滨州市滨城区图书馆馆长孙玉良就是"鲁北黄河号子"的发掘人和整理人。他一直坚持寻访了"老号子王"，其中年纪最小的已70多岁。光为了“船工号子”（也叫“玩船号子”），他从博兴的麻湾（今属东营市）一直寻访到济南泺口，又从滨州的道旭寻访到孤岛（当地称黄河入海口为孤岛），走访了沿黄百多个村庄、50多名“老号子王”，发掘整理出“打板号子”、“摇橹号子”、“夯硪号子”、“船工号子”等60多种黄河号子，再配上幽默诙谐的歌词，使鲁北黄河号子在2009年8月顺利入围滨州市市级非物质文化遗产名录。同年9月27日，被山东省政府纳入山东省非物质文化遗产名录。

随着黄河航运的消失和机械化程度的不断提高，“黄河号子”逐渐没了声响，濒临消失，当年修大堤和抢险的“老号子王”多数已不在了，健在者也年逾古稀，抢救、发掘、整理、传承黄河号子已成为当务之急。

八、鼓声鼓韵，黄河发出的震撼之声

鼓，自古就和军事有关，所谓一鼓作气就是指鼓声带给人士气，而分布在黄河沿岸的那些雄关、烽燧、瞭望台，演绎着黄河上漂浮的那些战事。黄河之声中有一道独特的声响，那就是鼓声，无论是兰州的太平鼓还是安塞的腰鼓，一声鼓响，那就意味着壮威和给势。

1990年9月23日，亚运会开幕式第二天，被誉为中华第一鼓的兰州太平鼓亮相北京地坛公园，使这一深藏于西北黄土高原的黄河之声第一次走进京城，参加如此高规格的体育盛会，首场的演出使得太平鼓声名大振，北京大观园等景点纷纷邀请太平鼓前去演出，使得原计划11场次的演出增加到22场。美国休斯顿芭蕾舞团的艺术指导史蒂文森和该团著名演员珍妮·帕克通过电视转播看到兰

跳起来的兰州太平鼓

州太平鼓的演出画面后，特意赶到龙潭湖演出现场观看，他们惊叹道："这是中国的民间舞蹈么？我们认为中国民间舞蹈阴柔有余阳刚不足，兰州太平鼓使人真正感到中国西北的阳刚气，是真正的男子汉！"那次进京演出的兰州太平鼓是首次向国际性体育盛会递交的一张名片，为其此后参加国家乃至国际大型活动奠定了基础。

如果说兰州太平鼓是黄河养育出的第一道威武鼓声，那么安塞腰鼓则是黄河养育出的另一道绝妙鼓声。

2009年10月1日，天安门广场前的群众国庆游行队伍中，来自陕西省延安市安塞县的农民，在天安门城楼前舞起了来自黄土高原和黄河共同滋育出的安塞腰鼓，这个舞动起黄土和黄河融合出的风情方阵，是当年国庆大典中群众游行队伍中惟一一支京外队伍，惟一一个全部由农民组成的方阵。他们的这次亮相，使黄河之侧的另一种"鼓种"——安塞腰鼓更大范围地走进国人视野中。他们表演的"大缠腰"、"小缠腰"、"大转身"等高难度动作，以及"枣核子乱开花"的高难度造型，使安塞腰鼓的精粹完全展示给现场和电视机前的观众。

在远古时代，位于黄河上游的一些部落中的男性，常将空心树杆的两端蒙上羊皮，挂于腰间，敲击以驱赶野兽。后来，这种带有原始色彩的鼓声，逐渐在部落之战中起到了报警和指挥作战的作用，这种原始鼓种，到春秋战国时期达到了鼎盛，主要集中在秦占领的黄河流域一带。

到了宋代，由于黄河上游一带被党项羌建立的西夏王朝占领，这种腰鼓大多被用于边塞报警。今天的安塞县一带就是当年北宋和西夏的边界地。宋朝为了保障这一带的边塞安宁而设置了"安塞县"，"安塞腰鼓"也因此而得名。

1981年，在与安塞县毗邻的延安市梁村乡王庄村一处叫"墓陵塌"的小山坡上，群众在耕地时发现一座古墓。其中出土了形制、人物造型相同的两块腰鼓画像砖，均系翻模成型后烧制的。经文物考古专家鉴定，系宋代造物。画像砖上所塑造的打鼓者，腰挎细腰鼓、侧身、头向左后扬起，左脚着地，右腿前跨蹬出，双手一高一低作挥槌击鼓状；左侧一人为敲镲者，双脚跳起，收左腿，眼看左侧，双手在胸前做打镲状。击鼓者赤膊，穿灯笼裤，腰系彩带，飘至前下方。尤其是打鼓者的动作和形象，颇似当今安塞腰鼓中“马步蹬腿”的第四拍和“前进步”的第二拍动作。腰鼓画像砖的画面清晰，造型美观，生动地表现了宋代陕北地区的腰鼓表演，对研究陕北腰鼓的历史渊源和发展，提供了珍贵翔实的文物资料。

安塞腰鼓

1942 年，延安和陕甘宁边区兴起的新秧歌运动，使“安塞腰鼓”这一古老的民间艺术得到了发展，成为亿万军民欢庆胜利、庆祝解放的一种象征，并被誉为“胜利腰鼓”，载入了革命文艺运动的光辉史册。1951 年，安塞腰鼓参加了全国民间音乐、舞蹈汇演，由安塞冯家营村的艾秀山等民间艺人向中国青年文工团传授了腰鼓技艺，在布达佩斯举办的世界青年与学生联欢节上演出后，荣获特等奖，从而使安塞腰鼓名扬海内外。

安塞腰鼓如今已成为当地群众喜闻乐见而又不可缺少的一种民间艺术。

黄河万里，不仅有上游的兰州太平鼓、安塞腰鼓，还有下游广泛流行于鲁北商河、临邑、济阳、惠民、阳信等县的娱乐形式“鼓子秧歌”。因表演于春节和元宵节期间，故被称为“跑十五”或“闹十五”。最早被称为“大秧歌”、“跑秧歌”和“打鼓子”等。上世纪 40 年代后，才被冠以“鼓子秧歌”之名。

据说，“鼓子秧歌”起源于战国时期的《孙子兵法》，距今已有 2000 多年的历史，道具中的“伞”为帅旗，即帝王出巡时的华盖，手鼓、鼓锤和棒是由盾、矛、剑演变而来的，联络人员（侦察员）则是探

安塞腰鼓

鼓子秧歌

马的角色。“鼓子秧歌”与“胶州秧歌”、“海阳秧歌”一起，被称为“山东三大秧歌”和“山东三大民间舞蹈”。

源于鲁北沿黄地区的“鼓子秧歌”，完全是黄河哺育出的民间娱乐形式。黄河以“善淤、善决、善涉”而著称，居住在黄河三角洲土地上的民众在辛勤耕作的同时，不断抵御和抗衡着黄河泛决灾害，筑堤固坝、抗洪抢险，在这种和黄河抗争的过程中，他们随情而动，随意而发，锅碗瓢盆、棍棒簸箕、锨镢镐锄、手帕雨伞等生活生产用具成了娱乐的借助物，逐渐形成了独特的秧歌舞蹈。通过民间艺人的不断提炼和完善，加之以鼓声这种激越人心的乐器，舞蹈动作得以升华，道具也由生产生活用具换成了鼓和平顶伞等。这是“鼓子秧歌”产生和发展的主要原因。

阳信县洋湖乡一带、张王庄村、十字道村、张杨村是“鼓子秧歌”最具代表性的地方。

阳信县看好“鼓子秧歌”这种文化资源，并大力开发，在幼儿园和小学中开设秧歌教程，成立少年秧歌队。目前，仅洋湖乡 99 个行政村中，就有 91 个村拥有秧歌队和文艺宣传队。

2007 年 5 月，继阳信县洋湖乡被山东省命名为“秧歌之乡”之后，又被国家文化部命名为“秧歌之乡”称号。2009 年 11 月，山东省文化厅公布了首批省级非物质文化遗产扩展项目名录，洋湖乡“鼓子秧歌”榜上有名。目前，阳信县文体局和洋湖乡正在积极做好该项目国家级“非遗”的申报工作。

当我到齐河县一带时，发现“鼓子秧歌”在这里被衍化成一种当地人叫做“一勾勾”或“四根弦”的剧种。

九、唢呐、泥哨、大秧歌，民间狂欢的催化剂

唢呐被誉为中国民间乐器的百乐之王，是中国传统乐器中最具有金属感的，因为其携带方便且极具表演的内在张力，在黄河中游地区的民间丧礼或喜礼中，都有着它的影子。唢呐音色明朗粗犷，演奏方便，既善于演悲，又善于绘喜；民间节庆、婚丧嫁娶及祭拜仪式上，黄河流域的人们都喜欢选择唢呐来冲喜，这种民间乐器后来自然就走进了信天游、秦腔等民间戏乐中。

各种形式的民间狂欢中或戏曲中，只要唢呐声响起，其他声音就会立时被压了下去，犹如帕瓦罗蒂走进一场大合唱中亮起他那世界第一高音一样。一声唢呐响起，婚礼前的新娘子坐在轿子里，告别她的少女时代，开启另一种人生；一声唢呐响起，丧礼上的亡者后人在这声响中念起亡者的诸多辛酸和不易，泪水顿时落下，在灵堂内外大放悲声；一声唢呐响起，那是信天游唱到正浓处的一瓶兴奋剂，将这黄土地中的民间狂欢推向巅峰；一声唢呐响起，更是秦腔摆脱圆润温婉之处，走向高亢之境。这就是黄河流域的唢呐，民间狂欢中不可缺少的影子，陪伴着黄河涛声，带给黄河流域民众的一道大喜、大悲的声音。

唢呐

小时候，在黄河岸边的故乡小村落里，无论是婚庆还是丧葬，都听到过唢呐声；也曾经在黄土高原其他地方的民间礼仪上听到过高亢的唢呐声。2010 年国庆期间，我和同事李峰龙专程前往

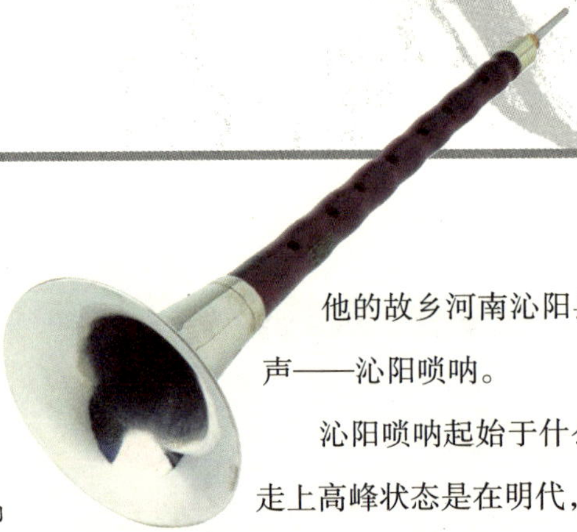
沁阳唢呐

他的故乡河南沁阳县，在这里听到了黄河孕育的另一种黄河之声——沁阳唢呐。

沁阳唢呐起始于什么时候，已经无法考证，但可以肯定的是其走上高峰状态是在明代，那时，沁阳出现了许多唢呐吹打班。从此，沁阳唢呐就走上了具有自身特色的路子，一声唢呐里，宣泄大喜大悲情绪，唢呐的杂要绝活也令人眼花缭乱。一度出现了“乡乡有唢呐，村村有乐声”的盛况。20世纪末期，整个沁阳唢呐班发展到百余个，唢呐演艺人员600多人，沁阳还在1991年、1992年先后举办了河南省首届“朱载杯”唢呐大赛和沁阳唢呐艺术节，来自新疆、湖北、山西、陕西、天津、河南、河北及解放军等全国各地的20多支代表队前来参赛，参赛者有300多人。

沁阳的唢呐演奏，分为三大家四大派，“三大家”即贾、张、贺三家，“四大派”即以沁河为界，沁北派为贺、张、马三家，沁南派为贾家，其中沁南派的贾家唢呐是沁阳唢呐的龙头。走进沁阳城内联盟街南北两头，就会发现这里居住的唢呐艺人基本是贾家传人，在这里，流传着贾家从清代就开始登上沁阳唢呐大舞台的故事。

2006年5月18~21日，在深圳召开的第二届中国国际文化产业博览会上，一种样式特别的泥哨吸引了人们的眼球。同年6月13~18日，这种泥哨分别出现在山东省非物质文化遗产成果展和山东省首届国际文化产业博览会上，并深受国内外游客喜爱。它就是享誉齐鲁大地、大河两岸的土制乐器——“阳谷哨”。

“埙”被认为是中国最古老的乐器之一，这种来自土和水结合的乐器，发出的也是黄河之水和两岸泥土相遇时的那种声音。我在青海、甘肃和宁夏的黄河之滨都看到过，也听到过这种穿越悠久时空而自然流露出沧桑之感的音乐。就连贾平凹在他的《废都》中也写到周敏喜欢带着埙去城墙上吹，连不喜欢埙声的唐宛儿竟然听着听着也喜欢了起来，便不再让周敏去城墙上吹，而是在自家院子的梨树下吹奏。

阳谷哨就是一种来源于古老的乐器种类“埙”，当地人起初叫做“咕咕虫”，用胶泥烧制而成，是阳谷流传的一种土制娱乐工具。不同于黄河上游地区的那些古埙，这些年流传于黄河下游的阳谷哨则形似“圆葫芦”，吹奏孔型同“哨子”的嘴，扁长且有一个圆形的风口，吹奏省力，老少皆易。

这种既象“埙”又似“哨”的民间乐器是由阳谷县农民李保正发明的。这位1921年出生于阳谷县四棚乡大碾郭村的民间艺人，在哨管的基础上，参照唢呐、笛子的形制，改为六孔，并做一扁嘴，后又改为七孔和一风孔，即成为阳谷哨的原始模样。中国音乐协会副主席、中央音乐学院院长赵飒1953年为其定名为“阳谷哨”。1978年，阳谷哨曾在“全国民间工艺品、少数民族用品展览会”上展出，销到全国各地。

当我的手上出现两个阳谷哨时，自己一时分不清楚它们的区别，民间艺人赵五能告诉我，阳谷哨的质地自然离不开土，分为泥制、陶制两种。他说：别看你手上的这两只很普通的哨子，都适于模仿各种鸟类的叫声，又可以吹奏多种民间小调及流行歌曲，也可为山东梆子、两夹弦等地方戏曲伴奏。赵五能给我介绍，经过不断地改进，目前，阳谷哨逐步增加到9个孔、10个孔，能吹出包括5个半音的12个平均律的曲子。品种由单一雏形，发展到现在的十二生肖、鱼、鸟、龟、兽等50余个品种。2005年，阳谷哨申报了山东省非物质文化遗产。

在阳谷采访期间，我在那些民间艺人的口中听到了阳谷哨吹奏的山东民间小曲《送情郎》《十杯酒》《二姑娘要陪送》；山东民

以表现生肖为主的泥哨

间小调《卖饺子》《锔大缸》《斗鹌鹑》；山东民间戏曲曲牌《四根弦大原版》《大梆子开门》《秧歌舞》等。随着形制的改进和吹奏曲目的增加，1980年，阳谷哨被编入《中国民族民间乐器曲集成》《中国民歌曲集成》《中国戏曲音乐集成》《中国曲艺音乐集成》等，逐步被音乐界认可。从20世纪50年代到80年代，阳谷哨更是销往冀、鲁、豫及东北三省各地，深受人们喜爱，而且成了艺术收藏品。

沿黄河而行的人文之旅，其实也是聆听不同河段滋生的大河之声的美音享受之旅，和黄土高原上的秧歌不同的是，在聊城市东阿县大桥镇于窝村兴起的黄河大秧歌，则是黄河进入下游地区的一种民间艺术形式。追溯这里那一个个红红火火的大秧歌热闹场面的源头，我发现这种民间艺术的上源是明末，历经黄河边的这些民众的助推，逐渐兴起。开始，这一带每逢乡里赶庙会、闹红火时，这种秧歌调便在街头演出，因其气氛热烈、曲调浑厚而为当地人民群众所喜爱。久而久之，成为习俗，清朝初期开始盛行。

穿过300多年的岁月之河，黄河大秧歌流传至今已经完全具备了它在黄河之侧的规模和盛名。和黄土高原上单一闹新春的性质不同，黄河大秧歌因为其带有宗教色彩的祭祀性而盛行。每年正月开始，黄河大秧歌就要耍家庙、拜祖宗。当地人在正月里大演秧歌，明显带有庆祝丰年和祈求来年风调雨顺之意，这种敬拜天地尤其是敬畏黄河的民间心理，到正月十五“闹元宵”的秧歌表演就达到了极致。集歌、舞、戏于一体的黄河大秧歌，有绸子秧歌、花轿秧歌、高跷秧歌等30多种表演形式，唱腔常衬以带有山东口音的“啊、哈、哟”等虚词，加上动作分跳、扭、倒步、十字花、走八字、逗乐等，使得黄河大秧歌在表演过程中带有明显的山东风味。而排演的队伍最少30人，多则几百人，体现出一种排场和气势，演出中，那些平时耕作在农田里的男男女女们服装统一、色彩鲜艳、化妆滑稽、语词幽默、形式灵活多样，呈现出浓郁的地方曲艺特色，尤其是以“跑旱船”、“踩高跷”、“抬花轿”、“打腰鼓”、“跑驴”等为典型代表的艺术形式而著名。

齐河县的绣球灯舞

多少年来，随着历史的延续，时代的变迁，民间艺人一代代的更迭，秧歌活动也如同黄河之水，一代代传承着、变迁着、创新着，滋润着黄河两岸的民众的文化生活。

在齐河县的滨河一带，还有一种别开生面的“绣球灯舞”，这已经是一种近乎绝迹的民间灯舞形式了。

秧歌剪纸

第七章
山逼水窄，河出大峡

作为一种奇特的地理现象，峡谷是由水和山两种地理单元构成，在中国的大江大河上，有的峡谷以自己的独特风貌构成了一种地理现象；有的峡谷因为水利开发而使自身逐渐添加进经济成分，成为地方经济发展甚至成为国家局部地区的经济动脉；有的峡谷因为地势险要，成了兵家必争之地，丰富了中国军事史。

黄河自源头流出，在青藏高原和黄土高原上留下了自己时而纤细、时而宽阔，时而湍急、时而舒缓的身影，当这些身影穿行于高山峻岭中时，便产生了众多峡谷。在青海境内密布着龙羊峡、李家峡、积石峡等大峡，在甘肃则有刘家峡、乌金峡、桑园峡、车木峡、黑山峡等峡谷，在宁夏有青铜峡，在内蒙古、山西、陕西交界处进入晋陕大峡谷，在河南则有小浪底等峡谷，而夹在这些山水之间的大坝便成了人类征服黄河的一种成就展示。

一、龙羊峡，大河之峡的开卷作

公元前 2953 年，埃及出现了人类历史上第一座水坝——考赛施坝，人类对水的征服进入到一个新的时期。中国人则在公元前 453 年建立了第一座水坝——智伯渠，随后，公元前 256 年的成都平原西部泯江上的都江堰和公元前 34 年的河南泌阳河上的马仁坡水坝的出现，直到现在一直荫庇着后人。黄河，同样在新

1926年5月30日，洛克拍摄的黄河拉加峡谷

时期以一个个峡谷间的大坝，丰富着黄河水利史和中国的经济史。

黄河离开源头1684公里后，在青海省海南藏族自治州共和县和贵南县交界处，穿越起伏峻险的茶纳山谷时形成了40公里长、水面宽40~60米、谷深达200~600多米的龙羊峡，整个峡谷地处平均海拔约2700米的青藏高原上，是万里黄河上的第一峡口。离开源头一直呈现舒缓状态的黄河水，在这里由大缓变成了大急，龙羊峡水电站使黄河水在这里从大动又变成了大静，承载和蕴集了巨大的能量，而这些能量的迸发，和一个叫罗西北的人有关。

龙羊峡水利枢纽

看过电影《红樱桃》的人对其中的那个被外国友人亲切地称为罗小蛮的男孩印象很深，他的原型是中国共产党早期领导人之一罗亦农的儿子罗西北。1940年8月，中国共产党在延安创办了第一个培养科学技术人才的自然科学院，不满14岁的罗西北走进这所学校学习。

3年后，罗西北和朱德的女儿朱敏、毛泽东的女儿李敏、王一飞的儿子王继飞一道被送往苏联伊万诺沃国际儿童院学习，随后，他考进伊万诺沃机电工程学校。1946年，罗西北回国。两年后，为了即将成立的新中国建设需要，罗西北再次奔赴苏联，进入莫斯科动力学院开始5年的水能利用专业学习；1953年10月，罗西北回国并被分配到北京水电勘测设计院水能室任主任工程师，参加黄河水能考察。不久，他又到水能丰富的大西南，履任成都勘测设计院总工程师之职，此后的10年时间里，他经历并参与了大西南200多条大中河流的勘测工作。

1964年的一天，罗西北被时任水电部部长的刘澜波找去谈话，让他到黄河上游、当时全国最大的水电建设工地刘家峡去负责施工，开始了他的“黄河之旅”。“文化大革命”中，罗西北被打成反革命，被

龙羊峡水电站建设场景

1926年,美国探险家洛克拍摄的黄河边的青海拉加寺

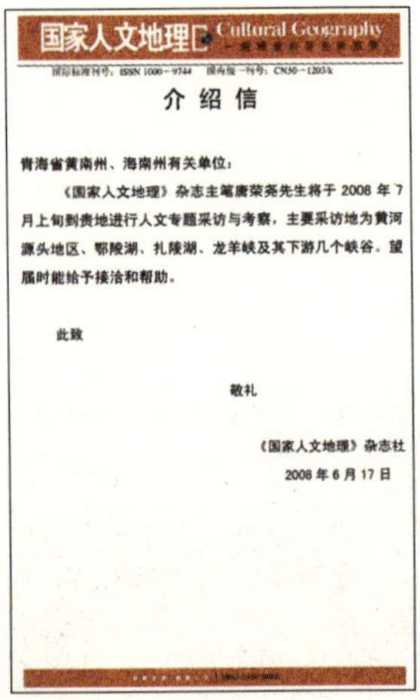

国家人文地理 Cultural Geography

国际标准刊号：ISSN 1000-9744 国内统一刊号：CN50-1203/k

介 绍 信

青海省黄南州、海南州有关单位：

《国家人文地理》杂志主笔唐荣尧先生将于2008年7月上旬到贵地进行人文专题采访与考察，主要采访地为黄河源头地区、鄂陵湖、扎陵湖、龙羊峡及其下游几个峡谷。望届时能给予接洽和帮助。

此致

敬礼

《国家人文地理》杂志社

2008年6月17日

《国家人文地理》杂志社出具的介绍信

迫离开刘家峡。直到1973年底，在周恩来总理的亲自过问下，被关押囚禁6年之久的罗西北才走上中国水利水电第四工程局党委常委和勘测设计院党委书记、院长、总工程师的位置。

站在兰州的黄河边，他的眼光一次次逆着黄河水而行，一次次张望的尽头，他的眼光锁定在青海省海南藏族自治州共和县境内的一处山峡——龙羊峡。经过科学调研和分析后，他的内心里逐渐坚定了一个信念：“龙羊峡不建水电站，黄河上游这片所谓的国家水电富矿最终富不起来，落后的青海地方经济永远落后！”他奋笔疾书上书中央、水电部和青海省：龙羊峡水电站一旦建成，将是国内外最大的“蓄电库”。

2008年秋天，当我以《国家人文地理》杂志主笔的身份出现在龙羊峡时，看到滔滔河水在一座大坝前变得那么温顺，我彷佛听见1954年的印度巴克拉大坝建成时，印度第一任总理尼赫鲁激动地赞叹声：“这是多么壮观、多么宏伟的工程啊！只有那些具有信念和勇气的人民才能承担如此的工程！它已经成为国家意志的象征，象征着这个国家正在迈向力量、决断和勇气的时代！”而这种赞叹何尝不合适出现在黄河上游的第一座大坝龙羊峡大坝甚至其他大坝呢？那天，我似乎看到1975年冬天的龙羊峡，罗西北带领勘测设计院的几十名工作人员，一人一个简单的行李铺盖，在冰天雪地中迎着凛冽寒风，在零下20多度的严寒中来到平均海拔2700多米的龙羊峡谷。那时，整个龙羊峡附近，除了游牧的藏族外，没有定居人口，没有树木，6级以上的大风一年要刮上三个月，空气中的含氧量只有70%。在这里流传着“三个一样”：吃不吃一样（缺氧导致人缺乏胃动力，吃不吃饭都感到肚子胀乎乎的）；睡不睡一样（缺氧导致睡眠质量很差，睡觉和醒来一样迷迷糊糊、头昏脑胀）；干活不干活一样（由于缺氧，在这里空手走在平地上就像负载几十斤东西一样）。罗西北在那个特殊的年

龙羊峡水电站建成之前的黄河悬索桥，随着水电站的建成，该桥被淹没

代里奉命完成代表中国自主设计、自主施工的最高水平的水电站建设工作。边勘测、边设计、边施工的“三边”工作使罗西北在地勘洞一挖出来就赶到现场查勘地质情况，在开会、跑现场、计算设计的重复中抢时间，赶任务。当时设计过程中遇到的18个重点问题，有14个是罗西北提出解决或组织解决的，底孔弧形闸门、500吨坝顶门机、长距离公路运输、复杂的青藏高原地质构造等，使龙羊峡成为当时国内乃至亚洲建造难度最大的大坝。时任国际大坝主席谬勒前往龙羊峡水电站施工现场时，感慨地说：“中国人正在进行一项挑战性工程！”

罗西北主持完成的龙羊峡水电站以178米的高度成为中国最高的拦河大坝，以247亿立方米的库容成为中国最大的库容水利工程，以32万千瓦的发电机组成为单机容量最大的中国大坝。龙羊峡水电站是黄河上游龙羊峡到青铜峡段水电开发规划的15级电站中的第一级，是名副其实的“万里黄河第一坝”，成功地汇聚了黄河上游13万平方公里的水量。后来，时任中共中央总书记胡耀邦亲临龙羊峡视察时，也深情地挥笔写下了“向根治黄河，造福中华民族的同志们致敬”的敬辞。

二、李家峡到积石峡，黄河上最美的峡谷群

1975年冬天，罗西北一行逆着黄河而上考察龙羊峡时，沿途的黄河峡谷一一装进了他的头脑。在龙羊峡施工时，他常常目送滚滚东流的黄河水，他开始思考黄河的梯级开发问题，并从勘测院抽调了30多名技术人员查勘龙羊峡到李家峡河段。

李家峡，黄河和青海相遇的第二个大峡谷，出现在了中国高层决策者的关注中。

李家峡

1977年8月初的一天，水电四局党委召开常委扩大会议，专门听取了罗西北派出的查勘组的汇报，会上对李家峡能否开发兴建大坝展开了激烈的争论，这时，罗西北那厚重的、对黄河在青海境内的另一种命运改写的声音响起："黄河上游最精华的龙李段，布置龙羊峡、拉西瓦、李家峡三座大电站。"9月底，水电部和青海省政府收到了罗西北签署的《黄河干流龙羊峡至李家峡河段查勘报告》，至此，拉西瓦，这个黄河万里路径中根本不起眼、罕为外界知道的峡谷，也走进了中国现代大坝建设的名录中。

拉西瓦峡谷距离龙羊峡只有32.8公里，所以罗西北当年指出："龙羊峡有水库，拉西瓦有水头，我看可以把他们看成一个统一的系统，一个库容、一个统一的电网调度，经济优势很大。"在他的极力建议下，拉西瓦峡谷迎来了现代意义上第一支勘测设计人员。2006年4月，拉西瓦作为黄河上游龙羊峡到宁夏境内的青铜峡河段梯级开发的第二座梯级水电站正式开工建设，6台70千瓦混流式水轮发电机组、420千瓦的装机容量使拉西瓦水电站成为黄河上游规模最大的水电站，也是中国"西电东送"的骨干电源点和750输电网架的重要支撑点，拉西瓦大坝以250米的坝高再次书写了青海境内大河出大坝的壮观景象。

黄河水出拉西瓦峡后，不久就出现了一幅红、绿、黄交织的立体画卷。当红色的丹霞地貌和黄色的黄河水相遇在青海时，两边是18座晚霞般的丹霞山峦，黄色绸带般的黄河穿过山峦间。黄红之间，是1.5万公顷的森林公园，勾勒出一幅红、绿、黄相间的立体峡谷画面。夏秋季节，穿越两岸群山簇拥的黄河峡谷间，两岸的山体在深浅不一的绿色植被和黄色的农田里，顽强地透着那份大自然赋予的褐红色，这份红色的逼仄之下，黄河之水形成了大气而收敛的曲线，湍急而厚重地蜿蜒走过坎布拉的视线，高原上的阳光洒在水面上，碎金细银般的耀目着。

深山厚水造就这里成了佛教僧人修行的上善之地，大批藏传佛教的高僧来到这里，一代代僧侣的努力和民众虔诚的信仰，使这里成为藏传佛教后弘期的复兴地，今天，峡谷四周也成为青海惟一的僧、密、尼同时存在的宗教法地，这里就是坎布拉大峡谷。

黄河在青海省尖扎县与化隆县交界处形成李家峡，高山峡谷构成良好的建设水电站的条件，使这里成为在黄河上游规划的第三座大型水电站。1988 年 4 月，李家峡水电站正式开工，这不仅是当时西北地区最大的水电站，也是中国首次采用双排机组布置的水电站，更是世界上最大的双排机组水电站。

1995 年 12 月 12 日，李家峡水电厂正式成立，是西北地区第一家实行新厂新体制的水电厂。水电站建成后，在库区形成的“人工湖”面积达 32 平方公里，不仅发电，也成了发展水产养殖业的理想场所。夏秋时节游客可在湖中泛舟、垂钓，冬春季节可观赏高原雪景，它给美丽古老的坎布拉峡谷增添了一处特有的高原人文景观。

李家峡

李家峡下游 7 公里处的直岗拉卡峡谷，是黄河上游从龙羊峡至寺沟峡 350 公里“黄金水道”上开发的第四个梯级电站，也是中国第一个由外商在黄河上独资兴建的国家级中型水电站，由香港真兴集团公司和美国爱依斯（AES）集团公司合资兴建，也是青海省最大的外商投资项目和重点工程。

流出直岗拉卡峡谷的黄河水很快就进入了公伯峡，罗西北当年倡导成立黄河上游水电开发有限公司后，实行滚动开发建设的第一座水电站就是公伯峡水电站。从 2001 年 8 月开工到 2003 年 10 月大坝浇筑，公伯峡创造中国水电建设上造价最低、工期最短的样板工程，也创造了两年内筑造一座百米高坝的世界水电建设上的新纪录。而且，从主体工程开工到全部竣工只用了 5 年时间，它以其安全生产和环境保护在中国都处于领先地位，书写了中国水电建设史上辉煌的一

积石峡

页。

黄河在循化县境内进入号称“青海的科罗拉多大峡谷”的积石峡。黄河在这里弯曲而行，形成了一个马蹄形。积石峡是黄河在青海境内被开发利用的最后一个峡谷，她和龙羊峡俩俩相望，似乎诉说着千百年来对黄河的眷恋与情怀。

积石峡

进入峡谷后，在半山腰行车，峡谷在低处，山顶距河谷上千米的落差使峡谷在俯瞰下更具气势。积石峡谷两岸红彤彤的高山上，丹霞地貌依然延续，有的圆润自如，有的如进行了一番雕刻，有的山形则陡峭入水，这里是国际横渡黄河挑战赛的比赛地段。

整个积石峡长25公里，两岸大山插云、峭壁耸立，谷中滔滔黄河由西面奔腾而下，水流湍急，声震如雷。历代封建王朝曾在峡口筑积石关屯兵驻守，是明、清两代为河州卫所辖的二十四关中的第一关，号称“积石锁钥”。

流经积石峡最后的地段时，黄河展现了让人惊叹的一幕：青海境内开发建设的黄河第九个阶梯级电站——积石峡水电站的建设，使一路浩浩荡荡、气势磅礴的黄河在这里被横截而止，只留下两个大双人床那么大的隧洞，像西方贵妇盛行束腰年代里的一条精美的腰带，使黄河立时变得纤瘦。水面因为两岸山形的逼仄而变得极其狭窄，最窄处只有4~5米，当地人告诉我，枯水季节，狐狸急了也能从水面上跳过去，因此这里又被称为“野狐跳”。

当黄河水从隧洞里出来时，已经是甘肃省积石山县和青海省民和县交错地界了。黄河在这里向东流去，向青海做着最后的回望，形成的八道湾似乎是对青海的依依不舍。

三、刘家峡，高峡出平湖

1952年秋至1953年春，北京水力发电建设总局（简称“水电总局”）和黄河水利委员会（简称“黄委会”）组成贵（德）宁（夏）联合查勘队，对龙羊峡至青铜峡河段进行查勘，初步拟定在刘家峡筑坝。1954年3月，有关部门负责人和苏联专家共120余人的黄河查勘团，对黄河干支流进行大规模的查勘。在坝址比较座谈会上，苏联专家认为：兰州附近能满足综合开发任务的最好坝址是刘家峡。

1954年，黄委会编制的《黄河技术报告》确定刘家峡水电站工程为第一期开发重点工程之一。刘家峡水电站枢纽任务是发电、灌溉和防洪。

1955年7月5日至30日，第一届全国人民代表大会第二次会议在北京召开，来自全国的1118名代表听取了国务院副总理、国家计划委员会主任李富春《关于发展国民经济第一个五年计划的报告》，其中，《关于根治黄河水害和开发黄河水利的综合规划的决议》引起了各位代表的高度关注，他们认真审议后通过了这项伟大的决议。随后，水利部抽调一流的水利专家开始前往位于甘肃省永靖县境内的刘家峡，按照“独立自主，自力更生”的方针，勘探、调研、论证等工作逐步展开。

1958年初，水电部成立刘家峡水力发电工程局（现为水电四局），承担刘家峡和盐锅峡两个水电站的施工任务，拟定了“两峡同上马，重点刘家峡，盐锅峡先行，八盘峡后跟”的施工方案。1958年9月27日，刘家峡工程动工，这是当时关乎国家命运的156个重点项目之一。1961年因国家经济调整缓建，1964年复工。当时，中国刚刚渡过三年困难时期，提出的建设方针是“先生产，后生活”，刘家峡水电站施工条件异常艰苦。当时的重点任务是打导流洞，经过15个月的艰苦奋战，导流洞终于打通了。1966年汛前建成上游围堰，从而使电站基坑具备常年施工条件。

1966年3月19日，邓小平一行视察刘家峡水电站。他说：没想到工程搞得这么快，搞得这么好！1966年4月20日，刘家峡水电站拦河大坝第一块混凝土开盘浇筑。1969年8月，拦河大坝全部浇筑完毕。左右岸副坝也于1968年、1969年完工。1968年10月15日，电站下闸蓄水，第一台机组于1969年3月29日并网发电，1974年12月5台机组全部安装完毕投产发电，电站竣工。至此，中国第一座装机容量百万千瓦以上大型水电站胜利建成，这是当时中国最大的水利电力枢纽工程。

1966年邓小平视察刘家峡水电建设工地

整个刘家峡水电站的大坝总长840米，高147米，把峡口两岸的险峰紧紧抱在一起，上游水位升高，造成100米的落差，五台大型国产水轮发电机组，分别担负着供给陕西、甘肃、青海等省用电的任务。

刘家峡水电站的建成，每年为甘肃、宁夏、内蒙古的春灌补充水量8亿立方米，使灌溉保证率由原来的65%提高到85%，灌溉面积由1000万亩增加到1600万亩。其中：甘肃100万亩，宁夏500万亩，内蒙古1000万亩。

以刘家峡水电站为中心的西北大电网，为电网调峰、调频、调压和事故备用等作出了重大贡献，有力地促进了西北地区工农业生产，特别是为甘肃和青海的有色金属冶炼、铁合金、电石、化工等高耗能工业和高扬程电力提灌工程的发展提供了强大动力。

如今，随着永靖黄河三峡旅游业的发展，刘家峡水电站作为现代文明的重要标志，已成为黄河三峡风景名胜区内的一大主要旅游景点。

除了著名的刘家峡外，黄河在甘肃境内的峡谷非常多，顺流而下依次为八盘峡、柴家峡、桑园峡、乌金峡、红山峡、黑山峡等等。尤其是兰州城往东26公里的桑园峡，上桑园峡长5公里，叫小峡；下桑园峡在小峡下游5公里，峡长30公里，叫大峡。桑园峡两岸石壁峭拔，岩层嶙峋，最窄处宽度仅7.5米，是黄河兰州段最为狭窄的地方。

陇上水城刘家峡

在兰州市榆中县和白银市白银区相交的黄河干流上，长31.5公里的大峡峡谷呈现出一个最窄处达30米的“V”字形，是昔日依靠皮筏运输时，从兰州到包头水路上极为险恶的一段。将军柱、煮人锅、大撞崖、锅底石、棺材石等名字就隐隐透露出这里的危险。1952年，国家有关部门开始对大峡进行勘察、规划，将其列为黄河上46座拦河大坝之一，1991年10月，大峡工程正式开工，1998年6月竣工。

黄河出大峡后，在白银区水川镇五柳村刘家湾盐沟口至靖远县平堡乡金峡村峡门口之间，出现略呈“S”形、长达8.9公里的乌金峡；在白银市平川区黄湾与靖远县北长城滩之间形成了80多公里的红山峡。

四、车木峡，亚洲第一扬程的基点

车木峡在黄河众多的峡谷中，常常被人们忽视，甚至外界很少知道，如今，车木峡仅仅是甘肃省景泰县五佛乡的一个滨河小村庄的名字。然而，滔滔黄河水从这片峡谷里即将冲出的刹那，像一个被束腰的少女在揭开腰带，释放出少女曼

作者父亲唐灿先生创作于1974年的《五佛泵站图》

妙身材的那一瞬间带给人的美感和其自身的舒适感一样。黄河在冲出峡口奔向一片较为开阔的小盆地时，西岸的石质地基和湍急的流水形成了一个绝佳的大型水利提灌工程的基点，这就是亚洲扬程最高的景电水利灌溉工程的一泵站。

1968年11月，刺骨的寒风呼啸在车木峡一带的河面上。一天上午，寂静的峡谷被两辆吉普车的声音打破，车行到峡谷西侧出口的龙王炕附近停下，只见车上走下几个人来，开始步行，边走边指指画画的。走在最前面的，是时任甘肃省副省长李培福，这已经是他第三次来到这里了，一个副省长为何要三次悄悄地来到这个不起眼的峡谷呢？

早在1966年，“文革”开始席卷全国各地时，李培福就来到干旱少雨的景泰县，同县上领导一起研究解决这里的干旱问题，并亲自驱车来到距离县城不到30公里的车木峡，实地踏勘提水上景泰川的灌溉工程起始点。1967年，李培福再次来到车木峡，并沿着一条虚拟的提灌路线一路往西行走，穿越景泰县境内，提出一个从车木峡起步的、可灌溉30万亩良田的水利工程设想。

1968年7月，甘肃省委讨论甘肃农业问题时，李培福在会上正式提出建设景泰川电力提灌工程的建议，当场得到省委的批准，并派他带领工作组于10月赶赴景泰县，正式开始这项工程的实地勘探。这次踏勘中，在黄河边选取了五个点，龙王炕是其中之一。1968年11月的一天，李培福带领省农业办、水利厅、景泰县革委会的相关领导，确定了车木峡出峡不远的龙王炕为提灌工程的零起点。随着天气的逐渐寒冷，龙王炕迎来的却是越来越多的水利建设人员，他们利用冬季黄河枯水期，在龙王炕用麦草和黏土围出了一个“人工湖”，抽出里面的水后，再开始打地基。那个寒冷且缺少机械设备的岁月里，建设者们相继完成了开挖一泵站基坑，筑一泵站主、副厂房基础和墙体等工作。

1969年10月15日10时30分，当时的景泰县城芦阳镇沸腾了，30门礼炮

作者在甘肃境内车木峡出口的景电工程一泵站处

一一鸣响，“甘肃省景泰川电力提灌工程开工誓师大会”开始。1974 年 5 月，整个提灌主体工程基本建成，打通隧洞 7 条，削平山头 100 余座，填平山谷 100 余条，开挖支渠以上渠道 177 公里，建成 15 座泵站，使黄河水“跳高”448 米，这不仅是中国最大的电力提水灌溉工程，而且是亚洲扬程最高的水利提灌工程。

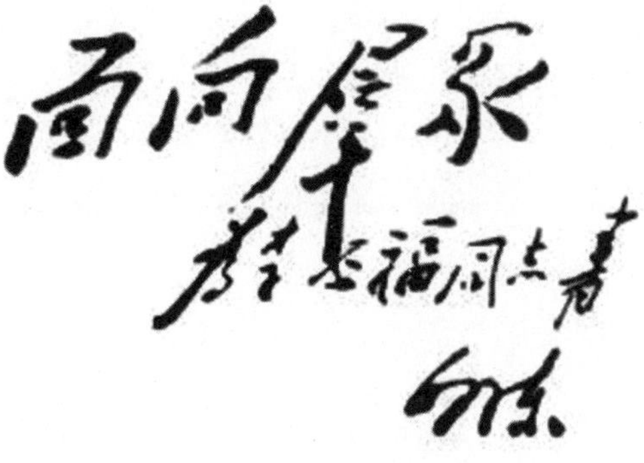

毛泽东给李培(丕)福的题词

黄河水奔向昔日茫茫荒滩的景泰川，不仅实现了 30 万亩荒地变良田的梦想，而且，这片新兴的米粮川吸引了景泰县政府搬迁到如今的一条山镇，一批新兴的国营农场和现代企业也逐渐在这里建成。

李培福并没有陶醉在这些成就中，他又及时提出建设景电二期工程。1984 年 7 月 5 日，景电二期工程开工，1990 年 10 月 15 日竣工。建设泵站 30 座，其中总干泵站 13 座，灌溉面积扩大到 52 万亩，景电工程因其扬程高、流量大而被誉为“中华之最”！我的父亲早年曾参加过黄河之滨、新中国第一个有色金属基地白银公司的建设，后来，景电工程上马后，兰州、白银的一些国有大型企业也纷纷在景泰川兴建农场，父亲又投入他所在的白银公司冶炼厂农场的建设。1982 年，当我第一次跟随父亲到景泰川时，那里已经凸显出一个绿洲的规模。

景电一期工程一泵站

从景电一期工程建成至今，从龙王炕起身的黄河水，经过 40 年的流淌和灌溉，已经发展灌溉面积 100 万亩，不仅是在甘肃中部干旱带上缔造了一个连接景泰、古浪、民勤三县的百万亩绿洲，而且 40 年间累计生产粮食近 70 亿公斤，贡献出了一个中国新粮仓。同时，提灌后升高的黄河水还延伸进了腾格里沙漠西缘的民勤县，有效地遏制了这块中国沙尘暴之源的沙化速度，为中国的生态安全作出了贡献。

如今，我每每回故乡时，车停在古老的沿寺渡口前，沿着黄河向上游望去，就能看到不远处的景电一期工程所在地，那里矗立着李培福的半身铜像，黄河没有理由不记住这个缔造一片巨大绿洲的“黄河之子”。

五、黑山峡，中国的“悬峡”

黄河出车木峡后，滔滔河水穿越过不到10公里的五佛谷地后，又开始在峡谷中穿行，尤其在甘肃、宁夏两省区交界的71公里峡谷内，形成了黄河上游最后一个能建高坝的最具有控制性的河段——因为这里两岸尽是呈青黑色的坚硬石崖而得名黑山峡。

上世纪90年代末的黑山峡吊桥

黑山峡，作为黄河上游黄土高原和河套平原的分界线、甘肃和宁夏两省区的分界线，有着自身的地理内涵和历史文化。从地理而言，黄河一出黑山峡，就开始从青藏高原东部的亚高原地带和黄土高原交错地带进入宁夏平原地区；从河流两岸的降雨量来分析，黄河到这里，进入年降雨量200毫米地区——这是被地理学家称为荒漠带的地区，如果没有灌溉，作物不可能生长。黑山峡以北，就是200毫米降水量下的腾格里沙漠，以南则是绵延的荒山，然而，当黄河来到这片被荒漠包围的平原地区时，造就了一片生

黄河流入宁夏和甘肃交界处的第一桥
为废弃的黑山峡吊桥

机勃勃的人工绿洲。

黑山峡，是黄河连接甘肃和宁夏的一条纽带，也是进入宁夏平原的一道门槛。我曾经几次穿越过这条著名的峡谷，最后一次是2011年五一期间，和好友金曙光一道用4天时间穿越这里。

从峡谷自身的地理资源而言，黑山峡和黄河上的众多峡谷一样，具有水利资源利用开发的诸多优势，黄河流经这里含沙少、落差大，内蕴巨大的水利资源。当年，范长江乘坐羊皮筏子经过这里时，被这里的气势所震撼，认为“峡势颇不减于长江三峡中巫峡的作风”。

这里蕴藏着丰富的水资源，是黄河上游具有修建大型水库的理想峡谷之一。1952年，毛泽东视察黄河，面对滚滚河水造成的水灾和历代皇帝将治黄作为国家之策的历史，他发出了“要把黄河的事情办好”的号召。1954年，中国政府聘请前苏联专家和国内水电科技人员组成黄河勘察团，并成立了黄河规划委员会，编制出了《黄河技术经济报告》，在这个报告中，专家们就提出了开发黄河黑山峡河段水资源的想法——一个可以造福1700万西部人的水利巨作。在这个报告中，确定的黑山峡水利工程由两部分组成：小观音为高坝，大柳树为低坝的两级开发方案。前苏联、中国的水利专家一致认为，在黑山峡至龙羊峡之间这段900公里的峡谷河段上，落差达1324米，可修建13座梯级电站，黑山峡被列为黄河干流51个梯级中最关键的三个梯级之一。

要逆黄河进入黑山峡，必须从滨河的甘肃省景泰县五佛乡翠柳村为起点。

早年在甘肃省景泰县工作时，我就多次去过翠柳村和黑山峡，最后一次去黑山峡是2011年五一期间，从翠柳村渡河便是属于宁夏管辖的南长滩村。沿着当年的勘察者修建的一条简易路西行不久，就看见一座吊桥，以前到这里，还能看见两岸的民众骑着自行车或步行于其上，而现在，吊桥上的木板大多掉了，吊桥完全废弃了。过了吊桥，就完全没路了。沿着半山腰间那条当地放羊人踩出的羊肠小道，山体和河面形成70度左右的角度，走在小道上，不敢看几十米下面湍急的水流，而一味行走又会产生晕眩感，加上身上背负的帐篷、睡袋及几天的食品，几乎是一点一点的往前挪。几天的穿越基本上都是这样的，这是我徒步黄河中最惊险、最艰难的路段。

站在峡谷间，一河水流至此变得如此急促，当年开发黑山峡工程的设想仿佛也被这急流卷走了。1956 年，青铜峡水利枢纽工程勘测设计时，西北设计院设计总工程师万宗尧看到黄河在宁夏境内的黑山峡到青铜峡间有 80 多米落差，力主青铜峡建高坝发电。按这个设想，宁夏境内的中宁、中卫将全被淹没，这一提议遭到宁夏本地的一些水利专家的极力反对。随后经苏联专家来现场鉴定，青铜峡的地质条件只能建不高于 15 米的坝，由此提出了在黑山峡的大柳树建一级高坝的方案意见。这就是黑山峡开发的一级开发方案。

今天已经废弃的黑山峡吊桥

黑山峡工程涉及到甘肃境内滨河村庄被淹没的问题。甘肃方面认为淹没损失在他们，而发电受益在宁夏，因而引起许多争议，黑山峡的“开发之梦”就这样被搁浅。

1959 年，全国水利会议在天津召开，时任水利部副部长钱正英召集甘肃、宁夏、北京设计院讨论大柳树一级开发方案。因勘测资料太粗略，决定继续深入地质勘测工作。

1986 年，水利水电规划总院院长罗西北率黄河上游水电经济开发综合考察团数十人至西北考察，考察团中持有小观音优先开工言论者占多数，到宁夏看过大柳树坝址及灌区后，考察团中有人首先提出推荐大柳树，否定小观音，罗西北也转向支持大柳树一级开发方案。黄河水利委员会资深而德高望重的王化云主任生前曾明确指出，黄河黑山峡的开发方案以大柳树一级开发为当，但开工时间应在河南小浪底水利工程之后。就像一个提前赶到的排队者，却被一个个插楔者往后挤着，黑山峡里蕴藏的宁夏人的水梦再次排在了小浪底水利工程的后面。

我特意找到一份1993年国务院公布的《九十年代中国农业发展纲要》，发现其中的第三十条，就将大柳树工程列为90年代开工建设项目。同条例中开工的引黄济晋、万家寨工程都完成了，而黑山峡工程仍未动工。

争议了40多年的地质问题，终于在1995年经地矿部组织11位专家学者论证得出结果，即大柳树可建高坝。一个等了40年的结论出来了，但大柳树仍然没有“成型”。黄河干流经过梯级开发，已建成龙羊峡、刘家峡、盐锅峡、八盘峡、青铜峡、三盛公、天桥、三门峡和小浪底等9座枢纽工程，但其中只有龙羊峡、刘家峡和三门峡有调节蓄水的能力，既是理想的梯级开发水利枢纽工程，又能对中游地区起到调节蓄水功能的黑山峡工程依然没有动工。

我看到黑山峡两旁的山崖上，上世纪50年代勘测时打的小石洞，大多被荒草或沙土掩埋了，就像一个人被蒙住眼睛，开始陷入了长久的沉默与回忆了，甚至开始一种更为长久的期盼与憧憬。半个世纪过去了，黑山峡的开发依然停留在纸上，成了黄河上游峡谷水文建设中最大的“悬峡”。黑山峡里依然是咆哮的黄河水，但却显得有些孤单，当初，勘探者在河两岸留下的施工痕迹日渐模糊，冷冷地注视着湍急的河水，一天天带走了在这里修建水利工程的宁夏水梦。

六、青铜峡，宁夏平原的隐形翅膀

黄河离开龙羊峡全长918公里的流途中，其间经过的较大峡谷有20个，流经的第二十一个大峡就是宁夏境内的青铜峡。

黄河流出卫宁平原（中卫、中宁为主体的平原地区）后，即进入一个两山（东为牛首山，西为分守岭）夹峙的峡谷地界，水光山色相映，宛如天然青铜镜，

青铜峡大峡谷

黄河流经青铜峡(杨宏峰摄)

青铜峡水利枢纽

这里因此叫做“青铜峡”。

山因水而奇美，水因山而更加湍急，水穿峡谷时产生的落差，自是建立水利枢纽的理想之地。1954 年 2 月的一天，曾经参加过当时世界上第三大水利工程——东北丰满水电站施工的著名水利专家礼荣勋突然接到国家水电部的一项指令，让他迅速到北京，担任新成立的黄河流域规划委员会的工作组组长，负责规划黄河流域的 46 个梯级水利水电工程。当年召开的第一届全国人民代表大会上，审议通过了黄河流域规划委员会提出的《黄河综合利用规划技术经济报告》，青铜峡工程被列入黄河梯级开发的第一期大型水利工程，成为新中国第一个五年计划的重点建设项目。

1956 年，黄河三门峡工程局成立，礼荣勋于第二年调任三门峡工程局二分局主任工程师。当时的三门峡工程局集中了中国最优秀的水利专家和施工队伍，完全可以承揽黄河上的一切水利工程，因此提出了“包打黄河”的口号，青铜峡水利工程自然就纳入其中。1957 年，由国家水利部北京勘测设计院承担勘测设计的《黄河青铜峡规划报告》出台；1958 年 5 月，青铜峡水利枢纽工程项目划转西北勘测设计。8 月 26 日，黄河流域第二座水利枢纽工程、新中国在宁夏最早兴建的大型水利枢纽工程——青铜峡拦河大坝正式开工，这是黄河上继三门峡水利工程之后的第二座水电站。1 万多名来自中国各地的水电建设者和上百名国家水电

作者在青铜峡拦河大坝前

精英在这里展开了热火朝天的“战斗”。

青铜峡水利枢纽工程的总设计师是万宗尧。1956 年，万宗尧在前苏联著名的莫斯科动力学院研究生毕业，获技术科学副博士学位。当年回国后，他在水利部北京勘测设计院工作，青铜峡枢纽工程项目总设计师的担子落在了当时不到 30 岁的万宗尧的身上，引起了海内外水利界的一片惊呼和疑惑。

青铜峡水利工程规划期间，万宗尧提出了利用青铜峡电力提水泵灌溉南山台及中宁县长山头的设想。1958~1967 年的 10 年期间，这位新中国第一代杰出水利设计师，受水电部派遣由西北设计院前往青铜峡工程局工作。他提出闸墩式水电站设计方案得到中国著名水利专家、原水电部钱正英部长批准。和黄河流域其他的水利枢纽不同的是，青铜峡水利枢纽工程在起始阶段有着自己的独特性：8 个机组电站坝段为 7 个溢流坝段相间设置，电站边墙就是溢流坝挡水闸门的支墩，称为闸墩式电站，这是中国第一次采用“闸墩式”技术的电站，也是 20 世纪 60 年代世界上最大的“闸墩式”电站，被钱正英称之为“我们国家在水电建设上第一次尝试”。施工过程中采用民间的“草土围堰”法，是中国水利史上第一次将这种方法运用在大江大河水利工程上的一项成功创举。

青铜峡水利枢纽工程的建成，实现了黄河在宁夏平原的首次河床截流，引水保证率提高到 100%，形成了河东、河西两大灌溉系统，控制灌溉面积 743 万亩，灌区粮食产量比建国时增长了 7 倍，富裕了宁夏的农业，灌区成为中国商品粮基地。

青铜峡水电站

如果说黄河流水灌溉是输送给宁夏农业经济的一条血管，那么，青铜峡水利枢纽等工程的建设以及后来在青铜峡境内修建的电厂，开始为宁夏平原上新兴的现代工业提供足够的动力。

修建青铜峡时的情形

从 1967 年发电以来，青铜峡水利枢纽担负着宁夏一半以上的电力负荷，这里的发电成本平均为火力发电的 1/5，它为黄河两岸兴起的宁夏现代企业提供着更为强大的动力支持。

如果说“天下黄河富宁夏”的古语指的是这里的丰沛的水量在农业社会时期，成就了塞上江南的物产，那么，进入工业社会甚至后工业社会，一大批现代企业的出现，则是黄河以另一种方式壮大了宁夏经济总量，在宁夏境内，大型现代企业都集中在黄河岸边，黄河，再次以自己的方式富足着宁夏。1994 年，钱正英特意题词“青铜峡水利枢纽是黄河综合开发的成功范例”。

七、晋蒙陕大峡谷，12 世纪的“四国演义”

谈起被评为“中国十大美丽峡谷”的晋陕大峡谷时，内蒙人认为这份美丽有他们的份，因为这个峡谷的北起点从内蒙古的托克托县算起；而山西人常常认为山西的万家寨才算大峡谷的北起点；陕西人则说，这个峡谷的核心部分是在陕西境内的。因此，传统说法中的晋陕大峡谷，真正应该是晋蒙陕大峡谷。

从内蒙河口镇至山西禹门口，黄河在这里改变了河套地区呈东西走向的走势，急转为南北走向：由鄂尔多斯高原挟势南下，左带吕梁，右襟陕北，从北到南 725 公里的地貌里，谷深皆在 100 米以上，谷底高程由 1000 米逐渐降至 400 米以下，河床最窄处如壶口者，仅 30~50 米，构成了黄河干流上最长的连续性大峡谷——晋蒙陕大峡谷。

由于黄土丘壑泥沙俱下，晋蒙陕大峡谷河段的黄河在这一段的来沙量竟占全黄河的 56%，尽管它的流域面积仅及黄河的 15%。可以说真正的“黄”河是在这里成就的。当这条峡谷走在公元 10 世纪前后时，它的人文历史也因为来自北方的游牧民族和宋朝的交锋而丰富了起来。

黄河流经晋陕大峡谷地和佳县相遇

甘肃省靖远县双龙乡发裕堡村

严格来讲，位于内蒙古自治区呼和浩特市清水河县境内的老牛湾，是黄河晋蒙陕大峡谷最北端了，这里因黄河和长城第三次握手处而出名（第一次是我的家乡甘肃靖远县双龙乡发裕堡，第二次是宁夏银川市兴庆区黄河东岸的横城古渡处）。黄河行至老牛湾，因为下游的万家寨水利枢纽工程建成，水流减缓，泥沙沉淀，河面上升，平静婉约，犹如一面碧蓝的大镜子，照着村子。这面大镜子同样照着荒芜的长城和突兀的烽火台。

斯宾格勒的名著《西方的没落》里有一句非常精彩的断论："人类所有伟大的文化都是由城市产生的"。汇集在晋蒙陕大峡谷两侧的陕北文化、河套文化、秦晋文化，显然会颠覆斯宾格勒的这个观点。

榆林地处陕西最北部，毛乌素沙漠南缘，北邻内蒙古，东临黄河与山西相望，西连宁夏、甘肃。北部是青草茫茫、朔风漫漫的蒙古高原，一代又一代的马上民族从这里一次次南下，挟裹着一股股令中原王朝陌生但又心怵的大漠雄风，一片动地的胡笳声里，长弓劲马，铁蹄如潮，引发中国历代朝政的不安和国防政策的变化。黄河流经这片峡谷时，也成了匈奴、鲜卑、羌、女真、党项、蒙古等游牧部族觊觎甚至攻击关中平原及中原地区的跳板。这片峡谷，成了这些游牧部族"跳跃龙门"的云梯，自然成了中原王朝的心病。

宋代，来自北方草原的这股大漠雄风，不再如汉唐时期单一的匈奴、鲜卑或突厥，而是先后拧合成了几股强大的力量，这些力量在改写宋朝历史脉向的同时，也改写了中国的历史。这里是宋、辽、西夏三个王朝交界地带，其西及北是西夏领地，南边是宋朝的疆土，东北隔河与辽国的东胜州、武州相望。这一带宜农宜牧，不仅是主要的产粮区，而且还出产良马，在冷兵器时代，骑兵相对于步兵具有天然的优势。宋朝在建国之初，没有能够占领燕山山脉，自然就不能够依靠长城来防御北方的游牧民族。宋朝无法像西汉那样，以大规模的养马来构建一

准格尔旗黄河大峡谷

个强大的骑兵军团——宋朝的版图之内缺乏可供大量养马的土地。和民间对马匹的要求不同，军队所用的马匹必须放牧，要有大片的牧场供马生长繁衍。整个中国古代，能够养马的地方大致是两个，一个是西北，一个是东北，晋蒙陕大峡谷西侧的榆林地区和鄂尔多斯高原恰好处在这两大牧域之间。

晋蒙陕大峡谷西北边的鄂尔多斯高原、河套平原地区曾经被党项人所占领长达几百年，他们的后代悍勇善战。“人马精劲，惯习战斗之事”。所以，能否保住这一带是关乎北宋西北地区安危的大事。同时，为解决良马供给问题及国防安全，宋朝不能丢失介于西夏、契丹、女真之间的晋蒙陕大峡谷周围地区。

为此，北宋朝廷对这一地区进行苦心经营，采取羁縻政策，给地方豪酋加官进爵，这些党项贵族为了保护其自身的既得利益依附宋朝，成为捍卫宋河东路西北边疆的主要领导力量。这些党项贵族中，其中就有民间传说中杨家将里的佘太君。

神木——一个当代中国经济地理版图中盛产煤炭的地方。公元 928 年，杨家将的第一代开启性人物杨业就出生在神木。契丹势力强大时，纵横整个太行山脉、吕梁山脉，并将触角探及到黄土高原。身份是北汉政权臣子的杨业开始联合党项羌人折从阮、折德父子，并娶折德的女儿折太君为妻子（后人因折和汉族中的佘音同，便称呼为佘太君），一起抵御契丹。

神木往南 300 多公里便是北宋时期的葭州，“铁打的葭州”就是从党项羌和宋朝的征战中得名的。985 年，党项人在部落首领李继迁的带领下，离开被唐王朝安置的米脂无定河一带（无定河是陕北黄土高原上黄河最大的支流），向北到鄂尔多斯高原腹地，建立了军事武装，后来向周围扩大势力，东面一直延伸到晋蒙陕黄河大峡谷，并在葭州的柳树会大败宋军。公元 1010 年，宋朝军队在葭州的葭芦川打败党项羌军队，在今天的佳县县城北 5 公里处修筑了葭芦寨，这是今佳县的雏形。公元 1099 年，这里因为地处晋蒙陕黄河大峡谷中段，地理位置很重要，葭芦寨被西夏朝廷破格升为晋宁军，领辖面积一直延伸到了黄河对面的山西临县。1184 年，晋宁军改为葭州，从一个军事机构变成了西夏的一个行政机构。

公元 1212 年，女真人的势力已经深及到这一带且占领了葭州，西夏神宗再次发动了对葭州的争夺但未能成功。至此，葭州就此从西夏政权手中漂移而远。金和蒙古交战时，蒙古人也因为攻打不下这里，只好绕城而过。

晋蒙陕黄河大峡谷的西部地区，一直是夏宋交战的焦点地区。佳县继续往南便是米脂、绥德、延安等地了。米脂是西夏建国前党项羌活动的主要地区。西夏建国后，由于主力用于向西边疆域扩张，这里一度成为西夏和宋朝拉锯战的产物。而绥德、延安就成了西夏和宋朝交战时的前沿地带，一代文臣范仲淹就曾经在这里一度带兵驻防。

内蒙古境内黄河拐弯的地方，同样成了西夏和辽较量的地方。1044 年十月，辽兴宗率军西征，西夏开国皇帝元昊在辽军连续获胜的情况下，一面遣使请和以示弱，一面退守贺兰山，沿途坚壁清野，烧光野草，使辽军的战马无草可吃，当辽军马饥士疲之际，西夏军队发起攻击，辽军大败，辽兴宗险些被俘。

当金国兴起、南下灭辽时，西夏获得了长足的发展。1122 年和 1123 年，西夏两次出兵援辽，援军就是穿过晋蒙陕黄河大峡谷北段进入山西境内的。1124 年，西夏见辽亡已成败局，派出使节向金国奉表称臣，愿以事辽之礼事金，金国则把辽国西北阴山以南的部分地区割让给西夏——这使西夏得到了晋蒙陕黄河大峡谷的北端地区。1126 年，西夏乘金攻宋之际，出兵攻占内蒙古乌拉特前旗东北、土默特旗东南等地。1127 年，金朝将陕西北部地区千里之地割给西夏，以河为界，黄河成了金和西夏的疆域分界线。

公元 12 世纪，整个晋蒙陕大峡谷地区四周，成了辽、西夏、金和宋“四国演义”的北方精彩段落，峡谷地区的北段，黄河以西地区是西夏和宋军事较量的地段；黄河以东地区，后来成了金军南下攻打宋的通道。这种局势到了南宋晚期，蒙古人从蒙古高原上强大起来时，得到了改写：它改写的不仅是这段峡谷的人文历史，更是终结这里走马换灯似的交战各方的命运；不仅结束了党项人和女真人在中国民族谱系中的面孔，不久也终结了南宋的历史。

八、三门峡，领跑黄河水库建设

当黄河离开陕西和山西相接地段，在黄土高原和华北平原相遇时，再次形成一处著名峡谷——三门峡。这里不仅吸引着一代代带着治理黄河梦的中国人，也屡屡吸引了外国人的眼光。

1935 年 1 月，荷兰水利专家尼佐夫和英国水利专家柯德、挪威籍美国水利专家安立森等人，受国际联盟派遣来华考察，他们在两个月时间里，冒着寒冷，踩着黄河边还未融化的冰，视察黄河下游。视察结束后写出了《视察黄河报告》。他们面对中国丰沛的水资源，提出了在各大支流汇合处以下修水库的设想。

随后，中国近代水利先驱李仪祉再次邀请安立森前往黄河流域视察，滔滔万里的黄河流程中，安立森却将眼光一次次锁定在三门峡一带。这位时年 34 岁、早年毕业于美国密歇根大学土木工程科的美国人，从此便将自己一生中最富华彩的一笔写在了三门峡，这一笔的重彩因获得“中国五等彩玉水利勋章”而得到验证。

三门峡

上世纪 30 年代后期的黄河中游一带，陷入了战乱之中，各种力量在这里交叉，因此，蓝眼睛、身材高大、说着蹩脚中国话的安立森出现在三门峡一带时，被日本间谍追踪、被国民党军队盘查、被共产党领导的游击队几次俘虏的命运遭际便成了他逐渐习惯的生命插曲。

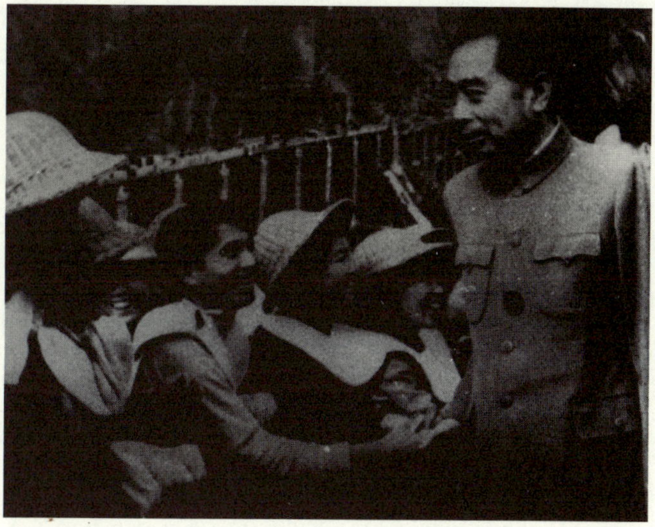

周恩来视察三门峡

炎热的夏季，浑黄的河水再次给战火中流离的百姓带来灾难，这些难民们匆匆来往于黄河的古渡间，匆匆一瞥中，看见一位美国人带领一些人，架起仪器在河边忙碌。他们不知道，这就是安立森与技术人员在黄河中游干支流调查洪水痕迹，实测洪峰水位。这是“人门”、“神门”、“鬼门”三门组成的黄河三门峡第一次迎来近代科学测量。安立森一行从河南孟津溯流而上，经过八里胡同至陕县会兴镇，他精确地计算出了这次洪水流量为23000立方米/秒，随后，他将这次实地勘测的成果以一份题为《用拦洪水库控制黄河洪水的可能性》的英文报告展示给水利界。他的这份报告提出：“距陕州八英里有激流名曰三门，为一优良水库坝址，可以建设截流洪水流量的水库，为防洪及防沙之用”，指出这段狭窄的河床和河床下坚固的花岗岩，可成为拦河大坝的基础。他建议修建三门峡拦洪水库。他说，抬高水位50~70米，泄洪流量就可降低为12000立方米/秒，这是一个令人心仪的工程，安立森也因此成为黄河治理史上第一次提出拦洪水库修建者。

当时的中国陷于战乱，无法顾及这位美国水利学家的呼吁。

中国的一代代水利专家们经过一次次实地勘察后，也一致认为：三门峡谷是黄河中游河道最狭窄的河段，便于截流；三门峡谷水流湍急，建坝后容易发电；三门峡谷属石质峡谷，地质条件优越；人门、鬼门、神门三岛属岩石岛结构，可作为坝基，有利于施工导流；三门峡位于黄河中游的下段，是黄河上的最后一道峡谷，拦洪效果最佳；三门峡一带控制流域面积大，能最大限度减轻下游水害。这六大利好原因，使新中国政府下定决心，要在三门峡建大坝。

1957 年 4 月 13 日，全国各地的水利精英齐聚三门峡，三门峡水利工程于这一天正式开工。4 年修建期间，时任国务院总理周恩来三次到工地现场。主持会议，研究工程建设问题。董必武视察了三门峡大坝以后，曾欣然命笔《观三门峡枢纽工程》四章，并为建设者写下“功迈大禹”的题词。郭沫若视察后写道：“鬼斧神工天作险，人工民斧险为夷；三门峡上英雄汉，动地惊天大史诗。”

1961 年，三门峡作为黄河上兴建的第一座大型水利枢纽工程、当年苏联援建的 156 个重点项目中惟一的一个水利工程建成，大坝的建成，结束了黄河三年两决口的局面，使两岸人民得以安居乐业。106 米高的最大坝高，24 米高的副坝，主、副坝总长 857.2 米的规模及其开黄河水库修建先河的大手笔，使这一工程被誉为“万里黄河第一坝”。1999 年 6 月 19 日，江泽民总书记亲临三门峡大坝视察。

三门峡大坝建成后，每年的 10 月至次年的 6 月库区蓄水时，峡谷间便形成了一个面积约 200 平方公里的美丽湖泊，真正出现了高峡出大湖。如今，在三门峡大坝至山西芮城大禹渡 120 公里间的水面上，黄河滚滚而流的境况早已成为历史，取代携裹黄沙奔腾肆虐甚至冲毁下游良田的是一片碧波粼粼的百公里宁静水域，顺着水中的倒影往两岸看去，则是绵延的青山绿树，山光水色，相映如画。春秋冬三季，野鸭成群，大雁结队，成为黄河上的一道美景。而每年的 6~10 月的黄河则因大坝泄洪放水，而出现了另一番景象：怒涛翻卷，峡谷轰鸣，水花飞溅，彩虹凌空，蔚为壮观，连续 4 个月里上演“不尽黄河滚滚来”的大戏。

黄河在两岸逼仄的山形夹峙中形成了独特的峡谷地貌，这种地貌完全是在当初的自由舒流中形成的，没有半点做作和人工痕迹，然而，进入工业社会，几乎每一处峡谷都被人类当成改造的对象，改造的最大体现就是修建大坝，甚至在内蒙古巴彦淖尔市境内的磴口县这样宽敞的地方，也不再如古人巧妙的利用河水的落差，在上游开挖渠口形成自流灌溉，而是建起了大坝。

我对整个黄河流域的大坝进行人文考察的过程，也是不断陷入沉思的过程，河流的生命本能是流动，每一次大坝的建成便是对河流生命的遏制，当那些从峡谷中冲泄而下的河水带着丰富的、植物所需要的营养，通过沿河修建的水渠走进田野时，滋润出了两岸一个个的人工绿洲和粮仓，人们忽略的一个现象是：每当上游大雨或暴雨，水灾发生后，漫漶进两岸良田后，大量带有植物所需营养的淤泥更加丰富着一个个平原、盆地上的良田，这些淤泥带来的营养是人工施肥或工业化肥所无法相比的。因此，每一处大坝带来了电力、雄伟的摄影师镜头下的美图、局部气候的温润，但对这条浩浩荡荡的大河而言，就是一次次“腰斩”，一次次对供养人类生存的土地营养的消减。黄河属于任何人，又不属于任何人，任何垄断性的拥有或征服，不仅是对黄河的伤害，更是对人类本身的伤害。在这种情况下，黄河也成了检验中国水利科学家良知的一面镜子，最有资格站在这面镜子前的，应该是中国著名的水利、水文学家，中国致力于跨学科研究河流水文与水流泥沙的先驱者之一的黄万里。

1952 年，中国请来苏联专家为治理黄河拟定计划时，黄万里，这位 1937 年获得美国伊利诺伊大学工程博士（该校第七名，中国人第一个该学位获得者）的水利学者指出，苏联虽然有建水电站的经验，但黄河和苏联的河流不一样，黄河的泥沙是建造拦河大坝必须谨慎考虑的难题。然而，在那样一个特殊年代，他的声音很快被淹没了。1957 年，关于黄河规划的第一次讨论会上，苏联专家提出在黄河上修建的 46 座拦河大坝中，三门峡是最大、最重要的。黄万里是当时惟一反对的专家，他说：“你们说‘圣人出，黄河清’，我说黄河不能清。黄河清，不是功，而是罪。”1957 年 6 月 10 日，三门峡水利枢纽工程讨论会在北京召开，此时，三门峡水利工程工地已经在筹建中，会上，只有黄万里一个人和“主上派”展开激烈争论。针对“主上派”描绘的在黄河上建高坝、拦洪蓄沙、让清水出库的美妙图景，黄万里严肃地指出，如果在三门峡这样的泥沙淤积地段上建大坝，黄河下游的水患将会上移到关中平原；同时，黄河中的泥沙起着上游切割、下游造陆的自然作用，建坝拦沙不现实，清水出库对下游河床也不利。”他指出，三门峡大坝如果建成后将淤没田地，造成城市灾害。黄万里一个人在那次会议上孤身舌战 7 天，没有取得成效后，黄万里退而提出：若一定要修此坝，建议勿堵塞 6 个排水洞，以便将来可以设闸排沙。这个建议虽然在会上被全体同意，但在施工时，苏联专家坚持原来的设计，将 6 个底洞堵死。

1960 年 9 月，三门峡水库建成，第二年，潼关、渭河大淤成灾，两岸受灾农田 80 万亩，一个县城被迫迁走，古城西安也受到严重威胁。1970 年，三门峡大坝堵死的那 6 个排水洞以每个 1000 万元的代价被打开；从 1972 年开始，黄河开始断流，黄万里当初的那些分析和预见，从工程建成之日起便被一一验证了。而他当初对抗苏联专家及“上面”的意见，也换来了严重的代价，他于 1958 年被正式定为右派，工资从二级教授降为四级教授，但他从未表示过悔意。三门峡工程败象初露时，国家领导人就通过他的父亲黄炎培示意，如果他写个检讨，就可摘掉右派帽子。黄万里不仅没写检讨，反而写信质问：“国家养仕多年，这是为什么?”

黄河不仅要记住罗西北、李培福、万宗尧等修建拦河大坝的功臣们，更应该记住黄万里这样一心为人民群众着想而敢于抗上的科学家。

第八章
窟居水边，岸边的塔影经声

在佛教传入中国的途中，和黄河相遇后便在沿河一带生根开花。一种东方式的、中国式的佛教文化，被黄河边众多石窟承载，走向一个国家的文化内脏甚至国家意识。如今，遍布在黄河边上的众多石窟中，那些栩栩如生的佛像，丰富着一个佛教大国的宗教内容。

石窟是由佛寺建筑、雕塑、壁画组成的相互关联的整体。沿着佛教东渐的路线，新疆的克孜尔石窟，甘肃的莫高窟、麦积山石窟，山西的云冈石窟等著名石窟的存在位置，往往让人以为洞窟多在山中。其实，沿着黄河漫游，就会发现，依河而居的洞窟也使黄河成了一条映照窟影、收藏经声的大河。

一、洞窟西来，丝路、黄河、长城的三维坐标

佛教在印度始传时期，僧侣们为了能够安心修行、远离喧嚣，大多选择在偏远的山林之地修建洞窟，便于免除干扰，静心悟道。这种坐禅、修行（后来供佛徒僧众修行礼拜）的地方，在古印度被称为“窟”，这就是佛教历史上“乐居高岩，寂无音声，远离，无恶”的佛教洞窟形制之始，公元前3世纪时在印度开凿的阿旃陀石窟是这些洞窟中最早的也最有代表性的。

相传释迦牟尼修成后，地处中印度的侨赏弥国国王优填王十分敬慕释迦牟尼，请人以印度珍贵的栴檀香木雕刻一尊释迦牟尼像，这是佛教中的佛像之始，

这尊表示佛陀功德圆满的雕像、被誉为佛像之始的栴檀瑞像，在佛教发展史上具有举足轻重的作用。

公元 4 世纪初，印度有一位辞掉国相之位而决意弘扬佛法的人，叫鸠摩罗炎，他带着栴檀瑞像离开印度向东而来，在抵达当时位于丝绸之路的龟兹国（今新疆拜城县）之前，在所途经的 4 个国家都留下了这尊瑞像的画图。

伴随着鸠摩罗炎走进龟兹传教的脚步，“窟”也随之而来，开始了它们的中国之旅。公元 317 年，来到龟兹的鸠摩罗炎被今拜城县一带的地理条件所吸引：这里依山傍水，几乎与世隔绝，在西面十多里的地方才有村落，如此宁静安闲的山涧，适合僧人居住与修行，使他们能够心无旁骛地去禅思念佛。

当时的龟兹国是塔里木盆地北缘中部相对富裕的城邦，汉代时已经有庶民 12 万，矿藏资源丰富，铸冶技术闻名西域，生产出的铁可供当时的西域三十六国使用，这为开凿洞窟提供了工具和技术，加上整体呈赫红色的雀儿塔格山的岩石构造，为石窟寺开凿提供了便利的地理条件。就这样，中国境内的第一座石窟在叮叮当当的声响中，在佛教徒虔诚的心境中开始出现在了雀儿塔格山，这就是中国佛教史上起着开启大门意义的克孜尔石窟之始（克孜尔在维吾尔语中为“红色”的意思），也是中国出现石窟佛寺的肇始。

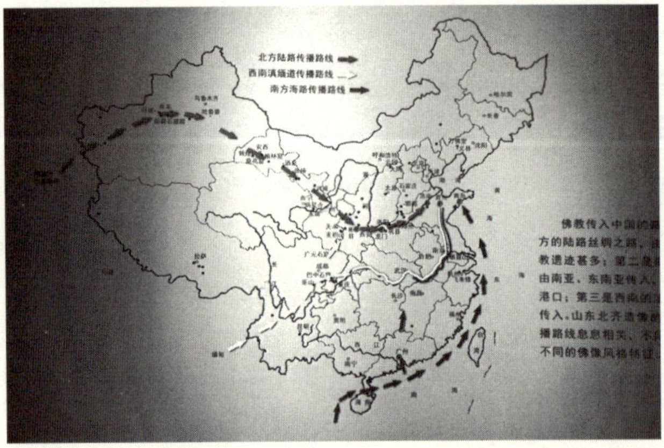

佛教传入中国的线路图

如果说佛教石窟进入中国是一场诗意而久远的旅途，那么，克孜尔石窟就是这场旅途的零公里界桩处，它是最古老也是最初的中国佛教文化宫殿。这里的石窟艺术既承接了来自印度石窟的原始风味，也带有明显的希腊化佛教艺术痕迹，更是印度佛教石窟艺术进入中国的“二传手”，从这里起步的中国佛教石窟艺术，如今，已是遍地花开。漫天窟语里，无论窟制、壁画、造像，都或多或少、或暗或明地和克孜尔石窟有着关联，中国石窟东渐的篇章中，这里就是一篇精致而优雅的序篇。

石窟艺术在西域开始蔓延，并由西域僧人传给汉地僧人，古丝绸之路上的石窟佛寺便星星点点逐渐连崖结片，越来越多，而且逐渐向东传播。

公元 4 世纪初，中国大地开始群雄割据、部族混战、经济衰退。遥远的龟兹在一片佛光映照下，开始走上国力强盛、人民安居乐业、佛教大力弘扬的时期。鸠摩罗炎的传教很快得到了龟兹国王的重视，并成为龟兹的国师，龟兹王将自己的妹妹罗什嫁给了鸠摩罗炎。公元 344 年，鸠摩罗炎的儿子鸠摩罗什出生，这位后来在中国佛教史上占据重要地位的僧人，7 岁就立志要和父亲一样，将佛教传播到中国内地去。

公元 382 年，前秦国主苻坚派他的都督吕光率兵远征龟兹，他对吕光说，早就听说在龟兹有个叫鸠摩罗什的高僧，“朕甚思之。贤哲者，国之大宝，若克龟兹，即驰驿送什（鸠摩罗什）。”他让吕光在攻克龟兹后立即派人将鸠摩罗什送往长安。吕光的远征军胜利了，这种胜利的最重要的标志是他带走了鸠摩罗什，而鸠摩罗什随身携带着的那件珍贵的栴檀瑞像——传入中国最早的释迦牟尼像。

公元 385 年，羌人姚苌带兵攻陷长安并杀死苻坚，在长安建立后秦政权，吕光在返回途中听说这一消息后，只好驻兵凉州（今甘肃武威），栴檀瑞像陪伴鸠摩罗什在这里度过了 17 年的传教时光。直到公元 401 年，后秦主姚兴西征凉州后，邀请鸠摩罗什前往长安，就这样，栴檀瑞像再次陪伴鸠摩罗什开始了东行之途。进入长安后，鸠摩罗什开始了 12 年的译经、讲经活动，开始组织规模庞大的佛经译场，先后译出佛经 30 余部，约 300 卷，包括众多中国佛教的基本经典，这些也使他走进中国四大佛经翻译家的行列。

那尊栴檀瑞像在长安供奉了 17 年，随后的宋、齐、梁、陈四朝，被供奉在江南龙光寺，隋朝时迎奉在扬州长乐寺。此后的各朝都奉为国宝，直到清朝康熙年间被迎请到弘仁寺。1900年，八国联军入侵毁寺，这尊瑞像至今下落不明。

黄河流出车木峡后，进入甘肃省景泰县和靖远县交界处的一片盆地中，丝绸之路、黄河、长城，交汇在这里！河的北岸是属于景泰县的五佛乡，河的南岸是属于靖远县的发裕堡。丝绸之路开通后，这里就是连接中原和河西走廊的一处重要的津渡，佛教东渐的脚步随之开始在这里留下足迹。

鸠摩罗什随身携带着那件珍贵的栴檀瑞像，从凉州动身向东南方向而行，来到黄河边的五佛寺时，被这里优美的环境和保存完好的寺院建筑、佛像等吸引，便开始在这里修窟修行。虽然后来鸠摩罗什离开这里继续东行，前往长安进行12年的译经、讲经活动，但这里石窟的开凿却没有停止。窟内因有5尊神态各异的佛像而得名五佛寺。到公元11世纪中后期，从青海到甘肃、宁夏、内蒙古西部的黄河流域地区被西夏占领，西夏王朝整体尊奉藏传佛教并且在中国历史上第一次将之引进内地，西夏的佛教扩散的一个重要路径就是顺着黄河开始的。五佛寺在那时得到了扩建，大批洞窟被开凿，洞窟里的壁画、佛经也日益丰富起来。

1983年夏天，五佛寺石窟北壁因地下水渗透严重，墙壁被水泡软塌方，景泰

五佛寺

雪中的五佛寺

县组织有关人士进行抢救。在清理抢修时，从墙壁里面的填土中清理出西夏木制蜡台一个，并发现西夏文残经卷一部。当时，在场的人对那种古怪的文字一个也不认识，一些人因为这些经卷上文字的陌生，加上五佛寺一直是当地人心中信奉的宗教圣地，所以，不少人认为这是“天书”。等县上的有关文物保护的人赶到时，经卷已被损毁，只剩留了 7 片残经，计文字 673 个，上面有迄今所发现的惟一的用西夏文字写的“当今皇帝”的皇帝尊号。

五佛寺

目前，世界上仅存的为数不多的几卷《金光明最胜王经》竟然现身这里。《金光明最胜王经》在国内只有北京图书馆、西安市两处有收藏。国外仅前苏联科学院东方学研究所列宁格勒分所和日本有收藏，可见在五佛寺石窟发现《金光明最胜王经》的意义。

走进五佛寺石窟，首先映入眼帘的是一副对联：“千佛洞，千佛像，千佛洞里千佛像，佛洞千古佛像千古；看河楼，看河流，看河楼上看河流，河楼万年河流万年。”这个经典的对联，描摹出了当地人对佛洞的尊崇心理。

沿黄石窟中，这里是我最熟悉的，小时候，每年农历四月初八的庙会，都会来这里，如今，每年清明、春节等节日回家乡也会路过这里。整个寺院的布局大致为东西两排。西排以石窟千佛洞为主，坐西向东，东排以天王殿为主，隔一条狭长的小院，坐东面西与石窟相对。

走进深 9 米、宽 7 米的石窟，中间有正方形的中心塔柱直顶窟顶，塔柱每面宽约 5 米，每面距地面 1.2 米处开龛，龛内各塑佛像一尊，均为吉祥坐，手脚各异。沿着石窟的壁面全是大大小小的模制影塑佛像，有 7~9 排，足有千尊之多，千佛洞完全名副其实。

五佛沿寺石窟

石窟南侧有木梯可登二楼。二楼东、南、北三面出廊，西面紧靠悬崖的红崖面，中间全用“木装修”构成阁厢。三楼纯用木结构装修，为八角钻尖宝顶的阁楼。站在楼顶，就能领略到佛寺前的那副对联的内涵。每年的农历四月初八，这里是整个景泰县最大的宗教集会，黄河两岸数十万的宗教信徒们云集这里，使这里形成了周围地区最大的庙会。

沿寺石窟虽然规模不大，但在整个黄河石窟艺术宝库中，它是一颗不可忽视的珍珠，是丝绸之路北路向河西伸延的一处明显标志。更重要的是，它见证了西夏佛教艺术在这一带的传播。在整个黄河流域，甘肃永靖县境内的刘家峡、炳灵峡石窟里面出现过西夏文字，是目前中国境内西夏文字出现在黄河边寺院的最西端。此外，宁夏中宁县境内的石空寺出土了大量的西夏佛像及宗教用品。五佛寺出土的西夏经卷将这两个地方串连了起来，证明了西夏佛教艺术传播时，沿着黄河而行是其重要的一条路线。

二、炳灵寺石窟，十万大佛沉思之地

石窟艺术进入中国后，很多僧人看到黄河边清净无染的地方，便在那里修行，造就了不少沿黄洞窟。黄河出青海积石峡后，进入甘肃省永靖县境内刘家峡大坝西 35 公里处的炳灵峡，峡谷边有一条大寺沟，沟内有开凿于十六国时期的大型石窟，这就是藏语为“十万佛大寺”的炳灵寺，黄河进入黄土高原的第一座

炳灵石林

石窟。

炳灵寺石窟分上寺和下寺。下寺始建于十六国时期的西秦，距今有1600多年的历史。现存窟龛216座，佛像815身，壁画约1000平方米。炳灵上寺距下寺2.5公里，始建于隋代，唐朝以来，历代有修建。在整个洞窟中，编号为169的洞窟“唐述窟”引起了我的注意，它造于十六国的西秦时期，距地面约60米，内有西秦造像，造型刚健挺拔，线条流畅，扬绘壁画，构图古雅，画中人物衣袂飘逸，栩栩如生。窟北部有墨书题迹一方，上书“建弘元年”字样，系迄今所发现的最早的石窟题记。这就无言地告诉我们，黄河上的洞窟，开凿年代的排序和黄河水流方向大体一致。也就是说，佛教是沿着河流方向自上游而下传播的。藏传佛教传入内地的最早时期是西夏，在炳灵寺的佛像题记中，发现了西夏文字，联系黄河沿岸出土西夏文字、经卷的洞窟，不难发现，至少在西夏时期，藏传佛教东渐的路线中，有一条是顺着黄河流向自西往东的。

炳灵寺石窟

炳灵寺石窟虽然没有像敦煌莫高窟和麦积山石窟那样庞大的规模，但它却是中国石雕艺术延续时间最长的石窟之一，保存有中国石窟最早期、中期和最晚期的壁画和石雕，在这段漫长的时间长廊中，其内容之丰富，题材之广泛，无愧于“中国石窟的百科全书”，更是黄河沿岸石窟的开篇之作，因而在中国石窟艺术中占有非常重要的位置，与敦煌莫高窟、山西大同云冈石窟、河南洛阳龙门石窟、天水麦积山石窟和新疆克孜尔石窟并称为中国六大石窟，也是国务院颁布的第一批国家重点文物保护单位。如今，炳灵寺作为一处黄金旅游点，人们前往那里非常容易，但在50年前就非常艰难。望着炳灵寺如织游人，我不由想起一个人

炳灵寺石窟

炳灵寺石窟

炳灵寺石窟

来——出生于甘肃省天水市的一代史学家冯国瑞。

1941年7月，时为甘肃省文物管理委员会主任的冯国瑞，在石印《麦积山石窟志》中就写道："河州之唐述、时亮二窟，今已不知其所在。"表达了他探寻炳灵寺石窟中的唐述、时亮两个石窟的愿望。

1951年秋天，冯国瑞在甘肃省政府主席邓宝珊、省委副书记孙作宾的大力支持下，参加临夏土改时才抽空对炳灵寺石窟作了首次短暂初步考察。10月3日早晨，年近半百的冯国瑞从临夏乘车，经北塬到莲花堡（原永靖县城）。到县城后简单用过午饭后，开始骑马沿黄河南岸的崖谷西行，至炳灵寺的对面——黄河南岸果园魏庄（今积石山县安集乡鲁坪村），乘羊皮筏子过黄河，达黄河北岸，入寺沟峡，仅用半天时间对炳灵寺石窟作了初步考察。这也是中国学者第一次科学地考察炳灵寺。

冯国瑞在《炳灵寺石窟勘察记》中第一次确定炳灵寺石窟创建于公元265年左右，从而奠定了它是中国石窟中的最早者的地位。

之后，冯国瑞又撰写了《永靖发现西晋创始炳灵寺石窟》《炳灵寺石窟的历史渊源与地理环境》的相关文章，发表在1952年初的《甘肃日报》上。新华社也以《甘肃永靖黄河北岸的山峡中发现古代建筑石窟》为题作了报道，对他的初步勘察给予了高度评价，引起了文化部的高度重视，也开了炳灵寺学术研究的先河。

1955年5月，永靖县炳灵寺文物保管所成立，对有价值的洞窟一一进行编

贺兰山下,拜寺口的西夏双塔

号，结束了炳灵寺石窟长期无人管理的年代。1961 年 3 月 4 日，国务院正式公布炳灵寺石窟为第一批全国重点文物保护单位。

三、平原佛迹，水边的 108 塔和流沙下的石空佛窟

青铜峡 108 塔后的石窟群，是西夏时期藏传佛教在黄河边最大的石窟群。“古塔排峦云作阵，长河入峡浪翻空”的古诗描述的就是这组西夏时期的古塔。夕阳时分，河面上映照出塔窟相依的景致，塔群依次排列在山上，浑黄色的塔身，辉映着青铜色的峡谷，远远看去，耀眼的金色仿佛是这些古塔散发出的佛光，普照着塔边的流水与石窟。

青铜峡 108 塔

800 多年过去了，这片塔林上却看不出任何岁月留下的创伤。当年横扫欧亚的蒙古马队，对西夏王国进行过泄愤式的扫荡，这里却保存了这么完好的一片塔林。一个简单的原因就是：秉承西夏尊奉藏传佛教的宗教习俗，蒙元政权也对藏传佛教极为礼敬，对西夏时期的藏传佛教建筑以及僧人没有丝毫的损伤，甚至更为敬奉，这便是西夏时期的甘州大佛寺、敦煌莫高窟、贺兰山双塔等佛教建筑依然能保留下来的原因。经历了几百年的风雨洗礼后，如今，这里成了当地的一处风景名胜。

中宁大佛寺

黄河水出青铜峡不久，来到了宁夏平原的腹地，在中宁石空镇附近的照壁山，背山向水的山崖上，

石空石窟大门

石空石窟一角

是石空大佛寺石窟。寺门前挂着这样一幅对联：

倚腾格览华夏大佛载金望石空

乘双龙观早春古渡流筏问长城

26个字就将这个上千年历史的古寺的地理位置和大美景观展现得清清楚楚。《陇右金石录》和《甘肃新通志》记载：“石空寺以寺得名，寺创于唐时，就山形凿石窟，窟内造像皆唐制。”石空大佛寺依山而建，其石窟开凿与甘肃敦煌莫高窟类似，具有较长的延续利用的历史，也经历过人为的诸多破坏。它的致命之伤是来自身后的腾格里沙漠的流沙，日渐将这个古寺淹没，在逐年增多的流沙下，默默地诉说着一个见证当地佛教历史的古寺的命运与遭际。

直到上个世纪中期，周围村庄的好多人都不知道这个千年古寺埋在那段黄沙下，他们根据祖先流传下来的各种传说，确定了古寺的大致位置。上世纪60年代初，因当时的特殊背景，村民们不能大规模地去清除流沙，只能在夜晚偷偷地去清除，一天天过去了，一月月过去了，经过很长一段时间的清理，终于使这个石窟群露出了掩藏在黄沙和历史双重屏障后的真面孔。石空寺石窟群依山而凿，主要有石空寺窟（也称万佛寺）、灵光洞、万佛洞、百子观音洞四窟。中寺的九间无梁奇洞，是整个石窟的中心，曾被收录在《中国名胜古迹大辞典》中。

石空大佛寺

山门曾有一副古对联写道：“座下莲华压倒西湖六月景，瓶中杨柳带来南海一枝春。”不难看出这里曾经的盛景与繁华。据史料记载，大佛寺分上、中、下三寺，共有石窟 13 个，20 世纪 80 年代初，这里曾发掘出土了唐、宋、元、明、清等历代的彩塑像、壁画、地砖、铜佛像等国家级文物 100 多件。

灵武高庙

石空大佛寺石窟群就这样背听腾格里沙涛，面视黄河水东流，曾目睹过丝绸之路上的繁华和盛景，也默默注视过宁夏平原腹地的争战与沧桑，它以自身的文物价值从容地走进《中国名胜古迹大辞典》《中国旅游指南》《中华佛教两千年》等大型书刊画册，也以自身的视角收录着平原上的往事与回忆。

在宁夏平原上，还有中卫的高庙、灵武的甘露寺、石嘴山的北武当庙等寺院。

四、寺影佛音，河套的心灵栖息地

藏传佛教自西夏时期传入内地后，逐渐进入今内蒙古河套地区。西夏时期，河套平原归属于西夏王朝，因此也就成了最早承领藏传佛教影响的地区，西夏时期从藏地最早传入的是被皇室最先尊奉的白教，也就是“噶举派”。

黄河流出宁夏平原后，河东岸便是位于鄂尔多斯高原的鄂托克旗，偏离黄河往东几十公里的戈壁滩上，突然出现一处褐红色的山丘，那里就有“草原敦煌”之称的阿尔寨石窟。早在 2004 年，我就曾前往那里，并在报纸上刊发了《草原惊现“敦煌”》的文章，介绍了这处藏传佛教石窟。

鄂托克旗境内的阿尔寨石窟，保留着大量西夏时期的佛教壁画

当地流传着成吉思汗率军在阿尔寨筹谋攻灭西夏，并在

阿尔寨石窟的僧人

此疗伤的历史传说。传说，当年成吉思汗进攻西夏时，率军屯驻在此，每日携带众多的猎狗在草原上围猎。一日，狩猎的人们人困马乏，猎狗焦渴，但是，在茫茫草原上既无清泉也无井水，成吉思汗急命兵器巨匠尧勒达日玛，以最快的速度找到水源地，钻出 108 眼水井，以解燃眉之急。因此，阿尔寨石窟边的百眼井由此得名。

我就此曾采访鄂托克旗的文管所巴图所长，据他考察，阿尔寨石窟东南侧的 10 号石窟，就是成吉思汗养伤时的住所。在这个石窟门口，我看到竖有代表成吉思汗战无不胜的威猛神勇的苏勒德神矛，门西侧壁上却有一座西夏风格的佛塔浮雕，门前的石崖边上凿有两道竖壕，据说是为方便成吉思汗养伤时坐着射箭所凿的。站在石窟前极目远眺，数十里外的山峰、草原尽收眼底。走进石窟 28 号窟中，有一幅壁画价值非凡，现被专家确认为“成吉思汗安葬图”。壁画为梯形结构，最上面两层绘有山川、河流、原野，并在突出位置绘有两军对垒、激烈作战时的场景，应是表现成吉思汗征战西夏时的场面。第三层左侧绘有若干匹白马，

阿尔寨石窟

一匹褐红色马，及若干峰骆驼，应是表现成吉思汗在阿尔巴斯猎野马时，所乘“红沙马为野马所惊，成吉思汗坠马跌伤”。右侧绘有两座白色蒙古包，尖顶高耸，其左侧有一间寺庙，一间宫殿，宫中绘一妇人，似在垂首痛哭。应是表现成吉思汗逝世，随行的也遂夫人悲痛不已。壁画中部，绘有三人立于一木棺之后。左侧男子着盛装，束袖袍服，头戴盔型圆帽，在其右侧站立的似为两位僧人，应为随同成吉思汗征西夏的拖雷王子及为成吉思汗祈祷的僧人。

阿尔寨石窟的壁画

2011 年深秋，应巴彦淖尔市旅游局之邀，为《秘域》和《文字背后的美丽》一书的写作我再次前往河套地区，对这一地区的佛教寺院得以再次深入了解。位于磴口县沙金套海苏木境内的阿贵庙是河套平原上最西边的藏传佛教寺院，这座属于“红教”即宁玛教派的庙宇距磴口县和临河区约 90 公里，藏语名为“拉西仁布·戛定林阿贵”，俗称阿贵庙，始建于公元 1798 年，在海拔 1500 米的高地上，占地 1500 亩左右。整座庙宇雄伟壮丽，结构紧凑，属典型的藏式建筑，依山而凿的石窑群更是气势不凡。整个寺院在鼎盛时期有僧众 400 余人，它辖有子庙、儿驼庙、沟心庙、麻尼图庙、苏木日格庙等寺院，是西北地区最大的藏传佛教“红教”庙宇，也是内蒙古“红教”惟一的活动场所，跻身于内蒙古自治区十二大庙宇之一。

阿贵庙的整座寺庙依山而建，庙宇所在山峰像一朵巨大的花蕊，周围几座山峰像一层层花瓣包围着这朵绽放佛音的花蕊，这也是阿贵庙成为著名的山林寺庙的要素，按山形布局的古刹群内，正中是九九八十一间的“大雄宝殿”，主供释迦牟尼，左右则为陪殿建筑，雕梁画栋，神塑显目，壁画故事甚多，尤以浮雕龙最为逼真，龙体盘旋飞腾，造型

位于磴口县沙金套海苏木境内的阿贵庙

优美壮观。每逢农历七月初十、九月二十五庙会举行之日，巴彦淖尔境内甚至远至宁夏、甘肃、青海、陕西的善男信女都前来这里敬香礼佛。那些各地香客游人的纷至沓来，也影响了很多的普通游客纷纷前来这里，饱览胜地风光和领受藏传佛教的魅力。

很多游客来到这里才发现，阿贵庙祭殿及庙宇殿堂以它的神奇绝妙闻名遐迩。在大殿周围的悬崖峭壁上有5个奇特的天然岩洞，洞内彩塑迷离，栩栩如生。从大殿往东攀登108个石阶，走300多米便是“莲花生洞”（即阿贵洞），洞内面积约200平方米，供主神莲花生塑像，喇嘛们设坛、供奉，诵咒灌顶就在这里举行，在整个寺院中这里的香火也最旺。洞内的红土也叫“玉光土”，信徒们往往取而治病，也是蒙医常用的药材之一。

巴彦淖尔市境内，不仅有一座座藏传佛教寺院，也有声名远扬的汉传佛教寺院，整个河套平原上最著名的汉传佛教寺院就是位于临河区的甘露寺。

甘露本为佛家用语，多指观音菩萨普度众生时普降给世间的福祉，由于甘露寺的名字中寄托着这样美好的愿望，所以，在中国很多省份都有寺院取名甘露寺。

相比全国各地的一些著名的甘露寺，巴彦淖尔市临河区的甘露寺和慈云寺就像个隐士，浑身散发着浓厚的文化底蕴，却从不张扬，默默地在这片干枯的荒地上，承载着一座寺院的使命，接受着不同历史时期的繁盛、衰落，甚至损毁。没有文献资料能告诉我们，这里最繁华时期的盛景和繁荣，但它以自己的规模和影响力当之无愧地成为内蒙古西部最大的汉传佛教寺院。

临河慈云寺

1985年，临河市政府批准恢复重建甘露寺，并作为汉传佛教活动场所。1990年，由山西省佛教协会会长三义老和尚发起，由妙闻法师复兴甘露寺。1991年，妙闻法师从山西省上华严寺来到甘露寺，弘扬佛法，广结善缘，逐渐使甘露寺成为内蒙古西部地区一座规模宏大的汉传佛教圣地。慈云寺则是典型的中国境内最东端的一座噶举派寺院。

《西厢记》剧情画面

五、普救寺，蔓延出《西厢记》里的浪漫

和白居易齐名的唐代大诗人元稹撰写的传奇《会真记》，叙述了中国文学史上最浪漫的一场恋爱故事。故事的主人是张生和崔莺莺，发生的地点则是书中所写的“蒲之东十余里，有僧舍曰普救寺，张生寓焉”。这个故事被辑入宋朝官修的《太平广记》一书。后来又经文人苏轼、秦观、毛滂等人的传播，深入民间，至金章宗时(1189~1208年)，由说唱家董解元利用民间流行的诸宫调说唱体裁，改编为《西厢记弹词》。

《西厢记》剧情画面

“九曲风涛何处显，只除是此地偏。这河带齐梁，分秦晋，隘幽燕。雪浪拍长空，天际秋云卷；竹索缆浮桥，水上苍龙偃。东西溃九州，南北串百川。归舟紧不紧如何见？恰便似弩箭乍离弦。”

这段董解元的《西厢记弹词》中的唱词，不仅惟妙惟肖地描写了普救寺身边的黄河及地理形胜，而且以“竹索缆浮桥，水上苍龙偃”描绘这里当时有座人工设计精巧的浮桥，把秦、晋二地紧紧地连接在一起。

元稹以位于山西省永济市蒲州古城东 3 公里的西永清院为生活依据创作《西厢记》，他将西永清院改名为普救寺。五代时，郭威带

普救寺

黄河大铁牛位于普救寺和鹳雀楼之间

普救寺

兵攻克蒲州古城，久不能取胜，便召集寺院的僧人询问，僧人告诉他："将军发善心，城即克矣。"郭威当场折箭发誓，不杀一个人。第二天，城果然破了，郭威取"普度众生"之意，改西永清院为普救寺；另一方面，郭威也可能受元稹传奇的影响而用其名。

创建于唐代的普救寺历经千百年来的兵火战乱，又经明代地震破坏，早已荡然无存。

走进1986年以来新修复的普救寺，其实带着一种走进一场浪漫爱情的心境，张生借宿的"西轩"，崔莺莺一家寄居的"梨花深院"，白马解围之后张生移居的"书斋院"穿插其间。整个寺院规模恢宏，别具一格。殿宇楼阁，廊榭佛塔，依塬托势，逐级升高，给人以雄浑庄严、挺拔俊逸之感。寺后则是一地势高低起伏、形式活泼的园林花园。传奇故事中的莺莺"拜月台"掩隐在这里的青松翠柏、千竿修竹之中。

佛教建筑和爱情故事的相连，本身就带有很大的传奇，普救寺不仅孕育了灿烂的寺院建筑、丛林盛事、艺术精粹和人文景观，而且和一部经典名著产生了联系，和一场经典爱情有了关系，在中国佛教史、文学史、艺术史上写下了浓浓一笔。

六、因水而动，西沃石窟大挪移

修建黄河小浪底水库时，一个难题出现了：水库一旦修成，位于河南省新安县西沃乡西沃村附近的西沃石窟将要沉入水底，鉴于西沃石窟的艺术价值，1994年底，国务院正式决定将西沃石窟搬出小浪底库区。

西沃石窟位于青要山半腰间，俯瞰着水深流急的黄河水流过，整体搬移的难度很大。因为在1978年负责搬迁了漯河郾城县（今郾城区）实验中学内的北宋彼岸寺碑，1984年负责搬迁了登封中岳庙内重达30多吨的大唐碑等文物，陈进良自然就成了这次千年石窟大挪移的主角。站在石窟前，他面临着一项前所未有的难题。

西沃石窟

经过多次现场勘察及商讨，他最终拿出了“揭顶分块”的搬迁方案。所谓“揭顶分块”，就是切去石窟顶部的石块后，将石窟及摩崖浮雕切割成大小不等的石块，再进行搬迁。

1996年9月12日，古老的西沃石窟迎来改写命运的时刻。这天，偃师市诸葛文物修复队正式受邀驻扎在这里，开始动工。然而，他们工作的第一步，就遇到了如何搭建便于施工木架的难题。

西沃石窟所在的位置为一峭壁，几乎就没有下棍之处。修复队队员开始仔细地搜寻便于扎木架的石缝，终于，一个队员在离河面2米处发现了一处崖壁上伸出来的石头茬儿，宽二三十厘米，正好可以固定横杆。固定好横杆后，再向上搭建竖杆，并用铅丝将其牢牢地固定在山体上。一个15米长、10米高的架子很快出现在峭壁上。

西沃石窟的位置在山水相夹的峭壁上，施工中稍不小心就会将切割下的石块掉到几十米深的黄河水中，为了防止这种意外的出现，专家们还用有机硅将石窟中的雕像及摩崖浮雕全部拓模，以备将来修补。但刚开始拓时，意外出现了：在使用有机硅时，需要使用含有锡的固化剂使其凝固，当地农民土法烧制硫黄造成的污染，使锡与空气中的硫黄发生反应，导致被拓过的雕像全部变黑。

经过探索，陈进良让工人在拓模前，先在雕像上涂上一种化学材料，使之与有机硅和固化剂隔离，所产生的硫化锡再也不会附着在雕像上了。解决了拓像变黑的难题后，他们开始切割石窟。首先，将石窟上面的斜山坡及杂草等整个儿去掉。然后实施对石窟的分块切割。

搬迁复原后的西沃石窟

被吊上来的石窟该置放在哪里呢？早在实施搬迁之前，文物专家就为这个千年石窟找到了“新家”——民国元老张钫的旧居、新安县铁门镇的千唐志斋，这里曾因收藏历代碑刻而闻名。

石窟被搬运走的时候，周围的农民带着难舍的情感赶来，甚至出现数百人将运输车团团围住，年迈的老人躺在车前，死活不让车走的情形。

由于千唐志斋的大门较小，大的石窟石块难以进入，只好承受再次切割的命运，石窟在门外“躺”了几个月之后，才得以进入，开始复原。

就此，黄河上众多的石窟中，有了这样一处经过人工大搬迁后，被整体移动的传奇。

七、龙门石窟，佛迹和诗音、书法的艺术宝库

公元493年的一天，一群带着石刻工具的工匠，从洛阳城出发向南而行，逆着伊河西侧南行，他们来到一处由东西两座青山对峙的地方停了下来，两山犹如一座天然门阙守护着伊水，当地人称这里为“伊阙”。

民国初期的《龙门全图》

这些工匠们，受命于刚刚迁都洛阳且笃信佛教的北魏孝文帝的命令，力图将北魏政权下的佛教中心也从平城（今山西大同）迁移到洛阳。工匠们开始驻扎下来，第二天，寂静的山

2010年，作者在洛阳龙门石窟

谷间便响起了开凿石窟的声音。一天天，一月月，一年年过去了，年迈的工匠干不动了，便有年轻的工匠逐步从外地而来，使这道开凿石窟的声音从北魏一直持续到了唐代。

那年深秋季节，孝文帝来到这里，发现龙门西山的悬崖上，已经出现了一座完整的洞窟，当他走进洞窟时，看到的是窟内所供奉的佛祖释迦牟尼，南壁大龛上的释迦、多宝二佛并坐像，南北两壁上下各有三列佛龛，每列分别为四个相互对称而又富于变化的飞佛像。比北魏在云冈石窟的佛像更为气派，孝文帝当场下令重奖这批工匠，让他们继续在这里开凿洞窟。

龙门石窟

孝文帝去世后，北魏宣武帝为其父文帝及文昭皇太后祈福做功德而开凿宾阳洞，从公元500年开凿直到523年停工，历时长达24年还未完工，史书记载用工达80多万。后来又在这座洞窟两边开凿了洞窟，形成了伊阙石窟中的代表作“宾阳三洞”。宾阳三洞因统一规划、有计划开凿且并排布局而得名。中洞窟门内前壁两侧下层各有一幅大型浮雕，北为孝文帝及侍从礼佛图，南为文昭皇太后及嫔妃礼佛图。这两幅作品，精美绝伦，20世纪30年代被盗凿而去，现分别藏于美国纽约大都会博物馆和堪萨斯州纳尔逊艺术博物馆。

公元604年，定都洛阳的隋炀帝杨广，有一天率众登上洛阳城北面的邙山，站在山上向南远望，目光落在了伊阙，就对侍从们说，这不是真龙天子的门户吗？古人为什么不在这里建都？一位大臣献媚地答道，古人并非不知，只是在等陛下您呢。隋炀帝听后龙颜大悦，遥指伊阙说，那里就是为我而开的龙门！从此，伊阙便被人们习惯地称为“龙门”了，从孝文帝时开凿的那些洞窟，也被称为“龙门石窟”。

龙门石窟

2010年秋天，当我来到洛阳龙门石窟时，看到的是一座座大大小小的佛龛、石像，沿伊水两岸分布在龙门东、西两山的崖壁上，南北长达1公里。2345个历经时间考验的窟龛，2800余块碑刻题记，70余座佛塔，近11万尊造像构成了龙门石窟这座丰富的东方佛教艺术博物馆，龙门石窟以其窟龛、造像和题记数量之多，居中国石窟之冠，与敦煌莫高窟、大同云冈石窟并称为中国三大佛教艺术宝库。

如果说北魏时期的龙门将黄河腹地的中国佛教文化举抬到一个高度，那么，大唐时期在龙门召开中国古代的一次诗歌大会，则为中国大型诗会拉开序幕。那是个春暖花开的日子，深居宫中的武则天忽然“诗兴大发”，她下令在龙门举办一次盛大诗会。各地诗人云集构成了当时最大的诗人阵营，跟随武则天来到诗会的文武百官则提升了这次诗会的政治规模，尽管由于信息通畅度和交通条件限制等原因，使当时一流的诗人未能聚集在那场带有政治色彩的诗会，但开启了龙门诗会在唐代多次举办的大幕，尽管那次诗会上创作的作品最高奖被宫廷诗人东方虬捧走，尽管那次的诗歌创作最佳奖被宋之问获得，唐代顶尖诗人因为未能赶来而错失了在首届诗会展露诗歌创作的机会，但从那以后，李白、韦应物、白居易、杜甫、元稹、李贺、刘禹锡、岑参、韩愈、孟浩然等诗歌巨擘纷纷云集龙门，构成了龙门诗会在中唐诗歌殿堂中的席位。

龙门石窟开工后的第七年，也就是公元498年，一位叫朱义章的工匠，在为他所造的造像上，悄然刻下了自己的名字。他用朱砂将字写在石像上，因此成为佛像雕刻中题记的书丹者，他那遒劲有力的刻字告诉后人他的另一个身份——北魏书法家。和他同时代的萧显庆也是一位书法家兼佛像造像师，他在完成了孙秋

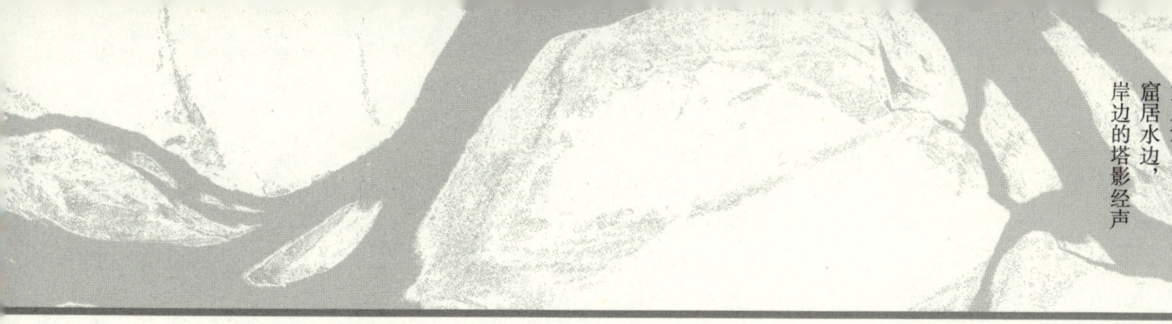

生的造像后，也留下了题记，他们的这种做法给中国书法史留下了浓厚的一笔——2800 多块刀刻下的魏碑，形成了一个大型的石刻艺术博物馆及龙门碑刻书法方面的精品——龙门二十品。

“龙门二十品”是北魏时期书法艺术的精华之作，它所展现的书法艺术，是在汉代隶书和晋代隶书的基础上发展演化而来的，字体端庄大方、刚健质朴，既有隶书古朴刚健的风格，又有楷书端庄大方的神韵，是“魏碑”体的代表。长期以来被视为魏碑书体的法帖范本，在中国书法艺术发展史上具有极为崇高的地位。1889 年，康有为在他的《广艺舟双楫》中称赞“龙门二十品”说：“一曰魄力雄强，二曰气象浑穆，三曰书法跳越，四曰点画峻厚，五曰意态奇逸，六曰精神飞动，七曰兴趣酣足，八曰骨法洞达，九曰结构天成，十曰血肉丰美。是十美者，唯魏碑、南碑有之。”康有为就主张练习书法应该从练习“龙门二十品”入手。

北魏时期，从皇帝到工匠都是虔诚的佛教徒，所以他们内心世界对佛的信仰和本来具有的“佛性”必然会流露在他们的笔下和刀下。刀笔合一的书法艺术中，他们完成的不仅仅是一件件精美的艺术品或书法作品，更是其刀笔功夫走进他们对佛教的敬仰中，这就是他们能雕琢出现代人望尘莫及的佛像，镌刻出具有如此神韵的书法作品的原因。这也是魏碑在中国书法史上产生重大影响的原因，它不是简单地有所谓书法家来完成的一项书法变革。

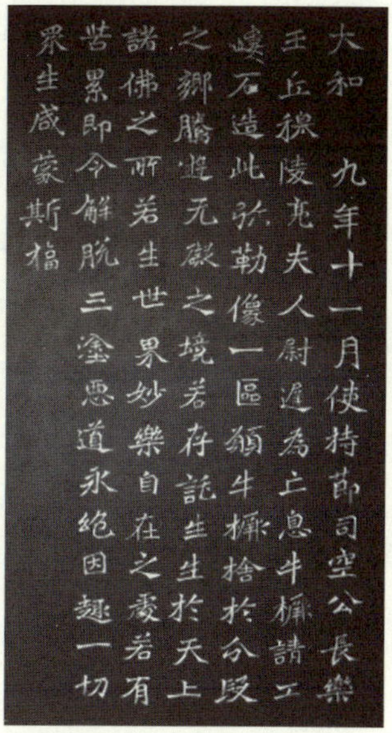
大和九年十一月使持節司空公長樂
王丘穆陵亮夫人尉遲為亡息牛橛請工
鏤石造此彌勒像一區願牛橛捨於分段
之鄉騰遊无礙之境若存託生生於天上
諸佛之所若生世界妙樂自在之處若有
苦累即令解脫三塗惡道永絕因趣一切
衆生咸蒙斯福

龙门二十品之一

龙门二十品之一
（马振拜等 34 人为皇帝造像题记）

八、巩县石窟，黄河窟群的收笔之作

巩县石窟寺是继龙门石窟之后，北魏时期的又一座伟大的佛教艺术宝库，也是黄河流域石窟群链条的一个句号。它位于洛阳东北约 55 公里处，邙山东段大力山下的石壁上。这里山清水秀，林木繁茂，修竹葱郁，自古以来就是洛阳地区著名的游览胜地之一。

公元 500~503 年间的一天，巩县（现巩义市）境内的大力山下走来了奉皇命的一批工匠，他们开始在这里开凿石窟，当第一声开凿声响起后，历经东魏、西魏、北齐、唐、宋、金、明，直至清代雍正年间的 1000 多年间，这种开凿声就一直时断时续地响在山间，开凿声终止的地方，是黄河上最后一个由 5 处石窟组成的大型石窟群。大小石窟共 7743 个，碑刻题记 200 余品，构成了其规模，因为这里地处黄河边的巩县，因此，这里被称为“巩县石窟群”。

佛教进入中国后，第一个开凿的石窟是克孜尔石窟，此后的中国石窟之旅中，有向北而行以云冈石窟为代表的北方之路，也有沿着中路而来，一路留下安西榆林石窟、敦煌莫高窟、武威天梯山石窟、宁夏须弥山石窟，更有沿着黄河而行的石窟之路，这条石窟东渐之路是一条重要而璀璨的艺术之路，这条路上行走的石窟艺术，其过程也就是融合中原艺术的过程。当这种“旅途”沿着黄河走到今巩义市时，表明这种融合已经达到了炉火纯青的地步，体现了佛教石窟艺术由北朝向唐朝过渡的艺术风格。

巩义石窟寺造像

炳灵寺石窟作为佛教艺术在黄河两

岸布局的开篇，佛教洞窟沿着黄河开始了一条窟制中国化的旅途，经过甘肃境内寺儿湾洞窟群、发泉寺洞窟群、五佛寺洞窟群，宁夏境内的石空洞窟群、青铜峡108窟，内蒙古的阿尔寨洞窟群，河南境内的西沃洞窟群、龙门洞窟群等，最后以巩县石窟群终结。伴随着黄河水流方向开始也是一次佛教石窟的长旅，尤其是到中下游的洞窟，站在那些已经渗透了很多中原建筑艺术的石窟群，还有谁能从中体味到佛教艺术进入中国境内造就的第一座石窟——克孜尔石窟的“原始味道”呢？因此，巩县石窟群何尝不是中国石窟艺术展在黄河的谢幕之作、压轴之作呢？

九、白马寺，大河腹地的第一缕佛音

1993年9月8日，前来中国访问的印度总理拉奥一行，专程前往洛阳东郊，抬起头来，看见山门上“白马寺”三个大字，他和随行人员神情肃穆地、缓慢走进赭红色的山门，进到白马寺参观礼佛。时任白马寺海法方丈将印度高僧摄摩腾翻译的《佛说四十二章经》和他本人题写的“中印友谊佛为缘”赠送给拉奥总理，拉奥总理也向白马寺赠送了一尊高1.5米的释迦牟尼青铜像，并欣然题词。

10年后，历史再次将相似的一幕上演在这座山门前。2003年夏天，前来中国访问的印度总理瓦杰帕伊同样专程来到洛阳东郊，同样带着及其虔敬之心走进山门……10年之内两位印度总理光临白马

白马寺大门

2010年10月2日，作者在洛阳白马寺

寺，白马寺到底有着怎样的历史，吸引着两位印度总理专程来这里呢？

唐朝的兼容并蓄与恢弘大气，同样体现在对待佛教的态度上。如果说白马寺是一朵千年盛开的莲花，那么，它在唐朝的绽放无疑是美丽而灿烂的。唐太宗、武则天下令对白马寺的大修，从某种程度上提升了白马寺在中国佛教界的地位。

武则天主持朝政后，她的大力崇佛影响到全国，白马寺更是这股宗教热潮的浪尖。公元685年，武则天下诏大修白马寺，并指派薛怀义为白马寺住持。在薛怀义的主持下，白马寺得到空前的修护和扩建，中国第一古刹在公元7世纪后期的地位更是日益上升。据说，当时的寺内僧人有3000余人，其山门几乎直抵洛河北岸。由于僧人居住的地方离山门太遥远了，步行要走很长时间，所以到了晚上，僧人必须骑马去关闭山门，这就是至今在洛阳一带仍广为流传的“跑马关山门”的典故。

白马寺的盛名不仅吸引了唐时的君臣重视、百姓礼拜、僧人敬仰、商贾布施，更是吸引了一些高僧的青睐。如今，寺内的鉴真和尚塑像就清楚地告诉后人，这位为中日文化交流作出过重大贡献的著名高僧，也曾来到“祖庭”、“释源”白马寺瞻仰朝拜。

白马寺里鉴真和尚塑像

1983年，白马寺被国务院确定为全国重点寺院。这座千年古刹很快就正式移交僧人管理。当我沿着黄河而行的脚步抵达白马寺时，黄昏的余晖撒在门口，我无法在关闭山门前悉数走遍200亩的白马寺旅游区，只能踩着一地细碎的夕阳，仔细端详起青石券砌的三个东汉门洞，这是白马寺内现存年代最早的文物。

当我虔敬地跨过被称为“三门”的大门时，心中立时在那道跨越中体味佛教中的“三解脱门”——空门、无相门、无愿门中的妙理。然后，才在天王殿、大佛殿、大雄殿、接引殿、毗卢阁以及鉴真和尚塑像等建筑前，领略这里散发出的浓厚的佛音，彷佛看见从这里飘散出的佛音是怎样一度引领中国佛教界。

如今，白马寺的一缕佛香，在袅袅弥漫中宁静着信士弟子或游客的心田。洛阳白马寺因为其“天下第一古刹”、中国佛教“祖庭”而屹立在黄河岸边，使滔滔大河漫溢的佛音在这里达到巅峰状态。

第九章

文明的请柬，饮马黄河的“陌生人”

黄河是一条开放的大河，这种开放不仅体现在其沿途吸纳了众多支流，也体现在对外来文明的宽容、吸收、融合。按照传统的史学观点，那些马过黄河的游牧部族往往被披上了入侵者或外来者的外衣，无论是踏破阴山之阙或鄂尔多斯高原呼啸而来，困扰中原王朝数千年的乌桓、狄、羌、戎、匈奴，还是从青藏高原挥马而来、刀锋寒光直逼长安城的吐蕃、吐谷浑，无论是白骆驼载着《古兰经》和美好神话深入黄河上游的撒拉人，还是沿河遍布的回族人。从另一角度看，他们在向中原王朝积极学习的同时，也不断地向内地输送着文明的新鲜血液，使中华民族的文明体系逐渐完善和丰美，站在这个角度审视，这些“陌生人”的到来，何尝不是回应黄河向他们发出的文明请柬呢？

一、青藏来风，吐蕃骑影

在整个黄河流域，吐蕃是进入黄河流域最西端和汉族进行交锋、融合的部族，藏语中，吐蕃意为“高处的人”，他们一直是雄踞在黄河河源一带的主人，在黄河上游地区创造了灿烂的文化。

公元7世纪初，青藏高原上崛起的吐蕃呈现出一股强大的力量，他们和羌人争夺黄河上游的草场，将他们的足迹渗进黄河流域。公元635年，唐朝军队和吐谷浑军队交战，一代名将李靖带领唐军从黄河上游玛多县的花石峡深入河源地区，击败吐谷浑军队，这是历史文献记载中吐谷浑政权和中原王朝较早交锋的战例。公元670年夏天，大唐名将薛仁贵帮助吐谷浑诺曷钵讹弘化公主夫妇复国，从黄河上游今玛多县的花石峡进兵，大军在这里就遭受到高海拔地区缺氧的考验，到大非川一带遭到吐蕃军队毁灭性的打击。

吐蕃骑兵像

公元705年，吐蕃和唐朝第一次和盟后，吐蕃于公元709年派遣大相香多日拉金等人去唐朝求婚，这是吐蕃使者第一次跨过黄河进入中原王朝的心脏地带，唐中宗当即答应把金城公主嫁给吐蕃。公元710年，唐王派左卫大将军杨炬护送金城公主入藏，金城公主跨过黄河，走进了茫茫雪域。此时，吐蕃已经完全占据了黄河流经的整个青海地区及甘肃部分地区，成了黄河上游真正的主人。公元714年，唐朝和吐蕃和盟定界，定国界于河源，也就是今天的青海西宁。

唐蕃古道形成之前，高原上的民众跨过黄河进行交流是一件很平常的事情。早在先秦时期，在今甘肃省永靖县白塔乡境内黄河边的风林川（解放后修建刘家峡水库时淹没）就修建了一座高50丈的“飞桥”，这是内地过黄河进入青藏高原的主要通道之一。唐朝初期，出于对吐蕃的战略需要，在这里设置风林关，文成公主及后来的金城公主进藏，都是从这里渡河的。

吐蕃时期的红山宫堡，也是布达拉宫的前身（大昭寺壁画）

和盟并没带来和平，之后战争又开始了。唐朝和吐蕃第二次和盟不久，吐蕃便派十万军队进攻甘肃临洮和陇西一带，吐蕃铁骑开始沿着黄河而下，进入黄土高原地区。这场战役中，唐军将领杨炬兵败自杀。唐玄宗命薛讷为陇右防御使，率军十万出击吐蕃，吐蕃被暂时赶出甘肃省境内的黄河一带。

公元727~728年间，吐蕃占领河西瓜州。唐朝政府发兵出

作者在青藏高原

故宫藏唐太宗召见吐蕃使者禄东赞图

击玉门、祁连山、瓜州一带，击败吐蕃。唐军乘胜进攻了吐蕃占领的九曲黄河地，吐蕃在黄河南线失利之后，多次派使节向唐求和。大臣皇甫惟明乘机向唐玄宗进谏说：陛下可派使节前往吐蕃看望金城公主，顺便向吐蕃赞普议和，从而少一些边患。唐玄宗因此优待吐蕃使臣，希望双方和盟。公元731年，唐玄宗派遣崔琳带领使团出使吐蕃。公元734年6月，唐和吐蕃双方和盟，和盟规定以赤岭为两国边界，也就是今天青海湖东边的日月山。双方还立碑，在上面写划界内容。此次和盟又被称为赤岭和盟。

公元756年，安史之乱爆发，唐玄宗逃往成都，太子李亨北上，在宁夏黄河边的灵州即位，也就是唐肃宗。藏王赤松德赞派人来到黄河边的灵州武城，希望帮助唐朝平叛。唐王李亨并不理会，只是赐宴，便把吐蕃使臣遣送回去了。吐蕃方面见唐朝无修好之意，并且向回纥求了援军，于是，再次发动战争，侵扰唐王朝在宁夏、甘肃境内的黄河流域，甚至占领长安，立金城公主的弟弟广武王李承宏为皇帝，改年号，释放犯人，设置百官，大赦天下，并洗劫长安。

公元767年4月，唐蕃双方在长安兴唐寺和盟，唐朝承认吐蕃占领的地界的合法化，双方刻立石碑于兴唐寺前。公元763年，吐蕃势力完全控制了今黄河上游甘肃皋兰、青海贵德等地，《旧五代史》记载："安禄山之乱，肃宗在灵武，悉召河西戍卒收复两京，吐蕃乘虚取河西、陇右，华人百万皆陷于吐蕃。"黄仁宇在《中国大历史》中不禁感慨："事实上自安禄山叛变之后，黄河上游以西的地区已永远被吐蕃占据，边境冲突也经常发生。公元787年的谈判失败之后，吐蕃部队俘获了一万多中国人交付予其部落为奴。当通过一段峡谷之前，这些吐蕃人让俘虏东向父母之乡辞别，史籍上提及有好几百人哭昏过去，也有不少人跳崖。”

面对唐朝组织的收复之战，吐蕃军队在长安呆了15天便自动撤退。唐朝方面派出的密使与吐蕃密约，如果吐蕃撤军，唐朝把泾州、灵州等四个州割让给吐蕃，其中灵州就在今宁夏平原上。

庄学本拍摄的果洛

公元781年，唐朝政府派遣崔汉衡、常鲁为特使，给赞普赤松德赞送去和盟的信件和礼物。赤松德赞阅读完唐朝政府的信件后指出，唐王用词应该修改，“贡献”改为“进”，“赐”改为“寄”，“领取”改为“领之”，以表示双方地位平等。赤松德赞提出以灵州之西的贺兰山作为双方的边界，唐王表示接受，这表明吐蕃势力已经完全延伸到了黄河边的贺兰山和灵州了。公元783年2月20日双方在清水县（甘肃天水一带）和盟，被称为清水和盟，唐朝与吐蕃把贺兰山定为双方界山。

庄学本拍摄的果洛的牧帐

公元786年，唐润州节度使韩洸上疏请伐吐蕃收复河湟，他说：“吐蕃盗有河湟，为日已久……收复河、陇二十余州，可翘足而待也。”然而，经过多次较量后，唐朝政府已经患上了“恐蕃症”，统治者不想也不敢收复失去的故土。唐朝诗人杜牧写下了《河湟》：“元载相公曾借箸，宪宗皇帝亦留神。旋见衣冠就东市，忽遗弓剑不西巡。牧羊驱马虽戎服，白发丹心尽汉臣。唯有凉州歌舞曲，流传天下乐闲人。”唐朝诗人张乔的《河湟旧卒》：“少年随将讨河湟，头白时清返故

乡下撒拉人家的大门

乡。十万汉军零落尽，独吹边曲向残阳。”记述了一个久戍河湟幸存的老兵，战友们都战死，自己有幸回到故乡的哀伤……控诉了唐政府的无能。

二、圣典西来，白驼载来撒马尔罕的金桃

黄河上游最大支流湟水和黄河交界地段，多民族的聚居融合，使这里成了万里黄河第一处多种文化和文明交织的地区。瞿昙寺、佑宁寺、西来寺、却藏寺、贵德玉皇阁、十世班禅故居及街子清真大寺、甘都阿河滩清真寺……这些佛教、道教、伊斯兰教的古刹名院，或落居在黄河岸边，或掩映在古木参天、茂林峻峰的山岳之间，或构筑在炊烟袅袅的乡间，或是廊腰缦回、飞阁流丹的道家建筑，或是檐牙高啄、暮鼓晨钟的佛家寺院，或是一弯蓝月下流溢着伊斯兰氛围的清真寺，我们都能从中领略到不同民族高超的建筑艺术，感悟到浓郁的宗教氛围和深厚的宗教文化积淀。

一路伴随着丹霞地貌的黄河水进入循化县文都乡一带后，如火焰飞腾的丹霞地貌更是雄奇壮观，和山下农田阡陌、柳浪闻莺的景观互为映衬。黄河伊玛目大桥连接着北岸的化隆回族自治县和南岸的循化撒拉族自治县，这是黄河上第一座也是惟一带有穆斯林意味的大桥。

骆驼泉——循化撒拉族风情园景点

跨过伊玛目大桥，便抵达一片神秘而美丽的人文区域——循化撒拉族自治县。黄河涛声掩隐不住这样一个传说：在700多年前的中亚撒马尔罕，有尕勒莽、阿合莽兄弟两人，他俩在群众中很有威望，因而遭到当地

作者1999年考查黄河时的照片

国王的忌恨和迫害，他们遂率领了同族18人，牵了一匹白骆驼，驮着故乡的水、土和一部《古兰经》，离开撒马尔罕向东方寻找新的乐土。

他们出发后，又有45个跟随者经天山南路进入青海，到达贵德县境内的圆珠沟，有12人留了下来，其余的人继续东行，他们和辗转而至甘肃省夏河县甘家滩的两兄弟相遇，又一起继续前进，进入循化境内的乌土斯山。这时天已黑了，苍茫中走失了骆驼，他们便点起火把在山坡寻找，这个山坡后来被叫“奥特贝那赫”（意即“火坡”），山下的庄子叫“奥特贝那赫庄”（意即“火庄”）。第二天黎明，他们在今街子东面的沙子坡（后人就称沙子坡为“唐古提”，意即天亮了）看见一片土地平衍、清流纵横的地方，一眼泉水缓缓流淌，那峰走失的骆驼已化为白石卧在水中。众人试量了泉水周围的水、土，竟然与从故乡带来的水、土一样，大家便决定在此定居下来，他们就是中国境内的撒拉族先民的源头。

循化境内的清真寺

撒拉族的先民来到黄河边的循化谷地后，当时男人多女人少，撒拉族人娶附近藏族女子为妻，并要求她们归信他们信奉的伊斯兰教，那些随嫁的当地及周围藏族女子也提出一些条件，其中有些被撒拉族人接受了，如院墙的四个角上放置白石头；结婚时把牛奶泼在新娘所骑的马蹄上；院庭内盘牲畜的食槽；衣服不放在衣柜里而挂在横杆上等。

撒拉族因此增加了新鲜血液，人口得以很快繁衍。尤其是和同样信奉伊斯兰教的积石山东边的甘肃临夏回民的通婚，以及那里的回民在经贸往来中横越积石山来到循化谷地后，逐渐融合于撒拉族之中。这使撒拉族在短短的历史时期中发展了起来，到明代中叶，人口已达1万多口，合2000多户，成为青海地区一个新兴的族群。

邮票上的撒拉族

循化黄河谷地风光

公元 17 世纪初，元明时期西北地区的伊斯兰教中的聘请制掌教阿訇，凭借其宗教影响等因素，逐渐成为特权人物乃至终身任职的教长，形成了中国伊斯兰进程中的“门宦制度”，这一制度很快也进入到循化撒拉族人的生活中。公元 1730 年以后，循化开始出现“工”这种基层地方区划名称，整个循化撒拉族十二工的伊斯兰教教务集中在十二工总掌韩哈吉手中，他开始接受从甘肃临夏前去传教的回民马来迟所倡导的“冥沙经”和“前开”教规（“冥沙经”是马来迟于公元 18 世纪初根据伊斯兰教天经编撰的一种经，因其内容简化、念起来比较容易、省时，教众有婚丧事请阿訇念“冥沙经”，这种习俗很快在西北地区伊斯兰教徒集中地域盛行；“前开”是相对于伊斯兰教中传统的先礼拜后开斋做法，实行先开斋后礼拜的方便做法），韩哈吉接受马来迟提倡的教派，后来被称为老教。

带着一部古老的《古兰经》和坚定的信仰，撒拉族先民从撒马尔罕来到循化谷地后，信仰随地生根发芽，他们自称“撒拉尔”。清乾隆以后的官方档案中称之为萨拉儿、撒拉儿、撒拉回、撒拉回子、撒拉番回或番回。从后面这些名称可以看出，撒拉族与周围藏族和同信伊斯兰教的回族之间的密切关系。

1954 年 2 月 24 日开幕的循化县第一届人民代表大会上正式通过“撒拉”这一族名，使之成为中国民族大家庭中的一员。如今，撒拉人主要聚居在循化撒拉族自治县和毗邻的化隆县甘都镇，以及甘肃省积石山保安族东乡族撒拉族自治县的大河家一带。青海省的西宁市、黄南、海北、海西等州和甘肃省的夏河，新疆维吾尔自治区的乌鲁木齐、伊宁等地也有少数撒拉族人居住。

循化街子清真寺，与门前的骆驼泉和两棵岿然屹立的古柏浑然一体，成为黄河谷地一道神奇壮丽的风景线。尤其是珍藏在清真大寺院内的国家级瑰宝——世界上仅存的三部手抄本《古兰经》之一，更增添了耀眼的光芒。正因为如此，这处承载着特殊

屋脊的花雕上镂空雕刻着的“工”字和镰刀

历史文化背景的景点，在700余年的沧桑风尘中，见证了从遥远的中亚地区长途迁徙而来的撒拉族先民，把根深深植于祖国的这片热土，不断传承民族血脉、民族文化和顽强奋斗的历史。

循化红军纪念碑

在循化的日子里，我特意走进查汗都斯乡赞卜呼村，这里有一座中国工农红军修建的清真寺——红光清真寺，在青海众多的清真寺中，这是青海省惟一一座被列为国家级重点文物保护单位的伊斯兰教寺院。

红军当年留在这里的历史已经显得模糊了，惟一清晰的是他们在村里自行设计、取材、施工、修建的一座占地约4亩的清真寺。当我在下午恬静而肃穆的阳光下走进那个四合院布局，由唤醒楼、南北配房、大殿组成的清真寺时，看到在屋脊、墙壁上闪闪发光的“红星”、“镰刀”，在大殿里抬头望顶，可以清晰地看到屋脊的花雕上镂空雕刻着许多高约几厘米的五角星；距五角星附近，有弯口朝上的月牙形雕刻，月牙上带着小小的手柄，像一把弯弯的镰刀。还零散地分布着一些被刻成“H”形的图案，这些都是变换了形状的“工”字。此外，在大殿屋脊的两侧墙壁上，冠以五角星铁帽的钉子酷似一朵朵怒放的梅花，这些中国大地上众多清真寺中所没有的素材及其“红色印记”，提醒我穿越过几十年的时光之镜，看到当年的修建者在失去人身自由、连基本生存都无法保证的条件下，在充满悲愤的情况下，在修建过程中巧妙地将红五星、镰刀、斧头、工字、领章等象征革命的图案雕刻在花砖之中，镶嵌在墙壁之上，书写着自己坚定的信仰。这座

西路红军在循化的情况简介碑

清真寺因此还肩负着全国首座民间红军西路军纪念馆的历史功能。

在循化谷地生活的撒拉族没有本民族的文字，民众一直使用汉文作为书面交际工具。宗教界人士中也有人曾用阿拉伯、波斯文字母按撒拉语音记事。在循化采访的过程中，我在那些村庄里听到一种陌生的语言，这就是他们一直恪守着的撒拉语。撒拉语属于阿尔泰语系突厥语族西匈语支乌古斯语组，与其他突厥语（维吾尔、哈萨克、乌孜别克语）一样，属于粘着语类型。由于与汉族、藏族、回族长期相处，很早以来就从汉语、藏语中吸收了许多词，随着自治县政治、经济、文化的发展，撒拉话越来越多地吸收汉语单词和术语，来丰富自己民族的语言。

离开那块白骆驼带来的部族的峡谷，记忆里已经深深地收藏了那首撒拉民歌：

“提起我的家呀／我家在循化／白素布汗褡青夹夹／名叫个尕撒拉／担来了黄河水／砂罐里熬茯茶／同志你请下马／看一看撒拉的家／前山的花椒坡／后山的苹果园／露仁核桃白葡萄／挂满了撒拉的家。”

它不是一种诗意的夸张，而是撒拉人生活的真实写照。

三、积石山下，保安刀的锋光和土乡最长的狂欢

在中国传统的十八般兵器里，排名第一的是刀；刀为百兵之帅；刀是人类最早也是最普遍使用的冷兵器之一。历史上，刀带给人类的，不仅仅是流血和死亡。在中国的西北，有一个民族，因刀而得以繁衍生息，这就是保安族，他们打

作者采访保安族生意人

制的刀也因此名为“保安刀”。

甘肃省积石山县境内的民俗村

黄河离开积石峡后进入一片相对平缓的河谷，河之西为青海同仁县，河之东为甘肃的积石山保安族东乡族撒拉族自治县——全国县级行政单位中名称字数最多的一个县，大河家渡口将两岸民众的交往连接在了一起。

黄河接纳了撒拉族这一信仰伊斯兰的族群，同样也接受了保安族这一信奉伊斯兰教的民族，保安族人现在大多居住在甘肃、青海交界处的积石山下的大河家。

公元1225年，成吉思汗结束第一次西征时，将大批中亚信仰伊斯兰教的各族穆斯林俘虏编入“探马赤军”，组成“回回军”，协同蒙古军队作战。公元1227年，蒙古灭西夏政权，占领了西夏统治的今青海同仁地区，并派大量的蒙古军和“回回军”在此驻扎。这些“上马则备战斗，下马则屯聚牧养”的异乡人，在蒙元政权所采取的“随处入社，与编民等”的政策下，逐渐在青海同仁地区戍边屯垦，同当地藏族、土族等民族长期相处交融。随着战事的减少乃至消除，他们和各地蒙古军西域亲军一样，在回不去故乡的情况下，面临在这片陌生土地上娶妻生子立业成家的现实，放下武器华丽转身后，他们逐步向民户转化。

公元1371年，明政府在今青海省同仁县保安城的西山曾建立保安堡。这些信仰伊斯兰教的西域人便因地而名被称为“保安人”。

邮票上的保安族

明中叶以后，随着保安城的建立，这些人逐渐在保安城、下庄、尕撒尔形成了“保安三庄”，以此为核心区域向四周扩散着其生活足迹和影响，逐渐有了更加稳固的家园。明嘉靖年间，巡按陕西的御史张雨在《边政考》中记载有“保安站族”。从此，这个晚来而独特的部族开始与周围的藏族、土族等民族不断通婚融合，逐渐形成了一个新的民族共同体——保安族。

甘肃省积石山保安族东乡族撒拉族自治县县城

马少青油画《保安族夺腰刀》

清朝咸丰年间开始，因当地缺乏生活资源，保安人开始迁徙。起初，他们迁到今青海循化地区的黄河边，虽然受到同样信仰伊斯兰教的撒拉人的热情款待，然而这片美丽但不富饶的地方无法为这些新来的穆斯林提供足够的物质。3年后，保安人不得不再次顺着黄河东迁，他们整体跨过积石关，走出青藏高原，来到黄河出积石峡后相对开阔的盆地——大河家。紧靠积石山的大墩、甘梅（即相邻的“甘河滩”和“梅坡”两个村庄）和高李三地等三庄，开始收留这些异乡人。100多年过去了，新的“保安三庄”在此形成。这些人走到哪里，将自己随身的保安刀带到哪里，将自己喜欢的花椒树栽植到哪里。因此，保安族生活的积石山下，最有名的特产是花椒和保安腰刀，县城大街边商店里的商品，也以这两种最引人注目。

保安人在他们居住的地方，抬头往河对岸望去，就能看见黄河留给青海的最后一块谷地——官亭谷地，那片谷地完全扮演着青海东缘人文句号的角色，那里生活着另一个少数民族——土族。

邮票上的土族

官亭谷地在青海境内的面积约60平方公里，是黄河流经青海省海拔最低的地方，也是青海境内最早迎来农耕文化影响的地区，这里有定格4000年前的史前大灾难而赢得了“东方庞贝”之称的喇家遗址。喇家遗址里出土过中国最早的面条、谷地东端黄河寺沟峡内的古老岩画、马厂文化的遗迹等都使这片土地布满了古老的人文气息。

官亭谷地是青海省土族的主要聚居区之一，土族是中国人口较少的民族之一，现有人口大约接近20万。这个族源至今有些模糊的古老族群，其名称源于部分土族人自称“土人”，其生活区周围的汉、回等兄弟民族也称他们为“土人”、“土民”、“土霍家”等；在青海海北藏族自治州，我遇见的不少土族人却一直自称“蒙古尔”、“蒙古尔昆”（即蒙古人）、“察汉蒙古尔”（意即白蒙古，蒙古族也这样称呼土族）等；在藏族文献中，我查阅到藏族称西夏王朝的臣民之一的土族为“霍尔”。而在汉文献或汉族人的称呼中，“土人”则具有“土著”的意思，这个称呼的渊源背后就是曾经消失在青海历史深处的吐谷浑；不少专家也认为吐谷浑的“吐”和“土族”似乎有直接关联，因为吐谷浑在唐朝中期以后称“吐浑”，而“浑”在蒙古语中是“人”的意思，所以到了元朝蒙古人统治时，汉文史籍中就出现了“土人”的记载。中华人民共和国成立后，根据土族人民的意愿，统一称为土族。

庄学本拍摄的青海土族人

庄学本拍摄的青海土族人

土族过去没有自己的文字，1979 年创制了以拉丁字母为基础的拼音文字，现正在试用当中。

元末明初，藏传佛教传入土族地区并得到迅速发展，特别是藏传佛教格鲁派的发展尤为迅速，土族人生活的地区出现了许多格鲁派寺院，土族在信仰藏传佛教的同时，还保留有早期萨满教的许多成分。青海土族地区的大部分村落都有“崩康”（意为“十万佛”）、敖包、“苏克斗”（意为“挡雹阵”），其主要作用是保佑地方平安，风调雨顺，抵挡冰雹灾害。

如今，走进官亭谷地，已经很难看见那些原汁原味的土族服饰了。10 多年前，我行走于此地时，这里的土族男女的上衣大都配有绣花高领。尤其是妇女服

土族纳顿节

作者在青海互助土族民俗文化村大门前

饰以五彩花袖衫最具代表性，那些犹如盛开在土族女性身上的花朵一样的花袖衫，一般为小领斜襟，两袖用红、黄、绿、紫、蓝五色彩布拼成，衣袍腰间还配有一条彩带，带子两头有刺绣的花鸟鱼虫云纹图案。男子在高领白短褂外套深色长袍，腰系绿花带，头戴毡帽。

弥漫在青海大地上的青稞酒香，同样在土族中飘荡，酒在土族的饮食中占有重要地位，并形成了土族特有的酒文化。历史上，土族人家几乎都能酿造一种低度的青稞酒——“酩醅”。现在，酿酒已成为土族地区重要的产业之一。迎客时先敬“下马三杯酒”、客人进门时又敬“进门三杯酒”、待客人脱鞋上炕并盘腿坐下时再敬“吉祥如意三杯酒”、当客人离去时还要喝“出门三杯酒”和“上马三杯酒”的习俗依然在整个土族生活区域流行。

金秋季节，碾打青稞的土族人

酒香弥漫的最浓处，是土族人所创作的世界上最长的狂欢节——国家非物质文化遗产“土族纳顿”。这是他们最热烈、最隆重的节日。“纳顿”是土语音译，意为“娱乐”、“狂欢”。节日于每年夏季麦收后举行，一般从农历七月十二日至九月十五日，历时两个月，时间长、规模大、场面隆重，所以被称为“世界上最长的狂欢节”。

有着“中国青稞酒之乡”赞誉的青海互助土族自治县县城

持续很久的民间狂欢和众多的民间节日，造就了土族的能歌善舞，并使之成为其民族狂欢的重要内容。家曲与野曲就是流传于土族地区的民间说唱艺术，“家曲”是仅限于家居环境内演唱的曲目，内容包括“赞歌”、“问答歌”、“婚礼歌”等。“野曲”则被称为“外面唱的歌”，俗称“花儿”或“少年”。我走遍了中国“花儿”遍布的地区，也听过许多“花儿”，但土族的“花儿”曲调、歌词与“家曲”截然不同，大多属于情歌；其旋律起伏较大，音域宽广，尾音拖长而下滑，给人以深沉绵延之感。

四、清真大美，沿河遍布的回商

邮票上的回族

如今很多去洛阳的游客，前往龙门石窟游玩时，会途经一个叫关林的地方。1970 年 6 月，在洛阳关林 18 号唐墓出土了一件玻璃瓶，专家们经过考证后认为，这件玻璃瓶是阿拉伯人带到黄河流域的。它与西安何家村窖藏出土的圈纹玻璃碗一样，是当时的阿拉伯人远道而来时随身带来的，这些玻璃制品在当时的唐朝上层生活圈属于奢侈品。

那些不断带给大唐帝国上层社会奢侈品的阿拉伯人、波斯人，不再将其贸易的足迹沿着丝绸之路、大运河铺开了，他们的足迹开始沿着黄河铺开，使黄河流域逐渐有了越来越多的阿拉伯人、波斯人。带着虔敬的宗教信仰、带着善于经商的传统在黄河流域乃至中国大地上行走，他们聚居的地区逐渐出现越来越多的清真寺，不仅成了他们生活区的标志，更是他们解决内部争端、协调族内事宜、沟通各种信息、传授其伊斯兰文明的重要载体。如今，从黄河上游的青海贵德县到入海口的东营市，清真寺蔓延在沿黄的城市和村镇中，或是闹市深处或是田野之侧，黄河边的穆斯林们礼拜的背影和诵经声穿梭和萦绕在清真寺四周。

沿着黄河而行，在青海省贵德县遇见了第一个伊斯兰信仰的重要标志——清真寺。据史料记载，这是公元 1406 年河州都指挥使刘钊奏请撒拉族人移迁到贵德县后兴建的。

回族在黄河上游第一个较为集中的地区是兰州，几十座大小不一的清真寺掩隐在高大的城市建筑中，就如几百年来那些低声念诵的《古兰经》之声掩隐在这

回族舞蹈

个城市的各种声音中一样。从兰州城沿黄河而下，黄河边回族较为集中的第二个地区是宁夏的吴忠市，第三个集中区域是郑州的回民区。

早在伊斯兰教创始时期的阿拉伯半岛时期，阿拉伯商人中的穆斯林就认为商业是真主最喜爱的产业之一，认为从事商业活动是对真主的虔诚表达，那些从阿拉伯、波斯而来的穆斯林们更是善于经商，他们选择从丝绸之路或海洋之路来到中国，在高原、雪山、戈壁、大漠中回荡的驼铃声中，留下他们经商的影子；或者在一片片张开的风帆下面，随着一船船货物踏上中国的疆土，在沿海城市开展贸易，但是，他们走进的是一个“重农抑商”的社会空间，这种空间导致了他们在一个夹缝状态的生存窘境，他们的价值也因为这种窘境而凸显，南宋偏朝因为偏离了中原农耕区和贸易区，其财政主要依靠阿拉伯、波斯商人的海外贸易；元代时期，穆斯林商人再次在驼铃声中开通丝绸之路上的贸易，也更加利用中国先进的造船技术完成数量越来越大的海上贸易，大多数阿拉伯、波斯商人成为扬州、泉州、杭州等商业城市繁荣的经济助推力量。那些从陆路进入的大批穆斯林们，逐渐散居内地，黄河流域便利的陆路、水路条件，更是那些善于经商的穆斯林首选。

与徽商和晋商的经商心理相比，带着伊斯兰文明中重视经商传统的回族先民，没有受“父母在，不远游”的儒家思想约束，没有传统社会“重农抑商”的观念约束，他们的血液里流淌着阿拉伯人善于经商的天性，在忽视商业经营的中国大地上，他们的天赋得到了充分发挥。

在黄河上游生活的回族，开辟着以兰州到包头的黄河水运和沿黄两岸的陆路为经纬的商贸网络，逐渐使“回商”成为黄河上游商贸集群中的一支主力。他们的身影长期活跃在黄河边，形成了很多的回民聚居区和商贸区，比如兰州的小西湖一带的回民集中生活区、塞上回乡的吴忠市利通区、郑州和开封等城市的回民区等，他们利用黄河水运和陆上运输，不仅开辟了一座座黄河边的商贸码头和集镇，甚至开创了海外贸易，无论是青海的皮毛、甘肃的药材，还是宁夏枸杞、甘

草，经过这些回商之手，向全国辐散或通过港口走出国门实行海外贸易。

清晨出现在黄河水面上的筏影，黄昏走进一个个客栈的驼声；逆沙而行的驼队出现在西北地区，收购着西北土产；顺水而下的筏阵，将驼队收购的宁夏平原、西北地区的特产运往水声远处的包头，然后通过火车运往天津，接着散通于中国各地或远销于世界各地，这是黄河上游的回商给民国时期的中国经济绘就的一幅真实画图。

一直注重经商的回回人来到宁夏平原后，很快发挥了他们的经商传统，吴忠地处连接宁夏南北的咽喉之地，有西北旱码头之誉，善于经商的回回人逐渐聚集在这里，使这里慢慢发展成了西北重要的商品集散地。民国时期，大批回商的聚居和发展，出现了商品聚集地和商号，使这里成了宁夏的“华尔街”。

民国时期，吴忠街上的回族商号不仅成为吴忠地方经济的支柱，甚至一度成为影响宁夏经济的晴雨表。由回商何义江在吴忠开办的“聚源恒”商号，生意范围辐射到天津、西安、包头、西宁等地；马振邦的“振兴永”商号、马月坡的“福兴奎”商号等八大商号，成为业绩和声誉遍及西北地区的吴忠回商代表，他们负责将西北地区的土特产收购后运往全国各地，甚至出口到日本和西欧国家，同时也将当时先进的生活用品、生活理念输入到西北地区，使吴忠成为 1920 年至 1940 年这一时期的宁夏商业中心，中外货物在这里完成周转，大量看不见的资金在悄然运作中影响着宁夏的经济，他们在几百年间扩大着自己的商业范围，逐步使这里成了中国著名的商贸基地。

万历《歙书》中将徽商的经营方式归纳为五种：走贩、囤积、开张、质剂、回易。其中走贩这种长途贩运方式占据了相当重要的位置。回商同样将走贩放在赢利的第一步而且是极其重要的步骤，以黄

表现回族群众生活场景的美术作品(罗贵荣)

河边的吴忠回商为例，在吴忠回商的贸易大道中，收购货物的来源主要有四个方向：通过骆驼驼运完成从北边的内蒙古阿拉善地区、西边的甘肃河西走廊地区和南边的宁夏南部山区，甚至更远的甘肃陇中、陕西关中地区、东边的陇东地区、陕北地区等地的货物采购，一个个回商艰难的资本积累完成，掩隐在了悠扬的驼铃声里；从青海西宁、甘肃兰州收购的货物，则通过羊皮筏子、牛皮筏子完成，而完成西宁经由兰州、吴忠到内蒙古包头之间1500多公里黄河水面上的运输，快速划过夏季黄河的筏子，成了回商留在黄河记忆中的另一道风情；那些从南、北、西三个方向积聚在吴忠的货物，出售的主要地区则是内蒙古包头，在那里，这些货物走上火车或更远的驼运队伍，抵达北京或天津，在北京囤积后走进各地，在天津出港后，走向海外。

除了黄河航运外，还有沿河而行的驼队，叮咚作响的驼铃就这样响在了黄河之滨经由鄂尔多斯西部高原抵达河套重镇包头的路段，无论是春寒料峭的一地积雪中，还是秋高气爽后的霜雾弥漫中，回商的驼队就这样在春秋季节穿梭在这条路段上，而为了收购货物，回商的驼队更是南下穿越六盘山，在关陇文化圈影响的陇中、关中一带出现，北上穿越贺兰山进入茫茫阿拉善戈壁大漠中，西渡黄河抵达祁连山下的河西走廊地区，甚至更远的青海高原上，悠扬的驼铃就这样响彻在城镇、戈壁、草原、河谷、沙漠等地区，也响彻在20世纪前期西北回商的记忆里。

五、阴山的缺口，匈奴的悲歌与哀叹

青海和甘肃交界的积石山，黄河穿兰州城而过时凝眸而视的北塔山，守护宁夏平原的贺兰山和河套平原的屏障狼山、阴山、乌拉特山，这些高度不同的山脉矗立在黄河之北。山之北的一个个游牧部族出现在不同历史时期的黄河视野中，他们在兵强马壮时跃马群峰、饮马黄河、觊觎中原王朝，阴山是这些山脉中最具代表性的一座，匈奴、乌桓、突厥、鲜卑、羌、蒙古等游牧部族一次次通过翻越阴山将自己的骑影留存在黄河的惊涛骇浪里。

阴山

黄河在巨大的“几”字左上角开始向东而流时，几乎也是和阴山并行的过程。阴山，开始扮演黄河的伴侣，一山一水间凸显出了中国历史上千年间的狼烟与和亲，和平与战争。在遥感地图上，我虽然看到地理学家们理解的阴山是西起狼山，东为大马群山至多伦，东西长约 1200 公里。如果从更大范围来看，真正意义上的大阴山向东连接到大兴安岭，往西伸出的巨手，连起了贺兰山这条巨大的山系，宛如一条巨龙，横卧在中国北部，其最险峻、最能体现其战略地位的部位，则恰好是和黄河并行的这段。从军事战略的角度看，阴山之北的游牧部族一旦马过阴山就会直逼黄河天堑，一旦跨过黄河就会鞭指中原，这就造就了阴山是中原王朝最需要固守的第一道北部防线，而对生活在阴山的游牧部族政权而言，中原王朝的军队一旦占据阴山高处，再无屏障庇护的游牧者便会被追击得毫无藏身之处。因此，这段的阴山，历史上总是战事连连。

匈奴人中的一支厌哒骑士，他们在匈奴时完成了游牧民族的使命：对周边国家和地区的骚扰和抢劫

当中原王朝的控制未渗进到阴山下的黄河流域时，这里是游牧部族的天堂。海拔 1500~2200 米的阴山，宛如一道阻隔南北的天然屏障，冬季，它阻挡了来自西北方寒潮的南下侵袭，使得阴山以南地区每年

冒顿单于像

冬季不但西北风远比其北边的弱小，而且山南和山北的气温平均相差大约在 6~12 摄氏度上下。夏季，源于太平洋的海洋暖湿气流，经过远距离飘移后，势力虽然已经大幅度衰减，但仍然能够抵达阴山山脉一线，给阴山以南的地区带来数量不多却极其宝贵的降水，再加上黄河放慢的脚步，导致这里湖泊众多，水草丰美，宜农宜牧。我探索黄河的脚步依次伸向阴山腹地时，明显能感到这种山之南北间的温差，这种温差以及河套地区当年的游牧条件，自然吸引着游牧者垂青于这里。

春秋战国时期，兴起于漠北草原的匈奴开始觊觎这片辽阔的草原，这种觊觎被一次次战争所代替后，逐渐使黄河文化产生重要的变化。而秦汉时期，匈奴铁骑一次次饮马黄河，对黄河文化产生了重要影响。

秦惠文王七年，匈奴和先秦王朝发生了一场战争，这场战争对黄河的影响在于，匈奴的骑兵不仅马过黄河，还首次进入黄河流域的腹地，并且参加了诸侯国之间对秦国的讨伐，从而拉开了此后几百年间匈奴和内地之间血与火的交流、战争的序幕。黄河流域开始被动地接受这支来自草原的游牧文明。

匈奴的骑兵所以能屡屡取胜于中原地区的军队，一个决定因素在于其拥有当时中原军队无法相比的战马——冷兵器时代战争取胜的重要法宝，而河套地区丰美的水草和匈奴人先进的驯马技术，使匈奴拥有了当时最好的战马。在那个马上制胜的时代，一位骑兵的战斗力相当于 50 个步兵，一昼夜奔袭数百里。

秦王朝建立后，通过多次战争较量后从匈奴那里得到战马及驯马技术后，秦始皇极力想改变匈奴人屡屡主动侵犯黄河流域的局面，准备发动对匈奴的战争，以改写黄河流域长期被动接受匈奴侵扰的历史，力图避免黄河流域的农耕文明遭受草原游牧文明的侵袭。从这个角度而言，匈奴和内地政权的长期战争，其实就是游牧文明和农耕文明在黄河流域的角逐。秦朝的著名战将蒙恬因此领命出击匈奴，不仅将匈奴赶出鄂尔多斯高原，甚至深入到黄河以北的阴山地区，在鄂尔多斯高原设置郡县，迁移内地居民到这一地区，实现了秦朝政权对河套平原的控制。

良好的牧场养育了优异的马种，驯马技术的不断提升带来了越来越多的战马，也激发着匈奴人血液中的征服欲。他们一次次翻越阴山、跨过黄河，向河套地区扩张也就意味着向内地政权的挑战，这种挑战的背后，是他们逐渐对内地丝绸和农耕文明产生的各种作物的需求，甚至一度对内地皇权的觊觎。阴山下、黄河边成了他们实现这些梦想的舞台。

如今，在鄂尔多斯市内有一座中国惟一的青铜器博物馆，陈列于内的大量匈奴青铜器，无言地讲述着当时的匈奴人不仅有着领先于世的骑术，也拥有了先进的青铜器冶炼技术，和内地大量作为祭祀、饮酒的青铜器相比，匈奴人的青铜工艺技术体现在实用性上，远远超过汉朝。

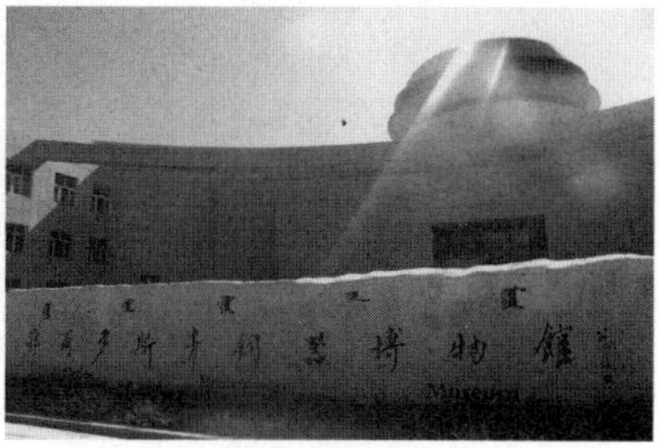
范增题写的鄂尔多斯青铜器博物馆

珍藏于鄂尔多斯青铜器博物馆里的上万件青铜珍品，几乎全是匈奴人的杰作。那些珍品告诉我们，匈奴人在制作青铜器时已经掌握了捶击法，也就是用重物反复捶击青铜器件，从而得到理想的形制和坚硬度。那些装饰战马的饰牌等青铜饰件，则是匈奴工匠们使用模具法的产物。那些双刃的匕首、宝刀、短剑、箭镞等，则是匈奴工匠们用复合模具灌铸而成的；剑柄处的兽头饰、铃式、中空镂孔则是匈奴工匠们使用套模法的杰作，工艺更为复杂；有些更为精美的器具甚至使用了焊接的方法。除此之外，匈奴人已经学会对金属器物进行抛光，使制成物更加光彩夺目。青铜器的制作不仅展示了匈奴人在武器和装饰品上的丰富，也体现了他们的民族性格和民族心理。1972 年，在内蒙古伊克昭盟（今鄂尔多斯市）杭锦旗阿鲁柴登出土了一件匈奴遗物中最具代表性的艺术珍品，如今被列为国宝的匈奴金冠饰：金冠顶上饰以展翅翱翔的雄鹰，鸟头用绿宝石琢制，整件饰品给人以栩栩如

秦汉时期，为抗击匈奴，在阴山脚下今巴彦淖尔市磴口县内设立的高阙塞

生、金碧辉煌之感。

阴山脚下、黄河之侧，善于圈地、垒墙筑室的农耕文明与以天下为家、无边无界的游牧文明在这里屡屡冲突，匈奴人在和农耕文化为代表的中原政权的较量中，为黄河文化不断输送着新鲜的血液和养分，也为中华文化的丰富性填充着内容。当他们在内地强大的军事力量前败北时，留下了一个长期称雄于祁连山、贺兰山到阴山一带的部族挽歌，将曾经彪悍无敌的部族背影留在了青草河水间。撤离黄河流域后，匈奴“僻居北垂寒露之野”，“亡匿于漠北寒苦无水草之地”，以前靠黄河滋补的牧业、手工业经济也跟着急剧衰退，人口剧降，人民的生活陷入了空前悲惨的困境中。《汉书》所载：“边长老言匈奴失阴山之后，过之未尝不哭也”。“亡我祁连山，使我六畜不蕃息；失我焉支山，使我嫁妇无颜色”的悲歌，也是他们留给黄河的一曲哀叹！

七、突厥与回鹘，被黄河挡住脚步的部族

6世纪中叶以前，广阔的欧亚草原和蒙古高原上曾分散存在着许多部族集团和王朝，他们之间没有共同的语言文字。但在突厥汗国成立之后，欧亚草原、蒙古高原、西域诸城郭被连成了一片，其版图大大超过唐帝国，并前所未有地创造了文字——突厥文。突厥，成了一度横跨黄河且对中原王朝构成威胁的北方“陌生者”。

为了探究突厥人的轨迹，我的足迹从黄河边暂时偏离，走向新疆中部博格达山的那个狼洞，这是突厥人祭祖之所，“狼生十子”的传说就发生在这里。突厥人教育自己的子孙时，往往说：“我们阿史那人是狼所生的”。《阙特勤碑》上以毗伽可汗的语气写道：“我父可汗的军队像狼一样，而其敌人像绵羊一样。”狼图腾的崇敬心理激励着这个部族开始驰骋在整个中亚、东亚大地上，突厥人从新疆进入蒙古高原时，这种“狼性”得到极度地膨胀和释放，他们一度成了中原王朝北部的最大威胁，他们毫无惧色地将手中的刀锋指向中原王朝。

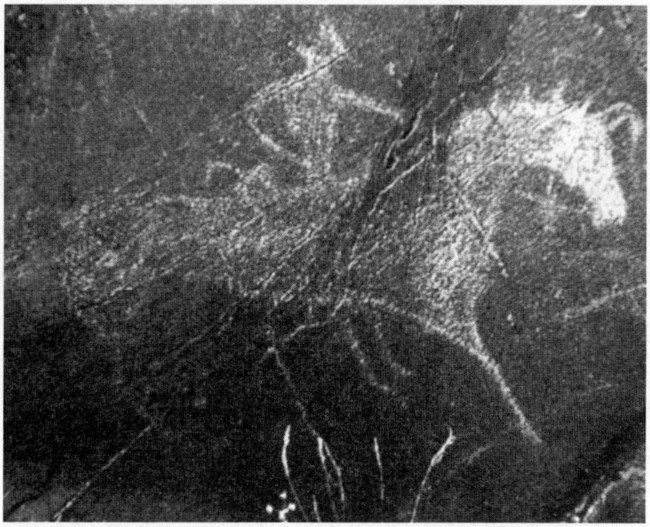

新疆岩画中的突厥人骑马形象，这也是唐高祖李渊称赞突厥骑兵“惟恃骑射”、“风驰电卷”的威力体现

突厥汗国的缔造者阿史那族的起源地最初在叶尼塞河上游，有着周围其他部族没有的锻造技术，他们后来徙居今博格达山一带。突厥汗国成立之前，阿史那族被当时的草原霸主柔然所奴役，并被柔然驱赶到富产铁矿石的阿尔泰山南麓进行矿石采掘和冶炼，阿史那氏在这里制造铁制工具。阿尔泰山形似兜鍪，阿尔泰山下生活的人们将兜鍪称为“突厥”，这个生活于阿尔泰山下的族落因此得名；在突厥语里，“突厥”也是“强力”、“气力”之人。

这个靠煅铁起家的游牧部落，在草原上很快依靠“工于铁作”而崛起，他们除制造铁制的马镫、马勒外，在射猎和战斗中还广泛使用制作精巧的铁箭镞，并以此作为扩张途中

突厥骑兵复原图

突厥骑兵

的有力武器，成为隋朝在北方的最大威胁。

为了消除腹背之患，隋文帝采纳了大臣长孙晟提出的对突厥“远交而近攻，离强而合弱”的计划。当时，正值突厥首领沙钵略可汗为北周报仇而兴兵40万南下，战败后向隋朝请和，隋朝应允并把他作为防御北方各族的屏障。随后，突厥被隋朝利用，短短数年间，突厥诸汗间互攻不断，大大削弱了汗国的力量，而隋朝却赢得了北方边境的安宁。

620年，突厥首领颉利可汗继位，其时突厥兵强马壮，打着为隋复仇的旗号，多次出兵新兴的唐王朝。唐朝一方面听任突厥掳掠，一方面馈赠大量金帛，换取突厥退兵。在唐太宗李世民即位数日后，颉利可汗又亲率大军马过黄河而兵临长安，进至渭水便桥之北，扬言攻城。唐太宗亲临渭水南岸，隔水怒斥突厥方面对大唐王朝无礼。双方最终约定时日，于渭水结盟。结盟这一天，唐太宗驾临长安城西，与颉利可汗在便桥盟誓，突厥这才撤兵。实际上这不过是唐人记载中替太宗的粉饰之词。这次结盟，李世民称“自己曾为此寝不能眠，食不甘味。”和唐高祖在立国前曾经向突厥称臣一样，都是唐朝方面引以为耻的事情，正史中对此含糊其辞。

内蒙古乌拉特中旗境内的突厥人石像

颉利可汗回师黄河以北后，在统治层任用了一些来自西域的胡人，反而疏远了阿史那族人，加上连年大雪成灾，百姓、牲畜大量冻饿而死。叛离东突厥的北方各族趁此组成了以真珠毗伽可汗为首的薛延陀汗国，与唐结盟，夹击突厥。629年，唐将李靖带兵讨伐突厥，颉利可汗单骑逃出，被唐军生擒，东突厥汗国灭亡。被突厥占领的黄河流域回到了唐朝的版图内。

较量在军事和文化之间同时进行，在和平时期，长安城里流行着突厥、回鹘人的时尚装扮，突厥、回鹘的马匹也源源不断地走进中原，走进皇家马苑，供帝王后妃们观赏、乘用。

突厥汗国的消亡，和另一个草原部落有关，这就是回鹘。大约 1300 年前，在遥远的欧亚草原上，第一次出现了“回纥”这个名称的族群，公元 788 年后，汉文将其译为回鹘。这个族落和匈奴等很多草原族落一样，信奉古老的萨满教，敬天地、重信义，自称是“腾格里”之子，意为“苍天之子”；同时他们也和突厥人一样，以狼为图腾，受控于突厥汗国。他们的扩张势必会和周围的势力范围发生冲突。到隋朝时，隋朝政府出于自己的政治目的，支持突厥汗国境内的回鹘人反叛。唐朝初期，唐朝政府和游牧于阿尔泰周围的回鹘人结盟进攻突厥，最终导致突厥帝国的衰弱。

公元 755 年，唐王朝发生了“安史之乱”，唐肃宗带领部分臣下仓皇间选择北上，来到黄河边的灵州城，在这里宣布登基，并向西北地区的马背政权发出求助信息。在这种情况下，回鹘首领兀鲁斯曾两次派骑兵援助唐朝平定叛乱，收复了被安禄山和史思明占领的长安、洛阳及河北各地。这是回鹘骑兵第一次马过黄

灵武仿唐建筑——灵州兴唐苑

灵武仿唐建筑——灵州兴唐苑

河，将这个遥远而陌生的族群身影留在黄河之滨。这次出兵黄河流域帮助大唐帝国挽救了摇摇欲坠的帝国大厦，使得不少回鹘商人、僧侣赢取了此后在黄河流域生活的资本，他们和其他少数民族一起融入大唐帝国庞大而丰富的躯体内。

阴山之下的黄河之滨，历来是游牧民族心中敬奉的天堂，回鹘人自然没有理由放弃这片土地。那时，一个个回鹘牧帐出现在阴山南北，一个个放牧者在阴山深处的岩石上刻写了他们的生活印记，这就是阴山岩画长廊中回鹘人填写的一笔，一个个回鹘骑兵跨越黄河，出兵中原，一首首回鹘人传唱的歌谣传遍黄河两岸。

班超通西域后，龟兹国王当时是白姓，很多僧人出家前就是白姓。后来，很多白姓的僧人就来到内地。回鹘兴起后，原龟兹王朝一带被回鹘占领，从那里来到内地的僧人往往被称为“回鹘僧”。

西夏皇室在西夏王朝国都兴庆府（今宁夏银川市）兴建了高台寺、承天寺等一批皇家寺院，西夏开国皇帝元昊和他的儿子谅祚就曾请回鹘僧人来到这些寺院主持译经。西夏文《过去庄严劫千佛名经》发愿文中就这样记载到：“戊寅年中，国师白法信及后禀德年臣智光等，先后三十二人为头，令依番译。”可见，西夏时期，不少回鹘僧人来到黄河边，在这里翻译经卷，并受到西夏皇帝的重视！

回鹘人早期使用突厥文，9 世纪，回鹘汗国建立后，他们开始使用以粟特文创制的回鹘文。15 世纪以前，这种奇特的文字是蒙古帝国初期、金帐汗国、帖木儿帝国和察合台汗国的官方文字。契丹人曾在回鹘文基础上创制契丹小字，后来的蒙古文、满文也均是在回鹘文的基础上创制的。

“自从胡骑起烟尘，毛毳腥膻满咸洛。女为胡妇学胡妆，伎进胡音务胡乐。火凤声沉多咽绝，春莺啭罢长萧索。胡声胡骑与胡妆，五十年来竞纷泊。”这是唐代诗人元稹的诗中描述的回鹘人能歌善舞的场景，他们的声乐和器乐在汉文史料中称之为“胡乐”。隋唐时，胡乐曾风靡中原。花蕊夫人的宫词说：“明朝腊日官家出，随驾先须点内人。回鹘衣装回鹘马，就中偏称小腰身。”说的是中原流行着回鹘人窄袖短小的马背民族服饰。无疑，回鹘的文化对中原及北方各族都有深远的影响。

第十章
湮灭的王朝，涛声里的文明之光

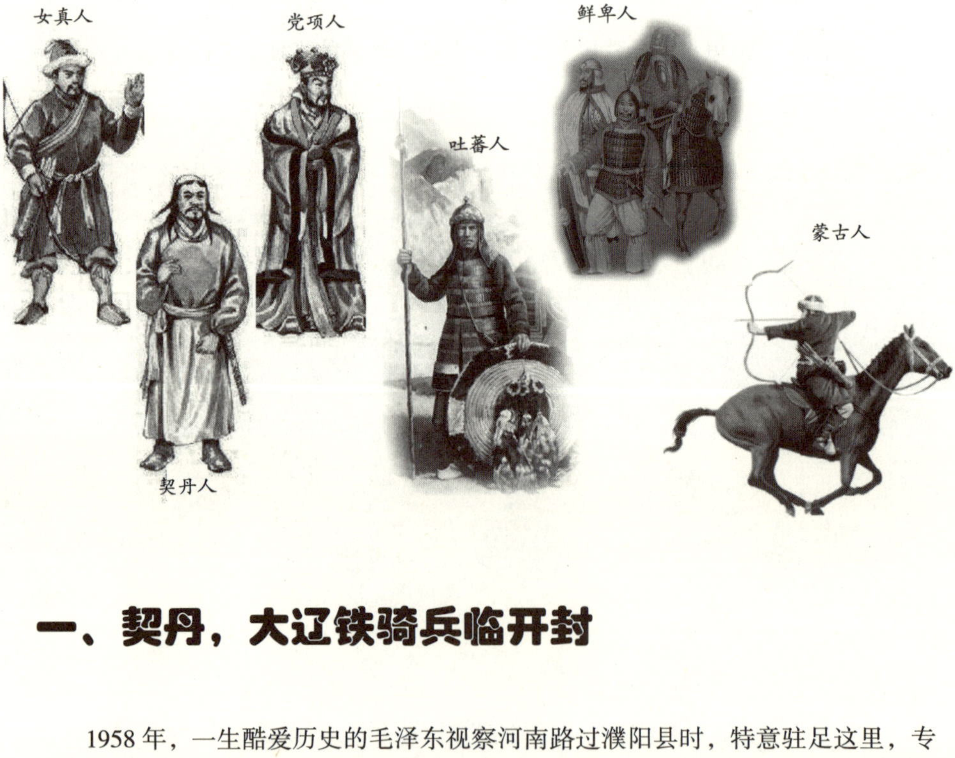

一、契丹，大辽铁骑兵临开封

1958年，一生酷爱历史的毛泽东视察河南路过濮阳县时，特意驻足这里，专门询问陪同的人：“宋真宗所登北门楼是否还在？”毛泽东的问题所指其实是这里的一方“契丹出境碑”，也称“回銮碑”，诗文为宋真宗所作，寇准所书。

公元1004年，在这里，崛起于北方草原上的契丹政权，其最高统帅萧太后带着年幼的辽圣宗，亲统辽军南下攻宋，双方正面交锋的大规模战争爆发；辽军直接突破宋军几道防线，宋朝朝野上下一片惊恐，参知政事王钦若请求迁都今天的南京，佥书枢密院事陈尧叟请求迁都成都，大臣中普遍倾向于逃跑，只有宰相寇准劝皇帝亲征。契丹人直逼并三面包围了濮阳后，宋朝方面最终决定和谈。以前曾出使过辽国的曹利用，就以和谈大使的身份走进辽营，代表宋朝和萧太后签订了“澶渊之盟”。

中原的黄河边迎来了契丹人，给中国的历史带来了一篇精彩的章节。

800多年前的北方草原，一个个游牧民族一方面保持着草原上的野性扩张和纷争，一方面悄然接受着从宋朝都城开封传出的汉文化影响，其实也是黄河文化向草原文化地带渗进，两者的消涨过程，也是这些游牧民族政权与宋朝的战争、求和、经贸过程，契丹人建立的辽政权就是其中一例。

契丹石刻

公元4世纪，今内蒙古自治区东部赤峰市的西拉木伦河和老哈河分别被称呼为“潢河”和“土河”，契丹人就生活在这两河流域之间。公元872年，一个叫耶律阿保机的小孩出生在契丹人的迭剌部中，这位后来在《辽史》中记载的“身长九尺，丰上锐下，目光射人，关弓三百斤”的契丹人，就是建立辽国的辽太祖。

耶律阿保机的妻子述律平和丈夫马上征战，帮助耶律阿保机完成了对吐谷浑、室韦、乌古等部落的征战。公元953年，75岁的述律平离世。这一年，一个叫萧燕燕的女子出生在辽国，这位17岁走进皇宫的契丹女子，就是辽国历史上真正掌握最大权力的萧太后。

辽景宗耶律贤即位时，黄河以北的土地，成为辽和宋两大政治势力争夺的焦点，双方进行了40多年的战争。公元969年，辽穆宗被刺，时任辽国北府丞相的萧思温等大臣极力拥立世宗的次子耶律贤即位，这就是辽国的第五位皇帝辽景

契丹牧马人

宗。辽景宗即位后，为了报答拥立之功，提出选萧思温17岁的女儿萧燕燕为贵妃。218年的辽国历史中，共有13名萧氏皇后，最有名的就是辽景宗的皇后萧绰即萧燕燕，也就是20世纪80年代风靡全国的评书《杨家将》中说的萧太后。

辽景宗即位后3个月，萧燕燕就被立为皇后。公元982年，体弱多病的辽景宗病死，临终时颁诏说："军国大事听皇后命。"这道遗诏将辽国军政大权交到了年仅29岁的皇后萧燕燕手里。萧太后执掌政权期间，契丹人的势力已经延伸到黄河"几"字形右上角的部位，也就是今陕北榆林市府谷县一带，是契丹人的足迹最初渗透到黄河流域一带。

创作于辽代的契丹贵族驼车出行图

"澶渊之盟"之后，辽和宋之间一度停止的对外贸易恢复了。战场上失利的宋朝人跨过黄河而上，在双方的边境贸易中大显身手。各种制造精良、花色齐全、品种繁多、品牌响亮的"宋货"压倒了以马匹、皮毛等土特产为主的"辽货"。北宋以瓷器、日用品等为主的出口商品，不仅换回了宋朝军营中缺少的精良马匹，也将每年的岁币岁帛挣了回来。体现在外交上的胜利是：此后，宋辽120年未开战事。

公元1046年11月，辽兴宗再次派兵进攻西夏，这次战争是在双方东北部边境的黄河上首先打响，这是位于黄河"几"字形东北角的一段河面，来自草原的契丹人面对滔滔黄河并没有束手无策，他们在"澶渊之盟"前就熟悉了这条大河的脾性，知道该怎样渡河而战。契丹骑兵威逼当地熟悉黄河水性和地形的工匠们，在黄河上提前搭建浮桥，一是为了渡过黄河进军西夏，二则是为自己打造退路。那些工匠们在契丹人的监督下，很快在黄河上打造出一条浮船，这是契丹人在黄河边首次利用浮桥渡河作战。契丹人也接纳了当地人的建议，派人前往浮桥上游驻守，专门负责钩取浮物，以保护浮桥。然而，契丹人毕竟没有在陕北黄土高原上生活了几百年的党项人那样熟悉黄河，他们的渡河部队刚一登陆就遭到西夏军队的迎击，双方在西夏境内的黄河边展开激战；同时，西夏军队在浮桥上游放巨木入河，试图撞坏浮桥，断绝辽军退路，辽军依仗巨大木船上的大钩钩取木头，才得以保住浮桥，使那些试图进入西夏境内的将士能够利用这座浮桥安全撤退。

契丹女子诵经图

二、女真，从长白山“飞”到黄河岸边的“海东青”

黑龙江省省会哈尔滨市东南23公里处有一条叫阿什河的河流，这里生活着一个古老的部落，后来他们占据了长白山和黑龙江下游两岸，这些人就是女真人。“阿什河”在满语曾叫“阿勒楚喀”，清朝在此设县时，将县名定为“阿勒楚喀城”，简称“阿城”。

阿城距离黄河上千公里，在这里崛起的一个强悍族群，却能够将自己强大的身影和威震山河的战马嘶鸣声送过黄河，并以此改写了大宋王朝的历史，他们就是女真人。

阿城

11世纪末，女真族中的完颜部落逐渐强大。这时，整个女真人受控于强大的

汴梁城模型

金太祖完颜阿骨打

辽国。女真人尊奉一种体型很小的鹰——海东青。据说海东青十分好斗，敢和比自己大得多的鸟搏斗，并能屡屡取胜。女真部落的领袖完颜阿骨打十分敬奉海东青，他率领的部落就像海东青一样，从崛起到建立金朝，乃至后来的屡次征战，取得了一场场以少胜多的战役。

公元 1114 年 9 月，完颜阿骨打起兵攻打辽国控制下的宁江州，揭开了女真人和契丹人大规模战争的序幕。宁江州战役，不仅是女真人起兵反抗辽的第一次胜利，完颜阿骨打还通过这次战争，将女真士兵从 2500 人增加到 3700 人。公元 1115 年正月，完颜阿骨打正式称帝，国号金，阿城就成为大金国的第一都，历史上称作金上京。

公元 1118 年 9 月，正在积极筹备反抗辽的完颜阿骨打突然接见了一批乔装打扮的宋朝使者。当时的宋和女真之间隔着辽国，这批“陌生的来者”是怎样抵达女真人的地界的呢？宋朝如何知道在白山黑水间有这样一个政权的呢？

11 世纪初期，西夏崛起后和宋长期的战争使宋朝的兵力被大量牵制在了西北地区，宋太祖时“收复燕云”的遗愿，因此一直被搁置，成了宋朝一直未能达到的目标。当女真崛起并成为插在辽背后的一把尖刀时，宋朝因为辽横在中原和东北中间，并不明了辽的北边发生了如此大的变故。这时，一位叫马植的辽国人投降到宋朝，并得到了宋徽宗的接见。一直在观望辽的国势，并一直寻求收回“燕云十六州”的宋朝政府，这时才知道，兴起于东北平原上的女真，是可以联合起来对抗辽的盟军。宋朝在这支盟军身上看到了联金攻辽的曙光。由于宋金之间无法通过辽占领的陆地部分，宋朝便派人从山东登州（今山东蓬莱）出发，选择海路北上，与金谈判攻辽。

1120 年，北宋派马植再次使金，向阿骨打提出双方联合灭辽后，宋朝要收复

金兵攻打开封图（引自《中国国家地理》）

“燕云失地”的要求。这时的金在对辽战争中已经形成军事优势，完颜阿骨打在和北宋联合的态度上也发生了变化，提出一些较苛刻的条件，包括要宋朝每年给金大批贡奉。宋徽宗收复“燕云失地”心切，同意将当时北宋每年向辽缴纳的货物全部转给金。这样，金同意北宋收回“燕云十六州”。这就是金宋关系史上的“海上之盟”。

“海上之盟”让宋借金之手除掉了辽，却也为金灭北宋埋下了隐患。

公元1125年，金灭辽后，开始不满足于仅对草原各部落的征服，他们将征服的眼光瞄准当时世界上最强大的帝国——北宋。当年10月，金国开始了自其建国以来最大的一次军事集结：分兵东西两路攻宋，拉开了宋金大战的帷幕。东路军的先锋就是后来金攻南宋时最著名的战将完颜宗弼。

完颜宗弼是金太祖完颜阿骨打的第四个儿子，他是金宋对峙时期杰出的军事家和政治家，评书《岳飞传》中的金兀术就是他。这位女真杰出的军事指挥家，第一次带领来自白山黑水间的马背民族来到黄河边，对大宋王朝进行毁灭性的攻击。

女真骑兵

女真铁骑兵临开封城，大宋的京师禁军在女真铁骑的面前显得不堪一击。此时，北宋王朝的高层决策者或许才想起开国皇帝赵匡胤在公元976年发出的一声感叹：“不出百年，天下民力殚矣！”那年，宋太祖带领众臣离开开封，西游洛阳后提出迁都事宜，却遭到群臣反对。赵匡胤甚至赌气在洛阳住过两个月，以此来表明自己迁都洛阳的信心。他在陈桥兵变后虽然定都开封，但作为一名军事家，他很清楚开封作为当时的南北枢纽带来的富庶，他定都这里并不是一种自主选择，而是一种世袭，他更清楚开封是易攻难守之地，此前定都于此的都是短命政权。洛阳作为古都，有着地理之险，可以减少风险；他提出迁都洛阳就是为避免都城受到来自北方游牧政权的威胁。当他的迁都建议遭到否定

开封城里当年的御街

后，此后的开封城只能沿袭依靠重兵防守的做法，“据山河之险而去冗兵”的想法只能随着黄河水而幻化为一场梦，庞大的京师护卫军开支，成了掏空国库的一只巨大的手。他的那一声感叹，在女真人的铁骑来临时，得到了印证。

尽管有后梁、后唐、后晋、后汉、后周等四代之都作为都城的经营，到宋朝开国时开封已经拥有三重城墙，城高池深，城内建筑规整、商业繁荣，完全具备帝都风范；尽管，宋朝的百年经营使得开封城“当天下之要，总舟车之繁，控河朔之咽喉，通荆湖之运漕。”但在来自北方游牧民族的强大攻势前，开封城的军事防守力量显得苍白而孱弱，宋朝只得整编残余败军坚守开封城。一个多月后，宋朝的十万余勤王军才会集开封城下，金军被迫撤军，金军对宋朝的第一轮冬季攻势结束。1127 年，宋朝的抵抗已经没有任何实质性的力量，完颜宗弼再次南下，10 万金军再次包围开封。一个月后，汴京被攻破，宋钦宗出城乞降。

北宋政权被来自女真的手，轻轻摧毁了。宋钦宗被掳掠，作为俘虏被带离国都，直至客死他乡。

800 多年前的中国北部大地，正是游牧民族政权和汉族政权在文化、经贸、军事上产生交融最深厚的时期。如果把黄河边的开封作为一个点，审视从契丹人建立辽国开始，党项、女真、蒙古甚至回鹘、吐蕃，从东到西几千公里的疆域所构成的一个扇形关系图，我们就会发现这些游牧民族从扇形周围，在不同时间、不同方位和宋朝发生了关系，黄河是承载这种关系的最大平台，这种关系不是简单的战与和、胜与败，它折射出了中国历史走到宋朝这个时间隧道时的真实风貌。来自北方的女真人，让中国历史在这里产生了拐点，使华夏历史的民族多元性得到更为丰富的展示。

被誉为鲜卑人摇篮的嘎仙洞

三、鲜卑，佛音沿着大河飘动

当这个民族来到黄河边时，中国的佛教史甚至整个中国历史，开始发生变化。

被誉为鲜卑人摇篮的嘎仙洞

看过金庸的《天龙八部》的读者，想必对其中的慕容博、慕容复父子有很深的印象，因为这个复姓是汉族姓氏中很少有的，他们就是鲜卑人。真实的历史并不是《天龙八部》中描写的那样，这个起步于东北大兴安岭深处的族群，是怎样跨过草原，出现在内蒙古境内黄河边的呢？是怎样在从其都城前往河南境内的黄河边，并占据洛阳建立了影响中国佛教史和政治史的北魏政权的呢？那些刻在黄河之滨的洛阳龙门石窟中的佛像、壁画，又是如何透露着一段关于这个神秘族群从林地到草地，从草原到平原，从游牧文化区到农耕文化区的传奇民族的历史呢？

如今，对于位于大兴安岭腹地的鄂伦春旗境内的嘎仙洞，学者们普遍认为是鲜卑先民最早浮出历史视野的地方。2010 年 7 月 12 日，我为本书的写作赶赴那里，在当地学者崔越领的带领下，前往那个神奇的洞穴。站在被四周碧草和绿树包围的山洞前，我的思绪彷佛穿过千年的时光隧道，依稀看见从这里走出的鲜卑人是如何完成从大兴安岭南下、西进的任务，占据了从青海境内的黄河上游到河南洛阳的黄河腹地。

鲜卑人因最初生活的鲜卑山而得名。鲜卑山是他们心目中的神圣之山。他们走到哪儿，就把鲜卑山的名字带到哪儿，以致中国历史上出现了若干个鲜卑山。辽东塞外鲜卑山、辽西的两座鲜卑山、大兴安岭北段鲜卑山、匈奴人的焉支山，

魏晋时期鲜卑人的帐居图

北中国的好几个山脉，都曾被称为“鲜卑山”。这些鲜卑山极大地混淆了史学家们的视线，以致于最后谁也说不清鲜卑山的确切位置，使其成为了中国历史上的一个千古之谜。

在嘎仙洞入口处有一方被玻璃罩着的石碑，1980年7月30日，呼伦贝尔文物管理局的米文平在这个人迹罕至的石洞中发现了这方北魏石刻，它是公元443年北魏太武帝拓跋焘派李敞祭祖先时刊刻在石壁上的祝文，这个惊人的发现证明嘎仙洞就是拓跋鲜卑祖先居住过的“旧墟石室”，而嘎仙洞所在的大兴安岭北段就是史书上的大鲜卑山。

匈奴强大时，生活在大鲜卑山一带的鲜卑人一度臣服于匈奴政权。匈奴从北方历史大舞台上退出主角角色后，鲜卑人收留了数十万蒙古草原上的匈奴人，迅速地在蒙古草原上亮出了自己的力量，很快成为北方草原上最强大的游牧力量之一。大兴安岭深处的林地无法满足越来越多的人口繁衍，加上逐步强大起来的鲜卑部落开始分化，鲜卑人中的一支在他们的首领诘汾的带领下，向南迁徙，在内蒙古中部地区生活。

公元2世纪70年代后期到3世纪70年代的100年间，诘汾的儿子力微开始吞并和统一内蒙古地区的鲜卑各部，在内蒙古高原上建立起了新的部落国家。《北史》记载，这个新兴的部落国家“控弦之士，二十余万”。一个有20万专业军人的游牧王朝出现在了当时的北中国。力微曾经两次派自己的儿子沙漠汗作为人质去曹魏政权和西晋政权那里留学，后来在鲜卑军队中发挥很大作用的弹弓技术就是沙漠汗从西晋学习并带回的。很快，这个部落国家开始效法中原国家设置中央的官吏系统，颁布一些简单的法律。

鲜卑是一个内部成分很复杂的民族，最初的鲜卑部落大致可分为东部鲜卑和北部鲜卑，后来又演化出了西部鲜卑。鲜卑各部在南迁、西徙的过程中，与匈奴、丁零（高车）、乌桓、汉人等混血形成了许多新的部别。如鲜卑与匈奴混合，来到黄河边的河套平原、阴山一带，形成了拓跋鲜卑，在蒙古草原南部形成了“匈奴父、鲜卑母”的铁弗匈奴；与敕勒混合，在阴山以北形成了乞伏鲜卑；与南匈奴之后宇文氏混合，在西拉木伦河一带形成了宇文鲜卑，等等。东部鲜卑、北部鲜卑、西部鲜卑在魏晋南北朝时横刀跃马，纵横北中国，在东起辽东、西至青藏高原的辽阔大地上先后建立了前燕、后燕、西秦、西燕、南凉、南燕、吐谷浑、代国、北魏、东魏、西魏、北周 12 个地方政权。拓跋鲜卑后来更是马过黄河，定都洛阳，与汉民族建立的南朝长期对峙，成为了中国历史上第一个统一中原的少数民族政权。

鲜卑部落中一直沿袭着马斗的比赛项目，每年的马斗是鲜卑部落中的盛会，是一场带有比赛和娱乐性质的鲜卑部落大集会。慕容涉归的儿子慕容廆长到 16 岁那年，鲜卑人的马斗不仅发生了严重的变化，而且以其引发鲜卑内部的大分化而画上了一个伤心的句号。

公元 284 年，鲜卑部落中的马斗参赛双方最后成了慕容涉归 16 岁的儿子慕容廆和他的庶长子吐谷浑，16 岁的慕容廆出身高贵，是可汗之位的合法继承者；吐谷浑当时则统领着 1700 户部落，拥有强大的军事实力并在部落中享有盛名，对慕容廆的可汗继承构成了很大威胁。

那天的马斗参观的人数是历年马斗之最，慕容涉归亲自带领自己的随从、亲信以及自己宠爱的女人，来到人山人海的马斗场上，想看儿子和庶子在马斗中的表现。从小过惯了娇宠生活且心高气傲的慕容廆一心想挤走对自己汗位有威胁的吐谷浑，吐谷浑远路赶来参加比赛的前一夜，他差人在吐谷浑的马槽中偷偷添加了泻药。第二天的马斗场上，在草原上以坐下骑纵横驰骋的吐谷浑也没料到，这匹陪伴自己攻下一个又一个草原部落的心爱战马，怎么在今天的马斗中如此“掉链子”。就在他羞愧难当时，慕容廆骑着他的战马走过来高声地说：“这难道就是草原上有名的吐谷浑么？骑着这样的马怎么能作战呢？我为有这样的兄长感到羞愧!”只见慕容涉归对身边宠爱的女人和亲信说：“呵呵，你们平时都说慕容廆不能撑起鲜卑的大业，今天的马斗连吐谷浑也不是他的对手啊!”马斗失利并受到嘲弄的吐谷浑一气之下带领部众，萌生另起炉灶之意，连夜带领人马开始了西迁之路。吐谷浑的离开，成就了慕容廆很快承继酋长之位。

带领追随自己的鲜卑人进行大迁徙的吐谷浑，开始向西部广袤而又陌生的地域进发，原来他统领的1700多户部落人马大多选择了追随这位草原上的雄鹰，而且，越来越多的鲜卑人、匈奴人后裔、突厥人也慕名从或远或近的地方跑来跟随他的迁徙之旅。

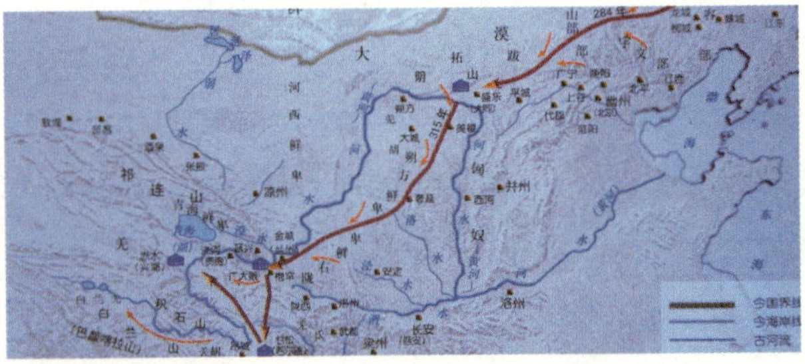

吐谷浑西迁示意图

一度控制河套地区的拓跋鲜卑部落，他们最早和慕容鲜卑部落有过领地纠纷，交战失利且被慕容鲜卑屡屡欺凌后，才远徙到河套平原的。听说吐谷浑是被慕容鲜卑的慕容廆排挤而出的，拓跋鲜卑部落愿意接纳长期在草原上流徙的吐谷浑。就这样，吐谷浑带领他的追随者在黄河边河套地区驻足下来，在这里经过了近20年的游牧生活。

拓跋鲜卑部落在接受吐谷浑的人马后，势力大增，居住于河套地区的少数民族大多臣服于拓跋鲜卑。双方开始和睦相处，后来，随着吐谷浑力量的强大，拓跋鲜卑部落内部也开始对他们产生各种猜疑，甚至因为担心对其政权产生威胁，有人主张铲除吐谷浑势力。

吐谷浑只好再次选择流徙。公元312年，吐谷浑带领他的属群再次开始西迁，他们渡黄河，越贺兰山，穿过了鄂尔多斯草原、河套地区、黄土高原、河湟谷地、青海湖等地理单元，穿越过河西鲜卑和陇西鲜卑人的地界，行程2000多公里，走进了青藏高原，在今青海湖一带建立了强大的吐谷浑王朝，从而使鲜卑人的足迹延伸到了黄河上游地区。

吐谷浑定居河套近20年的生活，为1000多年后建立西夏王朝的党项羌叙说自己的族源时，增添了一份似乎可靠的依据（西夏开国皇帝嵬名元昊登基第二年就派人到开封，他的使者给宋朝的表中说道："臣祖宗本出帝胄，当东晋之末运，创后魏之初基。"意思是说，我元昊是具有帝王血统的，我的祖先在东晋时期，就创立了后魏的根基）。

青海省德令哈市郭里木乡出土的棺板画上临摹的吐谷浑人生活场景

吐谷浑带领的鲜卑人离开河套地区83年后，有两个鲜卑政权出现在这里。公元395年深秋，今内蒙古巴彦淖尔市五原县境内的黄河两岸，鲜卑部落分化出的拓跋魏和慕容燕两个鲜卑王朝的军队出现在这里，强大的军队对峙于黄河两岸，亮出了鲜卑人在这里的力量抗衡。一方是鲜卑人占主体的西燕，另一方则是新兴的后燕政权，黄河在这里开始见证这两支鲜卑力量的较量。

西燕政权中的拓跋部落是鲜卑族落中分化出的一支，前秦时期，他们生活在阴山之北，依附于后燕政权并和鲜卑中的慕容部落曾世为姻亲。后来，双方交恶。拓跋部落的首领拓跋珪采取坚壁清野的战术，把各部牲畜资产全部迁到黄河以西今巴彦淖尔市西部的草原、戈壁中，他则率大军在黄河岸边迎战后燕大军。

后燕军队在黄河岸边开始造船，试图渡河而战，两军对峙于黄河两岸。期间，拓跋珪屡次截获了西燕政权首领慕容垂派出的使者所带的信息，导致慕容垂的儿子、统领西燕军队的慕容宝无法得知后方的消息。有一天突然刮大风，把后燕军的几十艘战船刮到对岸，拓跋珪的军队俘虏了船上的士兵后，故作宽容地把这些俘虏都放了回去，还让他们带话给慕容宝，说他的父亲慕容垂已经去世，让他赶快回去奔丧。拓跋珪制造的慕容垂死讯大大动摇了西燕军心，导致双方交战中，西燕军队大败于黄河边，拓跋鲜卑稳固了在河套地区的地位。

拓跋鲜卑迁徙到河套地区后，将大批随之而来的鲜卑人安置在黄河两岸，其中有一支姓穆的鲜卑人被安置在黄河南岸今鄂尔多斯市境内。慕容鲜卑和拓跋鲜卑征战于河套地区时，征兵便成了河套地区的一件大事。按照当时的“征兵”要求，家中有男孩的必须从军，如果没有男孩的，女孩的父亲就得从军。

一位姓穆的鲜卑男人被列入编户，但他家中并没有男孩，他接连接到 12 封必须从军的命令，从军本身就是生死未卜，何况这位姓穆男人年事已高，如果前去必定受不了塞外风寒之苦和战争的残酷。这时，他的女儿穆兰毅然决定男扮女装，替父从军。常年生活在草原上的穆兰，自幼就在放牧生活中练就了骑马技艺和男儿性格，她说通父母和姐妹们，决定替父从军。穆兰的父亲看到女儿如此孝心，便“东市买骏马，西市买鞍鞯”地为女儿购置出征的装备。

一个清寒的早晨，一身男儿装束的穆兰和一起被征者骑马出发，跨过已经结冰的黄河，晚上就到了黑山头——今包头市昆都仑河谷北的阴山段。这就是著名的《木兰辞》中写的“旦辞爷娘去，暮宿黄河边”。从军后的穆兰，被任用为“万里赴戎机，关山度若飞”的送信者，在送书信的过程中，她不仅掌握了文字，还学习到很多知识。当时，这种被称为函使的工作，使她得以独立穿梭于各军营之间，也避免了和其他男性吃住在一起的尴尬，才使她的女性身份没有暴露。

从军 12 年后，穆兰退役，因为在军中建功多次，她有了“归来见天子”的待遇。皇帝想封她为“尚书郎”。穆兰担心自己的女性身份暴露，提出“还故乡”的请求。脱下战袍、回到黄河南岸故乡的穆兰思绪万千，写成了《木兰诗》（传入洛阳后被改为《木兰辞》），将自己的名字写成了木兰，这件事被历史学家范文澜在《中国通史简编》中早已肯定是“真实的”。

经过和慕容鲜卑的战争后，拓跋鲜卑的力量更为强大，拓跋珪开始建立起中国历史上第一个北方草原民族的国家，定都于土默川黄河边的云中城与蛮汗山下的盛乐古城，后来迁都于平城（今山西大同东北）。公元 467 年八月，一个鲜卑男婴出生于平城皇宫之内，这就是自拓跋珪以后的北魏第六个皇帝拓跋宏。公元

490年，拓跋宏开始亲政，站在平城，他的眼光被黄河流域的富庶和身后的文化所吸引，并开始为挺进中原做准备。4年之后，拓跋宏为了摆脱鲜卑保守势力的影响，加强对中原地区的控制，决定迁都洛阳。之前，北魏历代王朝，也曾多次议论迁都黄河流域，但都因为遭到鲜卑贵族保守势力的反对而被搁置了。因此，对这次迁都，他决意秘而不宣，召集群臣，声称要调集大军南征。有一天，文武百官纷纷跪在马前，叩头谏止南征，有个鲜卑贵族拓跋休声泪俱下，苦苦哀求不要南证，并诉说以前北魏军队南征时，在淮河岸边屡遭惨败，尸体堆积如山的教训。拓跋宏听罢以后对群臣说："这次南征，兴师动众，不可劳而无功。不南征，便迁都。列位爱卿可以表示意见，赞成迁都的站在左边，赞成南征的站在右边。"多少年来，文武百官一提起南征，都吓得魂飞魄散，尽管心里不太赞成迁都，但在选择南征和迁都两件事中，自然要避重就轻，选择后者。因此，都不谋而合地站到左边。显然，这些人都中了拓跋宏之巧计，他成功地迁都洛阳，胜利地完成迁都夙愿。

这是青海德令哈市境内的郭里木乡巴音河畔出土的古墓上的棺板画，4个妇女站成一排，参加祭祀活动，盘子里盛着三个酒杯，这是吐谷浑人用3只酒杯祭祀天地的习俗；也有学者认为，这是吐蕃人的酒宴场面，早期党项人的生活，都曾受过这两个古老族群生活的影响

黄河开始再次迎接这支陌生的来客。公元493年，北魏孝文帝拓跋宏将都城从平城迁到洛阳，在这座美丽的历史名城中继续大刀阔斧地进行了鲜卑族的汉化改革，其中一项就是禁止使用鲜卑语，大量鲜卑人内迁山东、河南一带，生活于河套地区的鲜卑人也内迁。那首流传于鲜卑内部的《木兰辞》随着木兰的后裔也逐渐流传到洛阳一带，并被译成汉语广泛流传，木兰被后人想象为一位美丽的女子，在她的姓名前加了个"花"字，以致后来有了著名的豫剧《花木兰》。

"遥看孟津河，杨柳郁婆娑，我是胡家儿，不解汉儿歌。健儿须快马，快马须健儿，跋涉黄尘下，然后别雌雄。”

这首《折杨柳词》是北朝时在大江南北广泛流行的民歌，鲜卑人在这首歌中对自己英健强悍的民族性格进行了生动的描述，他们豪迈尚武的个性极大地影响了黄河流域乃至江南的汉人。当时，南方的汉族文人们崇文鄙武，喜欢清谈，不尚实务，手无缚鸡之力。史书记载，梁朝的士大夫们体质虚弱得没有人搀扶连路都走不了，见到马跳或听见马叫后吓得大惊失色，直说那是老虎，不是马。鲜卑人的到来，给黄河流域的文明输入了一股血性和阳刚之气。

鲜卑人来到黄河边，使其民族音乐给大河之声添加了更为丰富的元素，《阿干之歌》《慕容可汗》《企喻歌辞》《真人代歌》《簸逻回歌》《兰陵王入阵曲》等风靡一时的鲜卑名曲，在黄河流域盛行起来，著名的《北歌》，就是一首用鲜卑语演唱的、叙述拓跋鲜卑历史的叙事诗。北魏皇帝住在平城的时候，常叫宫女唱这首歌，在祭祀和宴会时也常奏这首歌。而《木兰辞》这样原生态的鲜卑诗歌，更是广为传播，甚至被谱曲传唱。唐贞观年间，鲜卑语演唱的《真人代歌》依然被传唱。而《兰陵王入阵曲》这首北朝鲜卑著名舞曲，歌颂的则是北齐的奠基者鲜卑化汉人高欢的孙子兰陵王高长恭，因高长恭面目俊美，常戴假面具上阵杀敌，这首曲子就是根据他的事迹编唱的，因此表演者要戴着假面具舞蹈。这首名曲在我国也早已失传，在唐代时传入日本，至今仍被作为日本庙堂和皇室的庆典音乐。

拓跋宏迁都洛阳以后，下令用汉服代替鲜卑服，并改鲜卑姓为汉姓，皇室原姓拓跋改姓元，贵族中的丘穆陵氏改姓穆、步六孤氏改姓陆、贺赖氏改姓贺、独孤氏改姓刘、贺楼氏改姓楼、忽忸于氏改姓于、纥奚氏改姓嵇、尉迟氏改姓尉，合称八姓。拓跋宏带头娶了崔、卢、郑、王四姓的女子做正妻，并把几个公主都嫁给汉族大姓，仅范阳卢氏一家就娶了三位公主，以此提倡鲜卑贵族同汉人士族通婚。

孝文帝拓跋宏的这一系列改革，加速了北魏王朝政治和经济的向前发展，也加速了黄河流域接纳、融合草原文明的进程，使草原文明和农耕文明在黄河流域开始第一次大面积交流、融合。更重要的是，佛教在北魏时期，开始在黄河流域蔓延。早在北魏政权建立之前，鲜卑人在中国陇西地区建立的地方政权——西秦就接受了佛教影响，并将这种影响沿着黄河向中下游地区延伸。乞伏鲜卑所开凿的西秦文明中的“深山瑰宝”炳灵寺石窟，是鲜卑人在黄河上游开凿的最西端的佛教石窟，西秦时期的《文殊菩萨问疾图》是我国目前最早的一幅维诘经变图。

北魏孝文帝

北魏时期，加速了这场黄河流域佛教蔓延的进程，炳灵寺第 169 石窟北壁上方的“建宏元年岁在玄枵三月二十四日造”的字样，是至今所见到中国最早的石窟纪年题记。也明确无误地告诉我们，这是拓跋宏即位当年，鲜卑人在远离洛阳千里之外的黄河上游创造的佛教石窟艺术奇迹。炳灵寺石窟虽以石雕而著名，但石窟中还有许多非常具有研究价值的浮雕、壁画、泥塑等，其中长 8.6 米的泥塑炳灵寺卧佛是我国现存的惟一一尊北魏时期的卧佛，这些对研究我国佛教艺术有着十分重要的价值。

黄河上游甘肃刘家峡附近的炳灵寺、甘肃景泰县境内的五佛寺、宁夏平原上的石空大佛寺、河南新安的西沃石窟、洛阳龙门石窟等著名石窟都与北魏鲜卑人有关，像一颗颗珍珠被黄河串联在一起，一路水声中倒影着佛教东渐的足迹，闪耀在中国佛教的天幕之上。

随着滔滔河水消失的并不仅仅是一个王朝的背影，鲜卑民族在北朝建立的最后一个政权北周被隋取代之后，许多鲜卑贵族成为了隋唐王朝的姻亲和大臣，如唐太宗的祖母独孤氏、母亲窦氏、皇后长孙氏，都是鲜卑人。除了皇室人员的鲜卑血统外，还有许多著名人士也是出身鲜卑或鲜卑化胡族，如权相长孙无忌，诗人元稹，建筑学家宇文恺，音韵学家陆法言，诗人白居易、刘禹锡，画家尉迟乙僧等，这些人走进新兴的王朝中，成了大唐帝国的中坚力量，正是他们的建树和贡献，才使唐太宗在对待民族问题时变得十分开明，能较为平等地对待各少数民族，因此深受边疆各族的爱戴，被他们称之为“天可汗”。

四、西夏，贺兰山下的大白高国

生于斯，亡于斯，这是个注定和黄河有着剪不断、理更乱的族群，他们早期生活在黄河上游的青藏高原，崛起于黄河巨大的“几”字形内的河套平原和鄂尔多斯高原，壮大后挥兵西进，占据了黄河边的宁夏平原，并在这里宣布成了大白高国，王朝存活了 190 多年后，又在黄河边被蒙古铁骑踏碎。这就是党项羌建立的西夏王朝！

黄河边的所有来自马背民族缔造的政权中，我对西夏倾注的心血最多，为了寻找西夏王朝的后裔去向，我曾徒步穿越过与其相关的 18 个省区的城镇、乡村，完成了《王族的背影》《西夏史》《西夏帝国传奇》《王朝湮灭》《西夏史话》等书。

著名画家壶僧所绘制的贺兰山下的西夏王陵及双塔贺兰古韵局部

北魏时期，北魏孝文帝实行汉化政策遭到同族中不少人的极力反对，一些反对者逃回鲜卑人原来居住的地方，一些则在带有流放性质的贬罚下迁往边远之地，后来融入党项羌的拓跋氏就由贵族被降为普通百姓，逃到吐谷浑政权统领地区，开始与吐谷浑、羌人融合。同时，早在吐谷浑和北魏政权的战争中，大批北魏军人作为俘虏、商人或官吏，进入吐谷浑和羌人生活的地区，其中就有拓跋姓

西夏彩绘武士木版画

氏的军人，这些人和生活在青藏高原上的党项羌相遇时，丰富并壮大了党项羌。

我多次前往青海省海南藏族自治州境内黄河西岸的曲什安河流域，这里曾经生活着青藏高原古羌人中的党项羌。公元 457 年，迁徙而来的吐谷浑部落赶走了在这里生活的党项羌，年轻的首领拾寅开始执政，他彻底改变了吐谷浑“逐水草，无城廓”的历史，在这里大兴土木，修建城邑。这时，被吐谷浑赶跑的党项羌主力沿着黄河向东部漫游，来到黄河流经青海、甘肃和四川交汇的玛曲大草原——《宋史》中记载党项羌生活的“析支”之地。

隋朝建立后，生活在黄河上游的一些党项羌部落开始内附。最典型的是公元 585 年，党项羌首领拓跋宁丛带领自己统领的党项部落在旭州归附隋朝，被隋朝政权封为大将军。这是党项羌被内地汉族政权第一次厚封为将军一职。

拓跋氏，作为一个贯穿党项羌命运的显赫姓氏出现了。

唐代的林宝在他的《元和姓纂》中这样描述拓跋氏：“孝文帝迁洛阳，改为元氏。”林宝在西夏建国前 200 年就明确指出西夏先世中的拓跋氏是元魏后裔。这个记载也为元昊建立西夏王国时，给宋朝所进的表文中称自己是帝王后代做了很好的注解。《金史·夏国传》中也说当初被北魏政权流放的那支拓跋人“元魏衰微，居松州者因以旧姓为拓跋氏。”

从《旧唐书》《新唐书》《资治通鉴》等史料来看，唐朝初期，党项羌核心生活区域在岷江上游的白龙江流域、黄河上游的甘南大草原、河湟谷地以及巴颜喀拉山以北、祁连山以南的青海高地上。他们已经将自己强大的足迹印在了黄河上游地区。

唐太宗李世民即位后，对少数民族武装力量采取军事征剿和招抚同时进行的

"胡萝卜加大棒"政策，使大批党项羌降附于唐。唐高宗即位后，党项羌控制的黄河上游地区一度遭受吐蕃侵扰，这里的党项羌请求内迁者越来越多。"贞观之治"的盛况过去后，唐朝安置党项羌的羁縻州越来越靠近内地。"贞观"末期，用于安置内徙党项羌以及其他羌人的庆州都督府（今甘肃省庆阳地区），归设在六盘山西边的静边州都督府管辖（静边州都督府辖境包括今甘肃、青海、四川三省相邻地区，是原隶属松州都督府的党项羁縻州、府所在地），后来，随着吐蕃势力的进逼，静边州都督府开始向陇东和陕北黄土高原区迁徙，静边州都督府下辖党项羌拓跋十八个部落。

"安史之乱"让唐玄宗选择南下四川避难。面对追来的叛军，太子李亨选择北上宁夏。公元 756 年 7 月 9 日，黄河边的灵州迎来了大唐太子李亨，三天后，灵州城南城门楼上，李亨在众人簇拥下，在这里宣告即位，把这里的行政级别从灵州郡升为灵州大都督府，并派人出使到西北地区的其他少数民族各部，联合讨伐安禄山。

距离灵州只有 300 多公里的静边州都督府，迎来了机会！党项羌大首领拓跋思泰曾出任过静边州都督，拓跋思太死后，他的儿子拓跋守寂承继了职位。"安史之乱"给拓跋守寂带来了难得的立功机会，他立即带领党项羌参与到平叛"安史之乱"的战斗中，因为所立的战功，他被升为容州刺史，领天柱军使，后来被赠"灵州都督"。

公元 991 年，宋朝皇廷赐封党项拓跋部最高统领李姓为赵，宋朝在此后的政府公文来往中，称党项羌首领的姓为赵（本书遵循约定俗成的叫法，依旧称为李）。公元 1001 年，党项羌首领李继迁带领他的精锐之军向西挥师，攻占了灵州。这是党项军事力量第一次大规模进军黄河边的宁夏平原。灵州的取得，是党项羌历史上一个重要的转折点，它标志着党项羌开始从游牧民族向农牧结合的二元经济结构过渡。

公元 1004 年，23 岁的党项羌年轻首领李德明从父亲李继迁手中接过党项羌的大权，开始图谋向灵州对面、黄河西岸的怀远镇发展。公元1020年夏天，李德明派一个叫贺承珍的人负责怀远的建筑工作，从灵州征集兵民，前往修建宫殿、街区、道路、宗社等，并于公元1020年11月，将党项羌的政治文化中心迁往怀远镇，并改名为兴州。

元昊铜雕像

公元1032年，李德明的儿子元昊效法鲜卑人的秃发习俗。元昊先秃发作表率，很快使党项羌领地范围内的民众实行起了秃发。实行秃发令后的两个月，元昊就将兴州改为兴州府，并开始大兴土木，修建宫城、殿宇。

公元1038年，元昊将兴州府改为兴庆府，并在这个黄河边的新兴城市里宣布和大宋王朝分庭抗礼，成立大白高国，这就是历史上的西夏王朝。黄河边的兴庆府成了西夏王朝的心脏，在这里，西夏人创制了“天书”一般的西夏文字；他们在中国历史上第一次尊奉孔子为文宣帝，并且对知识分子免除徭役；他们在中央政府机构中设置专门掌管刻字的机构，不仅重视自己的文字和印刷业，还将它提升到国家直接管理的高度，他们更是世界上最早的活字印刷术实物的创造与使用者；他们引进了汉传佛教和藏传佛教，是中国历史上第一个同时用这两种宗教成功统治国家的王朝，他们用53年时间完成了中原王朝一千年的译经工作；他们制定了中国历史上第一个少数民族政权的成文法律；他们和辽、宋并峙，在11~13世纪初的中国历史舞台上，先后经历了和宋朝、辽国以及和宋朝、金朝两度“三国时期”；他们组建了中国历史上最早的女性正规部队“麻魁”，在西夏的大幕上，写下了女性的辉煌、风貌、私情……。其疆域最鼎盛时，东至黄河晋蒙陕大峡谷，西至黄河上游的青海果洛地区。

西夏文字残片

西夏王陵(杨宏峰摄)

辉煌过后，灿烂归于宁静甚至死寂。公元1227年夏天，蒙古铁骑飞临黄河边，西夏帝国的大厦突然崩塌，帝国的臣民中，归降者走进了蒙元王朝的政治版图中，逃亡者将一地背影投向一个个神秘的角落，甚至连居住在地球之巅珠穆朗玛峰山间的夏尔巴、泸沽湖边走婚的摩梭人，雅砻江边保持母系氏族生活的扎坝人、木雅人，川西高原嘉绒藏地美人谷中的丹巴人，新疆北部阿尔泰山西麓的石人像的部分创造者等，都隐约地和他们有着神秘的关系。

五、蒙元，飞过黄河上空的草原之鹰

西夏晚期，中国的政治大势图系是这样分布的：今杭州为中心的南宋政权，控制着长江流域及其以南的大部分地域，黄河流域一带在文化上完全处于汉文化影响圈内，但局部地区处于先是以今北京为都、后以开封为都的金朝控制下；西夏王朝控制着鄂尔多斯高原、陕北黄土高原、阴山西北部直到内蒙古高原和新疆交界的大片地区，在这片地区向西南拐弯沿着祁连山东麓的河西走廊，一直延伸到青海中部地区、甘肃南部大草原一带，这个范围内也遍布着西夏臣民。这三大主权圈外，今天的吐鲁番盆地到库车的广袤土地上，生活着具有佛教和聂斯托里安教文化的突厥人；青藏高原大部生活着吐蕃人，云南高地上存在着大理国。而在今大兴安岭西侧则崛起了蒙古部落，部落的首领叫铁木真。

为了本书的写作，我曾经于2010年夏天，考察完大兴安岭深处的鲜卑人最初生活见证的嘎仙洞后，只身北上抵达今内蒙古自治区东部额尔古纳市的室韦——蒙古族的摇篮，在那里开始沿着蒙古部落的成长足迹，一路追寻这个后来影响到整个亚欧大陆的族群从呼伦贝尔草原到黄河边的脚印。

铁木真的降生，不仅是族落的大事，他也成了影响中国乃至世界的重要人物

随着部落的壮大，蒙古人逐渐走出额尔古纳河流域向南扩张，成为草原上不可阻挡的雄鹰。当崛起的蒙古势力进发到阴山一带时，就和西夏的疆域发生了冲突。公元1205年，铁木真借口西夏接纳了他们的仇人桑昆，发兵进攻西夏。这次进军，蒙古军队虽然没有进军到西夏控制的宁夏平原，但由于其进攻西夏设在今内蒙古巴彦淖尔市、阿拉善盟境内的几个城池，使惯于草原作战的蒙古军队第一次遭到城池阻击，为后来他们发动对西域各国乃至中国黄河流域、整个南方的军事行动中积淀了城市作战经验，这也是蒙古军队第一次兵临黄河流域。

公元1207年，整个蒙古草原被铁木真征服，他的九斿白纛成了草原上一面飘扬的旗帜，他也有了一个后来被历史收藏的尊号——成吉思汗。这年的秋天，成吉思汗借口西夏没有向自己纳贡，便发动旨在废除金、夏联盟，迫使西夏臣服自己的战争。这次，蒙古军队选择的突破口是西夏北部的重镇斡罗海城（今内蒙古乌拉特后旗境内的狼山之南），这里已经逼近河套平原。攻城的艰难再次体现在蒙古军队身上，这座城持续攻打了40多天才被攻破。这是成吉思汗出征以来第一次遭遇到强大的抵御，看到死亡在斡罗海城下的那些蒙古士兵，想到自己40天才攻下这个小小的城池，成吉思汗的内心被恼火占据，他下令屠杀城中幸存者，并派兵四处劫掠。而这次屠城也有如一场无法医治但却蔓延在他强壮的体魄内的疾病，从这次后，每逢遇到对方军民坚守后久攻才破的城池，他都是下令屠城。满城横陈的尸体、浓得化不开的稠血、被染红的天幕，都成了激发成吉思汗征战的兴奋剂。

成吉思汗图

公元1210年秋天，成吉思汗发动了对西夏的第三次入侵，这次的突破口是从斡罗海城西侧进入祁连山下的河西走廊地区。西夏皇帝嵬名安全下令自己的儿子嵬名承祯为主帅，大都督府令公高逸为副帅，率兵5万前往斡罗海城救援。西夏军队失败，蒙古军队攻入斡罗海后，逆着黄河流向，从阴山之下的河套平原一路向南，进军到宁夏平原北端的黄河流域，并攻破西夏国都的外围克夷门（今宁夏石嘴山市东北贺兰山内的一处要塞），这是蒙古军队第二次大规模进入黄河流域。

蒙古军队在第三次入侵时，才将主力部队的足迹送到黄河边的西夏国都兴庆府。这座建立在贺兰山东麓冲积扇平原上的城市，东临蜿蜒流经平原的黄河，当时正是雨季，围城的蒙古军队久攻不下，就利用下雨季节黄河暴涨的时机，修筑堤坝，引黄河水试图灌淹城市，浑黄的流水在平坦的平原上漫漶而过，城外的西夏居民溺死无数，城墙被河水浸泡，随时有倒塌的危险，随着河水越来越大，蒙古人修筑的堤坝被水冲毁，河水溢出堤坝后冲进了蒙古军营，采用“水攻”的蒙古军反而被黄河水淹了军营堡寨，蒙古军队只好选择撤退，这是蒙古军队第一次利用黄河水进行的“水战”。

这次进攻西夏后不久，成吉思汗决定带领部队远征西域，临行前，给大将木华黎留下了选择时机成熟后攻打西夏的命令。公元1217年冬天，木华黎派兵侵扰西夏，西夏境内出现了面对蒙古军队“列城不能御”的惨败局面，使蒙古军队得以长驱直入，再次抵达黄河边的国都兴庆府城下。西夏皇帝嵬名遵顼据城苦守20多天后，将守城的重任托付给太子德旺，自己率随从逃往凉州，等蒙古军队撤离后，才返回兴庆府继续做自己的西夏皇帝。

公元1221年夏天，木华黎向西夏提出借道曾经属于西夏的黄河边的葭州（今陕西省佳县）。这个要求引起了嵬名遵顼的极大恐慌，他认为这是蒙古军将再次攻打西夏的信号，便派大将塔海在河套地区宴请木华黎，犒劳其手下的蒙古军队。明确了木华黎的意图后，西夏方面派兵5万，由塔海带领，随蒙古军队出征，这是西夏历史上第一次正式派兵参加蒙古军队的军事行动。在西夏军队的帮助下，蒙古军队在11月就攻破了素有“铁打的葭州”之称的葭州。这个位于今陕西省榆林市的一处具有重要战略意义的城池以及整个黄河晋蒙陕大峡谷北段，从此脱离西夏王朝的控制而走进蒙古人怀抱，蒙古军队也开始顺着晋蒙陕大峡谷南下，逼近中原。

蒙古骑兵塑像

公元1226年秋冬之际，成吉思汗发动了对西夏的最后一次亲征。征服整个河西走廊后，蒙古军队的主力穿越腾格里沙漠，来到黄河边，一举攻下了黄河边的应理州（今宁夏中卫一带），并开始觊觎黄河边的西夏重镇灵州，这也是史料明确记载成吉思汗亲临黄河边。随后，蒙古军队向黄河上游的青海境内进发，一举扫荡了西夏在今青海境内贵德县等黄河上游地区。公元1226年冬天，蒙古军队兵临黄河边的灵州城下，这个在西夏王朝建立前后都发挥过重要作用的王朝东都，面临着生死考验。

西夏派大军支援，西夏名将嵬名令公带兵十万渡河驰援。这时的黄河已经结冰，双方在厚厚的冰面上展开激战，西夏将士虽然拼力抵抗，但作战能力显然弱

蒙古骑兵征战图

于蒙古军队，西夏军队死亡者是蒙古军队的十倍。西夏倾全国军力支援灵州的结果是嵬名令公带领残部退守灵州，灵州守将佐里战死，被贬黜到灵州的废太子被俘后不肯投降而被处死。

灵州一战，西夏除都城外的最后一脉血气全部散失。公元1227年初夏，随着天气的炎热和连年征战留下的伤痛，成吉思汗在应理州渡过黄河进入宁夏南部的六盘山地区避暑。

恐惧和愤怒震撼着公元1227年的兴庆府上空，征杀者和防御者对峙之声淹没了其他一切声音。蒙古大军包围西夏国都达数月之久，一场带来灭顶之祸的地震恰好发生在西夏国运最衰时，建筑被摇塌了，民众被埋在地下，一切外援被阻隔，在一个大面积崇奉佛教的国度，这场地震摧毁的更是西夏军民抵抗蒙古军队的信心，他们最终因弹尽粮绝和信心丧失，于这一年6月举城投降。

蒙古军队在成吉思汗的率领下，带着强烈的复仇心理，对黄河边的西夏国都实施灭绝性摧毁。他们不但血洗都城，将积聚近200年的宫殿、史册付之一炬，还将贺兰山下的皇家陵园毁盗殆尽。英国史学家约翰·曼在他的《成吉思汗》中描写道："银川遭到了掠夺，皇家陵园屋顶上的瓦被掀了下来，唐兀惕先王的尸骨被掘，人民被分散。成吉思汗的意志得到了一丝不苟的执行。"征服阿富汗等地一样残暴无情的"蒙古恐怖"的手段，在巷战后被很快采用了。"居民徒劳地藏匿在山间、洞穴，以避蒙古军。田地上尸骨遍野。"文明的成果转眼间变成废墟，无数无辜的西夏民众被残酷杀害，军人遭到百般侮辱后被残杀，妇女遭到凌辱后被暴尸。公元1227年的夏天，中兴府的颜色是血红的，中兴府的声音是死寂的，中兴府的面容是苍白的。

讨伐乃至消灭西夏，蒙古人对西夏的战争也使他们积累了丰富的平原战争经验，随后，他们开始向黄河中下游地区进发，并很快占领了黄河流域。黄河流域在中国历史上最后一次接受来自草原文化的冲击。

取得胜利的蒙古军队

他们给黄河文明带来怎样的新鲜血液呢？蒙古人占据黄河流域后，给整个中华文明又带来怎样的改变呢？上世纪 80 年代，在内蒙古呼和浩特辽白塔的一次修缮活动中，工匠们意外地发现了几张用桑麻制作的“中统宝钞”，它们静静地躺在白塔的洞壁夹层中已达 700 多年之久。这意味着初无货币、以羊马牛及其他畜产品进行物物交换的蒙古人，在南下过程中已经开始沿袭宋、金印钞法，并形成了中国古代纸币制度最盛行时期。

元代大部分时期，不铸造铜钱并禁止使用前代铜钱，除少数地区外，“钞”是惟一通用的法定货币。

公元 1260 年七月，忽必烈诏令统一印造通行交钞；同年十月，改印发行中统元宝交钞（简称中统钞），元代在全国范围内启用纸钞，改变了千年间中原王朝使用物物交易、金银易物的习惯，使一张纸票随身携带到各地便能购物、吃住，这种纸钞曾被马可·波罗称为“点金术”。这也是自此后，中国人再也不受出门携带沉重的银两之累。元代交钞在当时还是一种国际间使用的纸币，汪大渊曾随船出海，归来写《岛夷志略》，记载在交趾（越南北部）、罗斛（泰国南部）等地，用交钞交易，元朝政府都给予大力的支持。

蒙古人不仅将纸钞流通于黄河流域，还大力开发黄河上游的绿洲，对黄河进行河源探测。忽必烈时期，针对黄河上游的大片绿洲因战火焚烧而被废弃的现状，派出了张文谦、郭守敬等水利专家进行黄河水利的再次开发；也派出了大批探险者、地图绘制者前往黄河源头进行大河探源，使黄河的研究、开发、利用也迎来了一次空前的高潮。

蒙古人最早信奉原始的萨满教，随着对外征服战争的进展，开始与当时流行

成吉思汗的黄金家族

在亚、欧各地的各大宗教的不同流派发生接触。成吉思汗远征西域时，就曾请道教的丘处机一起到西域。在西域时，他接触到了当时盛行于叙利亚一带，后传入草原的景教（又称聂斯脱里教，是基督教的一种），并使其影响到了他的子女，拖雷的正妻，蒙哥、忽必烈、旭烈兀、阿里不哥四子的生母唆鲁禾帖尼，蒙古帝国的第三位大汗贵由及许多亲信大臣都是虔诚的基督教徒。同时，他将信仰伊斯兰教的大批穆斯林工匠带回中国，使之在征服中原的战争中发挥了很大作用，战争结束后，这些穆斯林在一个个战火熄灭的地方就地驻扎，下马为民，开始了新的生活。尤其是在黄河流域，出现了儒、道、释与基督教、伊斯兰教、萨满教等宗教并驾齐驱的局面。忽必烈曾对马可·波罗说过这样一段话："有人敬耶稣，有人拜佛，其他的人敬穆罕默德，我不晓得哪位最大，我便都敬他们，求他们庇护我。"

蒙元时期，是伊斯兰教在中国传播得到了前所未有的发展的重要时期，这对促进中国与伊斯兰世界的文化交流起了很大作用。元朝时，许多波斯人和阿拉伯人移居中国，成为历史上穆斯林移民最多的时代。

成吉思汗陵区大门口的成吉思汗雕像

那些来到黄河流域的穆斯林，将阿拉伯一些先进的天文、数学、医药、建筑、铸造、印染、艺术等带到中国，极大地丰富和发展了中华文化宝库。中国的历史、算术、制图、医学和艺术，也通过阿拉伯人更加广泛地传播到西方，蒙元政权在疆域范围内使用交钞和阿拉伯数字，并使之传播到世界，已经具备了现代世界体系的某些特征。交钞传到西方以后，发挥了先导作用，在世界货币发展史上具有开创意义。元朝的纸钞和古老的印刷术、指南针、火药技术及驿站制度也辗转传入欧洲，为此，弗朗西斯·培根感叹地说："没有一个帝国，没有一个教派，没有一个赫赫有名的人物，能比这三种发明在人类事业中产生更大的力量和影响。”穆斯林在蒙元帝国的大平台上，将其善于长途经贸的天赋发挥得淋漓尽致，连接着东西方文明的交流，不仅使黄河流域迎来了历史上空前的文化、文明大交流和大融合，也使黄河文明、华夏文明远传欧洲，使“欧洲人生活的每个方面：科技、战争、衣着、商业、饮食、艺术、文学和音乐都由于蒙古人的影响，而在文艺复兴时期发生了改变”（威泽弗德：《成吉思汗与今日世界的形成》）。

第十一章
硬度与高度，中华文明的摇篮

青海大通县上孙家寨新石器遗址出土的马家窑型舞蹈纹彩陶盆

黄河不仅以其浩浩之水为流域内民众提供着生存的基础，更是培育了一个个璀璨的文化群，构成了华夏文明中古老而灿烂的部分。山西省芮城县境内黄河东岸西侯度遗址发现180万年前远古人类用过的石器，表明180万年以前，黄河流域已有人类在活动了，这个遗址出土的30余件石制品，是迄今为止中国大陆上发现的人类文化遗存中最早的代表；河套平原南端的水洞沟遗址，揭示了黄河在3万年前流经河套地区时，这里的来客或许就从西伯利亚而来，此举也拉开了中国现代考古的序幕；早期的二里岗文化、中期的安阳小屯村文化、晚期的岐山文化，揭开了从商到周的黄河流域青铜器文化；黄河巨大的“几”字怀抱着的鄂尔多斯青铜器，则展示着春秋战国时期黄河流域匈奴人高超的青铜器制作工艺；青海喇家村出土的一碗面条，稳稳地捍卫着世界上的第一碗面诞生于黄河流域的地位；河南新郑仓城发现的春秋铸铁遗址是中国最早的铸铁技术明证，三门峡市虢国墓地出土的“中华第一铁剑”是中国最早的一件人工冶铁制品，将中国的人工冶铁史提前了100多年，等等。从面到金银冶炼技术，从土和火中提炼出的仰韶彩陶到中原腹地与鄂尔多斯高原遥相呼应的青铜制品再到冶铁技术，黄河流域，何尝不是中华文明的一个巨大摇篮？

一、水、土、火的妙构，4000年前的“乐舞”和面条

马厂，这个青海省民和县城往东约5公里的一个滨河村庄出现在我的视线中，是因为这里散发出的文明信息是那么迷人和古老，是那么令黄河为之骄傲。千百年间，它一直远离人们的视线，似乎静静地守候一种秘密，似乎在等待着这种秘密亮相的机遇。1932年夏天，这种守候因为一个外国人的到来而终结了。

那年夏天，村子里走来一位瑞典人带领的考古队，开始在这里进行大量细致的考古工作。这个瑞典人就是在这里赢得“中国彩陶之父”的瑞典人安特生。

1916年初，安特生受民国政府邀请来到农商部下属的矿政科。他因在张家口找到了龙烟煤矿，受到民国临时大总统袁世凯的接见。1916年6月，安特生在山西勘测铜矿时偶然发现了一批古生代生物化石，这个调查促使他从一个地质学家向地理学家、考古学家的转变。1920年，安特生派助手、农商部地质调查所的采集员刘长山到豫西地区调查，当刘长山带着从渑池县仰韶村农户手里买到的600多件古石器出现在他眼前时，安特生的眼睛顿时亮了。这种非同寻常的石器透露着一种他当时说不清楚的文化信息，也促使他开始了自己的“黄河之旅”。

1921年春天，安特生亲自到仰韶考古挖掘，开始揭开著名的仰韶文化的谜面。在农商部地质调查所期间，安特生曾看到一份报告说，1904年，美国中亚考察团曾经在俄国的土库曼亚诺发现石器与彩陶共存的报告，他将仰韶村发掘的彩陶和亚诺彩陶一起比较后发现，两者有着很多的相似，这两者之间应该有着某种神秘的关系，而在这两者之间的黄河上游某个地区扮演着两者的联系角色。就此，他将探索的目光投向黄河上游的甘肃、青海地区。

1923年春天，安特生开始着手前往甘青地区的准备工作了，随后，他在西宁、西宁东郊十里堡、朱家寨、湟源、青海湖等地挖掘出大量彩陶。于1924年

制陶现场

10 月 5 日 ~23 日，安特生将自己在甘青地区挖掘、采集的文物，用羊皮筏子从兰州走黄河水路运往包头，然后通过铁路运往天津，按照中瑞之间签订的合同，部分则运往他的国家。他也于这年年底前往瑞典，去研究这些从中国运出去的文物了。

这期间，他派助手庄玉成前往青海民和县发掘了马厂塬、核桃庄两处史前文化遗址，这是黄河上游的彩陶文化第一次挖掘。那些黄河边的文化遗迹点挖掘出的文物，多数被收藏在民和博物馆。

在民和博物馆里，让我感兴趣的是那把 4000 年前的彩陶喇叭，长近半米，口径 3 厘米，完全证实青藏高原东部地区在 4000 年前就有了原始社会的多功能乐器。

当然，在土与火的艺术中，河南的钧瓷，显现了瓷器在宋代时期的制作工艺已达到顶峰。

喇家村位于青海省民和县南部黄河北岸二级阶地前端，黄河水从村子前宽阔的河床流过。夏天，阶地上林木苍翠，麦浪起伏，是大西北少见的富庶之地。村子不大，40 分钟能转完四周的田野沟渠，但村子文化底蕴深厚，穿行其中就能感受 4000 年前的古老而神秘的世界。但这里的富庶在人文学者的眼里却有了另一份解读：这里有 2001 年度“中国十大考古新发现”之一，中国最大的“磬王”出土；一碗保存了 4000 多年的面条给中国人的食面史埋下了醒目的界桩；一座有“东方的庞贝古城”之誉的遗址，书写了一个几千年前的神奇。

1999 年，考古人员在喇家村遗址进行了一次小规模的试探性发掘，这是一处前所未见的齐家文化聚居遗址，面积在 20 万平方米以上。遗址内深埋着当时的一些房屋建筑，壕沟内外还有同时代的墓葬发现。对照遗址上过去出土的一些重要器物，初步推断这里可能是一座史前时代的城堡，它也许是当时盆地里一个政治和经济中心，也许是一个小小王国的所在地。

2000 年，又一次对喇家村遗址的发掘有了意外发现，3 座房址内都发现有可能是意外死亡的人类遗骸！在 4 号房址内，发现人骨多达 14 具，呈现不规则姿态地分布在居住面上，有的匍匐在地，有的侧卧在一旁，有的相拥而死。中心灶址处一成年人两手高举过头顶，双腿为弓步，死亡时躯体还未完全着地。西南部有 5 人集中死亡在一处，他们多为孩童，其中有一年长者似用双手护卫着身

喇家遗址

下的4人，5人或坐或倚成侧，头颅聚拢在一起。

封存了4000多年的一幕悲剧，现在看来依然惨不忍睹。类似这样的考古遗迹，过去在中国境内的发掘中还不曾见到，在国外也鲜见报道。一位考古人员这样写道："喇家村遗址的这次发掘，发现了很难见到的史前时期一次大灾难的现场，也让我们看到了4000多年前母亲以身佑子的深情，此情此景，慑人心魄。"

北京大学环境考古学家夏正楷教授应邀考察喇家村遗址时，看到发掘出的几座房址内都充填有大量棕红色黏土层，中间还夹有波纹沙带，认为这都是黄河水泛滥的结果。他推测当洪水泛滥时，汹涌的洪峰冲上了河边台地，涌进了当时居民的房屋，淹埋了滞留在房中的妇女儿童。夏正楷以"东方的庞贝"来强调这次考古发现的意义，这个发现不仅再一次表明古人类在突临灾难面前的无能为力，也为研究黄河与黄河文明提供了难得的科学资料。

2002年的晚秋季节，喇家村再次迎来了一次考古。随着半个月左右的挖掘考古，一碗倒扣在陶碗里看似面条的不明物出现了，考古人员现场发现，这些不明物附着在渗入碗内的泥土上。参与发掘的考古专家叶茂林不无遗憾地回忆道："尽管现场的专家马上就把陶碗再倒扣回去，保持原状，然后连同泥土一起揭取回去。但是，陶碗里的遗物还是没有能够保持发现时的状态，全部风化了。"

考古队决定将碗里的不明物带回北京进行鉴定研究。然而，回到北京以后，再次打开陶碗时，碗里只剩下泥土，里面的面条遗迹已经消失了。

2004年，师从中国科学院地质与地球物理研究所刘东生院士做博士后的杨晓燕，从考古队了解到这个发现后与该所吕厚远先生合作，开始了一次自然科学和考古学"联姻"，他们获得不明物的标本后，选取了部分土样来进行多种方法的测试研究，在实验室科学分析了土样中的植硅体和淀粉形态，用了85种植物加以对比，最终这碗确认食物成分是：大量的粟与少量的黍。由于喇家遗址的年代距今约4000年，研究者相信它应该是迄今最早的面条遗存。

"喇家村面条"经过3年时间就走向国际研究视线。2005年10月13日出版的英国《自然》杂志（《NATURE》第437卷第967~968页），刊发了青海喇家遗址出土齐家文化的面条状遗存的鉴定研究论文，使这碗面一“端出”就有了无与伦比的分量。至少，它和四大发明一样——中国人发明了面条并带给世界。

如果没有大型磬和玉刀玉壁等出土文物，我会认为喇家村是一个普通的原始村寨。在中国史前时代末期就已出现了磬这种礼乐器，是文明形成的一个重要表征。喇家村遗址里就曾发掘出一件大型石磬，长96厘米，宽61厘米，厚6厘米左右，是目前中国考古所见最大的磬。与传统所见的弓北曲尺形磬不同，这件“磬王”仿制同时代长方形石刀的形状制成，挂起巨磬，用木槌轻击不同部位，乐音铿然，悠远深沉。

喇家遗址出土的面条

在远离中原几千里之外的黄河上游喇家村遗址，出土这样的“磬王”，或许证明那时黄河流域的文明之间的传递，并不像后人理解的那样遥远。巨磬传出的古老乐音，让我仿佛跟随着古老的音声穿透4000多年的时光隧道，看到这个遗址作为中国聚落乃至古国城堡的一个重要标志。那时，这个文化遗址或许就是一个王国或王宫，这里的首领和这里的民众所掌握的文化，又何曾逊于内地呢？

二、水洞沟，两个外国人拉启的中国现代考古大幕

水洞沟，黄河流经银川平原时在河东岸鄂尔多斯台地上的一处文化遗址，这里因为揭开了中国现代考古大幕而使黄河为中国考古界贡献了另一份厚礼。

19世纪，“欧洲是人类进化中心”的观点在世界上风靡一时。20世纪初，随着亚洲地区一批批文化遗址的发现，这块幅员辽阔而又神秘莫测的古老大地开始吸引世界的目光，中国更是一个焦点。

1912年，远在法国的桑志华就认为中国的黄河流域、蒙古地区和西藏一带“不论从科学上，还是从经济角度上看，它的地质、植物区系，人们都还一无所知”，他设想着能够深入到这里进行探索、挖掘。

20世纪20年代初的一天，一个叫肯特的比利时传教士，沿着长城，从宁夏最东边的盐池县往西而来，从横山堡一带走过时，发现一处有山洞、有水流的地方——水洞沟，他在那里的黄土层中发现了一个披毛犀的头骨和一件石器。1923年，肯特返回天津，他把自己在水洞沟的发现告诉了桑志华。桑志华被披毛犀的头骨和那件石器吸引住了：披毛犀是一种已经灭绝了的、生活在3万年前的大型动物，其生活地区必定是水草丰美的地方。

听完肯特的叙述后，桑志华开始为他的水洞沟之行做准备。他率领“法国古生物考察团”到中国西部地区进行实地考察，随行的驮队中打出一面由红、白、蓝组成的三色旗，上面绣着“法国进士”、“中国农林咨议”和“桑”等字。他并没有在中国考取过进士，只是套用了他的博士学位，并将博士“中国化”成中国人能理解并尊重的进士；而“中国农林咨议”则是1917年他访问北洋政府农林部时，随便讨取的一个虚衔。这两个奇怪的不伦不类的官衔，给他走进黄河东岸的水洞沟提供了很大的帮助，地方政府以京城来的外国官员待遇接待他。和桑志华一道前往水洞沟的还有一个法国学者，这就是被英国历史学家汤因比称赞为“既是科学家，同时又成了精神界的巨人”的德日进——在中国最早发现了人类化石、研究鉴定并确认“北京猿人”头盖骨为猿人颅骨者。

当时的中国，陷入 20 世纪最混乱的时期；当时的宁夏，因为匪患猖獗，连包头到宁夏的交通也被断绝，谁会关注这些西方人在死人骨头中挖寻什么呢？（桑志华一行来到水洞沟 4 个月后，国民政府才批准成立宁夏省）。桑志华一行在外界的混乱和当地人的诅咒中，挖出 300 多公斤石核、刮削器、尖状器等，最后装入木箱，用八九匹骡子驮回去。暂存在位于天津法租界的一座两层带地下室的小楼里。这里有 13 间充当储藏室的宽阔房屋，原为献县教区的财务管理处，被称作天津崇德堂。桑志华仍源源不断地将考古收获品运往这里。

上世纪 20 年代，西方人挖掘水洞沟的现场

前往水洞沟之前，为了更好地收藏这些标本，提供深入研究的空间。桑志华就有了创办北疆博物院的想法，这个想法很快提到了法国天主教会、献县教区及天津法租界行政当局的议事日程。1922 年，法国天主教会拟在天津建立一所高等学校——工商学院（今马场道 117 号天津外语学院），于是，由献县教区耶稣会会长让·德布威（Jean Debeauvais）出面将位于英租界马场道南侧的一块空地划拨出来，将北疆博物院规划在工商学院里，并由教会募集资金，同时动工兴建。1923 年，北疆博物院的主楼即北楼建成，

上世纪 20 年代参与挖掘水洞沟的学者（右三为桑志华，右二为德日进）

桑志华

德日进

桑志华给博物院起名叫"黄河白河博物馆"，中文名叫"北疆博物院"。里面的最新考古文物就是水洞沟里出土的石器及其他文物，有了水洞沟以及其他地区丰富的考古文物，北疆博物院被誉为当时世界上的"第一流博物院"。

水洞沟的考古发现成就了桑志华，他的努力和贡献也为他赢得了应该的尊重，他被法国政府授予一枚法兰西共和国"铁十字骑士勋章"。他独特的博物馆意识也使包括水洞沟周围发现的珍贵化石等文物得以保存。目前，他采集的标本除大部分仍妥藏于天津自然博物馆外，有的还保存在中国科学院古脊椎动物和古人类研究所里。

1923 年的秋天，是中国考古界和德日进与桑志华共同的丰收季节，他们很快将发掘的范围以水洞沟为原点开始拓展，拓展的最大收成是后来著名的河套文化的萨拉乌苏遗址。回到北京后，桑志华和德日进等学者，共同发表了以水洞沟和萨拉乌苏为主要材料的关于中国史前考古的第一本专著《中国旧石器时代》。他们以严谨的学术态度和科学事实向世界宣布：水洞沟遗址的发现和发掘标志着"中国没有旧石器时代文化"这一论断的终结和中国旧石器文化调查、发掘及研究的滥觞。

桑志华和德日进拉开水洞沟考古的序幕后，水洞沟就开始断断续续地吸引中国考古界的视线，中国考古学家先后在这里又进行过两次考察和五次正式挖掘，不断将水洞沟推向中国考古界的焦点。1960 年，中国和苏联组建的中苏古生物考察队对水洞沟遗址进行发掘。由于两国关系的交恶，苏联专家在考察途中突然撤走，使这次考察暂时搁浅；宁夏考古所原所长钟侃接受我的采访时这样回忆到：1963 年 8 月，裴文中带领中国考古界的有关人员到达银川，标志着中国考古界第一次对水洞沟进行科学考古。裴文中当时戴着一顶普通的草帽，上身穿着带有四个口袋的短袖白布衫，下身穿着有很大补丁的裤子，穿着一双旧布鞋，给人的印象非常谦逊、朴素。

在裴文中先生的指导下，钟侃所带领的宁夏考古团队紧密配合。经过一个多月的考古研究，发现水洞沟遗址并不是完全的旧石器遗址，他们发现了新石器的瓦片、鸵鸟蛋皮做的装饰，这说明水洞沟是横跨新、旧石器时代的。

1974 年，在著名考古学家贾兰坡主持下，又对水洞沟进行了正式发掘，由于这次挖掘的报告没有问世，所以，这次挖掘的科研价值无法评估。

1986 年，由宁夏博物馆联合宁夏地质局、钟侃主持的宁夏学者组成的团队，第一次对水洞沟遗址文物进行考古。经历了一个多月取得了另外的收获：第一，从地层上进一步把水洞沟地质成因，地层的具体年代检测了出来。第二，从文化上明确肯定了与欧洲旧时期文化（莫斯特、奥瑞纳等文化）有很多相近的地方。

2003 年，中国科学院古脊椎动物与古人类研究所与宁夏文物考古研究所联合对水洞沟进行了正式发掘。对于水洞沟文化性质（严格地说是石器打制技术）的认定才算趋于明朗和统一。

2007 年 8 月到 9 月中旬，宁夏文物考古研究所和中国科学院古脊椎动物与古人类研究所联合对水洞沟遗址进行考古发掘，参加这次考古发掘的还有北京大学环境学院、兰州大学、南京师范大学社会学院、中国科学地质与地球物理研究所、中国地震地质学院、香港大学等科研教学部门的专家、教授和研究生共 20 多人组成的考古队。这是水洞沟迎来的第六次发掘。

水洞沟古人类生活场景模拟图

水洞沟兼有东西方两种文化特征，它无声地告诉世人，水洞沟文化是黄河流域旧石器文化与欧洲旧石器文化互相渗透、相互影响的产物，同时，又影响到了整个华北旧石器的发展。黄河，早在旧、新石器时代就敞开了胸怀，接纳了来自欧洲、西伯利亚古人类，并孕育了灿烂的文化。宁夏考古所的王惠民则认为：水洞沟文化是迄今为止中西方文化交流最东的驿站。

三、鄂尔多斯，匈奴金冠映照下的青铜世界

遍布在中国大地上的青铜器分为南北两大体系，南方系青铜器以中原地区为代表，作为礼器的面孔走进国人视野的较多；北方草原上的青铜器则多以兵器出现，北方系青铜器的重要的代表性地区之一就在黄河之侧的鄂尔多斯高原上。这两种青铜体系恰好都在黄河流域，早在新石器时代晚期，黄河流域就出现过红铜、黄铜和青铜等器物，由铜、锡等元素复合炼成的青铜更是将黄河文明提升到一个前所未有的高度。

黄河流域在夏、商、周三个朝代是全国的政治和文化中心，夏朝时期，黄河流域已经进入青铜时代，夏朝将大量的人力、物力、财力集中到都城，使得青铜、玉器和陶器的制造业都得到迅速发展。当我看到河南偃师县二里头遗址出土的夏代青铜小刀、河南安阳殷墟、郑州商城遗址出土的商代铸铜作坊、商代安阳武官村大墓出土的三件商代铜戈、北京故宫博物院收藏的商代铜戈时，眼前飘过的是代表黄河文明青铜辉光的最高成就。至于西周的青铜器，因为数量较多，更是成为黄河流域青铜器的佼佼者。而对于代表黄河流域北方青铜系的草原青铜器，知道的人就较少，这一青铜系在学术界有个名称——鄂尔多斯青铜器。

鄂尔多斯青铜器是一个带有学术意味的称呼，它并不限于时下行政意义上的鄂尔多斯市，而是北纬37° 左右为核心的包括今内蒙古鄂尔多斯市、临河市、包头市、陕西省榆林市、宁夏平原等地域。就黄河而言，是黄河巨大“几”字形范围内地区。进入21世纪以来，鄂尔多斯市巨大的能源被疯狂开发，使这里成为

中国最暴富的地区，前往鄂尔多斯淘金、观光的人却很少留意，在市区内有一个并不醒目的建筑，悄然端坐在大街旁，这就是中国惟一的一座北方系青铜器博物馆——鄂尔多斯青铜器博物馆。馆内一万多件珍贵的青铜器无声地显露出博物馆的文化内涵。那些体现游牧民族在青铜时代最高铸造工艺和审美水准的青铜器，从鄂

鄂尔多斯青铜器代表作——匈奴金冠

尔多斯草原和巴彦淖尔草原、陕北黄土高原、宁夏平原的各个角落里出土的各种形制的青铜器，抖去尘封的黄沙，走到这里，被专业人士分类后坐在了自己的位置上，按其用途大体可分为兵器、工具、装饰品、生活用具及车马器四大类，以青铜短剑、青铜刀、鹤嘴斧、棍棒头、各类动物纹饰牌、饰件、扣饰等为主。无论是国宝级的兵器，还是至今我们叫不上名字的怪兽，无论是象征王权的金冠，还是体现那些默默无闻的民间艺人智慧的用品，都静然凝固于这里的历史片段中。柔和的灯光下能清晰地看出它们采用了圆雕、浮雕、透雕等装饰手法，叙说着草原文明在那时达到的顶峰状态，而且毫不逊色于中原青铜器，尤其是国宝级的“匈奴鹰金冠”，更是将鄂尔多斯青铜器制作推向中国青铜器乃至世界青铜器

鄂尔多斯青铜器博物馆

鄂尔多斯青铜器

制作的巅峰。而这件国宝恰好出土于黄河流经的杭锦后旗的阿鲁柴登。

如今，静静躺在柔和的博物馆灯光下的鄂尔多斯青铜器，生动地再现了2000多年至4000多年前，发生在中国北方草原上的部族征战、原始崇拜、动物驯服、丧葬习俗等文化细节，代表着青铜时代及早期铁器时代社会生产力的最高发展水平。那些从黄河之侧各个地理单元中出土的青铜器，更是“黄河人”智慧和艺术境界的结晶。透过这朵独放异彩的奇葩，我不仅对于贺兰山、阴山和黄河交界的这一地区的文明有了全新的了解，同时对于古老的多元一体的中华文明也有了全面的感悟。

鄂尔多斯青铜器

四、奔走的文字，隐居的诗意

无论是我写这本书，还是读者来阅读这本书，都离不开文字。中国文字就诞生于黄河边、统一于黄河边、成熟于黄河边。

中国迄今发现的最早刻在石头上的近似文字的符号，就是黄河边的一幅幅岩画，中国迄今发现最早的契刻符号就在黄河岸边的中国仰韶文化遗址的彩陶及其他器皿上，中国第一套完善的汉文字系统甲骨文就出土在黄河流经的中原大地上；很巧的是，中国第一个在全国范围内统一小篆者，就是出生于黄河边的河南人李斯，他帮助秦始皇“书同文”、制定规范书写字体；东汉著名的文字学家许慎离开洛阳后，回到黄河边的河南老家，用21年时间编写了世界上第一部字典《说文解字》，并归纳汉字生成规律、统一字义解析；宋朝在黄河边的开封定都，规范出的“宋体”汉字至今仍是我们还在使用的规范性字体。连续4000多年的汉字文化史，可以说就是一部黄河边的汉字生成史，汉字的产生及其每一个重要发展阶段几乎都发生在河南大地上，完全可以说，汉字是从黄河边开始启程，走向华夏大地乃至全球的。

中国文字博物馆

1979年秋，河南省舞阳县北舞渡镇贾湖村修筑护村堤以防水患。村小学教师贾建国在带领学生开荒种地时，挖出一些石铲、陶壶。贾老师把这些物件上交到县文化馆。这个举动引来了“中国20世纪一百项重大考古发现”之一的贾湖考古。

为了探究中华文字之源、之兴，我来到河南省舞阳县，沿着220省道往北而行，到241省道交汇处，再沿着乡村公路折向东南方不到两公里，村口的牌子显示——贾湖村到了。隔着几十年的时光，村民们谈及那时的考古，每个成年人几乎都能说出点那时的情景，仿佛他们个个参与过似的。透过他们的讲述，我在自己脑海中逐渐描绘出了那场考古的原景：那时，震惊中国考古界的裴李岗文化刚刚被发现，在中国考古界引发了一场对新石器早期文化的探索热潮。贾建国将挖出的那些看上去破破烂烂的石器、陶器拿到县文化馆，引起了县文化馆文物专干朱炽的重视，随后也引起了河南省文博部门的重视。

甲骨文

1980年春，河南省博物馆文物工作队（河南省文物考古研究所前身）组织专人前往贾湖调查，随后确认这是一处裴李岗时期文化遗址。1986年3月至6月，河南省文物考古研究所主持了对贾湖遗址规模较大的第四次发掘。这次发掘最重要的成果就是发现了有“中华第一笛”之称的贾湖七孔骨笛。

贾湖遗址的发现为我们了解祖先的生活提供了极为丰富的资料。此处出土的8000年前的骨笛是世界上迄今发现最早、保存最完整的乐器；此处发现的龟甲上的契刻符号被一些专家认定为中国最早的文字。

距今6000年前的仰韶文化中就出土了大量的陶埙，有力地印证了那时的“黄河人”制造的陶埙已经达到了与现在五声音阶完全相同的水平。然而，贾湖出土的骨笛证明，在距今8000年左右的人们已经制作出了具备七声、八声音阶的骨笛，而且，贾湖骨笛是用鹤类动物的尺骨钻孔而成。那些翱翔于黄河上空的鹤是怎样被还没弓箭等空中射击工具的古人获取的？鹤类的尺骨又是用什么工具钻成孔的？那些看似随意钻出的孔又是如何发出七声、八声音阶的？制笛之后运用打小孔的方法调整个别孔的音差，其制作方法和过程与现在民族管乐器的制法很相似。这些至今仍没完整答案的谜面依然萦绕在学术界。

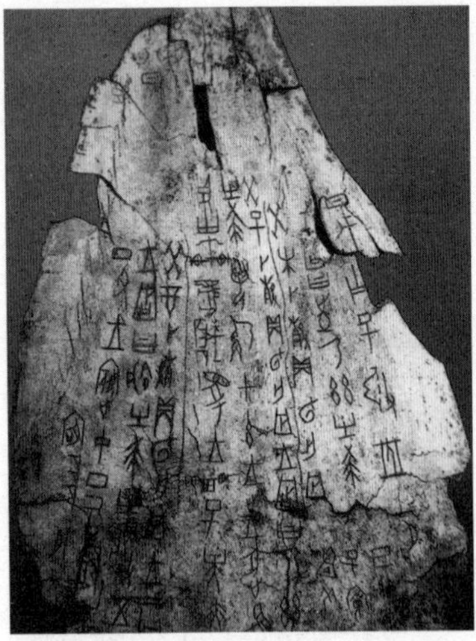

甲骨文

2001年4月至6月，经国家文物局批准，中国科技大学与河南省文物考古研究所、舞阳县博物馆合作，由贾湖遗址历次发掘的主持者、中国科技大学张居中教授率队对贾湖遗址进行了第七次考古发掘。他们惊奇地发现，在贾湖遗址出土的遗物中有16例刻画而成的符号。这些符号分别刻于14件龟甲、骨器、石器和陶器上。其中龟甲符号9例，骨器符号2例，石器符号2例，陶器符号3例。这些刻在甲骨上的形似文字的符号，和商代甲骨文有什么联系么？他们是汉字的滥觞么？当国内学者对此谨慎地进行非公开的论证时，2003年4月17日，英国广播公司（BBC）

中文网站发表了一则惊人消息：“在中国河南贾湖发现的乌龟壳上的符号，很可能是迄今为止人类所知最早的文字。”

目前，世界上公认最早的文字是出现在古代中东地区的楔形文字，距今5000～6000年；学界公认的中国最早的古文字是商代中晚期的殷墟甲骨文，贾湖甲骨的年代却距今8000年以上。对于英国广播公司（BBC）中文网站发布的消息，张居中反应很谨慎：“文字的发展要经历记事符号、图形记事、语段文字三个阶段，最后才进成熟语词文字阶段，贾湖刻符也许是处于第三阶段（语段文字）。”

在后于贾湖遗址的河南仰韶文化、龙山文化和二里头文化的遗址中，都发现有陶器刻画符号，这些大河之侧的文字、符号，甚至更早于这些符号的黄河上游的大麦地岩画、贺兰山岩画、阴山岩画中的象形符号，更是和中国文字有着某种神秘的联系。黄河，更是一条孕育中国文字的大河。

中国文字博物馆位于河南安阳，安阳最有名的文化名片是安阳西北郊小屯村一带殷商都城，自1928年以来，中国考古学家经过近一个世纪的发掘，基本展现了殷商都城规模，在宫殿宗庙区内发现大型夯土建筑基址50余座。此外还发掘了王陵遗址、手工业作坊、甲骨窖穴、墓葬区、车马坑等，出土了数以万计的甲骨文、青铜器、玉器、石器、车马器等，而最让世人震惊的便是这里发现的文字。

1899年的秋天，清朝国子监祭酒王懿荣无意中发现了刻在甲骨上的文字，这就是人们所说的甲骨文——中国迄今为止所知最早的成体系的文字。甲骨文的发现和深入研究，证明了《史记》关于商代世系的记载基本正确，启开了被重重历史疑云紧锁的殷商王朝神秘大门。

公元前284年，战国时期纷争的战火燃烧在黄河流域，河南上蔡的一个乡村里，一个叫李斯的人出生于一个贫寒的家庭。年轻时，爱好读书的李斯就对文字产生了浓厚的兴趣，酷爱读书使他并不满足于担任郡小吏的角色，便走出上蔡随从当时有名的荀卿学习如何当帝王。学成后离开河南，向西投奔秦国。

公元前221年，秦始皇统一六国，建立秦朝。秦朝为了巩固统治，采取了一系列消除原诸侯国之间的各种制度差异的措施，其中一条就是把原来各诸侯国所使用的各有差异的文字统一。这时，已经被拜为相的李斯，不仅受秦始皇之托完成了定郡县之制等工作，还发挥自己年轻时对文字的爱好，开始主持改六国文字为小篆，在全国范围内普及，这表明中国文字开始走上统一。小篆是中国第一个，也是惟一一个由国家规定的标准汉字形态。从字体风格的角度来看，它具有规范整齐、匀称优美等特点，在秦朝灭亡后的2000多年里一直受到书法家们的亲睐，几乎历代都有善于书写小篆的大家出现。此外，小篆也是中国历代封建王朝制作官用印玺的首选字体，篆刻艺术就是受到这方面的影响而发展起来的。从此，汉字的形体结构就基本上固定了下来。李斯因此被后世尊为“小篆之祖”。

秦始皇下令，让李斯统一文字

李斯离世200多年后，他的另一位河南老乡、东汉文字学家许慎在《说文解字·序》中叙述这段历史时，给予他很高评价。许慎的《说文解字》中载有9000余个汉字，首次将汉字的造字规律和方法，字的形、音、意、结构等作出汉字流变和发展的探讨，汉字学从这本书得到了创立，汉字自身的价值体系也随之而诞生。两个黄河边的河南人，在200多年间将中国的文字相继推向了各自的巅峰。

宋朝定都黄河边的开封后，对文字也开始了规范，这种字体就是沿用至今的宋体，至今仍是书籍内文重要的字型选择。

2011年，中华书局推出的“唐诗排行榜”上，《黄鹤楼》《送元二使安西》《凉州词》排在前三位，其中《凉州词》中的“黄河远上白云间”不仅写尽黄河的气势，更是因此走进国人的心中！

黄河诞生了文字且让文字沿着大河上下飘逸而行，最后传遍中国，诗歌就依托文字开始给这条大河披上了一件诗意外装，从黄河边的《诗经》故乡到黄河上游驮负边塞诗人梦想的大唐诗意，从李白发出“君不见黄河之水天上来”的黄河源头感叹到“黄河在咆哮”时发出的家国危机信号，黄河哺育着中华诗脉的传承。我沿着黄河而行时的足迹，其实就是探寻整个中华诗歌的脉络之程。

探寻黄河诗路是一个无处下足的话题，仰韶文化时期的彩陶何尝不是诗意的一种非文字表达？那时的诗意表达无法借助文字，而只能是刻在沿河两岸岩石上的象形符号或图案，这又何尝不是一种诗意的张扬与书写？更何况，那些已经散失或损毁的甲骨上刻写的文字，如果连起来可能就是一首绝妙的诗歌，那些失传千年之久的《诗经》之外的作品，更是临河而居的古人吟唱的佳句。因此，我无法从时间的角度去为黄河诗歌找出一个可靠的开端，而按照黄河流向的地理角度去找一个诗歌源流的开端，注定也是愚蠢的，因为黄河源或入海口并没有留下多少古诗歌作品。

站在中国诗歌的海洋边，我从中寻找着这种诗意黄河的内容。当我们按惯常思维以汉人创作的诗歌做主流时，往往会忽略主流之外的诗意流淌。在河套平原的阴山之侧，面对阴山和黄河邂逅出的乌拉特草原时，那一片郁郁葱葱的碧绿和浑黄的河水之间，蒙古包矗立的远影让我不由自主地轻声念叨起“敕勒川，阴山下。天似穹庐，笼盖四野。天苍苍，野茫茫，风吹草低见牛羊。”这是一首黄河边产生的草原诗歌，是当时汉语诗歌主流之外的。这首南朝民歌是典型的“北曲”，却被南人欣赏并翻译传唱至今；这是一首典型的少数民族歌谣即“胡曲”，却被收入《汉乐府》《古诗源》。一首生活在阴山之下、河套之内的北朝民歌，1000多年来，一直被中华各民族公认为是“莽莽而来、自然高古”的“千古绝唱”。（沈德潜选《古诗源》中华书局1963年版第345页）过去，北方少数民族被某些汉族史学家称为“异族”、“蕃邦”、“外国”，这首歌作为“中华草原第一歌”，像一条纽带，在跨地域、跨民族、跨文化中凸显了诗歌真正的力量，也像一把钥匙，向人们打开了一扇洞悉草原之美的大门。

据《隋书·音乐志》载：“至道武皇始二年（公元397年），破慕容宝于中山，获晋乐器不知采用，皆委弃之。”在中国众多的史籍中，我翻阅到《晋书·乐志》时，被这样的一段记载所吸引：“汉自东京大乱，绝无金石之乐，乐章亡绝，不可复知。”这段话记载了中国音乐走到汉朝末年至南北朝的这段时光大道上时，出现了西周以来的“雅乐‘不可复知’，晋乐‘不知采用’”的一种巨大尴尬境遇，谁来填补这种音乐真空状态呢？北朝的音乐从草原上携裹着强大而新鲜的力量呼啸而来，这些“胡歌”给中国音乐界和诗歌界的双重天幕上带来了醒目的光芒。那种草原文明熏陶下的自信使他们高歌“我是虏家儿，不解汉儿歌”，这和大唐盛世时，汉族文化席卷大地，出现的“十万胡儿尽汉歌”的形势是一个多么鲜明的对比。

从草原来的这些胡歌中，最具代表性的无疑是《敕勒川》了，它不像那些挥舞着战刀的胡儿，来去匆匆地闪现在汉、胡之争的时代荧屏上，而是稳稳地走进中原大地，它以看似散漫其实独具特色的句式，不同于南朝民歌几乎都是整齐的五言形式，引起南朝翻译者的兴趣，使之通过译介，走进黄河流域，也飞越黄河流域，走进越来越多的国人诗歌记忆中。翻开一部中国诗歌史，那些名诗巨篇所描绘的山川河流，几乎都是内地的，描写草原的除了这样的名篇外，还能找出几首？

黄河诗意除了《敕勒川》这样的“胡诗”带来的草原文明印迹外，更多的是农耕文明占主体的汉诗，如果说《敕勒川》是诗意黄河中的一座孤峰，那么，众多黄河流域的诗歌则汇成了一片海洋，面对这片海洋，我只能从中国诗歌的一处人文巅峰处着手，这种思路带着我来到黄河边一个叫南瑶湾的村子。

从河南巩义市出发，向西8公里处就是旧巩县县址站街镇，镇子东边是一个

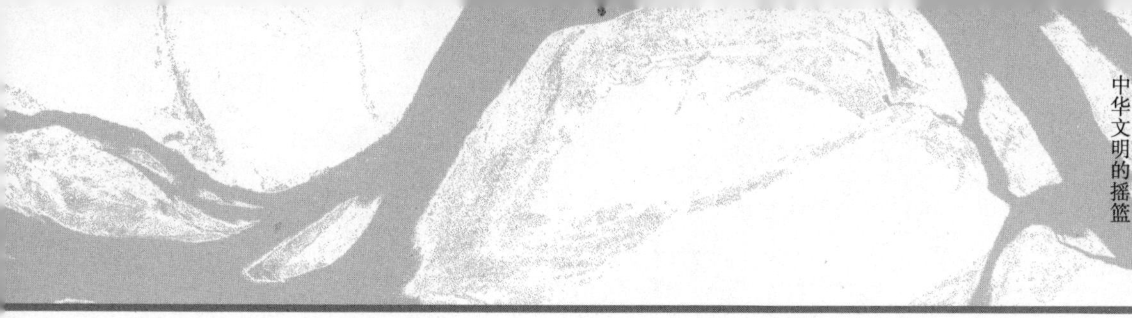

北临黄河的小村——南瑶湾。黄河水带给这里丰饶的物产外，还滋润了中原乡村的醇厚文风。公元712年，一个姓杜的男婴出生在这里，尽管他5岁就离开这里，但他的身上流淌的是被黄河文明滋润的血脉，他就是后来被尊为诗圣的杜甫。

杜甫一生走了很多地方，留下了“江间波浪兼天涌，塞上风云接地阴”这样描写长江巫峡的诗句，也留下了“会当凌绝顶，一览众山小”这样描写泰山的诗句，但黄河在他笔下更是有着别人感受不到的情感，他在《黄河二首》中写道“黄河北岸海西军，椎鼓鸣钟天下闻。铁马长鸣不知数，胡人高鼻动成群。黄河南岸是吾蜀，欲须供给家无粟。愿驱众庶戴君王，混一车书弃金玉。”

邮票上的杜甫像

邮票上的李白像

公元744年初夏的一天，黄河边的洛阳郊区，33岁的杜甫和44岁的李白相会在一河涛声边。当时李白的诗歌已名满天下，几乎是每写一篇新诗都将震动诗坛，出生于黄河边又恰好来到黄河边的杜甫才刚刚建立起自己的诗风，但这两颗璀璨之星的相遇，很快擦出了中国诗人之间难得的友谊之花。从蜀地经长安来到黄河边的李白，被黄河之雄美所吸引，写下了他那“黄河之水天上来”的千古名句和诸如“黄河落天走东海，万里写入胸怀间”、“黄河捧土尚可塞，北风雨雪恨难裁”、“黄河西来决昆仑，咆吼万里触龙门”、“欲渡黄河冰塞川，将登太行雪暗天”、“西岳峥嵘何壮哉，黄河如丝天际来”、“且探虎穴向沙漠，鸣鞭走马凌黄河”等诗句，为诗意黄河增添了浓厚一笔。

从“诗经”时代到现代社会，每个时代的著名诗人几乎都留下了书写黄河的诗句，使黄河的诗意达到了巅峰状态：王昌龄写下了“白花垣上望京师，黄河水流无尽时。穷秋旷野行人绝，马首东来知是谁”、“黄河渡头归问津，离家几日茱萸新”的和黄河有关的诗句。唐代刘禹锡写下了“九曲黄河万里沙，浪淘风簸自天涯””的景观；

黄河边，中卫沙坡头景区的王维塑像

王维留下了“独树临关门，黄河向天外”的遥远想象；李商隐留下了“土花漠碧云茫茫，黄河欲尽天苍黄”的笔底感触；白居易留下了“黄河水白黄云秋，行人河边相对愁”的愁绪万千。

宋时，从晋蒙陕峡谷逆流而上的黄河两岸地区，大多属于西夏王朝管辖，宋代诗人很少能将足迹送到这里，加上北上塞外建功立业的历史机遇一去不返，黄河在宋代诗人的笔下成了一方“禁区”。而开封府以下的黄河地区，因为北宋王朝的暮气日重，自然也成了诗歌书写的淡忘区。

西夏、金和宋朝在黄河流域的征战，使得黄河流域的生产生活遭到破坏，金代诗人元好问来到黄河三门津时，诗兴大发，写下了《水调歌头·赋三门津》：“黄河九天上，人鬼瞰重关。长风怒卷高浪，飞洒日光寒。峻似吕梁千仞，状似钱塘重关，直下洗尘寰。”的诗句。元代诗人萨都剌留下的《过古黄河堤》，以“古来黄河流，而今作耕地。都道变通津，沧海化为尘”上接唐宋，下启明清，使黄河诗意四溢在万里波浪间，黄河题材的诗歌，给中国诗歌史留下了丰厚的一笔。

明代时期，中国疆域格局较元代发生了很大变化，河套至兰州一带的黄河成了明王朝和蒙元残余势力的“边界河”。当时，不少到黄河上游戍边的将士也留下了对黄河的另一种书写。晚年回到兰州在兰山书院讲学的吴镇在雨中的五泉山远望黄河，就写下了“翠微深处起楼台，天外黄河入酒杯。看尽东川三百里，柳烟花雾绕蓬莱。”

清代，龚自珍写过“亦是今生未曾有，满襟清泪渡黄河”的失意之情，甚至绝望之意，他的情人灵箫则怕他耽于儿女情长，便用黄河来激励他——“为恐刘郎英气尽，卷帘梳洗望黄河。”

抗战爆发，东北、华北相继沦陷，日寇逼近黄河中下游地区，中国的门户大开，保卫黄河就意味着保卫中华，光未然写下这样的诗句——“中华民族的儿女啊，谁愿意像猪羊一般任人宰割？我们抱定必死的决心，保卫黄河！保卫华北！保卫全中国！”配上冼星海的作曲，便有了史诗《黄河大合唱》，激励着华夏儿女的抗日斗志。

解放后，贺敬之的《三门峡——梳妆台》中，就有“望三门，三门开，黄河东去不回来”、“责令李白改诗句，黄河之水手中来！”的诗句。更有叶君健的《黄河！黄河》，臧克家的《毛主席向着黄河笑》，台湾作家余光中的《黄河一掬》，梁衡的《壶口瀑布》，张承志的《大河家》等美文，为黄河添写了一笔笔或浓或淡的诗意。

1986年3月，在邙山脚下的郑州黄河游览区，30余位河南老中青诗人举行首届黄河诗会。此后，黄河诗会连续成功举办了16届，构成了国内诗坛独有的风景，成为具有重大影响力的全国著名诗歌品牌。2011年6月16日上午9时，我受邀参加“中国·宁夏“首届黄河金岸诗歌节”启动仪式暨诗人采风活动，这场诗歌盛典以“诗意宁夏·感恩黄河”为主题，拉开了黄河岸边的又一次诗意开幕。2011年8月初，我受邀参加第三届青海湖国际诗歌节，这是国内乃至亚洲惟一的国际诗歌节，举办三届来，每届都有到黄河边的贵德县采风的环节，黄河更是为诗歌节的诗人提供创作灵感的地方。

即将消失的民间工艺——打铁

五、中国之铁，黄河的硬度

青铜的辉煌逐渐在历史的天幕下褪色，铁的硬度出现在黄河流域。战国时期，真正有实力的群雄较量是在黄河流域，最终秦能统一六国，和其发达的农业技术和武器装备有关，而这种先进技术和装备又和冶铁技术运用到农业生产和战争中有关。

从世界范围看，早期的人工冶铁技术普遍存在于诸如美索不达米亚、尼罗河流域、阿纳托利亚等地区，均有陨铁和人工冶铁共同使用的实物，而我国在上世纪50年代之前却一直没有发现早期冶铁实物。

三门峡市

1955年，国务院作出一条重大决策，在三门峡建立万里黄河第一坝——三门峡水利枢纽工程。开工前，中国科学院和文化部联合组成“黄河水库考古工作队”，由著名考古学家夏鼐主持，对三门峡库区展开了一场大规模的调查。1956年冬天，当考古队的工作人员来到今三门峡市上村岭湖滨火车站一带时，发现了一处贵族墓，在其中发现了一件上面铸有“虢太子元徒戈”字样的铜戈，表明这是西周时期的虢国太子墓。

对虢国太子墓的挖掘，并没有出土考古队员期望的文物，随后，这座贵族墓上面建成了湖滨火车站，墓地北端因靠近黄河且位置偏僻而成为农民的零散耕地。

1989年，三门峡市湖滨区会兴乡会兴村委会为了改善村民的居住条件，在未告知文物部门的情况下，将那片土地规划为居民宅基地，村民们在修建房屋时，

虢国墓出土的铁剑

挖出了大量的文物，导致很多从中出土的国宝悄然流逝。

1990 年春天，当文物部门的有关人员赶到时，看到的是一片被盗挖后的狼藉。他们开始了考古挖掘，陆续发掘清理出由两座国君墓在内的 18 座墓葬构成的规模宏大、等级齐全、排列有序、保存完好的虢国墓地，这是我国迄今为止发现的惟一一处规模宏大、等级齐全、排列有序、保存完好的西周、春秋时期大型邦国公墓，出土各类珍贵文物 26000 多件。这次考古因出土文物之多、种类之全、价值之高，连续两年被评为“全国十大考古新发现”之一。

最令考古人员满意的是，在 2001 号墓葬中出土的一柄被誉为“惊人的考古发现”的玉柄铁剑。那天，工作人员在虢季墓墓室东南角原盗洞下面清理一堆车马器时，发现了这把后来被誉为“中华第一剑”的“玉茎铜芯柄铁剑”的剑柄。1990 年秋，时任三门峡市文化局局长的何松林乘火车，拿着这把剑去北京科技大学化验。专家们化验后一锤定音，将这把剑确定为人工冶铁制品。国家文物局领导得知后，极为重视，责令他们坐飞机回去，并派专人护送。因为这把剑是我国截至目前所发现的时代最早的一件人工冶铁制品，将我国的人工冶铁史提前了近两个世纪。

铁器及牛耕技术在黄河流域使用

剑作为一种古老兵器，出现于商末周初，盛行于春秋战国。它不仅锋利，携带方便，更重要的，它是区别身份、地位的标志。这就要求制剑所用的材料必须是当时最好的金属。锈迹掩隐不住辉煌，遥想当年，这把玉柄铁剑伴随着虢国国君南征北战，逐渐成了一种尊贵的象征。走到国君身边之前，其复杂的制作技术及华贵的装饰，反映了虢国当时先

宋朝时的酒楼茶肆

黄河流域的农耕图

进的科学技术和先进的生产力水平。

黄河流域早在夏、商、西周三代时期便有了青铜农具的使用。冶铁技术在黄河流域很快传播，随着这种技术的普及，农业生产中开始运用铁具，带来了农具材质的金属变革，更重要的是促生了铁犁牛耕作用下的精耕细作农业传统经营模式的形成，也成为当时农业生产力进步的一个重要标志。推动了农业生产在深耕、整田、水利灌溉、作物中期管理等方面农田技术的进步，提高了农业生产劳动效率和粮食作物产量。

铁制农具的应用优势使春秋战国时期农业生产力结构要素发生了质的转变，为农业个体经营和封建小农经济的出现创造了条件。而封建小农经济的出现及发展，迫使黄河流域的列国统治者对包括所有制关系、分配关系在内的社会生产关系进行改革和调整，以适应新型生产力的发展要求。也使当时的农业生产方式日渐成为中国古代农业经济主要的社会结构内容，并且延续了两千多年的时间，或直接、或间接地影响着中国古代农业社会前进的节奏和方向。

六、仰韶，史前文化的标地

这是河南省三门峡市渑池县城北 9 公里处的一个村庄，村子的外表看起来很普通，然而，这种普通的外壳下蕴藏着中国考古史和文化史上根本无法避却的一笔。1921 年，一个瑞典人来到这里，他的田野工作改变了中国近代考古的面貌，这个小村庄成了从青海马厂塬到中原大地纵横黄河 2000 多公里、距今 7000 年到 5000 年的史前文化的代表地，这个村庄叫仰韶，这种文化也因此被命名为仰韶文化，这个瑞典人叫安特生。

安特生

上世纪初，瑞典被中国认为是“西方几个没有帝国野心的国家之一”。1913年秋冬之际，民国政府请清末状元、江苏南通实业家张謇出任农商部总长，他采纳当时地质调查所（隶属于农商部）负责人丁文江的建议，聘用外国专家到农商部下属的矿政科。

安特生，1874年生于瑞典。1902年，在瑞典乌普萨拉大学获得博士学位，1906年在该校任教，并兼任瑞典地质调查所所长。安特生不到40岁，就已是一位具有国际声誉的大学者了。他曾去过北极与南极考察探险，而他除了钻研地质学之外，对考古也有着极大的热忱。1914年春天，安特生接受北洋政府的聘请，前来中国担任北洋政府农商部矿政司顾问，开始了他的中国之行。1914年5月16日，安特生抵达北京。17日上午，这个魁梧而博学的瑞典人出现在中国农商部的办公室里，自此，他以农商部矿政司顾问的身份开始中国的矿产勘探工作。

1916年，中国地质调查所在北京成立，安特生受托前往山西、河南西部地区做地质考察。一个偶然的机会，他和新安县的瑞典传教点建立了联系，新安县的传教士给他传来这样的一个信息：那里有许多含有恐龙和其他所谓“龙骨”的化石点。这个消息使安特生萌发了为瑞典博物馆采集化石的念头。丁文江批准了安特生的化石采集计划，并提议中瑞双方平分化石标本，要求其研究结果必须在《中国古生物志》上发表，某些送到瑞典研究的化石标本，研究完毕后须送还中国。同时，丁文江还提出把中国学生送到瑞典进修的建议。

安特生利用设在中国各地的传教机构，号召他们报告化石地点，并开始收集大量信息。1918年，安特生为采集化石来到河南的瑞典传教点，新安县的传教士玛丽亚·佩特松协助他寻找包括渑池县北部的化石点。1920年深秋，安特生把助手刘长山派往河南洛阳以西地区考察。12月，刘长山回到北京，带回数百件石斧、石刀和其他类型的石器。这些石器均购自一个地点——仰韶村。这些石器让安特生沉醉，他开始着手前往仰韶村的准备工作了。

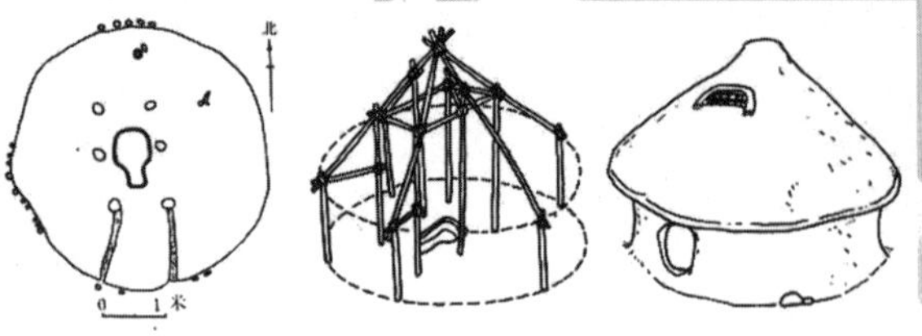

仰韶文化半穴居圆形房子示意图

1921年4月18日，安特生从渑池县城徒步来到仰韶村，仰韶村的村民们看到这个高大严肃的外国人带着人在村子周围的田地里找寻着、挖掘着什么东西，安特生沿着村边冲沟的断面细细地观察和寻找，他知道，冲沟的断面最能反映出古老的地层关系，帮助他判断那些远古时代的文化堆积。终于，他在一处崖壁上发现了一些石器和陶片，这些红色或黄色的陶片上有的甚至还绘有深红色或黑色的图案，线条朴实却异常鲜明生动。凭借着多年地质工作的经验，安特生判断这里是一处新石器时代遗址。

他向北洋政府报告了他的仰韶发现，引起北洋政府的重视。1921年10月27日到12月1日，安特生和地质学家袁复礼，奥地利古生物学家师丹斯基等5人前往仰韶村，再次取得了发掘上的收获。他们发现了大量精美的彩陶，而且还在一块陶片上发现了水稻粒的印痕！这次发掘以后，他们又在周围的一些地点进行了调查和发掘。安特生发现，在这些地方所发现的遗物和遗迹其实都属于新石器时代中晚期的同一类遗存，因此，他用这个小村子的名字命名他在黄河中游发现的同类遗存所代表的文化，称之为“仰韶文化”。

仰韶文化遗址图

仰韶村的考古发掘，是田野考古学在中国迈出的第一步，是中国第一次以学术研究为目的的正式发掘。回到北京之后，安特生还沉浸在仰韶遗址中出土的文物带来的研究快感中，他整天陶醉在地质调查所图书馆里。一天，安特生看到一份关于美国中亚考察团于1904年在俄国的土库曼亚诺发现石器与彩陶共存的报告，他将仰韶村发掘的彩陶和亚诺彩陶一起比较后发现，两者有着很多的相似之处。他推测这两者之间应该有着某种神秘的关系，而在这两者之间黄河上游的某个地区应该扮演着联系两者的角色。就此，他将探索的目光投向黄河上游的甘肃、青海地区。

仰韶文化时期的彩陶

安特生认为中国更早的古文化应在黄河上游。1923 年春天，安特生开始着手前往甘青地区的准备工作，甘青地区严酷的自然环境使他对助手的招考条件也非常苛刻。他让那些报考者手中拿一根标杆，开始赛跑，谁首先把标杆插在百米高的山头上，谁就是冠军。原中国社会科学院考古研究所副研究员赵信就是在这种情形下，以第一名的成绩被安特生选中。安特生拍着他的肩膀、用自己学到的并不熟练的汉语说：“好样的，真棒！就选你了。”就这样，安特生带着中央政府给甘肃地方政府的护照、介绍信和所需的器械，和他的助手——后来成为中国著名考古学者的袁复礼、赵信等人，前往黄河上游地区。

1923 年 6 月 21 日，安特生的考察团到达兰州。安特生首先研究了黄河沿岸的地质，他对黄河上用牦牛皮和羊皮制作的皮筏子产生了极大的兴趣，后来这些皮筏子成了安特生搬运文物的工具。一天，安特生从兰州大街上一个卖烟渣的货摊上，找到了一件装着烟渣的破旧彩陶罐，得知这个彩陶器来自临洮，他立即从兰州独自骑马沿洮河而行，终于在离县城以南 10 公里的洮河西岸马家窑村发现了中国境内的一种新文化。安特生把它命名为马家窑文化。上世纪三四十年代，著名学者顾颉刚、裴文中等专程考察了马家窑等遗址，从而确定了黄河上游的“马家窑文化”地位。

逆着黄河西行，安特生进入青海之后，在黄河的支流湟水流域发现了马厂文化。安特生把马家窑彩陶、半山彩陶、马厂彩陶都划归马家窑文化范畴。1923 年六七月份，安特生一行继续西行，并在西宁附近的十里堡开始了正式的考古发掘工作。同年 9 月，安特生的助手发现了后来赫赫有名的朱家寨遗址，这是仰韶文化时期一处丰富的聚落遗址。安特生这次在黄河上游的甘肃、青海一带进行考古调查，发现遗址近 50 处，他对那些在甘肃和青海挖掘出的彩陶和其他文物进行了这样的假设："而此刻所能假定者，为当新石器时代及铜器时代之过渡期中，近东文化之影响当以黄河河谷所感受为最强。"

第十二章

绝版黄河，褪色的文明

一、皮筏，“吹牛皮”吹出来的黄河绝景

上世纪 20 年代，安特生在甘肃、青海一带考古挖掘时遇到了这样一个难题。当时，没有铁路、公路运输，如何将那些挖掘出的彩陶及其他文物成功运出，既能有效保护文物不因长途颠簸受到损失，又能避免引起沿途劫匪关注呢？一天，来到黄河边的安特生看到水面上飞速划过的皮筏，顿时灵机一动，他发现从青海到兰州再到银川、包头一带畅通的水上交通工具——皮筏是运送这些文物的最佳工具，水面上的波浪起伏不像地面颠簸，对文物不会造成损毁，皮筏在水中飞速而过，路边的劫匪也只能望水兴叹，而且，水上运输不像陆路运输那样引人注意，安特生便决定利用皮筏运输他挖掘的文物。

庄学本拍摄的冬季羊皮筏子渡黄河

中国社会科学院考古研究所的陈星灿教授于 2001 年、2002 年在瑞士“东方博

物馆”考察时，意外地发现了安特生通过皮筏将出土文物运出甘肃的照片，这证明了皮筏在安特生运送那些文物过程中的作用。安特生拍摄的大量皮筏照片，说明他对这种中国西北地区流行的独特水上交通工具已经非常熟悉，陈星灿甚至提出，皮筏具有广泛的国际背景，是从境外传入中国的。

黄河筏工

早在公元前 5 世纪，著名的历史学家希罗多德在他的《历史》中就描述了两河流域的一种奇特水上交通工具——用兽皮做成的漂流在水上的筏子。这种工具始于公元前 9 世纪的亚述人，他们曾经设想用吹气的兽皮帮助士兵及其武器、设备渡河。按照陈星灿的说法：“说明皮筏子不仅是古代两河流域的重要水上交通工具，而且很可能成为该地区重要的文化传统的一部分而得以延续至今。”

安特生挖掘的那些文物乘坐皮筏从青海到包头后不久，20 世纪 20 年代中期时日本学者沪友会也选择乘坐皮筏从青海到宁夏。沪友会这样描述他乘坐皮筏子的感受：“五六个绑在一起的是猪皮和羊皮的袋子，用来装载一人或两三人，其重量极轻，因此可以载物顺流而下，用完之后一个人就可以背回去。中等的皮袋之筏大抵要绑二三十个到百二十个，这种皮筏是不注入空气的，而是填进羊毛。这种填进羊毛的袋子从兰州下行 2500 华里，在包头旗上岸后进入天津市场。牛皮筏后来是将我们 7 人送到 1200 里下游的宁夏的恩人，当看到身背成了棉铃形状的猪皮筏子走去的中国人的背影，不能不感到他们是既灵巧又滑稽，既离奇又奇妙。”他特意提到：“乘坐牛皮筏往来于西宁、兰州、包头的船夫也都是回教徒，而没有一个汉人。……皮囊游浮于黄河上游，恐怕与中亚、

民国时期扛着羊皮筏子的船工

波斯进行陆路交通后才有的，也可能是回教徒传来的。”在他的《上海东亚同文书院大旅行记录》（商务印刷馆，2000年）中，这样写道：“这种皮囊筏绝对不是中国所固有的。”这个论断显然不可靠，一是回族先民进入中国最早年代是唐朝，而汉代黄河上游就出现皮筏这种工具，《后汉书》中已有记载。黄河上游汉代就有了皮筏，显然是这一地区的汉族及其他民族的民众长期使用的水上交通工具，他们是乘坐皮筏或者掌握皮筏的主体，而我小时，乘坐皮筏前往黄河南岸的姥姥家及其他亲戚家，来往摆渡者全是汉族人，黄河沿岸绝大部分地区都是汉族人，怎能说来往摆渡的没有一个汉人呢？这位日本学者的观点显然存在问题，黄河上的筏子客（西北人将从事某行业的人称为客，比如专业替人割麦子者称为麦客，淘金者称为金客，在黄河上放筏为生的人称为筏子客）中，汉族筏子客的数量也是不少的。

皮筏作为原始而古老，简易而实用的渡河、运载工具，自汉唐以来，上自青海，下自山东，经久不衰，算来至少有2000多年的历史。《后汉书》载，护羌校尉在青海贵德领兵士渡黄河时，“缝革囊为船”，这是古老的皮筏出现在黄河最上游的记录。按照安特生和沪友会等人的观点，如果皮筏是从境外传入黄河流域，那么，黄河首先接受这种便捷的水上运输工具则是从上游为起点，然后往下游逐步延伸，从黄河向长江、澜沧江流域传去。到唐朝时，皮筏已经完全流传到长江流域了，白居易在《长庆集·蛮于朝》中写的“泛皮船兮渡绳桥，来自鄂州道路遥”，就是一个证明。宋朝时，河套平原上已经大规模使用皮筏了，宋朝派往回鹘的使者王延德在今内蒙古巴

羊皮筏子渡河

现在沙坡头的羊皮筏子,只能作为旅游道具

彦淖尔市的磴口县境内渡河时，就留下了“以羊皮为囊，吹气实之浮于水”的记载。

黄河两岸的人一直有着“走亲戚”的习俗，可能是为了防止近亲结婚，常常是对岸的女儿嫁到此岸的村庄，此岸的集镇、庙会吸引对岸的亲戚来转，来往之间就乘坐皮筏子。儿时，我每次到黄河对岸的姥姥家、姑姑家、姨妈家就是乘坐皮筏的。但我一直没有看到皮筏的制作方法，为了本书的写作，为了掌握这种古老运输工具的制作方法，我深入到滨河的家乡，对一些老人进行走访。通过这些老人的讲述，我才了解到其制作方法：羊皮筏子的制法是将 21~23 根 2~4 公分粗的圆柳棍用绳扎成约两米宽，三米长，隔成许多小格子的长方形框架再把 14 个充气的羊皮筏子排列整齐，一并拴牢于架上，渡河时将羊皮一面置于水中，摆渡时皮筏顺流而下，返回时，则由筏客扛于肩头，步行至上游，就有了“下水人乘筏，上水筏乘人”的说法。家乡的老人们至今还有关于制作羊皮筏子的一段顺口溜——“窜死一只羊，剥下一张皮，捂掉一身毛，涮上一层油，曝晒一个月，吹上一口气，绑成一排排，可赛洋军舰，漂它几十年，逍遥似神仙。”乘坐者也就有了“羊皮筏子赛军舰，坐着渡河赛神仙”的惬意和享受。而在那些已故的筏子客中，流传下了“黄河上度过一辈子，浪尖上摆上着个筏子哩；我双手摇起桨杆子，像鹞子，半天里飞旋者哩”的民谣，形象地描写了黄河上游羊皮筏子摆渡的方式和那种水上快速行驶的乐感。

“吹牛皮，渡黄河”成了一句没半点贬义的民间说法，千里黄河上飞驶而过的皮筏，不仅成了黄河上的一道风景，更是丰富黄河商业史的一部华章。随着包兰铁路的修通及一座座水利大坝的修建，那一河筏影才从黄河上消失了，只能在一些景点作为一种没有任何使用功效的道具出现。

皮筏，作为见证黄河运输和商业文化的一种历史记忆，它不该沉寂；作为一种古老的民俗文化遗产，它不该被遗忘。

二、庙会与集镇，流动的民间狂欢盛宴

在一个整体甚至说全民浮躁的年代，休闲成了一种奢侈，因此，当我的身影出现在庙会前时，我的整体节奏不由得放慢了，甚至觉得自己的心跳也慢了节奏，黄河边的乡民对神灵的敬畏让我更加体会这个缺乏敬畏感的时代，让我体会一种因这种敬畏而滋生的慢生活。鲁迅在《破恶声论》中对迎神赛会这样评价："农人耕稼，岁几无休时，递得余闲，则有报赛，举酒自劳，洁神酬拜，精神体质两愉悦也。"叶圣陶对此也感慨道："一般人为了生活，皱着眉头，耐着性儿，使着力气，流着血汗，偶尔能得笑一笑，乐一乐，正是精神上的一服补剂。因为有这服补剂，才觉得继续努力下去还有意思，还有兴致。否则只作肚子的奴隶，即使不至于悲观厌世，也必感到人生的空虚。有些人说，乡村间的迎神演戏是迷信又糜费的事情，应该取缔。这是单看了一面的说法。照这个说法，似乎农民只该劳苦又劳苦，一刻不息，直到埋入坟墓为止。要知道迎一回神，演一场戏，可以唤回农民不知多少新鲜的精神，因而使他们再高兴地举起锄头。迷信，果然；但不迷信而有同等功效的可以作为代替的娱乐又在哪里？"

可见，庙会的各种娱神活动不仅是丰富庙会的一项具体的内容，也是调剂乡民日常贫乏生活的一剂不可替代的精神补药。这些乡民们自发地在他们心中敬奉的节日里，从不同的村落里赶来，带着一份虔敬和洁净的心态，因为是自发的选择，因此，这种集会变成了集体的敬奉和休闲。他们靠祖辈流传下来的习俗，秉承着传统农业社会的乡土精神，在辛苦劳作之余，利用带着土味的集体狂欢，来调剂他们在时下社会被挤到边缘状态的生活，放松他们日夜耕作在田地、奔波在

从庙上步出的乡民

他乡的疲惫身心。

从青海到山东，黄河途径的每个省份都有庙会，每个地方敬奉的神灵不同，但乡民们祈求风调雨顺、五谷丰登的愿望是相同的。那时，跪在神像前的乡民们，抬头的刹那带着怎样的期待和希望。因此，祈求子孙者的祈祷声成了庙会中不易被人察觉但又似乎无处不在的声音，娘娘庙便成了吸引更多香客们的地方，也就有了“娘娘庙，盖得高，夫妻二人把香烧，或男或女抱一个，明年三月十八挂红袍”的民间顺口溜。在山西省滨河的临县，我查到隐藏在史料之外的一首民间的《竹枝词》，反映了当地妇女于农历四月出门上真武山进香还愿情景：“汗湿轻罗雾绕鬟，彩裙华映草斑斑。何侬不为还香愿，肯上崎岖长寿山。”

这种心理使得庙会逐渐成了乡民们必不可少的休闲空间。他们在庙会上将宗教信仰、身心娱乐、生计筹划、社会交往与享受休闲融为一体，全身心地利用和享受这一休闲空间，以消弭平时劳作的乏味与枯燥；以调剂“白日田中作，黄昏家内息”这样一种日常生活的枯燥和乏味。

黄河岸边，很多地方山高水深，交通不便，庙会集中了很多的生活资料，为平时购买不便的黄河人家提供了便利。这些距离滨河谷地或远或近的人们，日出而耕、日落而息的乡民在农时很少有外出交往的机会，平日交际仅限于村头田野同一村落的熟人，而庙会则为休闲时的乡民外出交往提供了广阔的空间和更多渠道。然而，庙会在一年的岁月中所占的比例毕竟很少，和庙会担负同样功能的另一种黄河乡民们的集体狂欢出现了——赶集。

那些分散在黄河岸边村落的人们，为了交换所需的生活用品，便有了每五日或七日各相邻的村民在一固定地点相约交易、互通有无，这就是古人所说的“赶集”。

庙会上看戏的乡民

黄河边的很多民俗、文物、景点随着大河沧桑而改变了，很多地方因为交通条件和信息沟通条件的改善，超市形式的商业连锁经营模式走进乡村等。赶集这种聚集人气、沟通信息的古老习俗，也正在黄河岸边逐渐淡化着其功能，有的地方则彻底消失了。剩下的那些偏远乡村里的集市，有的是赶在庙会、传统节日兴办的商贸交流会而形成的集市，它们顽强地越过时空隧道，将一幅疲倦但记录黄河人家进行简单商贸交流的面孔保留在滔滔河水之侧。

兰州城隍庙

对赶集这种古老民俗的追述，我锁定的是内蒙古河套平原的乌拉特前旗和山东省德州市齐河县一带作为标本。

2011 年秋天，在乌拉特前旗采访时，恰好碰上了那里的赶集。这里的赶集，有着淡淡地黄河集市的影子。跟随村民张勤的车子，我和他一并出现在了集市上，当地人称这种形式为“赶交流”。但是，这里已经没有了我儿时记忆中的一些手艺人现场打制银器和现编现卖的箸帚、笸箩，也不见庄稼人把自家田间地头种的四时蔬果摆满道路两旁大声叫卖，更不见抱着一只鸡能守半天的老农守着一份集镇的感觉。乃至于吃的，儿时的集镇上，夏天的凉面、凉粉、绿豆汤以及自己酿的浆水，足以使赶集人从头凉到脚，解一解烦燥的暑气；冬天时的羊杂碎、粉汤、韭饼、热油旋冒着腾腾热气，驱散着赶集人一路行来的严冬寒气。

黄河边的集镇

赶集之日也是乡民来完成人际交往、传递信息的重要平台，也为滨河村庄的各类人群的集聚提供了一个公共空间。在这里，商人小贩、算命看相、唱戏杂技、江湖郎中，甚至赌徒窃贼、妓女和皮条客、流氓地痞、秘密会社成员等，也利用赶集来完成他们各自的任务。至于那些出现在集镇中的磨剪刀的、小炉匠、修洋钱的、焊桶补壶的、钉碗补盘的、收破烂的、摇着货郎鼓贩卖针线脂粉之类的，则为赶集提供着更为丰富的生活气息。

现在的赶集，逐渐失却着原始集镇的味道，其功能也不再是满足小农经济时期的人们的需求。许多人平日不一定上街，但逢集是必去的，图的不再是购买物品，而是在一种寻找过去岁月的心理中找寻着赶集的记忆。市场时代，广州的小电器、温州的小百货、周围村庄的土特产，都能在赶集时汇集一处，随人挑选。和古代的赶集不一样的是，现在，集上运用现代手段，这边音响震天，电视、冰箱、洗衣机琳琅满目，催促你快点进入小康家庭的队伍；那边男装、女装、儿童装时装耀眼，诱惑你也追一回时尚。那些平时看起来温水般慢吞吞的日用百货的店里，也会在赶集时拿出吸引人的“存货”或新进的货物，这些货物不在大小，而是实用，农民人家图的就是柴米油盐酱醋茶的小日子，赶集就是为了买这点货物。老板和顾客之间，一瓶醋二斤盐三块毛巾的交易，在浓浓的乡音中完成了，完成的更是一种历史记忆和黄河文化的延续。

赶集是黄河边民众生活中的一项内容。这里的农民，不管地里的活有多忙，赶集总是不能耽误的。碰巧赶上一趟，不管男的、女的，老的、少的，都要穿得干干净净，打扮得体体面面地来赶集，不同年龄段的人，赶集的心理不同，感觉到日子一天比一天少的老人们，希望在集上会一会越来越少的老亲戚、老朋友，他们都清楚，每赶一次集，就意味着生命的路途少了一截，谁也不知道这次分别后，下次赶集时，谁会再也无法出现。因此，他们会不大理那些喧闹的声音、炫目的百货，而是在夏天的一处阴凉下或冬天的一块阳洼地，慢慢地拉拉家常，回

黄河上游的藏地集镇

忆年轻时的小恩小怨、纷争离合，会心处便是爽朗一笑，年轻时的一切不愉快便轻飘飘地飞走了。斜阳深处，拉够了家常的老人们带着对下次赶集的期待，在一句简单的相约中各自走回家去，也没准，那就是一对老哥俩的最后一次谈话，下次赶集时兀自就平添了几分惆怅和感叹。和老人不同的是，壮年男人们则期望在集上买到田里急需的农药、化肥等东西，他们是家庭的顶梁柱，这种角色更体现在庄稼的收成上，只是这几年，随着出外打工者的增多，赶集的壮年男子也越来越少了。出现在赶集路上的男人们，见面了自然也多了些话题，村庄里的男人们少了，赶集成了留在庄子里的男人们呼朋引伴，抿一口烧酒的地方，赶集成了他们喝点酒叙一叙各自的难处、解一解生活的压力的情绪出口。无论是黄河上游，还是中下游，女人们一直是赶集的主体，她们作为一个家庭真正的主事者，她们怀揣着来之不易的钱，精打细算地要为下一集来临之前一家的生活采购足够的生活用品，集上自然也就多了她们的声音，或者是熟人见面带着调皮口味的调侃和打招呼，遇上关系很好的还会来上难得的一两句粗口，一边唠一唠家长里短，说一说幸福或烦恼；购买东西的过程中，自然也就开始讨价还价，更多时候，是几个女人一起作伴，一边叽叽喳喳地欣赏集上的各色商品，一边合伙砍价，赶集因为这些女人而立即变得有了更多生机，赶集既是她们购买生活用品的途径，也是她们在忙碌之后难得的放松与休闲；对于未婚男女来说，赶集就是变相的相亲大会，素不相识的年轻人，在长辈的带领下，以为不过是见见世面，却不曾想到在集市的某个角落，已有一双遮掩的眸子对她（他）一见倾心。

赶集，这一项古老的贸易活动，随着岁月推移，积淀着自身的文化，也改变着自己的内容，更增添了浓浓的现代气息，展读着一幅黄河岸边生活气息浓厚而独特的风情画卷。然而，随着大量的超市、小商店遍布黄河两岸，赶集在很多地方逐渐淡出了人们的生活。

三、年画，门板上褪色的记忆

朱仙镇天成老店出的年画

黄河边生活的人，对年画是不会陌生的。小时候，每年的春节，我都能在黄河边的家乡小村里，看着家家户户门上贴着的年画、窗棂上贴着的新窗花带给春节的那份喜庆，使我面对那一幅幅年画心生遐想，觉得那一定是从很远的地方流通而来的。

而今，家乡和许多黄河边的村庄一样，春节来临，贴在门上的年画逐渐退去。所以，当我探寻黄河的脚步抵达三门峡市的五里川镇看到卢氏木板年画时，深深地被其吸引，顺河而下，到了开封黄河边的中国年画创作重镇朱仙镇，我的眼前仿佛看见曾经从这里走出的年画，走向中国的很多村镇集市，走进千家万户，为大年添加了一道喜庆气氛。由此，更是深为这种古老的艺术逐渐在大河上下消失的命运感到焦虑。

在中国人的心中，没有比春节更为隆重的节日了，而门画为这个节日增添的气氛也是其他民间艺术所无法替代的。著名作家冯骥才在他的《年画笔记》中因此而言："再没有别的民间艺术，能够比年画更充分地展现国人的心灵。何况，它又具有那么多样的地域性和高超的技艺。"他称年画是中国民间美术的龙头。

朱仙镇的得名来源于战国时期一个叫朱亥的勇士，他协助战国四君子之一的信陵君完成很多重任并得到其信任。后来，人们为了纪念朱亥将镇子取名为朱仙镇。唐代诗人李白的名作《侠客行》中，就有"将炙啖朱亥，持觞劝侯嬴"一句。宋代，这里就是中国的四大商埠重镇，现在，这里已入选"中国最美的村

朱仙镇的年画

镇”。商埠也好，最美的村镇也好，各种荣誉的得来和这里的年画有关。

年画牵着我的脚步开始深入朱仙镇。少年时从收音机里听取民族英雄岳飞在这里大战金军的故事所产生的敬畏，被这里的木板年画的艺术魅力很快取代。当地上岁数的老人们谈起年画来，显得兴奋不已，在他们的记忆中，每至庙会集市，这里的年画总是被来自周边县市的画商临街设滩，当地的画商大都沿街开店，也有少数设滩的，大街小巷画店林立。画店内外装饰一新，并挂满自己的画样，画店们外彩灯高悬、牌匾辉煌，喜迎前来订货的画商。至道光二十年，朱仙镇已有福星、福利、福泰、永盛、同盛、广盛等大小画店30余家。到光绪年间鼎盛时达到65家。即便是民国初期，镇上还有40多家生产作坊，2000多人从事年画生产，能想象到那时的朱仙镇年画生意依然是十分兴隆的。

抗日战争爆发前，许多朱仙镇木版年画业主迁往开封，朱仙镇的年画开始“退潮”，却带来了开封年画的兴隆，涌现出了60多家年画作坊。

当我漫步于镇上的“年画一条街”，能感到那份古老的年画氛围正在淡去，街上分布着六七家重拾旧名的老字号作坊。随意走进“天义德”这座清末和民国时期的老字号，冷清的店面和其昔日的辉煌形成了一种冷冷的对比，店主张廷旭是“天义德”第四代传人，并且是“河南省工艺美术大师”，就是这样的“头衔”，他的普通作品便宜的卖5.5元一张，“礼品级”也才能卖到三四百元一件。而其他的几个年画“老字号”店内，散乱地堆积着不少的木版年画，那些普通的年画一张也就卖2元左右。

朱仙镇的木板年画

和黄河边的很多非物质文化遗产一样，开封市在倾力打造“文化与旅游都市”时，将朱仙镇木版年画列为发展文化产业的一大“支柱”。2010年3月21日，朱仙镇木版年画博物馆正式开工建设，这是国内目前投资规模最大、功能最全的年画博物馆。但是，我也注意到这样一个现象：在开封朱仙镇、天津杨柳青、山东潍坊、江苏桃花坞“四大年画”中，一张江苏桃花坞的普通年画卖到300多元，一幅天津杨柳青的普通长卷卖到好几千元，作为朱仙镇木版年画目前惟一的国家级非物质文化遗产代表性传承人、老艺人郭太运的精品年画一件可卖到上千元，普通的也就是每幅10多元。在成都举行的第三届国际非物质文化遗产节上，原本被尊为“四大年画”鼻祖的朱仙镇木版年画，却在展位上被排入“四小年画”的尴尬之列。地位与价格的双重“塌陷”，影响着年画真正的繁荣。

四、河灯渐弱，飘在大河之侧的彩色习俗

在整个黄河流域，我第一次遇见丰富民俗节日的“灯”，是在贵德县的亦扎石，严格来说是正月十五闹花灯。

亦扎石的排灯，是为了庆祝正月十五用木料制成的长方形的木框，大体上都是长约4尺半，高宽约1尺半，分成三个方格后，上面糊上纱，纱面上再绘以图画。灯架则是木制拱门式框架，高都在一丈左右，跨度一丈八尺，灯架的拱形部分都是分为十格的，上面同样糊纱，纱上同样有绘图，每格都有一灯。

黄河上的河灯

那些纱上的绘画显然是当地民间最好的画匠们，采纳三国演义、西游记、八仙过海、大闹天宫等题材，用国画的手法绘制出一个个生动的人物，一组画就表达了民间传说中一组美丽的故事。这里的扎灯不仅让村子里的人看，

几百年来流传着这样一个习俗，当年嫁出去的姑娘都得从正月十三这天受邀来到娘家，名曰“躲灯”。到十五这天，四乡八邻的人们云集亦扎石来看排灯。十五这天，天一黑，亦扎石开始沉浸在一盏盏灯点亮的光影之中，关帝庙是这片光影世界的中心。走出关帝庙门向东，大道中段的鼓楼上也挂着排灯，鼓楼上下各竖起一座灯架。制灯老人丁奇强告诉我，旧时，出东城门的吊桥边的牌坊上也会挂起排灯，大街中间竖起的大灯架和已经被拆毁的大街东头的药王楼上挂起的排灯，则体现了排灯制作的最佳技艺。一些古稀之年的老人也告诉我，那时，旧时大街两边的店铺、住户，也会挂起自家做的各式花灯，整个亦扎石就此沉浸在一片灯的世界中，大街变成了一条灯河。尤其是晚上的社火出行，每个社火道具上都挂着灯笼，亦扎石的灯构成了一条移动的灯河。

可惜的是，那些老人描述的景象，正逐年消退在历史深处。年迈灯匠的技艺正面临着失传，市场经济的冲击使人们逐渐对古老的灯会失去了兴趣，年轻人则在元宵节前后沉浸在现代的一些游艺或电视剧、电视晚会带来的快感中。

黄河流经宁夏平原，也留下了“放河灯”的习俗，和贵德县的排灯时间不同的是，这里的“灯节”是正月初八。在当地人的口传历史中，地上的每个人都对应着天上的一颗星，人们因此在“人七日”后，选择正月初八来到黄河岸边的寺院中，参加诵经、过关等仪式，以此来祈求幸福和平安。诵经主要是集体祷念当地的“顺星文”——“盼星星，盼月亮，盼来龙年大吉祥。北斗七星细观望，寻找人间孝儿郎……”；念完这些带着美好愿望的经文后，人们开始穿越上面贴着“消灾关”、“平安关”、“智慧关”、“幸福关”等字样和“众善奉行年年如意，诸恶莫作岁岁平安”、“万般皆下品，唯有读书高”等对联的“关口”。接着，大家手持河灯，前往黄河边去放河灯。那些河灯吸引了我的目光，我仔细打量，那是一种以普通的吃饭用的瓷碗为灯座，周边糊上了一圈约 20 公分高的彩纸用作防风用的灯围，彩纸上因为大多画上或糊上莲花的图案而被民众称为“莲花灯”。来到河边，人们再次念叨起祭奠河神的念词，然后点燃放在碗中的灯，将灯放进

作者在内蒙古五原县境内的"黄河至北"雕塑前

河中。很快，河面上便飘荡起五彩斑斓的河灯。

而在黄河进入宁夏平原尾端，由于纬度升高造成冬日河面结冰，当地人无法在河面上放河灯，便选择在农历二月初二这天开始"耍灯灯"。2012年农历二月初一，我来到内蒙古巴彦淖尔市的磴口县，并在临河区、五原县、乌拉特前旗一带采访"耍灯灯"，这是我为本书考察黄河人文而最后一次出现在阴山下的黄河岸边了。在磴口县旅游局许晓东和巴彦淖尔市旅游局的戴春雷科长、杨忠主任、吴建锋主任以及临河区旅游局许均局长、五原县旅游局副局长王忠如、当地民俗学者张志国等人陪同下，在河套一带的滨河地带穿行，考察当地连续几天的"耍灯灯"，这其实更是一场民间的大型狂欢。在河套一带，富足的乡村在正月十五也举行"九曲灯会"。

而在陕西省神木县的马镇，由于这里三面环山、面向黄河，山河掩隐的古镇保护了许多传统民俗得以延续至今，转河灯便是其中一个。

马镇不是镇，而是一个古朴的村子，这里的转灯会是从正月初十上午开始的，且一连举办三天。第一天是转神灯，即请神仙保佑风调雨顺、来年丰收；第二天是转人灯，即求佛爷保佑家家平安、人气兴旺；第三天是转鬼灯，即驱鬼驱、邪免灾免难。这个习俗在马镇已经有悠久的历史了，和黄河很多地方的正月十五放河灯不同，马镇的灯会在正月初十，这几天，方圆几十里的村民都要到马镇来参加转灯会。

走进马镇村，随便向当地人打听情况，最容易碰到的就是焦姓人家，这是村子里的第一大姓，杨姓次之。村子里的灯会就由各大家族中辈分最高的家庭轮流负责举办，所需费用由全村各家分摊。正月初十那天清晨，主办家的父辈或长子日出前便要到村南头的西井寺将铜佛双手捧着请回家，供在主堂的中间，第二天日出之时再将佛爷送回寺中。在请佛爷回来的路上，族人跟在后面敲锣打鼓放着鞭炮，随后便是村里的孩子们跟着，构成了长长的请佛队伍。将佛爷请回家，意味着让佛爷保佑来年丰收。这一程序完毕，主办家便开始点火开灶，以素食宴请全村父老乡亲。吃饭期间，承办转灯会的主家将佛爷双手捧着送到每家，请他们拜佛，求佛爷保佑来年全家平安、五谷丰登，直到走完最后一家为止。吃罢饭，大家便分头去看大戏、扭秧歌、赶集，长辈们则回家等着迎接佛爷的到来。

每个家庭白天迎请佛爷后，晚上迎请的便是“大老爷”。“大老爷”是村里没有儿子的人家，每年由这些家抽签来决定谁家是今年的“大老爷”。“大老爷”身穿古戏装坐在轿子上（即由两根木杆中间缠上尼龙绳的简易轿子），由四人抬着，后面跟着敲锣打鼓的一路走来，向每家求拜来年生子。据说凡是当过“大老爷”的人家，第二年准生儿子。“大老爷”到来之际，要在自家门口点上炭火盆以示给“大老爷”驱邪。

“大老爷”走完最后一家时，全村人陆陆续续走向设在黄河边一片空场地的灯会会场，大家准备转灯会。灯会会场的四周早就拉起绳子，挂满了红灯笼，场地中间是每家自制的各式各样的灯笼，主办方将它们设成像迷宫一样的灯阵。三声震耳欲聋的大炮声响后，开始放飞十几只升向空中的云灯，拉开转灯会的序幕。只见从西井寺请来的和尚手捧佛爷，两个打着横幅的人跟在后面，其他的人每人手拿一柱香紧跟其后，大家簇拥着，在鞭炮和礼花的伴随下，跟着佛爷走完灯阵。这三天的灯阵布局一天换一个，让转灯的人常常一时转不出来，转灯会因此得名。

每天转完灯会，各家提着自己的灯笼，沿着弯弯曲曲上上下下的山涧小道向村里走去。这时，会看见一条长长的灯“龙”，在黄河的波涛声中，在夜色的衬托下，慢爬在山道上。

对撒河灯这种古老的、与黄河有关的风俗的追踪和描述，我选择了山东东阿县的西南端黄河岸边的刘集镇位山村，穿过鲁西平原上的位山大型浮桥，就能看见小村子位于“山东位山引黄闸”、“南水北调穿黄工程”所经过之地，远远看上去，村子和山东滨河一带的村庄没什么区别，但这里因为集中展示了“撒河灯”这一民间习俗，而变得神秘起来。

公元 1855 年，黄河夺大清河后从位山村穿流而过，从此，位山村人就生活在了黄河岸边。汹涌的河水使这里的人们在当时的生产力条件下，只能仰视这条既能带来福祉也能带来破坏的河流，他们在黄河岸边耕作，并在水上经营着摆渡运输的行业，所以对黄河产生了深厚的感情和浓厚的敬畏之心，他们视河水中的稀奇动物为神灵，将河神敬为掌管黄河命运的神灵。为祈求河神保佑平安，给人们带来生命财产安全和生活幸福，每年的元宵节，村民们都要在船上摆香案，在黄河里撒彩灯祭奠河神，以表达对河神的敬仰。

在东阿，我翻阅到撒河灯这一民间习俗多次出现在《东阿县志》《解氏族谱》《山东黄河志》等史料中。从清咸丰十年开始，这个古老的黄河习俗便如同那些漂流在黄河上的灯一样，漂流在大清王朝的同治、光绪年间，并延续到了民国至新中国成立。同时，其范围也逐步从东阿县境内黄河岸边扩大到泰安、阳谷甚至河南境内。

放河灯的习俗正在渐行渐远

民国时期，缺乏有效管理的黄河岸边，常常发生沉船、翻船等水上运输事故，人们的生命财产受到严重损害，洪水泛滥季节，岸边的房屋也受到严重的威胁，人们想举行撒河灯的习俗，却常因战乱时代，经济条件和人心不聚而无法搞出吸引人的大型撒河灯，撒河灯的习俗曾一度低落，成为了只有部分船工和商人参加的活动。

通过在位山村一带走访，我彷佛看见 1896 年至 1906 年的那 10 年中，位山村民撒河灯祭河神的习俗是如何达到鼎盛的，村民们谈起这个古老的习俗，无不带着骄傲的神色，说那时的撒河灯是如何盛行，如何吸引了四里八乡的人们前来观灯。

古老的黄河水车

近年来，随着位山村铺建了特大黄河浮桥，船工彻底消失在这段河岸边，撒河灯的习俗也就彻底发生了变化。老人们对我讲，古时的撒河灯是当时船上商人和船工祈求平安的方式，这种习惯被当地居民效仿并逐渐流传普及开来，今天就慢慢演变成了具有欣赏性、喜庆性、娱乐性、参与性较强的庆典活动。但是，这个古老的习俗总是缺了当年的那种味道。它淡然地、逐渐将背影留给了黄河及岸边的民众，随着社会的发展和生活的更新而不断地消失、演进。

五、水车，绝版的风景

“远看一捆柴，背去背不来。”这是流行于甘肃境内黄河流域一带的谜语，谜底就是生活在黄河边的民众熟悉的水车。这种昔日为青海、甘肃、宁夏省区黄河两岸民众提供了灌溉、饮用方便的水利设施，因其巨大而又得名天车、翻车、

银川市鸣翠湖边的水车

兰州的水车园

黄河水车

旧时黄河水车

银川郊区的水车

老虎车。

在我幼时，常常过河去对岸的姥姥家，古老的滨河小村就有水车，当地人将水车一带就称为“水车”。那是黄河上游典型的水车，有48个水斗，辐条36根，轴心到地面是7.8米，直径为8米，它利用水流推动挂水板，驱使水车徐徐转动。听着那“吱吱呀呀”的转动声，看着水斗依次舀满水，缓缓上升，至上方时水斗口突然朝下，将水倾倒掌盘，再入水槽，引水入渠。看水车转动，成了我童年时期的一大乐趣，这种简单的水利机械，虽然外表粗糙，但却省工省力，一经造成，数年得利。

对于水车的由来，还要从明朝嘉靖年间说起。明朝嘉靖二年，也即公元1523年，兰州段字滩人段续考中进士，在云南任道御史时，曾宦游南方数省，多有惠政。一次在乡间，他发现木制龙骨筒车可汲水灌溉，便观察其构造，绘成图样带在身边。后来，段续荣归故里，看到缓缓流过的黄河水，便思考如何利用黄河水来进行提灌，他悉心研究反复实践，终于在1556年研制成功了第一轮水车，起名“水车园”。这种水利灌溉设施很快就被黄河边的其他地区纷纷效仿。

20世纪80年代中后期，我在甘肃省靖远县城读中学时，听到了关于水车的另外一个版本：公元1436年，守备靖虏卫的房贵从其家乡合肥引进了水车，使黄河岸边其他地区开始仿效。到1945年时，靖远县的水车就有60辆，浇地15515亩。如今，靖远县还有建于清末明初的三辆水车，矗立在河滩边的靖乐渠边，依然浇灌着土地。

水车在黄河流域的分布区域上自青海省贵德县，下自宁夏中卫县，20 世纪 40 年代，是水车鼎盛期，总计有 350 多部水车矗立在黄河岸边，造福民众。水车在春季涨水时转动，冬季水落时停止，在长达半年多的时间里，黄河之滨三五成群的水车矗立河边，不紧不慢地缓缓转动，喷吐“白龙”，景象十分壮观。建国后，水车多为电灌站所取代，大多水车已被拆除，在甘肃景泰县的龙湾，宁夏中卫市的沙坡头、北长滩，银川市东郊的鸣翠湖等景区内，新建的水车已成为旅游区的一大景点。

六、积聚能量，工业文明催生的共和国长子

黄河不仅养育了几千年间的农耕文明，在步入 19 世纪晚期、20 世纪初期后，也开始哺育现代工业文明，沿黄河分布的现代城市、现代企业就是这种文明的载体。一些城市更是作为共和国的长子，为新中国的现代化进程无私奉献了自己的力量。

兰州是黄河上游第一个引领现代工业文明的城市。

真正走进兰州是我在这里开始读大学的日子，领受这个城市的现代文明时，我首先想到了这个城市现代文明火炬的占燃者——左宗棠。公元 1872 年，任陕甘总督的湘军首领左宗棠进驻兰州后，出于西进平息新疆叛乱的考虑，奏请同治皇帝载淳的同意，决定设立了兰州制造局，力图制造出先进的武器以武装西进的清军。在筹建时，他向上海英国汇丰银行借白银四百万两，购进一批当时非常先进的德制车床和手摇钻等机器，该局初设城南畅家巷，拥有工房十余间和一百余名从广东、福建、

兰州站老照片

1949 年的兰州鼓楼

兰州织呢局车间

兰州制造局的产品(军械)运往新疆途中

浙江等省招来的手工业工人，制造和仿造火药、铜引、大开花、小开花（土炮名）及单筒、双筒喷火枪等简单武器。

兰州制造局的成立，开创了兰州近代工业生产的新纪元。随着左宗棠在河西、新疆等地的军事行动的结束，兰州制造局暂时停工。1908 年，清政府因加强新军的需要，兰州制造局重新开业，遂由畅家巷迁到城内小仓子街（今官升巷），并改名为兰州机器局。

抗日战争爆发以后，甘肃制造局被国民党中央资源委员会和甘肃省政府接管，改名为甘肃机器厂，成为国民党四大家族的官僚资本企业之一。这时除修配枪械外，开始仿制一些比较简单的皮带车床。解放后，兰州制造局结束了 77 年间多难的命运，改造为兰州通用机器厂。

解放后，随着兰炼、兰化等大型企业在兰州的出现，兰州成为西部的石油化工基地。如今，兰州已成为我国主要的重化工、能源和原材料生产基地之一。是黄河上游最大的工业城市和西部重要的原材料工业基地。然而，作为新中国成立后重点布点建设的老工业基地之一，兰州如今的工业优势不如当年，一个为共和国贡献出最大能量的长子正在调整产业方向，积聚着新的力量。

白银市

左宗棠当年在兰州创办制造局，成为兰州现代文明的肇始，引领这个城市的现代工业文明起步，现在，风靡全球华人世界的《读者》，以及叫响中国的兰州牛肉拉面等品牌，也在支撑着这个城市的现代文明。

1956年12月31日，我的父亲在黄河流经今白银市的一处平房里，和他的同事——第一批参加甘肃第一个现代工业城市、中国最早的有色金属基地白银有色金属公司的建设者听到了一声巨响。

虽然，此前已经通知他们这天不能出门，必须呆在家中。然而，那声巨大的声响使16岁的父亲依然感到震耳欲聋。那道声响，就是耗费15600多吨炸药、花费2133万元的中国工业史著名的“白银大爆破”，拉开白银有色金属基地的建设序幕。很快，父亲所在的白银有色金属公司冶炼厂炼出了中国历史上用现代化工业生产方式生产的第一炉铜。白银公司在随后的发展中成为中国第一个大型有色金属工业基地，这是中国“一五”期间156项重点建设项目之一，形成了铜、铝、铅、锌综合发展，采矿、选矿、冶炼、加工和化工科研一体化的特大型有色金属企业，这是甘肃省最早的工业城市、新中国最早的有色金属基地。

石嘴山是黄河离开宁夏平原时留恋的最后一个城市，乌海市是站在内蒙古境内迎接黄河的第一个城市。两个城市虽然分居黄河两岸，分别属于宁夏和内蒙古两个自治区，但它们有着相似的城市成长背景，都是依靠黄河两岸的贺兰山和桌子山的煤炭资源而兴起于黄河边的现代工业城市，两个煤城隔河相望，在资源枯竭的时代面临着华丽转身的命运。

包头，解放后中国重要的钢铁城市和稀土工业城市，万里黄河边的一炉钢花，是新中国钢铁工业的第一道耀目的风景，虽然至今仍光芒四射，但同样面临着资源枯竭的窘境。

包头

三门峡水库

洛阳的小吃街

河南省的三门峡市，是中国现代水利起步的地方；也是随着万里黄河第一坝——三门峡大坝的建设而崛起的一座新兴城市。目前，已发现的矿藏达66种，占河南省已发现矿种的60%。已探明储量的有50种，其中保有储量居河南省前三位的有31种，是河南省乃至全国重要的贵金属、有色金属及能源矿产基地。黄（金）、白（铝）、黑（煤）构成了三门峡工业资源的三大亮色，其中黄金储量、产量均为全国第二，是黄河流域当之无愧的“黄金城”，然而，资源的特殊性使这个城市并没有达到理想的发展结果。2002年，三门峡被联合国开发计划署列为“21世纪城市规划、管理与发展”援华项目，这是我国北方惟一一个被列入该项目的城市。

洛阳，这座承载过十三朝文明的古都，在中国的现代工业文明中也曾经做出过杰出的贡献。1923年，河南省长公署迁于洛阳，洛阳成为河南省会。开始了洛阳现代工业的起步。

1932年，日军进攻上海，国民党政府定洛阳为行都，并一度迁洛办公。1938年6月，华北大部分地区沦陷，洛阳成为北方抗日前哨，国民政府第一战区长官司令部驻洛阳。1939年秋，河南省政府再次迁洛，洛阳第二次成为河南省会，使洛阳的工业发展再次迎来高潮。

1953年，共和国实施的第一个五年计划，将156项重点工程中的6项放到了

济南城内为迎接全国运动会而修建的体育馆

洛阳。洛阳市成为中华人民共和国成立后的新兴重工业城市，是中国第一个五年计划重点建设的工业中心之一，苏联援建的156个重点项目，洛阳有7个，尤其对新中国的现代军工发展做出了贡献，一些与军工相关的重工业全国领先。

在共和国的现代工业发展史上，洛阳一拖、大阳摩托、HJD04程控交换机、白马棉纱、牡丹铜材等一批国际国内名牌产品成了共和国工业的一面面旗帜。洛阳是世界三大浮法玻璃工艺——“洛阳浮法玻璃工艺”诞生地，一拖集团是中国最大的拖拉机制造企业，第四设计院是中国机械行业规模最大、拥有甲级资质最多的设计研究院，中信重机是中国最大的矿山设备制造企业，613所是国内惟一从事机载火力控制技术与系统研究的专业研究所，黎明院是中国惟一从事化学推进剂原材料研究的科研机构，等等，这些企业、研究所等也为洛阳赢得“中国制造业名城”、“新材料国家高技术产业基地”的美誉。

当我考察黄河的脚步出现在东营时，我清楚地知道自己站在了万里黄河的终点，自己也站在了另一个起点。诚如黄河在这里是终点，对大海而言，黄河水在这里是一个新的起点。东营就是这样一个叠加在起点和终点上的、黄河边最年轻的、最东边的城市。

公元1855年6月，黄河在今河南兰考境内铜瓦厢决口，改道东流，在山东寿张县张秋镇穿过运河，夺大清河入海，形成了今天黄河下游河道，塑造了广袤富饶的黄河三角洲，在东营的黄河湿地博物馆里，我特意留意到其中对这片土地的定义——“地球上最年轻的一片土地”。

中国的很多城市的形成原因中，有的因为扮演政治文化中心的角色，有的因为地处重要交通要道或军事要塞，有的则因战争需要或军屯而形成，东营的城市形成却因为这里兴起的胜利油田。

东营宣传册

新中国成立后，国家大力开发黄河三角洲。1963 年 10 月，在垦利县胜坨公社胜利村—坨庄构造上打坨 7 井，获日产 36 吨工业油流，胜坨油田因此而成为山东省境内发现的第一个大油田。

1964 年 1 月 25 日，经中共中央批准，石油工业部以山东东营地区为重点区域，组织了华北石油勘探开发大会战。石油工业部先后从全国各石油单位调集了 26 万人来到黄河三角洲，开展了声势浩大的石油勘探开发大会战。1965 年 2~3 月，在胜坨公社胜利村一带打的坨 11 井和坨 9 井分别获日产 1134 吨和 1036 吨的高产油流，在当时是全国日产量最高的油井，也是国内首次见到的千吨级油井。由于胜坨油田位于垦利县胜坨公社胜利村一带，同时为纪念油田会战的重大胜利，1971 年 6 月 11 日，经中共山东省委批准，更名为胜利油田。东营，就是在这片石油之地上产生的。

和其他沿黄城市所不同的是，在东营市用来挖油的“磕头机”随处可见

东营市正式成立于 1983 年，因此成为万里黄河上最年轻的城市，也是黄河的河口城市，全国重点大学——石油大学和济南军区后勤生产基地也坐落于此。2011 年 8 月初，我考察黄河的足迹出现在这里，看到的东营已经从胜利油田的生活基地上剥离出来，一个和老城区遥遥相对的东城区出现了。东营是黄河流域典型的水城，一条条大小不一的人工河穿城而过，干净而大气，但因为人少而显得有些寂静。东营市的发展，还有着不少的空间，当然这种发展也包含着文化的发展。

沿黄城市中，真正的水城应该是东营市。这是府前街上一道气派不亚于天安门前金水桥的汉白玉大桥，右上角为东营日报社

后　记

圣水难书，万里黄河足下诗

一河流水大诗，万里河山佳景知是何处图画？

两岸人文长廊，千年文明灯火尽归此处笔墨！

这是一本礼敬给黄河的书。这幅对联中我带着貌似豪情万丈的感慨写到黄河文明之薪“尽归此处”，其实，大河孕育出的文明，从文字诞生之前的神话传说到甲骨文中模糊不清、语焉不详的零星记载，从司马迁的《史记》到现在的不少学者的研究，岂是人类有限的文字及其表述能记述得清楚的？

在西方，《圣经》的开篇就有“神的灵运行在水面上”的说法；在东方，中国人在“上善若水”的说法里，认为世上至善至美的莫过于水了。无论东西方，都把最高的礼赞献给了河流，这种礼赞不仅是指河流哺育了两岸民众以及赖以生存和发展的万物，更是滋生了人类进步中的文明。黄河，亚洲文明缔造者中最伟大的河流，就是大川之美中的代表。

我的祖母在不满20岁时，就从家乡对面那个叫五佛的乡村，乘坐一个羊皮筏子，走进梨花深处的发裕堡；我的母亲20岁时，让一筏摆渡到发裕堡，与我父亲结合，便有了我们兄妹几个。因此，我的血脉、我人生的第一口乳汁和黄河有关。

发裕堡，一个端坐在绿树和农田中的滨河村庄，就是我的故乡。如今，仍有一艘铁船往返于发裕堡和五佛乡之间的码头间，连接着故乡和外界，让故乡免于外界喧嚣的侵袭，使故乡拥有一份难得的静怡生活，乡亲们操着浓郁的乡音打发着淡然的日子——贫穷而美丽，故乡成了中国乡村慢生活的样板。

依山面水的故乡出产的小米、玉米、小麦、大米、蔬菜、水果养育了我，门前的黄渠水缓缓流淌了几百年。小时候，每天清晨，看见早起的农妇去渠边挑水、洗菜，一缕缕炊烟便升起在绿树间的一个个院落，米香和菜香弥漫着整个村子；午间或傍晚，农妇们常常去黄渠边洗衣服、拉家常；男人们也会在田间归来后，在渠边的石桥上，拉几句家常，抽两锅旱烟，来自黄河的这一脉水系就这样养育着这个古老而安详的村庄。我的童年、少年就在这样一个乡村里度过，夏天，我和村里的小伙伴在渠里游泳，夜晚在渠边听取蛙声；冬天，一渠剩水结成了冰，消瘦了的黄渠成了我们的滑冰场。我们踩着厚厚的河冰走过黄河，去河对岸的姥姥家、姨娘家、姑姑家走亲戚，拜年。那时的黄河，为两岸村落提供着一幅幅农耕时代的生活画卷。如今，黄河的污染使村子里的人只能去井里挑水，引黄河而来的黄渠水不再能淘米洗菜了，它对村民的贡献仅仅剩下浇灌农田。

黄河，在我幼小的心灵不仅仅是能提供物产的河流，“黄河之水天上来”的古诗句让我领受了诗意黄河，《黄河绝恋》等电影，使我感受着影像黄河之美。

上高中时，第一次乘坐取代羊皮筏子的木船到河对面的景泰县五佛乡，开始了离开家乡的日子。在那个濒临黄河的县城，我不仅享受到了一生中最美的读书时光，而且在一个个周末借着同学的自行车一次次出县城，或逆河而上探寻黄河边的铁桥、岩画，或顺河而下深入到黄河边的村落、古镇。家乡是距离县城最远且信息最闭塞的小村庄，假期里留给同学、朋友的地址是“甘肃省景泰县五佛乡邮电所转河南义和1号信箱”。至今，每每看到当年同学写来的信封上地址字样，心里自是对黄河升起一种别人体会不到的情感。

上大学时，我所就读的学府恰好在黄河边上，无论是周末和诗社的社员去黄河边采风赋诗，还是在桃花深处走进桃花会，无论是沿河百里骑行，还是坐车远足于青藏高原的屋檐下——甘南大草原，我的青春时光何尝不是伴着黄河涛声的？大学毕业后，我还是被分配到黄河边的景泰县工作。

2000年，我又被作为人才引进到黄河边的银川市，开始在这个城市10年之久的工作。期间，对神秘的西夏文化产生浓厚兴趣，便走上了一条徒步探寻西夏文明之路，而这条路竟然和黄河有着很多交叉，使我得以走进黄河源头的牧区，得以穿行于大河上下，一个个静逸的村庄、一个个生机勃勃的城市、一处处文化遗迹、一道道大河之声，让我对黄河的理解更加深刻。尤其是走进开封——宋朝时亚洲最大的城市和文化中心，自南宋之后，中国经济发展的中心转到长江流域后，以这座城市为代表的黄河文明便开始被冷落了。

回首我的生命历程，竟然和黄河有着如此深的情缘。我的每个人生阶段都深受着这条大美之河的恩赐。

2008年的秋天，我从援建的三江源地区的那个藏地孤儿院支教归来，在青海西宁和供职于青海人民出版社的马非诗友相见，那时，正是写作《青海之书》的攻坚阶段，谈及黄河时，他问我：“何不写一本从文明角度来审视黄河的书呢?”返回后，认真查阅关于黄河的书，惊了！——曾经在央视看过《话说长江》和《再说长江》，却没有看到一部真正从人文角度去拍摄黄河的纪录片，目前还真没有一本系统地讲述黄河文明的书。

于是，我心怀对黄河的礼敬，心怀一个写作者的举意，开始了我的长河孤旅。

万里黄河孤旅踏行，大河之上，穿越草场、山岳、湿地、平原、高原、峡谷，我观览到的不仅是两岸的美景；大河之远，我更是在历史时光隧道中穿行时，感悟、想象着先民们或牧、或渔、或猎、或耕的场面，领略着黄河文明持久而顽强的生命力；大河之近，我也不可避免地看到了工业污染着黄河的情景，以及黄河文明逐渐被逼到无法转身的境地，看到有些文明幻化为符号，有些文明彻底消失在人们的忽视或忽略中；大河之侧，我清楚，越来越多的文明在后工业化时期、信息化时期面临着死亡的命运，只不过是时间长短的问题。

我信奉独立精神指导下的写作。这本《大河远上》同样如此，是我 10 多年间持续孤独行走于黄河间的结晶，都是我自费完成的，拒绝了任何意识形态影响或商业赞助。然而，当我在电脑上敲下第一个字时，当我背着帐篷睡袋开始上路时，我体会到了自己的轻狂和无知所带来的惩罚，一部黄河的书写需要的是历史、地理、经济、文化、民俗等综合知识，在这条浩荡的大河之前，任何张狂都显得轻飘飘的。而经济上的困窘只能让我每考察完一段路途或古迹后，都得停下来，等攒够了钱才能实施下一次的出行。2011 年 10 月中旬，环球人文地理杂志社社长黎合生先生专程赶到银川，给我颁发“中国人文地理写作杰出贡献奖”时，代表杂志社奖励给我 1 万元奖金，以此来表彰我持续进行的长河孤旅人文探寻，这是我自愿接受的惟一一笔资金，它使我能够在 2011 年 11 月、2012 年 3 月、4 月三次完成对阴山脚下 400 多公里黄河的人文之旅。在此，感谢杂志社和黎合生先生。

就像天上没有一颗多余的星星，就像地上没有一株多余的植物一样，黄河里没有一滴多余的水！每一滴水都孕育着一株粮食、一条鱼儿，而这一滴滴的水汇聚起来，就构成了一条文明大河。2011 年 8 月，当我站在黄河入海口回望黄河时，我依稀看到大河之上葱茏万物，看到让祖国引以为豪的文明摇篮。透过那一水飘渺，我孤独地站在海边遥想——当初，苏美尔人在两河流域建立城邦，开启了古巴比伦文明的大门；古埃及人在尼罗河流域创造出了辉煌的古埃及文明；诞生于恒河流域的古印度文明更是人类文明天幕上璀璨的星座。而黄河呢，真该有这样的一部书，用脚步丈量黄河物理意义上的长度和文明的厚度，生于黄河边、长于黄河边的我，该有这样一门功课！

需要指出的是，本书不是通常意义上的历史书或地理书，不是旅游指南也不是风俗描写，不是散文游记也不是小说笔法下的故事臆想。而是综合了养育“万物生”的黄河两岸及上空的历史、地理、环境、文化、民族、风俗、生态、文明等的“综合体”，从文明的入口步入，完成的一次人文之旅。当然，更是带着一个修者的恭敬心，探寻黄河边的宗教脉迹，采访那些田野间的农人、艺人、工匠以及都市里的学者；带着一个行者的形色和孤独，随一副行囊干干净净地、不污染环境地行走在山水之侧，谛听黄河的涛声和文明的脉搏；带着一名记者必备的天职，打捞沉入两岸民间的文明；带着一个学者的严谨，沉身于史料和田野考察之间的土壤中，耕织我的黄河文明图景。在这“四者”的综合身份，我的《大河远上》有着自己的特色。当然，因为篇幅所限，我无法一一展开对黄河文明的素描，比如黄河边的城市文明，比如那些渐行渐远的民俗和绝版的风情，比如大河之侧的名人轶事，等等，这也应和了“写作是一门遗憾的艺术”的观点。

曾多次受邀参加《中国国家地理》的写作选题，诸如“宁夏专辑”的策划与统稿、写作，“中国十大新天府”的评选推介，《黄河诗传》的撰稿等，使我和这本权威杂志有了一次次的亲密接触，这次，更是感谢中国国家地理杂志社社长李栓科先生，百忙中为本书写序；感谢本书写作过程中所涉及的大量前人、学者、专家的研究成果。感谢本书图片、版画、油画等艺术品的提供者，他们的作品增添了本书的艺术效果和分量。当然，青海人民出版社参与此书的设计、编辑、勘校人员，他们的辛勤劳动更是我要感谢的，尤其是社长樊原成、副总编辑王绍玉先生、责任编辑李永华和王风莲女士、美术编辑杨敬华先生，感谢他们为敬献给亚洲最伟大的河流这份厚礼时付出的劳动。

长河孤旅，凝于一笔！

2012 年 5 月 12 日匆书于黄河边银川城